La magia de las casualidades imposibles

María Martínez

La magia de las casualidades imposibles

Obra editada en colaboración con Editorial Planeta – España

Bajo el sello editorial CROSSBOOKS M.R.
Avenida Presidente Masarik núm. 111,
Piso 2, Polanco V Sección, Miguel Hidalgo
C.P. 11560, Ciudad de México
www.planetadelibros.com.mx

Primera edición impresa en España: octubre de 2024
ISBN: 978-84-08-29355-2

Primera edición impresa en México: noviembre de 2024
Primera reimpresión en México: abril de 2025
ISBN: 978-607-39-1775-9

Impreso en los talleres de Litográfica Ingramex, S.A. de C.V.
Centeno núm. 162-1, colonia Granjas Esmeralda, Ciudad de México
Impreso en México – *Printed in Mexico*

Para mi madre, por retarme a intentarlo.
Siempre lo has sabido.

Para la persona que le dio esperanza.
Allá donde estés, gracias por todo este tiempo.

Igual que en el momento de venir al mundo, al morir tenemos miedo de lo desconocido. Pero el miedo es algo interior que no tiene nada que ver con la realidad. Morir es como nacer: solo un cambio.

Isabel Allende, *La casa de los espíritus*

Céline

Prólogo

Un día cualquiera, de repente, todo cambia.

Sin avisar. Sin esperarlo.

Sin nada diferente que pueda hacerte sospechar que algo no va bien.

Un día cualquiera, el tiempo deja de parecerte infinito y el destino se transforma en un reloj que avanza demasiado rápido.

Un día cualquiera, te desmayas en la calle y al abrir los ojos de nuevo simplemente lo sabes.

Llámalo intuición.

Recuerdo aquel día de verano como si acabara de suceder. El azul brillante del cielo, los rayos de sol que se colaban entre las ramas de los plataneros, el olor a cloro en mi pelo y el sudor que empapaba mi piel mientras corría de vuelta a casa con Inès, mi mejor amiga, pisándome los talones.

Habíamos pasado la mañana en la piscina pública con unos amigos. Era el mejor lugar para soportar la ola de calor que azotaba el sur de Francia esos días, con especial intensidad en la región de Provenza-Alpes-Costa Azul, donde se encontraba Aix-en-Provence, la ciudad en la que nuestras familias habían vivido desde siempre.

Al doblar una esquina, estuve a punto chocar con una mujer que empujaba un carrito de bebé. Era día de mercado y había gente en todas partes, locales y turistas que llenaban las terrazas y las tiendas de suvenires. Olía a queso y embutido, a encurtidos. También a flores y jabones artesanos.

—Lo siento —me disculpé y sonreí con toda la inocencia del mundo.

Aceleré el paso al ver a lo lejos la plaza Richelme y los puestos de comida bajo un sinfín de toldos de distintos colores. Mi madre me había encargado esa mañana que comprara queso, tomates y aceitunas para la comida, además de pedirme encarecidamente que no me retrasara. Sin embargo, como casi siempre, había perdido la noción del tiempo y llegaba tarde.

Tardísimo, en realidad.

Esta vez iba a castigarme.

Cuando entré en la plaza, me ardían los pulmones y el corazón me golpeaba las costillas con fuerza. Inspiré hondo por la nariz y solté el aire por la boca. Durante un segundo, el suelo bajo mis pies se puso del revés y sentí náuseas.

Serpenteé entre los puestos de comestibles, hasta dar con el que buscaba, y esperé a que llegara mi turno.

—Creo que le gustas —dijo Inès a mi lado sin aliento.

—¿A quién? —pregunté mientras la miraba de reojo.

—A Mathis, estoy segura de que se ha colado por ti.

Noté que me ruborizaba y una sonrisita comenzó a tirar de mis labios.

—¿Tú crees?

—No ha dejado de mirarte en toda la mañana y buscaba cualquier excusa para sentarse a tu lado y tocarte. Ni siquiera se ha molestado en disimular.

Aún mareada, tragué saliva y me sequé el sudor de la frente con el dorso de la mano.

—No sé, creo que se comporta de ese modo con todo el mundo.

Inès alzó las cejas con una expresión burlona.

—Ja, ya te digo yo que no. ¡Vamos, Céline, le interesas!

—Imposible, es mayor que yo. Seguro que piensa que soy una niña.

—Solo son dos años de diferencia. No tardará en pedirte que salgas con él, confía en mí. Tengo un sexto sentido para estas cosas.

Avergonzada, me miré los pies y sonreí. Mathis me gustaba desde hacía mucho, pero nunca había albergado esperanzas sobre que pudiera fijarse en mí. Él era el chico popular al que todos querían tener como amigo y las chicas lo perseguían como si se tratara de un premio. Y no era nada extraño, Mathis, además de buen estudiante, era un *crack* en los deportes. Amable, divertido y muy guapo. Lo tenía todo para ser perfecto, salvo por su ego, algo desmedido por razones evidentes. Aunque lo compensaba con su preciosa sonrisa y un buen corazón.

Me costaba creer que mi sueño se estuviera cumpliendo y Mathis se hubiera fijado en mí. Sin embargo, debía reconocer que algo estaba cambiando entre nosotros. En cuestión de semanas, había pasado de ignorar mi existencia a ser muy consciente de mi presencia. De repente, siempre estaba ahí. Muy cerca. Podía sentir sus miradas y la forma en la que me sonreía agitaba mi estómago con millones de mariposas.

Deseaba con todas mis fuerzas que Inès tuviera razón y Mathis me pidiera salir.

Tomé una bocanada de aire y me froté el cuello. Me sentía aturdida por momentos y el corazón me aleteaba en el pecho.

—Céline, ¿te encuentras bien? Estás muy pálida.

Sacudí la cabeza y un suspiro entrecortado escapó de mi garganta.

—No mucho, me cuesta respirar. Será por el calor, debe de haber más de cuarenta grados.

—En la piscina has pasado mucho tiempo al sol. Quizá tengas insolación.

Asentí en respuesta y me humedecí los labios. Inspiré hondo. El aire no pasaba de mi garganta y mi corazón latía de forma irregular, podía notarlo bajo las costillas como un tambor al que golpean sin ningún ritmo.

Me froté el pecho, donde un dolor punzante había aparecido súbitamente.

De repente, el suelo bajo mis pies se transformó en gelatina. Mi vista se nubló y mis piernas dejaron de sostenerme.

Todo quedó a oscuras.

—¡Céline! ¡Céline, despierta! Por favor, abre los ojos.

Entreabrí los párpados, lo justo para poder ver lo que parecía el rostro pálido y lleno de pecas de Inès y su pelo aclarado por el sol enmarcándole el rostro. Su imagen estaba tan desdibujada que solo la reconocí por la voz.

—La ambulancia ya viene de camino —dijo una voz.

—¿Deberíamos darle agua o levantarle las piernas? —preguntó otra.

—Creo que es mejor no moverla —apuntó alguien más.

Inès lloraba cerca de mi oído.

—Céline, ¿puedes oírme?

Traté de asentir con la cabeza, pero notaba el cuello rígido. Todo mi cuerpo lo estaba. Solo mi corazón parecía tener vida y aleteaba como un colibrí en el interior de mi pecho, dando trompicones, hasta que volví a perder el conocimiento.

Y durante ese segundo en el que la luz se transformó en un velo negro, lo supe.

Algo dentro de mí no estaba bien y era malo.

—Pero ella siempre ha sido una niña muy sana. Nunca... nunca ha estado enferma. Ha tenido algún resfriado, dolor de oídos, fiebre por infecciones de garganta... cosas a las que su pediatra nunca le dio importancia —dijo mi madre mientras estrujaba un pañuelito de papel entre sus dedos.

El cardiólogo le dedicó una pequeña sonrisa de consuelo.

—Muchas veces las etapas tempranas de una enfermedad cardíaca pueden no causar síntomas evidentes.

—Entonces, ¿ha sido culpa nuestra por no habernos percatado de las señales? ¿Lo habríamos podido evitar?

—Por supuesto que no, quítese eso de la cabeza. Como le he dicho, a veces los síntomas no son evidentes y solo aparecen cuando la afección empeora. —Su mirada saltaba del rostro de mi madre al de mi padre—. De hecho, el síncope que ha sufrido Céline podría haber pasado por una lipotimia o los efectos de una insolación. Ha sido la cianosis anormal que presentaba lo que nos ha hecho sospechar que había algo más.

—Está diciendo que, después de todo, ¿ha tenido suerte?

—Así es. Aunque la enfermedad de Céline no es reversible, se puede evitar que empeore si comenzamos a tratarla de inmediato. Las arritmias mejorarán con la medicación, lo que también hará que mejore la miocardiopatía que padece y quizá podamos evitar una cirugía a corto e incluso a largo plazo. No hay razones en este momento para no ser positivos.

Mis padres se miraron a los ojos y se tomaron de las manos en un intento por darse ánimos el uno al otro. Sin embargo, eran incapaces de disimular el miedo que apretaba sus labios y hacía temblar sus gargantas. La incertidumbre de un camino completamente desconocido que no teníamos más remedio que recorrer.

—De acuerdo, haremos todo lo que usted nos diga, doctor —convino mi padre con voz temblorosa—. ¿Verdad, Céline?

Giré la cabeza al escuchar mi nombre y asentí sin la menor idea de qué me había preguntado. Aún intentaba entender lo que me pasaba porque, con solo dieciséis años, nadie espera descubrir de un día para otro que sufre una enfermedad que cambiará y limitará su vida para siempre. No se acepta fácilmente. Al contrario, la negación te golpea y se aferra a tu mente, aunque la realidad te haya explotado en la cara. Nunca se está preparado para recibir una noticia como esa.

—Sí, papá —respondí.

Pese al sombrío diagnóstico, pude hacer una vida bastante normal gracias a la medicación. Las visitas al hospital se convirtieron en una parte más de mi rutina. Analíticas, ecocardiogramas, monitoreo con Holter... Cada pocos meses, debía someterme a esas pruebas y otras muchas para asegurarnos de que el estado de mi corazón se mantenía estable y no empeoraba.

Mientras, el tiempo pasó.

Mathis se me declaró durante las vacaciones de Pascua del año siguiente y comenzamos a salir. Acabé el instituto y me matriculé en la universidad, en un grado de diseño y decoración de interiores. La madre de Mathis era decoradora y siempre me hablaba de lo fascinante que era crear espacios bonitos y acogedores, para que otras personas los disfrutaran mientras desarrollaban sus vidas y construían familias. Entornos de trabajo que inspiraran y motivaran. Lugares de ocio en los que respirar y sentirse bien con uno mismo.

Pensé que a mí también me resultaría igual de atrayente, pero no fue así. Me di cuenta de que llevaba en la sangre el periodismo, al igual que mi padre, y cambié de carrera.

Transcurrieron los años y no podía sentirme más afortunada y feliz. Tenía todo lo que podía desear: una familia maravillosa, un novio que me quería, amigos que me apoyaban y siempre estaban a mi lado y un futuro con el que podía permitirme soñar. Sin embargo, ese futuro comenzó a resquebrajarse como una fina capa de hielo bajo los pies poco después de cumplir veintiún años.

Solo habían pasado tres meses desde la última revisión, cuando un par de desmayos y una fatiga inusual hicieron saltar todas las alarmas. Las pruebas confirmaron las primeras sospechas y el peor de mis miedos se hizo realidad: mi corazón había comenzado a deteriorarse. Además de un engrosamiento anormal del músculo, que afectaba al ventrículo izquierdo, las válvulas se estrechaban poco a poco y no cerraban adecuadamente.

En apenas un año tuve que someterme a dos cirugías.

Mejoré durante unos meses. Una breve pausa antes de que todo mi mundo se derrumbara como un castillo de arena al que golpean las olas.

No había modo de detener los síntomas y estos eran cada vez mayores.

Todo apuntaba mal.

Enfermaba con mucha frecuencia y los ingresos en el hospital se convirtieron en algo constante que me obligó a abandonar mis estudios, que ya eran un desastre. Odiaba el hospital con toda mi alma. Lo peor eran las noches, cuando las luces se apagaban y la habitación se sumía en la oscuridad y el silencio, roto tan solo por los sonidos que emitía la máquina que controlaba mis signos vitales.

Pi, pi, pi, pi...

Ese eco agudo e irregular me taladraba el cerebro, pero la posibilidad de su ausencia me mortificaba aún más. Pasaba los días deprimida y enfadada. La vida en casa no era muy diferente a la de los ingresos. Tenía veintitrés años, pero mi cuerpo respiraba y se movía como el de una anciana. Había días en los que hacer algo tan sencillo como salir a tomar un café con mis amigos o ir al cine con Mathis me resultaba imposible. Y los envidiaba, los envidiaba muchísimo, porque ellos continuaban con sus vidas, hacían viajes, iban a fiestas, soñaban con posibilidades y hacían planes de cara al futuro. Todo era posible.

Yo estaba rodeada de imposibles y límites. Aunque a ellos nunca les importó que mi ritmo fuese otro. Inès venía a verme todos los días, incluso se quedaba a dormir conmigo los fines de semana. Mathis parecía vivir por y para mí, y eso me frustraba.

Sentía que los tenía presos. Que los confinaba. Atados a unas cadenas invisibles de lástima y empatía. O quizá por una estúpida moralidad que les hacía sentirse culpables. Sacrificaban su tiempo y sus planes por mí. O los adaptaban para poder incluirme.

Así que comencé a alejarlos.

Evitaba la compañía de Inès y mis otros amigos y a Mathis le propuse tantas veces romper nuestra relación que perdí la cuenta. Mi historia agonizaba. La nuestra se quedó sin esperanza. La palabra «fin» ya estaba escrita en mi horizonte.

Pese a todo, Mathis nunca se rindió. Al contrario, hizo lo imposible para convencerme de que mi situación mejoraría y mi enfermedad solo sería un mal recuerdo. Una pesadilla de la que iba a despertar.

No mejoré.

La pesadilla se hizo realidad.

Me aplastó.

Un trasplante se convirtió en mi única salvación y, aun así, no las tenía todas conmigo. El tiempo corría en mi contra, mientras mis esperanzas se diluían un poco más cada día que pasaba sin que nada cambiara.

No dejaba de maldecir y preguntarme por qué yo. Por qué a mí. Pero no encontraba la respuesta. No la había. Simplemente me había tocado una mala mano y la peor partida, perder el juego era inevitable y esa realidad me hundió en una profunda depresión.

Hasta que una noche, en la que no podía dormir, me levanté de la cama y me dediqué a vagar por la casa. Pasé horas mirando fotografías, objetos llenos de recuerdos. A mis padres durmiendo abrazados y mi hermano jugando a videojuegos en su habitación. Todo tan cotidiano. Tan normal. Tan efímero.

Y en mi mente apareció otra pregunta.

Si ese podía ser mi último día respirando, mi último instante, ¿quería malgastarlo amargada y enfadada o disfrutar de todo lo bueno que me rodeaba? ¿Cómo quería que me recordaran las personas que me querían y a las que tanto amaba?

No tuve que pensarlo mucho.

A partir de ese momento, la vida cobró otro sentido para mí. Fui consciente de su fragilidad y de que eso la hacía mucho más hermosa. Tan valiosa que desperdiciarla era el mayor de los pecados.

Solo existía en el presente y el hoy era lo más importante, porque el mañana es incierto.

Aceptar. Vivir. Amar mientras esperaba.

Ese se convirtió en mi mantra.

El día que cumplí veinticuatro años me ingresaron de urgencia en el hospital. Mi corazón agotado se estaba quedando sin fuerzas. No necesitaba que nadie me lo dijera, podía sentirlo. El cansancio de mis latidos. El tictac que marcaba el ritmo al que caía la arena de mi reloj era cada vez más rápido. Más débil.

Me entristecía. Estaba preocupada y tenía miedo.

Cuando miraba a mi madre, solo quería hacerme una bolita en su regazo y volver a ser un bebé. Su bebé. Aun así, estaba agradecida por los casi veinticinco años que había sido su hija.

Casi veinticinco.

Porque no iba a poder cumplirlos. Lo veía en el rostro de los médicos cada vez que recibían nuevos resultados. En el dolor de mis padres tras hablar con ellos, mientras se esforzaban por seguir confiando en la magia de un milagro.

Yo ya no creía en la magia ni en los milagros.

Había perdido lo último que me quedaba, la inocencia.

Entonces ocurrió.

Era 14 de julio por la noche, desde la ventana de la habitación podía ver cómo el cielo se iluminaba con los fuegos artificiales con los que cada año finalizaba la fiesta nacional de Francia. Mi madre sostenía mi mano con fuerza. Hacía días que solo me soltaba cuando no le quedaba más remedio.

—Son muy bonitos —dije en voz baja.

—Siempre te han gustado.

—¿Recuerdas cuando hablábamos de verlos un año en París, desde los Campos Elíseos?

—Sí —musitó ella con un deje de culpa—. Siento mucho no haberte llevado.

—Vamos, mamá, no digas eso.

—Es la verdad, deberíamos haber ido —gimió angustiada—. Pero yo siempre lo dejaba pasar. Por pereza, por dejadez, por... por egoísmo. ¡Qué tonta fui!

Apreté su mano. Me daba pena verla de ese modo y me preocupaba que, una vez que yo no estuviera, perdiera el tiempo arrepintiéndose por todo lo que creía que podría haber hecho por mí y no pudo.

—Mamá, no pasa nada. Hay cosas que no he podido hacer, pero otras muchas que sí. No lamento nada.

—Si solo hubiera sabido que... —su voz se apagó de golpe.

Le sonreí.

—¿Que no teníamos tiempo? —terminé de decir por ella.

Apretó los labios y asintió.

—Aún sigo aquí —comenté en voz baja. Aparté la vista de ella y la clavé en la ventana. Vi mi reflejo en el cristal. Parecía la modelo sin vida de un cuadro antiguo, vestida con un camisón blanco y envuelta en sábanas del mismo color, lo único que destacaba era mi pelo largo y castaño enmarcando la palidez de mi rostro. Mis ojos oscuros habían perdido el brillo y lucían un tono mate, que me recordaban a dos trozos de carbón. ¿De verdad me veía tan mal?

Inspiré hondo y me hundí un poco más en la almohada. Imaginé que me tragaba. Que me engullía. Que el hilo deshilachado del que colgaba por fin se rompía. Y ahí acababa todo. Estaba tan cansada de plantearme el final de mi existencia a la espera de que ocurriera que esos pensamientos tenían algo que me reconfortaba.

No había nada malo en querer rendirse cuando la guerra ya estaba perdida.

En querer descansar cuando el cuerpo ya no tiene fuerzas para retener el alma.

De repente, la puerta se abrió y varios médicos entraron a paso ligero.

Era muy tarde para una visita rutinaria.

—Buenas noches, Céline, ¿cómo te encuentras? —me preguntó el doctor Dubois, jefe de cardiología del hospital.

—Bien.

—¿Tan bien como para hacer un pequeño viaje?

El corazón me dio un vuelco y parpadeé sorprendida. Miré a mi madre, que se había puesto en pie de un bote.

—¿Un viaje? —inquirió ella.

El doctor asintió.

—Acabamos de recibir una llamada del hospital Marie Lannelongue, hay un donante para Céline.

La noticia me golpeó como un rayo.

Un donante.

Un corazón.

¿Había un corazón para mí?

Me pilló tan desprevenida que no fui capaz de reaccionar. Tiempo atrás descarté cualquier esperanza o ilusión. Ya no soñaba con milagros. Ni dormida ni despierta. Aceptar y vivir lo que me quedaba con la mayor tranquilidad posible, ese había sido mi único pensamiento desde hacía bastante.

Mi madre me tomó de las manos y las apretó con fuerza. Sus ojos brillaban por las lágrimas. Trataba de contenerse y guardar la compostura, pero la emoción temblaba en su piel.

Una sensación abrumadora de esperanza se apoderó de mi respiración. Los latidos acelerados y erráticos que me recorrían el cuerpo eran aterradores. Mis dedos se aferraron a los de mi madre con más fuerza aún.

El doctor Dubois se sentó en el borde del colchón de mi cama y me miró. Su expresión alegre se transformó en otra más cauta.

—Céline, eres la primera en la lista para recibir ese corazón, pero he de ser sincero contigo. Cabe la posibilidad de que una vez que estemos allí y valoren tu estado, este no sea el más óptimo para la operación y consideren que el riesgo es demasiado grande. La probabilidad es muy alta, ya sabes que los últimos resultados no eran los mejores. Si eso ocurre...

—Doctor, ¿intenta decirme que mis posibilidades de superar la operación son escasas?

—Algo así.

—Si no me opero, tampoco es que tenga muchas. Por no decir ninguna, ¿verdad?

El doctor Dubois forzó una pequeña sonrisa y asintió. Entonces añadí:

—Si ha llegado mi momento, prefiero que sea en un quirófano intentándolo que aquí mirando por esa ventana. Estoy cansada de las vistas.

Su sonrisa se hizo más amplia y me dio unas palmaditas en el brazo.

—De acuerdo, vamos a prepararte. A partir de ahora el tiempo es crucial.

Después de esa conversación, todo sucedió muy rápido. El hospital organizó mi traslado y me llevaron desde Aix hasta París en un vuelo medicalizado.

Durante el viaje podría haber pensado en muchas cosas, pero solo una ocupó mi mente: mi donante. En algún lugar, una persona había perdido su vida y, gracias a esa tragedia tan dolorosa e irreversible, yo tenía una pequeña oportunidad de continuar la mía. Empecé a preguntarme qué le habría pasado, qué edad tendría, si en alguna parte otras personas estarían llorando su muerte. ¿Un estudiante? ¿Una madre con hijos? ¿Un accidente laboral? ¿De tráfico?

Afligida, lloré en silencio. Dentro de mí, la alegría se mezclaba con la pena. La lástima con la esperanza. Sentí la realidad de nuestra frágil naturaleza más pesada y tangible que nunca.

Así es la vida: cruda, a veces cruel, y tiene un final.

Unos nacen y otros mueren.

Algunos se van antes de tiempo y, en su infinita generosidad, permiten que otros perduren un poco más.

La mente es una masa de contradicciones y conflictos. Mentimos para conseguir que otros confíen en nosotros. Perseguimos la felicidad de formas que nos alejan de ella. Cuando nos equivocamos, luchamos a brazo partido por tener razón.

John Verdon

Mentimos cuando no tenemos valor para mirar las cosas a la cara.

Katherine Pancol

1

Un año más tarde

De repente, un día todo cambia.

Y esos días comienzan como otro cualquiera.

El amanecer despunta envuelto en la misma rutina de siempre. La misma cotidianidad, sin nada especial que presagie que algo importante está a punto de suceder. Sin un solo indicio que te haga sospechar que el mundo que conoces está a punto de alterar su órbita.

Tomará otra dirección.

Otra velocidad.

Nada volverá a ser como antes.

Tú tampoco lo serás.

Así comenzó el día que descubrí que estaba enferma. Y el que recibí un nuevo corazón.

Tampoco hubo ningún augurio ni tuve un presentimiento ese día.

Abrí los ojos y me estiré bajo las sábanas con un gruñido sutil. A mi lado, Mathis se desperezó antes de musitar un «buenos días» y darme un beso en la frente.

Saltó de la cama y fue directo a la cocina. Lo escuché trastear en los armarios mientras yo me metía en la ducha y, poco después, un intenso aroma a café se extendió por la casa. Aún con el pelo húmedo, regresé al dormitorio y abrí el cajón donde guardaba un poco de ropa y algunos artículos de higiene personal. Me vestí con un pantalón corto de lino y una camiseta sin mangas y cuello redondo. El verano ya había llegado oficialmente y las altas temperaturas lo constataban desde primera hora de la mañana.

Entré en la cocina y encontré a Mathis cortando unas rebanadas de pan y colocándolas en la tostadora.

—¿Y la mermelada? —le pregunté.

—En el armario junto a la nevera, donde siempre —me contestó.

Descubrí un tarro tras un paquete de azúcar y lo llevé a la mesa. Después serví café en nuestras tazas a juego y me senté sin dejar de sonreír. A través de la ventana abierta entraba una suave brisa, que agitaba las cortinas y traía consigo un ligero olor a humedad por la lluvia que había caído durante la noche.

Mathis vivía en un antiguo edificio en la plaza Saint-Honoré, en un piso reformado que ocupaba la tercera planta. Lo había heredado de sus abuelos, tras graduarse en la universidad y comenzar a trabajar en el negocio hotelero de su familia, que ya contaba con dos hoteles de cuatro estrellas y uno de tres solo en la ciudad de Aix. En este último, era donde yo trabajaba como recepcionista, desde hacía unos pocos meses.

Después de terminar el desayuno, me puse en pie y comencé a recoger la mesa. Me agaché para colocar los platos, los cubiertos y las tazas en el lavavajillas y al levantarme Mathis me abrazó por la espalda. Apoyó su barbilla en mi hombro y sus labios acariciaron el borde de mi oreja al murmurar:

—Si vivieras aquí, podríamos desayunar juntos todas las mañanas.

—Desayunamos juntos muchas mañanas.

—No es lo mismo —dijo contra mi piel antes de intentar sorberla. Incliné el cuello para evitarlo, no me gustaba que hiciera eso—. Ven a vivir conmigo.

—Ahora mismo estamos bien así.

—Viviendo juntos estaríamos mucho mejor —insistió.

Contuve un suspiro. Me di la vuelta entre sus brazos y recorrí su rostro. El pelo le había crecido mucho en los últimos meses y unos mechones negros le caían sobre la frente. Se los aparté con los dedos.

—Vamos a casarnos, ¿no puedes esperar un poco más?

—¿Cuánto tiempo? Ni siquiera has mencionado una fecha.

—Apenas han pasado dos meses desde que nos comprometimos —le recordé.

Me estrechó contra él. Apoyó su frente en la mía y cerró los ojos.

—Para mí es más que suficiente.

—Mathis, no se trata solo de fijar una fecha —repliqué mientras le acariciaba los brazos con un gesto tranquilizador—. También hay que planificar muchas cosas y hacer que cuadren otras tantas, eso lleva tiempo. Sobre todo, para hacer posible la boda que tu madre quiere.

—Es nuestra boda, no la suya.

—Pues deberías aclarárselo.

Me deshice de su abrazo y me acerqué a la nevera, saqué una botella de agua fría y me serví un vaso. Bebí un sorbo mientras sentía la mirada de Mathis sobre mí. Desde hacía unas semanas, su actitud conmigo era un poco asfixiante. Estaba pendiente de todo lo que hacía, de cómo me sentía, y su impaciencia para consolidar nuestra relación de forma legal empezaba a agobiarme. Además, éramos pareja desde hacía ocho años, y habíamos pasado juntos por tantas cosas difíciles y complicadas que no había ningún papel ni convivencia que pudiera afianzar aún más nuestra relación que ese tiempo.

—Céline, ¿te estás arrepintiendo? —me preguntó de repente.

—¡No! —exclamé—. ¿Por qué piensas eso?

Sus ojos azules se oscurecieron.

—No quieres vivir conmigo antes de casarnos, pero tampoco quieres fijar una fecha ni empezar con los preparativos.

Dejé escapar un suspiro ansioso y sacudí la cabeza.

—¿Quién ha dicho que no quiera? Solo te estoy pidiendo un poco más de tiempo —respondí en tono suplicante.

—¿Cuánto?

Tragué saliva. El corazón me latía rápido dentro del pecho y me puse aún más nerviosa. Ese aleteo me hacía pensar en las arritmias que había sufrido durante tantos años y el miedo me estrujaba por dentro, hasta que la parte racional de mi cerebro me obligaba a centrarme en su ritmo preciso. Era normal.

Miré a Mathis a los ojos.

—Hasta mi próxima revisión, a principios de septiembre. ¿Puedes aguantar hasta entonces? Solo hasta entonces —le pedí. Me pasé la mano por el cuello en un intento de aliviar la rigidez que sentía—. Puede... puede que a ti te parezca irracional, pero yo necesito confirmar que todo sigue bien antes de pensar en ceremonias, vestidos, banquetes y viajes de luna de miel —le confesé.

Mathis me sonrió, pero solo fue un gesto tras el que la frustración que sentía a veces conmigo luchaba con sus esfuerzos por ser paciente y comprenderme.

—Está bien, lo entiendo.

—No lo entiendes, porque no sabes lo que es estar en mi

lugar. El miedo a que los inmunosupresores dejen de funcionar y mi cuerpo rechace este corazón. He pasado tantos años enferma que aún me cuesta creer que ahora estoy bien, y a veces necesito convencerme de eso —salté.

Él se acercó y me rodeó con sus brazos. Sentí sus labios en mi sien.

—Lo siento, tienes razón. Haremos las cosas a tu ritmo, ¿de acuerdo?

—Sí —convine con voz queda.

—Te quiero mucho, Céline.

—Y yo a ti.

Me frotó la espalda. A través de mi camiseta pude notar la aspereza de los callos que tenía en las manos, después de tantos años jugando al tenis.

—Hoy tienes turno de tarde en el hotel, ¿verdad? —me preguntó.

—Sí.

—¿Y qué vas a hacer durante la mañana?

—He quedado con Inès, necesita que la ayude con algo y ya llego tarde.

Mathis me soltó con un profundo suspiro y se inclinó sobre la mesa para alcanzar su teléfono. Se lo guardó en el bolsillo, luego sus ojos regresaron a mí.

—¿Comemos juntos? —propuso.

—Me parece bien, pasaré a buscarte sobre la una.

—Lo estoy deseando.

Se despidió de mí con un beso y salió de la cocina tarareando algo por lo bajo.

Oí cómo se cerraba la puerta principal.

Minutos después yo también me marchaba.

Inès vivía en la avenida des Belges, a solo diez minutos caminando desde el piso de Mathis. Aunque a esas horas de la mañana el centro ya estaba abarrotado de residentes, viajeros y repartidores yendo de un comercio a otro, por lo que hacer ese trayecto me llevó el doble de tiempo y tuve que dar algún que otro rodeo.

Inconvenientes de vivir en una ciudad grande y turística como Aix-en-Provence.

Todo el mundo la conoce como la ciudad de las mil fuentes, aunque ya os digo que no hay tantas. Sin embargo, es divertido ver a los visitantes contándolas, mientras recorren las callejuelas del casco antiguo. Un laberinto repleto de plazas escondidas, que huyen del sol bajo los árboles y los toldos de las terrazas.

Cuando salí del ascensor, Inès me esperaba en la puerta.

—¡Ya estás aquí! —exclamó mientras me abrazaba—. De verdad, gracias por venir tan temprano.

—Tu mensaje decía que era cuestión de vida o muerte.

Cerré la puerta al entrar y la seguí hasta la cocina.

—¿Quieres un café o alguna otra cosa? —me preguntó.

—¿Tienes café descafeinado?

—Soluble. ¿Te parece bien?

—Sí, con leche, por favor —convine. Me senté a la mesa—. Bueno, ¿vas a decirme qué pasa?

—Me han invitado a la presentación de una nueva línea de cosméticos. Es una gran oportunidad y pagan muy bien —empezó a contarme mientras calentaba un poco de leche y le añadía una cucharadita de café—. Tenía cita a primera hora en la peluquería, también manicura, y anoche la cancelaron en el último momento. No tengo tiempo de conseguir otra. ¡Es un desastre!

Inès había estudiado Marketing y Publicidad. Tras graduarse, la contrataron en una agencia emergente de marketing digital, especializada en conectar a las marcas con *influencers* para que estos promocionaran sus productos y servicios. Además de buscar creadores de contenido, también planificaba las campañas y negociaba acuerdos y tarifas. Sin embargo, por un giro del destino, acabó convirtiéndose en una de esas personas que anunciaban productos a través de vídeos, fotos y *stories* en sus redes sociales. Y le iba bastante bien. Aunque no es de extrañar. Inès era muy guapa y simpática, extrovertida, y poseía un físico increíble. Tenía miles de seguidores y todo lo que mostraba, ya fuese ropa, accesorios o un perfume, se convertía en tendencia.

—Y en esta tragedia, ¿dónde encajo yo? —pregunté.

—Tú vas a peinarme y me harás las uñas.

—¡¿Yo?! —grité pasmada—. Pero si mi pulso es como el de una lavadora centrifugando.

Puso los ojos en blanco y dejó la taza de café en la mesa.

—No seas exagerada.

—No lo soy, mira. —Estiré al frente ambos brazos, con las palmas de las manos hacia abajo. Temblaban como si fuesen de gelatina—. ¿Lo ves?

Inès frunció el ceño y se plantó frente a mí con un mohín en los labios. Me mostró sus uñas descascarilladas.

—Céline, no puedo ir con estas pintas a la presentación. Vamos, sé que lo harás como una profesional.

—Es más fácil decirlo que hacerlo.

—Por favor, por favor, por favor... —me rogó mientras hacía pucheros.

—De acuerdo, pero lo haré bajo tu responsabilidad. Luego no quiero dramas.

Soltó un gritito.

—¡Gracias, eres la mejor! Ven conmigo, lo tengo todo preparado en el salón.

Me tomó de las manos, luego me arrastró a la sala sin que hubiera podido darle un solo sorbo al café.

Inès se acomodó en una silla y me explicó lo que debía hacer. Empuñé las tenacillas y, con más voluntad que habilidad, fui enrollando mechón a mechón su larga melena rubia y lisa hasta lograr una cascada de rizos suaves, que parecían flotar a su espalda. Evalué el resultado con ojo crítico. No estaba mal.

—¿Qué te parece? —le pregunté.

—Me encanta, Céline —exclamó mientras se miraba en el espejo desde distintos ángulos—. ¿Crees que debería hacerme algún recogido o llevarlo suelto? No sé qué estilo me favorece más.

Le sonreí a su reflejo.

—Eres guapísima, todo te favorece.

Inès me devolvió la sonrisa y a mí me invadió una sensación de ternura. La quería muchísimo.

Mi mirada tropezó con el reloj que colgaba de la pared y me percaté de que no llegaría a tiempo a esa presentación si no nos dábamos prisa. Observé las manos de Inès y después todos los productos para manicura que había desparramados sobre la mesa. No tenía ni idea de por dónde comenzar. Yo no solía pintarme las uñas, siempre las llevaba muy cortas para evitar mordérmelas cuando me ponía nerviosa.

—Solo necesito que apliques una base, el color y luego otra capa con brillo.

Contuve el aire durante unos segundos. Lo solté todo de golpe y asentí. Abrí el primer botecito. Saqué el pincel y me incliné sobre la mesa. Al principio estaba tensa, pero enseguida me di cuenta de que no era tan difícil, mis manos se relajaron y mi pulso se volvió firme. Mientras tanto, nos pusimos a hablar de cosas sin importancia. En realidad, era Inès la que hablaba y yo solo escuchaba. Siempre había sido así. Su vida era invariablemente mucho más interesante y divertida que la mía.

La invitaban a fiestas, se relacionaba con gente famosa y le pasaban todo tipo de cosas. Algunas, dignas de recopilarlas como material para una novela.

—Ariane se ha empeñado en organizarme una cita a ciegas, ¿te lo puedes creer?

—¿En serio?

—No sé qué problema tiene con la soltería de los demás. Me alegro de que ella se sienta plena y feliz con Lola, pero no todas necesitamos tener pareja para sentirnos realizadas.

—No le hagas caso.

—Lo dices porque no es a ti a la que atormenta. Está obsesionada.

Alcé la barbilla y la miré. Me hizo gracia verla enfurruñada por algo tan insignificante.

—No puede obligarte, dile que no y ya está. O puedes aceptar y, ¿quién sabe?, quizá conozcas al amor de tu vida.

Inès me sostuvo la mirada y sus labios se curvaron en una mueca. Una expresión melancólica cruzó por su rostro.

—No tengo tiempo de conocer a nadie, y tampoco me apetece.

Apartó la vista y comenzó a soplar sus dedos para acelerar el secado del esmalte. Me quedé observándola. Habían pasado años desde la última vez que Inès salió con alguien. Si no recordaba mal, su último novio fue un tal Mario. Un chico español que estudiaba en nuestra universidad. Estuvieron juntos durante todo un curso, pero decidieron romper cuando él hubo de regresar a España al llegar el verano.

Desde entonces, no había visto a Inès interesarse por nadie. Al contrario, huía de los tipos que se le acercaban como si estos tuvieran una enfermedad contagiosa. Las pocas veces que habíamos hablado al respecto, siempre se justificaba con que quería centrarse en sí misma y su trabajo. Le iba bien, pero aspiraba a más. Mucho más de lo que ya había conseguido, y un hombre solo sería un estorbo.

Yo entendía su punto de vista y no le había dado mayor importancia a ese rechazo rotundo a una relación romántica.

Cada uno tiene sus prioridades. No obstante, ahora que pensaba en ello con más detenimiento, Inès llevaba cuatro años en esa situación. Era mucho tiempo.

Pensé en preguntarle si había algún otro motivo que la hubiese condicionado. No sé por qué no lo hice y me quedé callada, dándole más vueltas.

—¿Estás bien? De repente te has puesto rara —dijo Inès.

Forcé una sonrisa y negué con la cabeza.

—No estoy rara.

—Te conozco demasiado bien. ¿Qué ocurre?

La miré. Abrí la boca para confesarle mis pensamientos. Sin embargo, algo me retuvo. Imagino que no quería convertirme en otra Ariane subestimando sus decisiones. Así que solté lo primero que se me ocurrió.

—Mathis me ha pedido que vivamos juntos.

Los ojos de Inès se abrieron por un momento.

—¿Y vais a hacerlo?

Negué con un gesto y le conté a grandes rasgos la conversación que habíamos mantenido. Su preocupación. Mis miedos. Sus dudas. Mi incertidumbre.

—Mathis te quiere mucho y esperará todo el tiempo que necesites. Lo sabes, ¿verdad?

—Sí, y por esa misma razón no quiero alargar esta situación, pero no puedo hacer lo que él quiere ahora. Necesito... —Inspiré hondo. Me costaba ponerles voz a ciertos pensamientos—. Necesito asegurarme de que todo está bien antes de ilusionarme, porque no soportaría volver a perderlo todo.

—Céline, cariño...

Sonreí, no buscaba su compasión.

—No sé, puede que sea una tontería y esté exagerando.

—No estás exagerando, es normal que tengas miedo. Ni siquiera ha pasado un año desde el trasplante y, aunque ahora estás bien, soportaste cosas que aún no has tenido tiempo de superar. Pero lo harás, Céline, y tu enfermedad, el hospital... Todo eso solo será un mal sueño que olvidarás poco a poco. Te casarás con el chico que amas y serás asquerosamente feliz, porque te lo mereces. Así que deja de preocuparte. Todo va a estar bien, te lo prometo.

Noté que algo se contraía en mi estómago y se me escapó un suspiro entrecortado. Con esas palabras, Inès demostraba que seguía conociéndome mejor que nadie. Siempre sabía qué decir para hacerme sentir mejor.

—Gracias —susurré.

Sus labios se curvaron en una sonrisa y su rostro resplandeció.

—¿Por qué me estás dando las gracias?

—Por todo, imagino. Porque siempre has estado a mi lado, incluso en los peores momentos. Preocupándote por mí, animándome cuando más lo necesitaba. Cuidándome, brindándome tu apoyo. Nunca me abandonaste ni te rendiste conmigo, ni siquiera cuando te lo pedí. —Noté algo en la mejilla. Sonreía avergonzada al darme cuenta de que era una lágrima—. Creo que nunca te lo había dicho.

Inès alzó la barbilla y parpadeó varias veces. Al mirarme de nuevo, sus ojos brillaban húmedos.

—Si se me hinchan las ojeras para la presentación, te mataré —bromeó entre risas.

Me reí con ella, al tiempo que me enjugaba las lágrimas. Noté el fuerte olor a acetona que impregnaba mis dedos.

—Voy a lavarme las manos —dije.

Me dirigí al baño. De repente, recordé algo y me detuve en medio del pasillo.

—Inès, ¿podrías prestarme tu Polaroid?

—Sí, por supuesto. Está en el baúl grande de mi dormitorio. La verás nada más levantar la tapa.

—Gracias. Estoy preparando un álbum de recuerdos para Mathis, por su cumpleaños. Espero que le guste.

—Adora todo lo que haces —suspiró risueña.

Tras lavarme las manos, fui al dormitorio de Inès. Las puertas del armario estaban abiertas de par en par, la cama deshecha y sobre las sábanas había varios atuendos con accesorios. Debía de llevar horas planificando qué ponerse para el evento. Crucé la habitación y subí la tapa del baúl, que se encontraba bajo la ventana y servía también como descalzador. Vi la cámara en una esquina y me agaché para cogerla. Al levantarme, no sé cómo, la pulsera que llevaba se enganchó en el cierre y se rompió. Cayó y se perdió entre todas las cosas que Inès guardaba en el cofre.

Maldije entre dientes. Mathis me había regalado esa pulsera en nuestro último aniversario. Me arrodillé sobre la alfombra y metí las manos en los huecos. Palpé cada rincón, pero no la encontré y no tuve más remedio que comenzar a sacar cosas. Al apartar una bolsa de tela que contenía un bolso, volqué sin querer una caja. La tapa se abrió y todo lo que guardaba en su interior se desparramó.

Vi un montón de notas escritas a mano y fotografías. Al observarlas con más atención, mi corazón se detuvo un instante y acto seguido se partió en mil pedazos. Las tomé con manos temblorosas y me quedé mirándolas. La tierra se abrió bajo mis pies. En esas instantáneas se veía a Inès y Mathis abrazándose, besándose y en otros momentos tan íntimos que no había modo de justificar para dos simples amigos.

Imágenes que no debería haber encontrado nunca. Que no quería ver, porque no podía ser. Sencillamente, no podía ser. Por favor, nada era real. No podía estar sucediendo de verdad.

La bilis comenzó a subir por mi garganta. Me costaba respirar.

—Céline —la voz de Inès sonó a mi espalda.

Me puse en pie de un bote y todas las fotografías cayeron en una lluvia hasta la alfombra. Sus ojos volaron hasta ese punto y palideció. La vida abandonó su rostro mientras su mirada me buscaba aterrada.

—Céline —pronunció mi nombre con desesperación. Sacudí la cabeza—. Céline, escucha, puedo explicarlo. No es lo que crees.

Di un paso atrás cuando ella hizo el intento de acercarse.

—¿Explicar qué? Vosotros dos... estáis juntos —grazné.

—No es cierto.

—¿Cómo puedes decir que no es cierto? Acabo de veros desnudos en esta misma cama.

—Lo sé, pero fue un error. ¡Un maldito error!

Un dolor inhumano se extendía por mi pecho. Nunca había experimentado un sufrimiento tan profundo.

—¿Un error? —Señalé las fotos en el suelo, que ya no podía ver por culpa de las lágrimas—. En algunas llevas el pelo rosa, hace tres años que no te lo tiñes. Y te... te regalé esas sábanas el año pasado. ¿Qué clase de error dura tanto tiempo?

—Lo siento, lo siento mucho, perdóname, por favor. Nunca debió ocurrir y me arrepiento de todo. No sabes cuánto me arrepiento.

—No puedo creerlo. Vosotros... vosotros dos sois lo más importante que tengo en mi vida. ¿Cómo habéis podido hacerme algo así? —mi voz era un hilo quebradizo.

—No sé cómo pasó, pero se terminó, Céline. Tienes que creerme, se acabó.

—¿Cuándo? —pregunté crispada.

—En octubre.

La opresión que sentía en el pecho era cada vez más grande. Me esforzaba por respirar, pero no podía. Mi cuerpo no me obedecía. Octubre. Tres meses después de mi trasplante, justo cuando volví de París tras recibir el alta hospitalaria.

Sacudí la cabeza de forma vehemente. Se habían estado acostando a lo largo de cuatro años y aún tenía el valor de decirme que había sido un error. El pulso me atronaba en los oídos. Era incapaz de pensar con claridad. Era incapaz de hacer nada.

Una profunda desesperación se abrió paso por mi cuerpo, me clavó los dientes y me mordió con tanta fuerza que tuve la sensación de que si miraba hacia abajo vería las heridas.

—Céline, vamos a hablar. Déjame que te lo explique, podemos solucionarlo.

¿Solucionarlo? ¿Cómo podía ser tan hipócrita y descarada? Una traición de esa magnitud no tiene arreglo ni enmienda. Del mismo modo que no puedes coger un puñado de cenizas y convertirlas en el trozo de madera que era antes de arder. Una traición destroza como lo haría un tornado, borrando todo rastro de lo que una vez hubo.

La ira y la humillación se mezclaban en lo más profundo de mi ser. Un sinfín de impulsos que me aplastaban. Apreté los puños y miré a Inès mientras me secaba las lágrimas con movimientos rabiosos.

—No te reconozco, ¿quién eres tú? —mascullé dejando traslucir lo mucho que me asqueaba.

—No digas eso, por favor. Sé que no tengo excusa y no merezco tu perdón, pero tienes que darme la oportunidad de explicarte...

No la dejé terminar. Me dirigí a la puerta a toda velocidad.

«No puedo seguir aquí. Tengo que irme.»

Agarré mi bolso y salí de su piso con la respiración tan acelerada que el eco de mis jadeos rebotaba en las paredes.

Acto seguido me lancé escaleras abajo mientras la voz de Inès resonaba a mi espalda y me suplicaba que me detuviera.

Gritaba con la voz rota.

Ni siquiera miré atrás. No quería volver a verla nunca más. Todo lo que éramos se había roto en mil pedazos. Ella lo había reducido a polvo, partículas dispersas en el aire imposibles de unir.

2

Salí del edificio a trompicones y crucé la calle. Caminé sin detenerme. Ni siquiera estaba segura de adónde iba, solo quería alejarme. Escapar. Encontrar una forma de apagar mis sentimientos, porque estaba perdiendo por completo el control sin poder hacer nada para evitarlo.

Aturdida, me tapé los oídos con las manos.

La luz era demasiado brillante. Los ruidos, ensordecedores.

A mi alrededor, el flujo de personas no se detenía.

Rostros que se deformaban y desdibujaban sin percatarse de que yo ya no podía respirar. No podía coger aire. Era como si alguien estuviera aplastando mis pulmones y apretase cada vez más. El corazón me palpitaba muy deprisa y un dolor agudo se extendía por mi pecho hacia mis brazos.

Temí que mi corazón estuviera fallando y el pánico se apoderó de mí.

Me apoyé en la pared de un edificio y traté de respirar. Dentro del bolso vibraba mi teléfono, pero yo no tenía energía para moverme. La desesperación me arrolló como si fuese una ola enorme. Me sepultó, como la certeza de que me estaba muriendo. Esta vez sí.

De repente, unos brazos aparecieron de la nada y me sostuvieron con firmeza cuando las fuerzas me abandonaron.

—Eh, ¿te encuentras bien? —me preguntó una voz de hombre.

Negué con un gesto y permití que me ayudara a sentarme en el suelo. Apoyé la cabeza en la pared que tenía detrás y alcé la barbilla en busca de aire. Inspiraciones rápidas y superficiales que me estaban agotando.

—De acuerdo, intenta respirar más despacio. Inhala por la nariz y suelta el aire por la boca —me pidió mientras palpaba con sus dedos índice y corazón el pulso frenético de mi cuello.

Lo miré a través de la niebla y las lágrimas que se agolpaban en mis ojos. Era un chico joven, con el pelo castaño y unos ojos oscuros que me escrutaban preocupados.

—¿Has tomado alcohol, drogas o algún medicamento nuevo?

—No —susurré.

—¿Te has caído o golpeado la cabeza? —Negué con un gesto. Él prosiguió—: ¿Te duele en alguna parte? —Me señalé el pecho, a la altura del esternón—. ¿Ese dolor que sientes se irradia hacia el brazo izquierdo, cuello, mandíbula o cervicales? ¿Tienes náuseas?

Dije a todo que no. Las molestias se concentraban en mi tórax: palpitaciones, opresión, ahogo y los temblores que no podía controlar y se extendían por todo mi cuerpo. El sudor frío que empapaba mi piel y mi ropa.

Me tocó la frente con el dorso de la mano y después las mejillas. Luego acercó su rostro al mío y observó mis ojos de forma alterna.

Me tomó el pulso de nuevo, esta vez en la muñeca.

—Creo que tienes un ataque de pánico, pero deberías ir a un hospital, por si acaso.

Me costó entender lo que decía y mucho más responder. Dentro de mi cabeza se abría un agujero negro que se tragaba mi conciencia. Todo me daba vueltas y no era capaz de recuperar el control de mi cuerpo.

—Vamos, te ayudaré —dijo mientras cargaba con mi peso y se ponía en pie.

Apenas recuerdo nada de lo que pasó a partir de ese momento. Imágenes fugaces del chico que me había socorrido. El traqueteo de un coche, la puerta del hospital, una camilla y manos que me movían de un lado a otro.

Cuando recuperé la consciencia y abrí los ojos, lo primero que vi fue una luz muy brillante. Parpadeé varias veces. Me sentía rara. Tenía la cabeza embotada y notaba un extraño hormigueo por todo el cuerpo. Apreté los párpados con fuerza. Un pitido molesto y conocido se colaba en mis oídos. Demasiado familiar. Tanto como el picor de los electrodos pegados a mi piel y el peso de los cables enganchados a ellos. Como la presión que por momentos ceñía mi brazo y después se aflojaba. El escozor de la vía en mi brazo.

El miedo se apoderó de mí. ¿Había recaído en mi enfermedad? ¿Finalmente mi cuerpo había rechazado el nuevo corazón? Angustiada, me llevé la mano al pecho y gemí.

—Céline, cielo, ¿estás bien?

Volteé la cabeza y vi a mi madre sentada junto a la cama en la que me encontraba. Impotente, los ojos se me llenaron de lágrimas.

—Mamá, ¿vuelvo a estar enferma... mi corazón...?

—No, cielo, estás completamente sana. No tienes de qué preocuparte.

—Entonces, ¿por qué me han puesto todo esto? Casi no puedo moverme y estoy mareada.

—Los médicos dicen que sufriste un ataque de pánico y

colapsaste. Te han suministrado ansiolíticos, por esa razón te encuentras ida. Te sentirás mejor en un rato.

Asentí y me pasé la mano por la frente y las mejillas acaloradas. Un poco más tranquila, miré a mi alrededor. Nos encontrábamos en un box de observación del ala de urgencias.

Mi madre me acarició el brazo para llamar mi atención.

—Céline, dicen que un ataque de pánico normalmente lo desencadena un nivel muy alto de estrés y ansiedad. ¿Hay alguna cosa que te preocupe y no me hayas dicho? ¿Te ha pasado algo malo? Sabes que a mí puedes contármelo.

Apreté los labios cuando me asaltaron los recuerdos de lo que había ocurrido esa misma mañana. La garganta se me cerró y miré hacia otro lado deprisa. No era capaz de reprimir el escozor que sentía en los ojos, ni las emociones adormecidas por la medicación golpeándome de nuevo.

En ese momento la puerta se abrió y entró un celador.

—Disculpen, ¿Céline Montplaisir? —preguntó.

—Soy yo.

Alzó la mano y vi que sostenía mi bolso.

—¿Esto es suyo? Un hombre lo dejó en el mostrador de información.

«¿Un hombre?», pensé.

El corazón me dio un vuelco. Debía de tratarse de la persona que se había detenido a ayudarme. Apareció como un milagro, haciéndose cargo de mi situación sin vacilar, y se preocupó de llevarme al hospital.

Prácticamente me había salvado la vida y ni siquiera sabía su nombre.

Necesitaba darle las gracias y, si había algo que pudiera hacer por él, lo haría sin dudar.

—Es mío —contesté—. ¿Sabe si ese hombre aún sigue por aquí?

—No, lo siento.

—¿Y no dijo nada cuando entregó el bolso?

—No, que yo sepa.

—Está bien, gracias —dije con cierta decepción.

Cerré los ojos, exhausta, y pensé en el rostro de ese chico. Traté de memorizarlo. No recordaba los detalles, pero estaba segura de que lo reconocería si volvíamos a encontrarnos.

El mundo está lleno de personas. Millones y millones de ellas. Sujetos que no percibimos, en los que no nos fijamos. Pasamos por su lado sin percatarnos de su existencia. Miradas que no se detienen. Pasos que se alejan y nunca vuelven. Un encuentro entre dos desconocidos no es más que una casualidad aleatoria entre un sinnúmero de probabilidades.

Entonces, ¿cuántas posibilidades había de que él y yo nos tropezáramos ese día?

Casi tantas como que me toque la lotería. No, menos aún.

Pero lo hicimos.

Nuestros caminos se cruzaron.

Como si fuese algo inevitable.

3

Acurrucada en los brazos de mi padre, lo único que quería era olvidarme de todo y no sentir ese agujero en el pecho lleno de incomprensión, humillación y enojo.

Las lágrimas caían por mis mejillas en silencio.

No dejaba de pensar en Mathis e Inès.

Me torturaba imaginando los distintos escenarios en los que pudieron comenzar su relación. Preguntándome cuántas veces me habrían mentido para poder verse a escondidas. Cuántas veces habrían hecho el amor después de que él hubiera estado conmigo. En cuántas ocasiones se habrían mirado o tocado en mi presencia sin que yo me percatara de nada.

Cómo pudieron hacer algo así.

Hacerme algo así.

Tan egoísta. Tan feo y sucio.

Las relaciones se basan en la confianza y ellos se habían aprovechado de la mía. La habían pisoteado. Dolía, era devastador. Tampoco soportaba el desconcierto y la sensación de rabia hacia mí misma por no haberme dado cuenta. Habían estado juntos durante cuatro años. ¡Cuatro años, joder, y nunca sospeché nada!

Jamás cuestioné el afecto que se demostraban. Su complicidad.

Al contrario, me alegraba que mis dos personas favoritas se llevaran bien.

Inès había sido mi amiga desde que podía recordar. A ella le contaba cosas que no podía contarle a nadie más. Le confiaba mis secretos, mis pensamientos más profundos. Era una extensión de mí y yo lo era de ella. O eso creía, porque, visto lo visto, Inès nunca pensó del mismo modo. Eligió engañarme. Traicionarme. Y mirarme a la cara cada día sin inmutarse.

Mathis fue el primer y único chico que me gustó. Del que me enamoré. El único con el que deseaba tener un futuro, cuando este se me escurría entre los dedos. El hombre con el que me había comprometido a pasar el resto de una vida prestada que no creía posible, mientras él se acostaba con otra.

Tomé otro pañuelo de la caja y me limpié la nariz.

Todo mi mundo se había derrumbado delante de mis ojos y no sabía qué hacer, cómo soportarlo sola. Porque las únicas personas que quería que me consolaran eran las que me habían hecho daño.

—Voy a matar a ese hijo de puta —gruñó mi hermano, sentado en el otro extremo del sofá.

Mi madre lo regañó con la mirada.

—Tristan, ¿por qué insultas a su madre? Ella no tiene la culpa.

—Lo siento, es que estoy cabreado.

—Todos lo estamos, pero en esta casa no nos expresamos de ese modo.

Tristan resopló y se hundió en el sofá con un gruñido.

—Vale, pues le daré una paliza a ese imbécil si vuelvo a verle la cara, ¿mejor así?

—¿No hablarás en serio?

—Pienso romperle las piernas y aplastarle la polla.

—¡Tristan!

—Merece mucho más por lo que ha hecho a mi hermana, el muy cabrón.

Mamá puso los ojos en blanco y se limitó a sacudir la cabeza con una expresión exasperada. Tristan acababa de cumplir veintidós años y ya era un adulto, pero su carácter continuaba siendo el mismo que tenía a los quince: impulsivo, visceral y caótico cuando las emociones se apoderaban de él. En ese sentido, nos parecíamos mucho. A ambos nos costaba gestionar nuestros sentimientos y oscilábamos sin ningún equilibrio cuando algo nos afectaba.

Físicamente, no nos parecíamos en nada. Tristan era muy alto y guapo, tenía la piel clara y el pelo color canela como mi madre. Yo rozaba el metro sesenta y cinco, había heredado la piel olivácea de mi padre y mis ojos eran tan oscuros como mi cabello.

—Céline, ¿quieres que te prepare algo de comer? —me preguntó mamá.

—No tengo hambre.

—Pero no has comido nada en todo el día. Es la hora de tu medicación, no puedes tomarla con el estómago vacío —insistió.

Negué de nuevo y mamá suspiró más nerviosa de lo que quería demostrar.

Sabía que se preocupaba en exceso por todo lo que tuviera que ver conmigo. Siempre estaba atenta a si comía, si dormía, si perdía peso o si mi piel se veía más apagada. Al color de mis labios o a las veces que me llevaba la mano al pecho, por más que se hubiera convertido en un simple hábito para mí. Su miedo a que yo pudiera enfermar de nuevo aún no la dejaba dormir. Por esa razón, siempre hacía todo lo posible para no preocuparla.

Sin embargo, esa noche sentía que una bola me llenaba la tripa.

—No creo que pase nada porque hoy la tome un poco más tarde —dijo papá.

Las mejillas de mamá se encendieron y apretó los dientes mientras daba media vuelta y se dirigía a la cocina.

—Espero que les caiga un rayo a esos dos. Hacerle algo así a mi niña —farfulló para sí misma.

Una sonrisita maliciosa apareció en los labios de Tristan. Yo también sonreí. En cierto modo, me consolaba verlos tan enfadados por mí y me dejé embargar por el cariño que le tenía a mi familia.

Fijé la mirada en el televisor. Emitían un programa de viajes y traté de imaginar qué se sentiría viajando a otros países, observando otras culturas y formas de vida. Yo apenas conocía mundo. París era el punto más lejano al que había llegado; y no por placer, sino por razones médicas.

Llamaron al timbre. A continuación, la voz de Mathis sonó al otro lado de la puerta y el estómago me dio un vuelco. Me enderecé en el sofá.

—Soy Mathis, necesito hablar con Céline. Por favor, es importante que hable con ella. Cariño, ¿podrías salir? Sé que estás enfadada, y lo entiendo, pero debemos afrontar esta situación como adultos. Habla conmigo, por favor —rogaba.

—Yo sí que voy a hablar contigo —gruñó mi hermano mientras se ponía en pie.

—Tristan, siéntate —le ordenó mamá, que acababa de regresar al salón.

Obedeció a regañadientes.

Fuera, Mathis continuaba con su sarta de súplicas y pretextos.

—Céline, déjame explicarte cómo sucedió todo, verás que no es tan malo como parece. Podemos arreglarlo. Podemos superarlo. —Tocó el timbre una vez más—. Cariño, esa relación se terminó hace meses. Te elegí a ti. No podemos tirar a la basura lo nuestro por una equivocación. Nos queremos.

Mi padre saltó del sofá como un resorte. Tenía la cara roja y se le marcaban las venas del cuello y los brazos.

—¿Equivocación? ¡Este tipo no tiene vergüenza! —exclamó indignado. Salió disparado hacia el pasillo—. Te voy a dar yo equivocación.

—Bertrand, no se te ocurra —le advirtió mamá.

Él se detuvo y suspiró molesto.

—Céline, sé que estás ahí. Abre, por favor. Inès fue un error. No significó nada, nunca hubo sentimientos. Solo te quiero a ti. Además, fue ella la que se me acercó primero y yo sufría porque... porque parecía que tú no ibas a recuperarte. Estaba destrozado, necesitaba consuelo y caí como un idiota.

No podía creer que Mathis hubiera tenido el valor de decir algo así y humillar a Inès sin ningún pudor. Del mismo modo que a mí me menospreciaba, al reconocer que me había engañado con alguien por quien no sentía nada. Me sacudió una sensación punzante y horrible, y el dolor que me atenazaba el pecho se convirtió en asco.

El rostro de mi madre se transformó en una mueca de incredulidad. De repente, visiblemente alterada, agarró el matamoscas de plástico que había sobre la mesa. Al intuir sus intenciones, salté del sofá y se lo arrebaté de la mano.

—¡Mamá, no puedes pegarle! —exclamé.

Ella parpadeó, sorprendida por su propia reacción.

—Tienes razón, en esta casa no aprobamos la violencia.

—¿Desde cuándo? Aún me duele la colleja que me diste hace un rato —apuntó Tristan al tiempo que se frotaba la coronilla.

Mamá puso los ojos en blanco. Luego, con una sonrisa paciente, se acercó a mí y colocó sus manos en mis hombros.

—Céline, cielo, solo dinos qué quieres hacer con este asunto. Respetaremos tu decisión, sea la que sea. Aunque no la compartamos, te apoyaremos. No importa si es la equivocada, porque soy muy consciente de que te hemos educado bien y siempre hemos recalcado que es bueno perdonar y ponerse en el lugar de los demás. Así que haz lo que te dicte el corazón. No, mejor haz lo que te dicte la cabeza, porque el corazón en estos casos elige mal y ciertas acciones no se pueden justificar. Además, no todo el mundo merece una segunda...

—Mamá —la interrumpí.

Me daba cuenta de lo que intentaba hacer y no era necesario. Puede que no supiera gran cosa de la vida y apenas tuviera experiencia. Que mis emociones y sentimientos gobernaran mi razón casi todo el tiempo. No obstante, hasta yo tenía un límite y no podía continuar al lado de un hombre que había traicionado mi confianza y no me respetaba.

En ese momento, ni siquiera me veía capaz de compartir el aire con él. No necesitaba que ella me convenciera de nada.

—No quiero verlo ni hablar con él nunca más. ¿Podrías decirle que no vuelva y me deje en paz para siempre?

Mi madre parpadeó para alejar las lágrimas que se acumulaban en sus pestañas. Su expresión seria y el gesto disgustado no podían ocultar que sufría mucho por mí.

—Por supuesto, cielo, yo se lo diré.

—Iré a mi habitación, me duele la cabeza.

En mi dormitorio, el aire era pesado y sofocante. Descorrí las cortinas y abrí la ventana. Una ligera brisa me erizó la piel desnuda. Fuera, el cricrí de los grillos se deslizaba entre el susurro de los árboles que cubrían el jardín. Inspiré hondo y el aroma familiar de los nardos y los lirios que cultivaba mi madre me llenó los pulmones.

No me reconfortó como otras veces. Dentro de mí había un agujero que no dejaba de expandirse. Empujando y empujando para engullirme. Me pesaban los brazos y las piernas, incapaces de soportar el dolor y la traición que cargaban. Me lamenté una vez más por no haberlo visto, ni siquiera imaginado. Cuatro años de relación entre dos personas dejan huellas, un rastro. Acumulan pistas que seguir. Sin embargo, yo no vi nada en todo ese tiempo. O ellos habían sido muy listos y cuidadosos o yo, muy tonta e ingenua.

Suspiré. Qué importaba. De nada servía darle vueltas.

Cerré los ojos y apreté los labios con fuerza para contener los sonidos que ascendían por mi garganta. Me ardían las lágrimas que no quería dejar salir. Me estaba descomponiendo por dentro.

Noté que la puerta se abría y miré por encima de mi hombro. Vi la silueta de Tristan recortada en el umbral. Entró sin decir nada y cruzó la habitación en penumbra hasta detenerse a mi lado.

—¿Estás bien? —me preguntó en un susurro.

—No lo estoy.

Mi hermano dejó escapar un suspiro y me frotó la espalda con la palma de la mano.

—Todo mejorará, aunque ahora te parezca algo imposible.

—¿De verdad lo crees?

—Pues claro, que ese imbécil desaparezca de tu vida es lo mejor que te podría pasar, créeme.

Lo miré con cara de interrogación.

—Creía que te caía bien.

—Fingía, porque no quería darte un disgusto. Mamá siempre decía que debíamos tener cuidado, porque no era bueno para tu salud que te alteraras. Y tú... no sé, tú solo tenías ojos para él y yo siempre aceptaré cualquier cosa que te haga feliz. —Se le formó una arruga en el entrecejo—. Pero Mathis nunca me ha gustado, hermanita. Nadie es tan perfecto ni se esfuerza tanto para serlo.

Alcé la mirada al cielo, donde una luna menguante se dejaba entrever a través de las ramas. Repasé las palabras de Tristan y la deprimente respuesta a todas las preguntas que surgieron era: «Tiene razón». Mathis siempre había sido demasiado perfecto, en todos los sentidos y ámbitos. Ni una sola vez flaqueó frente a mi enfermedad. Siempre se mostraba entero y positivo. Hacía y decía lo correcto, sin que importara el momento ni las circunstancias. Nunca puso una mala cara, ni un mal gesto. No cometía errores y sabía desenvolverse en todas las situaciones. Todo calculado al milímetro, sin improvisaciones. Veinticuatro horas al día.

Ahora que pensaba en ello, no me parecía normal ni posible tanta perfección. Todo el mundo tropieza o se equivoca en algún momento. Se enfada o pierde la compostura. Duda o se muestra débil. Porque forma parte del ser humano y los humanos somos defectuosos por naturaleza.

A no ser que estés interpretando un papel y todo lo que muestres sea una fachada para esconder quién eres realmente. Tal y como había estado haciendo Mathis desde que entró en mi vida. Fingir. Simular. Aparentar que me quería, mientras se acostaba con mi mejor amiga.

Y a lo largo de esa farsa, había conseguido que me enamorara de él como una idiota hasta idolatrarlo. Había logrado que lo necesitase y no concibiera una vida sin él a mi lado. Le había dado más que a nadie.

Probablemente, esa dependencia no me había dejado ver los fallos.

Ya no importaba. Ahora, frente a mí, la dura realidad ocupaba el horizonte.

Un espacio lleno de mentiras.

No tenía ni idea de cómo afrontarlo ni superarlo.

Me froté el pecho, pero dejé caer mi brazo cuando la mirada de mi hermano se posó en ese punto y la preocupación asomó a su rostro.

Le sonreí muy triste.

—Me siento tan tonta y estúpida.

—¿Por qué? ¿Por confiar y querer a un imbécil que no ha sabido valorar la suerte que tenía al estar contigo? —Encogí un hombro sin más y noté que las lágrimas inundaban de nuevo mis mejillas irritadas. Tristan me rodeó los hombros con el brazo y me apretó contra él. Ese gesto protector me reconfortó y apaciguó—. ¿Céline?

—¿Sí?

—Si en algún momento se te pasa por la cabeza que podrías perdonarlo, ven a verme de inmediato.

—Dudo mucho que lo haga —respondí bastante segura.

—Genial, así me ahorrarás tener que encerrarte en el armario.

Le di un codazo en el costado mientras rompía a reír. Luego le rodeé la cintura con los brazos y pensé en lo orgullosa que estaba de él. A pesar de que yo era la mayor de los dos, Tristan siempre había cuidado de mí desde que era un niño y continuaba haciéndolo con mucha más dedicación. Mi enfermedad había hecho que intercambiáramos los roles.

Tal vez no se lo dijera lo suficiente, pero me hacía muy feliz tenerlo en mi vida.

Era ese alguien que siempre estaba ahí, dispuesto a amortiguar todas mis caídas.

4

Me hundí. No pude evitarlo.

Me encerré en casa y me perdí entre recuerdos y preguntas sin respuesta. Batallando a ratos con mi corazón y a ratos con mi cabeza. Uno me pedía que cediera y le diera a Mathis la oportunidad de explicarse; la otra, que ya bastaba de llorar por quien no merecía ni uno solo de mis pensamientos.

No conseguía entenderlo, mucho menos avanzar. No es fácil hacerlo cuando sientes un vacío tan grande que te cuesta comprender cómo es que el mundo sigue girando. Me cuestionaba a mí misma, preguntándome qué había hecho mal, para más tarde enfadarme por siquiera pensar que había sido mi responsabilidad.

No era para nada culpa mía.

Lo había dado todo por él. Por esa razón dolía tanto, supongo.

Me animaba pensando que algún día me volvería a enamorar, que alguien ocuparía su lugar en mi corazón y me haría olvidar toda la tristeza; y al mismo tiempo me aterraba la idea de volver a confiar en otra persona. Jamás dejaría que nadie tuviera tanto poder sobre mí.

El dolor es parte del proceso, de la cura, y yo pasé por todas las fases del «duelo».

Primero, negación. Luego, rabia y resentimiento, que después dieron paso al dolor y la tristeza. Al desconsuelo y la depresión, en la que fragmentos de lo que creía que fuimos se mezclaban con la realidad de lo que éramos.

Mathis decía quererme más que a nada en su vida. Todo era mentira. Me partió en mil pedazos y se burló de todas las promesas que me hizo.

Lo odié. Y me centré en ese sentimiento. Me dejé envolver por él como si fuese una neblina pegajosa y sofocante.

Mientras, mi teléfono no dejaba de sonar. Los mensajes y llamadas se sucedían sin descanso. Los nombres de mis amigos llenaban la pantalla. A esas alturas, ya debían de saber lo ocurrido y esa certeza me enfadaba tanto como me avergonzaba. Mucho. No imaginaba a Mathis confesando algo tan despreciable, y mucho menos a Inès, pero era evidente que uno de los dos había creído que era buena idea airear mi humillación.

Quién sabe, puede que incluso se hubieran puesto de acuerdo para contar la misma historia y justificar que eran unas personas horribles y deshonestas.

Cada vez que tenía esos pensamientos, mi ira crecía.

La ansiedad se apoderó de mí. El insomnio y la desesperación.

Solo lloraba.

Perdí el apetito. Las ganas y la ilusión.

No quería ver a nadie.

Durante días fui a la deriva y con el paso del tiempo mis pensamientos cambiaron. Mis sentimientos también. Me dolía la infidelidad de Mathis, pero la traición de Inès me lastimaba mucho más. Lloré mares enteros por ella, en los que se ahogaba todo lo bueno que hubo entre nosotras.

Sentía que me habían arrancado una parte de mí misma.

Y así me dormía todas las noches, rota, pero con la esperanza de que quizá al día siguiente todo fuese diferente. Sin embargo, al despertar todo continuaba igual. Hasta que una de esas mañanas en las que seguía esperando que todo pasase porque sí, mi madre decidió que ya me había lamentado bastante.

Entró en mi habitación como un tornado. Descorrió las cortinas y abrió la ventana de par en par. La claridad del sol casi me deja ciega. Luego agarró la sábana en la que me había envuelto como un capullo y me arrastró con ella hasta el borde de la cama, con tanta fuerza que estuve a punto de rodar hasta el suelo.

—¡Mamá! —protesté.

—Arriba —me ordenó—. He tratado de ser paciente y respetar tu espacio. Entiendo que estás pasando por una situación difícil y necesitas tiempo, pero dos semanas encerrada en esta habitación me parece más que suficiente.

—Me siento mal y estoy muy triste.

—Puedes seguir triste mientras te duchas y te vistes con algo diferente a ese pijama —replicó al tiempo que contemplaba con irritación los platos y las tazas que había ido acumulando sobre el escritorio.

—Mamá, ¡no ves que mi vida no tiene ningún sentido en este momento!

Mi madre se detuvo en seco y me miró muy seria. Vi en sus ojos decepción y algo parecido a la vergüenza.

—¿Tu vida no tiene ningún sentido? Deberías decirle eso a la persona que hace un año perdió la suya y te permitió seguir con nosotros. O a su familia, que pese al dolor de la tragedia que estaban viviendo decidieron darte el mayor regalo de sus vidas. Puede que no sepamos quiénes son, pero eso no las hace menos reales. ¿Cómo crees que se sentirían si te vieran ahora, Céline? Aprecia lo que late dentro de tu pecho y vuelve a decir que tu vida no tiene sentido.

Sus palabras cayeron sobre mí como un jarro de agua helada y me despertaron de esa pesadilla de autocompasión en la que me había sumergido. Aparté la mirada, completamente avergonzada, y me dirigí al baño. Me quité el pijama y, durante unos segundos, observé en el espejo la cicatriz que cruzaba mi pecho. La palpé con las puntas de los dedos. Medía unos veinte centímetros y con el paso del tiempo y los tratamientos su aspecto había mejorado mucho. Ahora no era más que una línea blanca y plana, algo rugosa al tacto en determinadas partes.

Esa cicatriz era el recuerdo de un camino muy largo y complicado que logré superar. Me había enfrentado a mi propio final, y lo había aceptado cuando se agotaron las posibilidades. Hice todas esas cosas.

La cicatriz también era el recuerdo de esa otra persona, cuyo corazón vivía dentro de mí y merecía que nunca la olvidara. Sin embargo, llevaba dos semanas lamiéndome una herida, que solo existía porque yo lo permitía, en lugar de dar gracias por estar viva.

¿Tan poco me valoraba a mí misma que perdía mi precioso tiempo y las ganas con quienes no lo merecían?

En ese instante me odié más de lo que odiaba a Mathis e Inès.

Y darme cuenta fue todo lo que me hizo falta para querer cambiar de actitud.

Tras ducharme y vestirme, fui a la cocina. Encontré a mamá preparando gofres. Los puso en un plato y sirvió dos tazas de café descafeinado. A continuación, lo llevó todo a la mesa, junto con mi medicación. Nos sentamos la una frente a la otra y comenzamos a desayunar en silencio.

La observé mientras masticaba sin mucho apetito. Se le

notaba en la mirada que estaba agotada. Mamá siempre intentaba llegar a todo, pero quizá ese todo empezaba a abarcar más de lo que podía aguantar, y parte de ese todo con el que cargaba era yo.

—Lo siento mucho —dije en voz baja.

Ella me miró por encima de su taza. La dejó sobre la mesa y se limpió la boca con la servilleta. Soltó un pequeño suspiro mientras me observaba.

—No necesitas disculparte conmigo.

—Aun así, lo siento. Siento mucho preocuparte.

—Tienes derecho a sentirte mal por lo que estás pasando y a expresarlo, Céline. Sé lo difícil que es, mejor de lo que crees. Que la persona que amas te rompa el corazón es uno de los peores desengaños y cuesta superarlo. Pero confía en mí, no es el fin del mundo pese a que ahora parezca que todo se derrumba. Mejorará antes de que te des cuenta y pasarás página. Aunque el proceso será más rápido si dejas de esconderte en tu habitación y afrontas las cosas —recalcó muy seria.

Asentí, arrepentida por mi comportamiento autocompasivo.

—Se acabó lo de esconderse, lo prometo.

—Me alegra oír eso.

Pensé en algo que había mencionado como si nada.

—Mamá...

—¿Sí?

—Antes has dicho que sabes lo difícil que es que te rompan el corazón, ¿por qué?

Ella me sonrió y le quitó importancia con un gesto.

—También pasé por algo parecido. Solo que, en mi caso, yo fui la otra.

—¡¿Qué?! —exclamé sorprendida.

—Sí, fui la otra, pero sin saberlo. Empecé a salir con un

compañero de universidad, me gustaba muchísimo y llegué a creer que había encontrado al amor de mi vida. Sin embargo, con el tiempo fui notando cosas raras. Nunca quedaba conmigo los fines de semana ni en vacaciones. No era muy cariñoso en público. También me di cuenta de que me mentía en algunas cosas. No eran importantes, pero no dejaban de ser mentiras, y empecé a prestar más atención. Un día decidí tomar un autobús hasta Gardanne, donde él vivía, y lo encontré con otra chica. Su novia oficial.

La observaba perpleja.

—¿Y qué hiciste? —quise saber.

—En aquel momento me sentí tan dolida que se me pasaron por la cabeza mil disparates. Desde pegarle a montarle un numerito delante de todo el mundo. Al final no hice nada, solo dejé que me viera, y por su expresión fue suficiente. Después me di la vuelta y me marché. Nunca más se acercó a mí ni yo a él.

Arrugué la frente sin dejar de mirarla. Mi madre era preciosa y la persona más buena del mundo, la idea de que alguien pudiera haberle hecho daño me enfadaba y entristecía.

—Lo siento, mamá.

—¿Por qué? En el autobús de vuelta conocí a tu padre.

—¿Fue ese día?

—Sí —comentó entre risas.

Sacudí la cabeza y sonreí de verdad por primera vez en mucho tiempo. De repente, me sentía más ligera y menos decaída.

—Céline, ¿has pensado en lo que vas a hacer a partir de ahora? —me preguntó mamá de golpe.

—¿A qué te refieres?

—A todo, cielo. Mathis, la boda, tu trabajo en el hotel...

Se me borró la sonrisa. Me aterraba hacerlo, pero debía tomar algunas decisiones. Había llegado el momento de respirar hondo, coger impulso y rehacerme. De empezar de nuevo, y para eso necesitaba un plan. Un primer paso, el más difícil. Del resto se encargarían el tiempo y el karma.

Pensé en su pregunta con detenimiento.

—Para mí, Mathis ha dejado de existir. Y siento lo mismo por Inès, no tiene espacio en mi vida. En cuanto al hotel, él me dio ese trabajo. Que siga allí me obligará a verle todos los días y no quiero deberle nada. Redactaré una carta de renuncia y la enviaré hoy mismo.

—Me parece bien, cielo.

—Sí, a mí también. —Hice una pausa y añadí con voz rasposa—: El siguiente paso debería ser buscar un trabajo.

—¿Por qué lo dices como si fuese el fin del mundo? —se rio ella.

La miré a los ojos y arrugué la nariz.

—No pude terminar mis estudios y mi experiencia es nula.

—Hay muchos trabajos que puedes hacer sin una carrera universitaria, Céline, y la experiencia se adquiere.

—Ni siquiera sé lo que se me da bien, mamá. Voy a cumplir veintiséis años y no sé hacer absolutamente nada.

—Eso no es cierto.

—Sí que lo es. ¿Quién va a querer contratar a alguien como yo?

Mi madre alargó el brazo por encima de la mesa y tomó mi mano. La contempló mientras me masajeaba los dedos, como hacía en el hospital cuando se me dormían.

—Tengo una idea —empezó a decir con voz suave—. ¿Qué te parece si comienzas a trabajar en la librería? —Abrí la boca para replicar, pero volví a cerrarla cuando puso su mano en mis labios—. Desde que montamos la cafetería, la clientela se ha triplicado y hace tiempo que estoy considerando contratar a alguien más. Hay días en los que a Béatrice y a mí nos faltan manos.

—Pero mamá...

—No te lo ofrezco porque seas mi hija, sino porque necesito a alguien de refuerzo y tú ya tienes experiencia atendiendo a la gente. Es lo que hacías en el hotel, ¿no es así?

—Sí, pero...

Mamá volvió a interrumpirme, empeñada en convencerme.

—Cielo, te pagaré por el trabajo y no te trataré de un modo especial. Serás una empleada más. Mientras, tómate tu tiempo para pensar qué quieres hacer de cara al futuro. No sé, podrías terminar Periodismo, o empezar una nueva carrera.

Cerré los ojos y me forcé a respirar con tranquilidad. Los dedos de mamá seguían jugando con los míos y me centré en su tacto. Pensé en lo que me había dicho y no encontré nada que pudiera invalidar su propuesta. Al contrario, su idea era una salida para mí. Una que necesitaba más que nunca, dadas las circunstancias. No solo podría ganar algo de dinero, también me ayudaría a distraerme y no pensar demasiado. Además, ya había ayudado en la librería en muchas ocasiones y conocía su funcionamiento y todos sus entresijos.

—De acuerdo, ¿cuándo quieres que empiece?

—¿Qué te parece hoy mismo? —me propuso ella.

Asentí y me levanté para recoger la mesa antes de marcharnos.

—Céline.

—¿Sí?

—No te desanimes ni te sientas mal. El mundo está lleno de posibilidades y sueños, y yo sé que tú acabarás encontrando el tuyo.

Me giré para mirarla y ella me sonrió con dulzura. Asentí y yo también sonreí.

Deseé que tuviera razón.

El teléfono de mamá comenzó a sonar sobre la encimera. Le echó un vistazo y resopló.

—¿Quién es? —me interesé.

Ella me mostró la pantalla y pude ver el nombre de Ariane.

—Les pedí a tus amigas que te dieran tiempo y esperaran a que te encontraras mejor, como me pediste. Desde entonces no han dejado de llamarme ni un solo día. Les agradezco que se preocupen tanto por ti, de verdad, pero me están volviendo loca. —Me miró suplicante—. Llámala, por favor.

Me reí, no pude evitarlo. Sabía mejor que nadie lo «intensas» que podían llegar a ser mis amigas, sobre todo, Ariane. Había sido así desde niña: dedicada y protectora con las personas que le importaban.

—La llamaré más tarde, te lo prometo.

Y pensaba cumplirlo. Era afortunada de poder contar con Ariane, Lola, Pascal y el resto de mis amigos. Siempre habían estado ahí para mí, levantándome el ánimo, obligándome a salir de casa cuando mi cuerpo solo me pedía encerrarme. Cerca de mí para que no me perdiera. Tendiéndome la mano para encontrar el camino de vuelta. Porque en eso consiste la amistad, en sostenerse mutuamente.

Sin embargo, no podía olvidar que Mathis e Inès también formaban parte del grupo y me preocupaba cómo nos afectaría a partir de ahora.

5

Érase una vez una niña que soñaba con tener una librería.

Érase una vez una mujer que hizo ese sueño realidad y lo llamó *La plume d'or*.

Si alguien hubiese escrito una novela sobre mi madre, habría comenzado de este modo.

Mamá nació en una familia de profesores vocacionales. Mis abuelos dedicaron toda su vida a la enseñanza. Creían firmemente que la educación y la formación son los factores que más influyen en el progreso de una sociedad, y que los conocimientos enriquecen todo aquello que nos caracteriza como seres humanos. Inculcaron ese pensamiento a sus dos hijas y, llegado el momento, las empujaron a estudiar Ciencias de la Educación. Mamá se decantó por Filología y Lottie, su hermana, por Educación Primaria.

Sin embargo, cuando mi madre terminó sus estudios, no continuó el camino establecido.

Su pasión era otra.

Desde pequeña había soñado con tener una librería y, para ella, era otro modo de alimentar la mente humana. También el alma y el corazón.

Así que, con muy poco dinero y toneladas de ilusión,

abrió *La plume d'or*. Con el paso de los años, el negocio se fue afianzando y ahora era una de las librerías más conocidas de la ciudad. En parte, porque no era una librería al uso. También contaba con una pequeña cafetería integrada en su espacio. Unas pocas mesas y algunos sillones que creaban un salón de lectura cómodo y acogedor, con estanterías de libros de segunda mano y revistas que la gente podía leer mientras tomaba un café y un trozo de tarta, sin necesidad de comprar nada más. Aunque casi siempre acababan llevándose algún libro nuevo a casa.

Cuando llegamos a la librería, Béatrice acababa de abrir las puertas y encendía las luces. Era la primera vez en mucho tiempo que podía ver aquel espacio sin ningún cliente, y me di cuenta de que había olvidado lo precioso que era y lo mucho que me gustaba estar allí de pequeña. Prácticamente, mi hermano y yo habíamos crecido entre sus paredes repletas de libros.

Todos los muebles eran antiguos y distintos entre sí. Mamá los había ido comprando en mercadillos y tiendas de segunda mano. Robustos y oscuros, contrastaban con la decoración colorida y llamativa, las lámparas de diferentes formas y tamaños y las alfombras superpuestas. Podría decirse que el estilo era bastante extravagante, aunque sin pretenderlo, y esa naturalidad lo convertía en un lugar mágico.

Mamá me dio un delantal y me puso a cargo de la librería. Mientras, ella y Béatrice se ocupaban de la cafetería, que se había llenado de turistas en cuestión de minutos. Un grupo de pasajeros, de uno de los muchos cruceros que atracaban en Marsella y que solían llegar a Aix-en-Provence en autobús para conocer la ciudad.

A lo largo de la mañana las campanitas de la puerta no dejaron de sonar, y entre pedidos, compras, búsquedas y devoluciones apenas tuve tiempo ni de respirar. Era agradable y liberador estar ocupada, y que mi mayor preocupación fuese encontrar un momento para ir al baño o vigilar a los clientes sospechosos, que jugaban al escondite en los rincones menos visibles.

—Disculpa —dijo una voz a mi espalda.

Me di la vuelta y me encontré con una chica que tendría más o menos mi edad. Llevaba un corte *pixie* muy mono, con una horquilla de cristalitos en el flequillo que le sentaba genial; y se me pasó por la cabeza que podría cortarme el pelo y cambiar un poco mi aspecto.

—¿Tenéis libros de romance? —me preguntó.

—Sí, por supuesto, están en aquella sección, junto a los libros en otros idiomas. ¿Buscas alguno en particular?

—No, solo quiero echar un vistazo a las novedades.

Le sonreí.

—Avísame si necesitas ayuda.

—Gracias.

Continué ordenando los estantes de la sección infantil y juvenil. Unos minutos antes había venido un niño preguntando por un libro que acababa de publicar un *youtuber* muy famoso. Según el registro, nos quedaba un ejemplar, pero no lograba encontrarlo.

Tras un rato agachada, me enderecé para aliviar la tensión que se acumulaba en mi espalda. Ladeé la cabeza y mi mirada se cruzó con la de la chica.

Me enseñó la tapa del libro que estaba ojeando y me preguntó:

—¿Sabes si acaba bien?

Conocía a la autora y otros de sus libros, pero no ese en particular.

Le pedí que me lo dejara un momento. Leí la sinopsis y a punto estuve de resoplar. Un impulso que brotó de mí y me pilló por sorpresa.

—Esos libros siempre tienen finales felices. La historia se centra en el amor, en el romance entre los protagonistas y cómo logran estar juntos para siempre. En cambio, en novelas más sentimentales puedes esperar cualquier final —respondí.

—Me gustan las novelas de amor con finales felices —apuntó ella, mientras recorría con la mirada la mesa donde colocábamos las últimas novedades—. No logro decidirme, ¿qué me recomiendas?

—Hoy es mi primer día, no sé si seré de mucha ayuda —le confesé—. ¿Qué tipo de historia buscas?

—Una muy romántica, con un amor intenso y pasional. Que tenga un protagonista muy guapo. ¡Que esté bueno, ya sabes! —dijo al tiempo que deslizaba sus manos por un torso imaginario—. Uno de esos chicos de buen corazón, atento y detallista, un poco atormentado. Que se enamore de la protagonista hasta los huesos y sea capaz de cualquier cosa por ella. Con escenas supersexis, por supuesto. Quiero enamorarme y soñar, mientras espero a que aparezca uno de carne y hueso para mí.

Noté que mi ánimo se marchitaba, cuántas más cualidades sumaba ella al hombre perfecto que deseaba. Me hizo pensar en Mathis, porque él también había sido ese tipo de hombre: romántico, guapo y muy detallista. Con dinero, divertido y siempre centrado en mí, como si yo fuera su primera y única prioridad. Hasta que se le cayó la máscara y me dejó ver su verdadero rostro. El de un cerdo infiel, que me había engañado durante años sin el menor arrepentimiento.

Hice una mueca.

—Tú sabes que esos hombres tan perfectos son como los unicornios, no existen, ¿verdad? —repliqué sin poder contenerme, como si el dique que contenía mi amarga sinceridad, influenciada por mi corazón herido y resentido, se hubiera roto de repente—. Esos hombres solo están en los libros. En la vida real la mayoría no pasa el corte y, créeme, es bastante bajo. Pero se les da tan bien mentir y hacerte creer que has tenido la mayor de las suertes al tropezarte con ellos que caes de lleno en su trampa. Y una vez ahí, solo ves lo que ellos quieren que veas —repuse con un tonito sarcástico, y añadí—: Pero ¿sabes qué? En realidad, es culpa nuestra. Crecemos con cuentos de princesas y libros románticos que idealizan el amor, el sexo, la vida y ¡los chicos! Ellos se aprovechan de eso, saben cómo hacerlo porque conocen nuestras debilidades. Les basta con jurarnos amor eterno y darnos un poco de atención.

Mi madre apareció a mi lado.

—Céline, ¿qué estás haciendo? —me preguntó, e hizo un gesto imperceptible hacia la chica con la que estaba hablando y que me observaba pasmada.

Miré a mamá sin saber qué decir. Me había dejado llevar por mi mal humor y la necesidad apremiante de salvar a esa chica de todas mis decepciones, y había metido la nariz donde nadie me llamaba. Mi visión actual sobre el amor era nefasta, y probablemente muy realista, pero eso no me daba derecho a desmerecer y tratar de hundir las ilusiones de otra persona.

—Por qué no vas a echarle una mano a Béatrice en la cafetería, yo ayudaré a esta señorita.

—Iré ahora mismo —dije sin apenas voz.

Me di la vuelta y hui de allí avergonzada.

Pasé el resto de la mañana atendiendo a los repartidores, limpiando, sirviendo cafés y colocando en las estanterías los libros, periódicos y revistas que la gente dejaba en las mesas. A la hora del almuerzo, me dirigí a la plaza des Trois Ormeaux, donde había quedado con Ariane y Lola para comer.

La última vez que las vi fue unos días antes de que todo

explotara, y no había vuelto a tener contacto con ellas hasta esa misma mañana, cuando me decidí a ponerle fin a mi encierro autocompasivo.

Los nervios reptaban por mi estómago como pequeñas lombrices, porque no tenía ni idea de cuánto sabían sobre lo que había pasado. Qué versión de los hechos les habría llegado. De qué lado se posicionarían. O qué pensarían ahora de mí. Inès, Mathis y yo formábamos parte del mismo grupo de amigos desde hacía más de una década y ahora ese grupo se había resquebrajado. Nada volvería a ser igual entre nosotros, ni podríamos reunirnos como solíamos hacerlo.

Al menos yo no me veía capaz de ocupar el mismo espacio que esas dos personas que me habían engañado, aunque el precio a pagar fuese alejarme de mis amigos. A simple vista, puede parecer un sacrificio desmedido e inútil, pero la psique humana es compleja y a veces ilógica. Y el orgullo es capaz de silenciar cualquier razón.

Cuando llegué a la plaza, recorrí con la mirada las mesas que poblaban la terraza en busca de Ariane y Lola. Las vi tras la fuente, y cuál fue mi sorpresa al descubrir que no habían venido solas. Lorraine, Pascal y Noël también estaban allí.

Me acerqué a ellos con el corazón en un puño. No entendía por qué me resultaba tan difícil, cuando los conocía desde siempre y la confianza era mutua. Inspiré hondo y compuse una gran sonrisa.

—¡Hola! —saludé.

—¡Céline! —chilló Lola al tiempo que se ponía de pie y me envolvía con sus brazos—. ¡Cuánto me alegro de verte!

—¡Yo también! Os he echado de menos —les confesé.

Ariane se colgó de mi cuello y se negaba a soltarme, mientras Lorraine y Noël trataban de apartarla para ocupar su lugar. Nos quedamos enredados durante unos segundos, riendo como niños. Hasta ese momento, no fui completamente consciente de cuánto me había pesado estar separada de ellos.

Por último, me giré hacia Pascal.

—Dichosos los ojos —se rio. Me estrechó contra sí y sonreí mientras el nudo que me acompañaba desde hacía rato se iba deshaciendo. Era uno de los amigos más cercanos de Mathis y verlo allí me reconfortó.

—¿Qué hacéis todos aquí? —pregunté.

—Eliot y Félice también se han apuntado, aunque tardarán un poco en llegar —replicó Lola—. Teníamos muchas ganas de verte y...

—Estábamos preocupados —terminó de decir Noël.

Me obligué a sonreír. Después cogí aire y me senté a la mesa. Aquella situación era nueva para todos, pero a ellos les tocaba la peor parte. Estaban en el medio de tres personas muy importantes en sus vidas, para las que no había reconciliación posible. Como los hijos de unos padres divorciados que descubren que su familia nunca volverá a ser como antes.

El camarero se acercó para tomarnos nota y no tardó en volver con las bebidas.

Di un sorbito a mi limonada con menta.

—¿Cómo estás? —me preguntó Ariane.

—¿Cómo quieres que esté?

—Ni siquiera puedo imaginarlo —dijo Lola.

—Sabes que cuentas con nosotros, ¿verdad? —repuso Noël.

Asentí y esbocé una pequeña sonrisa como única respuesta. No quería hablar del tema. Al revés, necesitaba distraerme y pensar en otra cosa. Mirar hacia delante y coleccionar nuevos recuerdos en los que Mathis e Inès no tuvieran cabida.

—¿Quieres que hablemos de ello?

Ahí estaba, la temida pregunta. Miré a Lorraine y negué con la cabeza.

—No quiero. No creo que me haga ningún bien.

—O sí. A veces ayuda hablar en voz alta de las cosas que nos duelen y compartirlas.

Dejé que mi mirada vagara por la plaza, rodeada de edificios ocres, de puertas antiguas y contraventanas de madera. Unos grandes plataneros la cubrían con su sombra, bajo la que flotaba una agradable humedad gracias al agua que fluía de la fuente. Deseé que se detuviera el tiempo en ese mismo instante y quedarme así para siempre, con lo que sentía en la piel y bajo ella. Me habría bastado, si eso suponía no volver a sentirme tan mal como lo había hecho días atrás.

Noté la mano de Pascal en mi brazo. Solo entonces miré de nuevo a Lorraine.

—No hay mucho que decir —le aseguré, y era la verdad—. Por accidente encontré una caja que Inès guardaba en su casa, estaba llena de fotografías... De ellos dos... Juntos... Desde hacía mucho. Ni siquiera pudo darme una explicación, solo me dijo que se arrepentía de todo y que lo habían dejado meses atrás. Me fui en ese momento y no he querido saber nada más de ella. En lo que a mí respecta, Inès ya no existe, y Mathis tampoco. Puede que no sea la actitud más adulta, pero ahora no soy capaz de más y no creo que lo sea nunca.

Noël manifestó con un gruñido que estaba de acuerdo conmigo. A su lado, Ariane bajó la mirada al mantel, menos conforme. Lo entendía, era la más cercana a Inès de todos ellos y su posición era complicada.

No podía reprochárselo.

Del mismo modo que no tenía intención de influir ni forzar a nadie a que se posicionara.

En el fondo me dolía verlos involucrados en una situación tan compleja.

—Lo siento mucho —me lamenté.

—¿Por qué te disculpas? Tú no has hecho nada malo —dijo Lola.

—Lo sé, pero me fastidia veros en esta situación. A vosotros también os ha pillado por sorpresa e imagino que os está resultando muy difícil encajar lo que ha pasado y cómo serán las cosas a partir de ahora. —Tomé aliento resignada—. De verdad, lo siento.

—Céline, no tienes que preocuparte por nosotros, aquí todos somos adultos. Deja de disculparte —me pidió Pascal.

Ariane asintió, dándole la razón.

—A nosotros solo nos preocupa cómo te sientes tú.

Le sostuve la mirada y mi empeño por aparentar que estaba bien se fue al garete. El enfado y el resentimiento se me escapaban en cada suspiro, porque la herida en mi alma era demasiado reciente y aún sangraba. Probablemente lo haría durante un tiempo.

—Lo que más me mortifica es haber estado tan ciega como para no ver lo que estaba pasando entre ellos. ¡Cuatro años! ¡Han estado cuatro años juntos! ¿Quién es tan idiota para no darse cuenta de nada? —gemí frustrada. Sacudí la cabeza y suspiré—. Al menos, me consuela no ser la única estúpida.

—¿Qué quieres decir? —preguntó Noël.

—Vosotros tampoco os disteis cuenta —me reí, en un pobre intento por controlar la presión que sentía tras los ojos—. De haberlo hecho, esto no habría llegado tan lejos, ¿verdad?

Un incómodo silencio se extendió en la mesa, tan evidente que me fue imposible no notarlo. Como el vuelco que sacudió mi estómago. Un presentimiento repentino, que recorrió mi piel con un estremecimiento. Reparé en sus expresiones, en la tensión que compartían. En las miradas que cruzaban, pero que esquivaban la mía.

Una idea inconcebible se me pasó por la cabeza y mis latidos se dispararon. Contuve el aliento. No podía ser. Ellos no eran capaces de hacerme algo así, de ninguna manera. Jamás habrían guardado silencio si hubieran sabido lo que ocurría, apostaría un brazo. Sin embargo, la culpabilidad que se acumulaba en el aire, tan intensa que casi podía saborearla, me decía que me habría quedado manca con total seguridad.

Me puse en pie, con intención de marcharme.

Pascal me sujetó por la muñeca.

—Céline —rogó.

—Lo sabías —lo acusé enfadada.

—Lo sospechaba, pero Mathis siempre lo negó. Pensé que veía cosas donde no las había.

Lorraine y Noël negaron haber estado al tanto.

Ariane no levantaba la vista de la mesa, así que miré a Lola.

—Vosotras sí lo sabíais.

—Sí —respondió sin apenas voz.

Me dejé caer en la silla y le dediqué una sonrisa sarcástica, a la que ella respondió con una mueca de dolor.

—¿Desde cuándo? —quise saber.

—Un año y medio, más o menos.

—¿Y qué os hizo pensar que yo no merecía enterarme? ¿Con qué derecho? —exploté furiosa—. ¿Se acostaban a mis espaldas y, en lugar de abrirme los ojos, decidís que lo correcto es guardarles el secreto? ¡No puedo creerlo! Pero supongo que hay amigas de primera y amigas de segunda, como yo.

—No digas eso, no es verdad —repuso Ariane.

—¡Los elegisteis a ellos! —salté.

—¡Te protegíamos a ti!

—¿A mí? ¿De qué?

—Quise decírtelo desde que averiguamos que estaban liados, pero tuve miedo. En aquel momento, tú estabas muy enferma, Céline. No había esperanza, era cuestión de meses. ¿Qué sentido tenía darte ese disgusto? ¿Y si hacerlo hubiera empeorado tu situación? —Alzó las manos, como si todo aquello la sobrepasara—. Mathis no dejaba de repetir que tu corazón no soportaría ese palo y sería culpa nuestra lo que pudiera pasarte después. No podía cargar con esa responsabilidad. Después llegó el trasplante, empezaste a recuperarte, y seguimos sin decir nada por la misma razón: me daba pánico que pudiera afectar a tu salud. Entonces ellos lo dejaron, Mathis te propuso matrimonio y nos convencimos de que ya no tenía sentido entrometerse.

Se le saltaron las lágrimas y Lola se apresuró a tomarla de la mano.

Su explicación abrió una profunda herida en mí. Casi no podía respirar. Me froté el pecho, donde me latía el corazón con desenfreno, y vi el miedo en el rostro de Ariane al seguir el movimiento. Esa reacción me quebró un poco más.

Lo más triste fue darme cuenta de que podía entenderla, y que probablemente yo habría hecho lo mismo de haber intercambiado los papeles. Entre no poner su vida en riesgo o hacer lo correcto y calmar mi conciencia, habría elegido lo primero sin dudar.

Aun así, llegar a esa conclusión no aliviaba ni un poco cómo me sentía. Era horrible. Tan espantoso que me habría gustado salir de mi cuerpo y escapar a cualquier otro lugar.

—Lo sentimos mucho, Céline. Lo último que querríamos es hacerte daño o perder tu amistad. Hicimos lo que consideramos mejor en cada situación —dijo Lola.

No tenía dudas de su sinceridad. Pese a todo, la exasperación me superaba. Me aferré al cariño que les tenía a todos ellos y lo mucho que los necesitaba para imponerme a esa emoción.

—Está bien, lo entiendo. No... no pasa nada.

Ariane arrugó la nariz.

—Sí que pasa, tienes derecho a estar enfadada.

—Y lo estoy, mucho. No imaginas cuánto —le aseguré poniendo un énfasis exagerado.

A Noël se le escapó una risita aguda, divertida y ridícula como la de un dibujo animado. Era contagiosa e imposible de ignorar, tan peculiar como él. Pascal lo miró de reojo y apretó los labios. Lola miró hacia otro lado, mientras se esforzaba por mantenerse seria. No lo logró y explotó un segundo después. La seguí sin poder evitarlo y la mesa se llenó de risas descontroladas.

Las asimilé y dejé que me tocaran el corazón, y ese sonido bastó para sentirme mucho mejor.

6

Mientras caminaba de vuelta a la librería, noté que algo en mi interior se recomponía.

Un vacío que se llenaba.

Un nudo que ya no apretaba.

A veces, la verdad es dura, molesta y duele, pero es necesaria para sanar según qué heridas. Es un desinfectante que ayuda a cicatrizar.

Al menos, esperaba que así fuera.

Necesitaba reordenar mi vida cuanto antes y estaba dispuesta a intentarlo. A pasar página y encontrar mi rumbo. Olvidar lo malo y luchar por lo bueno.

Aceptar el trabajo en la librería había sido el primer paso y un pálpito me decía que era la dirección correcta. Quizá porque sin saberlo había heredado el amor de mi madre por los libros. Me gustaba rodearme de ellos. El olor del papel. Perderme en sus historias. Quizá porque ese espacio siempre había sido un lugar seguro para mí y, si cerraba los ojos, podía verme allí mismo dentro de cuarenta años.

Mientras mis amigos planificaban su futuro, mi enfermedad desdibujó el mío hasta hacerlo casi desaparecer.

Abandoné mis estudios y dejé de pensar en las cosas que me gustaban. En las que me gustaría hacer.

¿Quién soy? ¿Quién deseo ser? ¿Qué quiero para el mañana? ¿Qué anhelo? ¿Qué espero?

¿Adónde iré? ¿Dónde viviré? ¿Con quién?

Olvidé esas preguntas. Eran una pérdida de tiempo y tiempo era lo que no tenía.

Ahora, un año después del trasplante, continuaba sin replantearme nada más allá de la próxima revisión. Debía salir de ese bucle y alzar la mirada más alto. Más lejos. Vivir la vida como el milagro que era para mí. Perderle el miedo y disfrutarla. Llenar el montón de espacios en blanco que la conformaban ahora.

¿Cómo? Aún no lo sabía y puede que tardara un poco en averiguarlo.

Estaban pasando tantas cosas en tan poco tiempo...

Tantas emociones mezcladas...

Tantos cambios decisivos...

Me detuve en seco junto al restaurante Le Grillon. Parpadeé deprisa y me froté los ojos, porque no estaba segura de si era real o una alucinación. Me acerqué a la ventana y me fijé en el hombre que se sentaba solo a una de las mesas. Apenas podía ver su perfil, pero me bastó para reconocerlo. Era él, el chico que me socorrió aquel día. Pensé en entrar y darle las gracias, pero parecía tan concentrado en su teléfono y en la taza de café que bebía a sorbitos que me arrepentí de inmediato.

Además, me daba una vergüenza tremenda abordarlo sin más.

Pensé que lo mejor sería marcharme y dejarlo estar. Sin embargo, mi cuerpo no se movió ni un centímetro. Me quedé allí, observándolo como un pasmarote. Es curioso, estaba segura de que se trataba de él, pero si alguien me hubiera preguntado de qué color eran sus ojos o el tono exacto de su pelo, si sus rasgos eran suaves o duros, no habría sabido qué contestar. A través del cristal, tampoco podía distinguirlo con claridad.

De repente, se puso en pie. Dejó dinero sobre la mesa y se dirigió a la puerta. Lo perdí de vista. En ese instante, un impulso se apoderó de mí. Una urgencia que ni yo misma comprendía. Una voz en mi cabeza me susurraba que debía hacer lo correcto o más adelante me arrepentiría.

Doblé la esquina y rodeé la terraza repleta de clientes. Me di de bruces con un grupo de turistas que acababan de descender de un autobús. Me abrí paso sin miramientos, mientras estiraba el cuello tratando de encontrar a mi desconocido. Entonces, cuando ya lo daba por perdido, lo vi. Se había detenido frente a una tienda de cómics.

«Ahora o nunca», me dije, y eché a correr.

—Eh, espera —grité al ver que continuaba su camino—. Espera...

Miró en mi dirección. Alcé la mano y le sonreí. Frunció el ceño, extrañado. Luego echó un vistazo por encima de su hombro, como si esperara encontrar a su espalda a otra persona devolviéndome el saludo.

—¡Hola! —exclamé sin aliento al detenerme frente a él. Alzó las cejas. Parecía descolocado.

—¿Es a mí? —inquirió.

Su pregunta me confirmó lo que yo comenzaba a sospechar: no se acordaba de mí.

—Sí, a ti. ¡Hola!

—Hola.

—No me reconoces, ¿verdad?

Se tomó unos segundos para observarme.

—¿Debería? —preguntó cauteloso.

—No, pero es un poco decepcionante —le confesé sin dejar de sonreír.

Era más alto de lo que en un principio me había parecido. Tenía la piel muy blanca, un poco enrojecida por el sol en las mejillas, y el pelo castaño repleto de rizos despeinados en todas direcciones. Rasgos suaves, pero muy masculinos. Nariz recta y unos llamativos ojos negros en los que no se distinguían las pupilas. Su atractivo era obvio. Vestía un pantalón ancho de lino beis y una camisa blanca con las mangas dobladas hasta los codos. Un atuendo cómodo y sencillo, que le daba un aspecto despreocupado y le sentaba muy bien.

Tomé aliento antes de añadir:

—Soy Céline, hace un par de semanas tuve un ataque de pánico en la calle y tú me ayudaste.

Sacudió la cabeza.

—Cierto, ahora te recuerdo. ¿Cómo estás?

—¡Bien! Quería darte las gracias por lo que hiciste. No solo te preocupaste por mí, también me acompañaste al hospital y te aseguraste de que recibiera atención. Te lo agradezco.

Él se encogió de hombros.

—Solo hice lo que cualquier otra persona habría hecho.

—Ya, pero fuiste tú.

Forzó una minúscula sonrisa y se pasó la mano por la nuca. Un incómodo silencio se extendió entre nosotros, mientras nos estudiábamos el uno al otro. Nunca me había topado con nadie tan serio y parco en palabras. Tan cauto. No sé si tímido o distante; no lograba interpretar sus expresiones. Pensé en algo que decir, pero no se me ocurría nada que sonara casual y natural. Su mirada penetrante y oscura me tenía atrapada y empezaba a ponerme nerviosa.

Tragó saliva al tiempo que lanzaba una mirada fugaz a su alrededor.

Sonreí y di un paso atrás.

—Bueno, me marcho. Debo volver al trabajo —dije como excusa para poner fin a ese encuentro.

Él asintió.

—Yo también tengo cosas que hacer.

—Siento si te he molestado.

Unas arruguitas de sorpresa aparecieron en su frente, que se transformaron rápidamente en algo parecido a la culpabilidad.

—No lo has hecho —se apresuró a responder—. Al contrario, me alegra saber que estás bien. Soy yo el que siente no haberte reconocido, me cuesta recordar las caras.

Tenía una voz áspera y profunda, agradable. La forma en la que se había ruborizado también era muy mona.

—No tienes que disculparte —me reí. Sus labios insinuaron una sonrisa—. ¿Te importa si te pregunto tu nombre?

Negó con un gesto imperceptible.

—Me llamo Julien.

—Pues encantada de conocerte, Julien —dije mientras estiraba el brazo y le tendía mi mano.

Él la miró vacilante durante un instante. Tras una inspiración, me estrechó la mano con un apretón firme y determinado.

—Yo también, Céline. Ha sido un placer.

Una ola de calor me invadió ante esas palabras y noté que me sonrojaba. Me di la vuelta y me alejé sintiendo su mirada en mi espalda. Ignorando muchas cosas que ahora sé, como que el momento oportuno no existe, pero sí la persona adecuada.

La destinada.

Y esta llega sin avisar.

Como si nada.

Irrumpe en tu vida y la transforma.

Quieras o no.
Así de simple.
Julien era esa persona.
Y pasó lo que tenía que pasar.

7

Mi familia era tan numerosa que no cabía un alfiler en el jardín.

Papá había encendido la barbacoa de carbón y las chispas revoloteaban como luciérnagas arrastradas por la brisa. De los árboles colgaban guirnaldas de luces y a través de las ventanas del salón sonaba la música de Françoise Hardy, la favorita de la abuela Angeline.

Las mesas estaban llenas de comida, postres, vino y refrescos, y el tintineo de las copas y los cubiertos se mezclaba con las conversaciones y las risas.

El ambiente era animado y tan cálido como siempre. También ruidoso con los niños corriendo de un lado a otro con pistolas de agua y burbujas, y el abuelo Dominic persiguiéndolos mientras fingía ser un dragón.

Como si de un acuerdo tácito se tratara, nadie mencionó mi ruptura con Mathis. Corrieron un tupido velo sobre el drama de mi vida, como si esa persona no hubiera estado presente en nuestra familia durante tantos años.

Mientras las conversaciones se sucedían a lo largo de la mesa, inspiré hondo y traté de disfrutar del momento. De la compañía de las personas que me querían. De las bromas y las risas. Sin embargo, me costaba. Mi mente se distraía entre pensamientos y recuerdos muy arraigados. Alcé la vista y observé el cielo coloreado de violeta que pronto estaría iluminado por un sinfín de estrellas.

Un año atrás había visto ese mismo cielo desde una ventana del hospital, imaginando cómo sería vivir con un corazón sano. Lo increíble que sería poder correr hasta quedarme sin aliento. Hacer el amor hasta perder el sentido. Dejar de soñar con marcharme lejos y coger un avión a cualquier parte. Imaginaba, porque era lo único que podía permitirme, sin sospechar que en cuestión de horas mi vida volvería a cambiar.

Me costaba creer que ya hubiera pasado un año, cuando aún lo sentía tan cercano y vívido como si hubiese ocurrido ayer mismo.

De repente, los faroles del patio se apagaron y solo quedaron las tenues luces de las bombillas que colgaban de los árboles. Bajé la vista y vi a mi padre con una tarta decorada con una sola vela entre sus manos. La dejó en la mesa, frente a mí, y sin dejar de sonreír prendió la vela. Una llama enorme empezó a arder.

—¿Y esto? —pregunté.

—¡Feliz primer aniversario, cielo! —me susurró mi madre al oído. Después, noté un beso en la mejilla.

Cuando todos comenzaron a cantar *Cumpleaños feliz,* me desinflé al darme cuenta de lo que estábamos celebrando. Tragué saliva a duras penas y contemplé la llama, que se elevaba y lanzaba chispas al aire.

Mis ojos se encontraron con los de mi hermano. Era el único que no sonreía, solo me observaba como si conociera todos y cada uno de mis pensamientos en ese momento. Como si supiera que no podía sentirme completamente feliz, por más que lo intentaba, y no porque no estuviera agradecida de estar sana y recuperada por fin.

Lo estaba. Muchísimo.

Pero una parte de mí también se sentía triste por esa persona que me cedió su lugar en el mundo, hacía justo un año. Mi «nacimiento» siempre iría de la mano de una pérdida. Una conexión física y emocional, que siempre estaría presente.

Esperaba que, con el paso del tiempo, ese sentimiento se fuese diluyendo poco a poco como cualquier otro duelo y se volviera cómodo y liviano.

—Pide un deseo —gritaron los más pequeños.

Sonreí y cerré los ojos. ¿Un deseo?

Quería...

Quería ilusionarme y exprimir la vida como no lo había hecho hasta ahora. Quería encontrar el amor verdadero y derretirme de deseo. Quería hacer locuras y perder la cabeza. Desnudarme bajo las estrellas. Perseguir luciérnagas. Equivocarme y no arrepentirme. Disfrutar cada instante. Rodearme de magia. Que cada noche mi último pensamiento antes de dormir fuese: «Ha merecido la pena».

Inspiré hondo y soplé muy fuerte.

Cerca de las once, fuimos dando un paseo hasta los alrededores del Grand Théâtre de Provence, donde tendría lugar el espectáculo de fuegos artificiales que pondría fin a nuestro día nacional. Era mi momento favorito, cuando el cielo se iluminaba de colores y el aire olía a pólvora.

Una suave brisa agitó mi cabello y me provocó un escalofrío. Tristan me rodeó los hombros con su brazo y me apretó contra su costado. El titileo de las estrellas atrajo mi mirada hacia las alturas, billones de puntitos brillantes envueltos en polvo cósmico.

Un silbido agudo ascendió de repente, dejando tras de sí una estela blanca y sinuosa. Un estallido y el cielo se iluminó con una cascada de brasas resplandecientes. Una gran sonrisa se dibujó en mi rostro y sentimientos felices de mi infancia brotaron hasta la superficie de mi mente, mientras en el firmamento se sucedían todos los efectos posibles: peces voladores, palmeras, brocados, perlas y huevos de dragón.

Mi hermano me frotó la piel erizada de los brazos con sus cálidas manos.

—¿Tienes frío? —me preguntó al oído.

Incliné la cabeza para decirle que no se preocupara por mí, y en ese instante vi a Julien entre la gente, a unos pocos metros de distancia. Sostenía una cámara fotográfica con un gran objetivo y tomaba fotos del cielo. Se movía buscando distintos ángulos y su cuerpo cambiaba de postura constantemente.

Me fijé en la forma en la que la camiseta blanca que vestía se adaptaba a su torso, dejando poco a mi imaginación. En lo bien que le quedaban los vaqueros y en lo largas que eran sus piernas. Mientras lo observaba, intenté retener otros detalles mucho más fascinantes que su físico envidiable: como la manera en la que sus rizos despeinados flotaban por la brisa nocturna, su perfil de líneas perfectas o la lentitud con la que se humedecía los labios con la lengua al concentrarse.

Mi estómago se agitó con un cosquilleo que se extendió por la tripa hasta transformarse en un rubor sofocante en mis mejillas. Nunca me había fijado de un modo tan carnal en un hombre que no fuese Mathis. Durante mi enfermedad, mi libido no era más que una pequeña pulsación que apenas sentía bajo la ingente cantidad de pastillas que debía tomar. Después, cuando comencé a recuperarme y los médicos me aseguraron que podía hacer una vida completamente normal, era Mathis el que se comportaba como si pudiera romperme con el más mínimo esfuerzo.

Y ahora, de la nada, no era capaz de apartar la vista de un chico al que no conocía y cuya actitud me hacía creer que no le caía bien.

Mientras divagaba sobre el comportamiento errático de mi cuerpo y sus impulsos, Julien bajó la barbilla, miró en mi dirección y nuestros ojos chocaron. Se enredaron sin que su expresión seria cambiara ni un poco. Era como contemplar una escultura de piedra.

De pronto, tuve la necesidad de provocar en él una reacción, por pequeña que fuese.

Le sonreí y posé para él.

Durante unos segundos que me parecieron eternos, Julien no se movió. Ni siquiera parpadeó mientras me observaba. Entonces, cuando comenzaba a sentirme la persona más ridícula de la Tierra, una pequeña sonrisa tiró de las comisuras de sus labios. Alzó la cámara y me enfocó. Disparó varias veces y luego me miró por encima del objetivo durante tanto tiempo que el resto del mundo empezó a desdibujarse.

De repente, la gente estalló en aplausos.

El espectáculo había terminado.

Julien apartó la mirada, se dio la vuelta y desapareció entre la multitud.

—¿Quién era ese? —me preguntó mi hermano.

Me encogí de hombros.

No podía ignorar que el corazón me latía con fuerza y el aliento se me atascaba en la garganta.

—Nadie —respondí, sin saber lo equivocada que estaba.

Porque al destino le encanta jugar a los imposibles y dejar que las cosas sucedan cuando menos lo esperas.

8

Un día te hacen daño y te quedas con la sensación de que vas a llevar a cuestas ese dolor toda la vida. Que no hay nada que lo calme. Al siguiente la realidad te golpea, te abre los ojos y te das cuenta de que ese dolor se transforma en otra cosa. El desorden se alinea y miras a la persona con la que lo compartiste todo y no sientes. No sientes amor. No sientes miedo.

Ya no es perfecto. Ves los pedazos. Las aristas que cortan.

Y cuando alguien te hiere, tu primer instinto es apartarte.

Dejas de confiar en las caricias y ves cómo el recelo devora el amor.

La frivolidad de los motivos quiebra el vínculo.

Te desprendes. Te desapegas. Te despojas de unos sentimientos que ya no entiendes.

Y con la misma facilidad que la colocaste en un pedestal, la dejas caer.

Subí a la última planta del edificio, donde se encontraba la oficina de Recursos Humanos. Tras una semana de obstáculos sin sentido, el hotel por fin había aceptado mi renuncia y solo debía firmar el papeleo. Sabía que el responsable de tantas trabas había sido Mathis. Era su forma de presionarme para que contactara con él, después de bloquearlo en todas partes y que mi familia lo conminara a darme espacio y distancia.

—Por último, firma en este recuadro y habremos terminado —me indicó la responsable del departamento.

Hice lo que me pedía y exhalé aliviada cuando le devolví todos los documentos y ella me entregó mis copias.

La silla chirrió contra el suelo al ponerme de pie.

—Gracias por todo.

—Gracias a ti, Céline. Cuídate.

Y eso fue todo. Mi primer y fugaz contrato laboral, finalizado por motivos personales y conflicto de intereses irreconciliables. Era la forma suave de decir que dejaba mi trabajo porque no soportaba ver la cara de mi jefe y también exnovio, después de que me pusiera los cuernos con mi mejor amiga.

Prefería perder un buen sueldo a sacrificar mi orgullo y amor propio.

En determinadas circunstancias, el dinero está sobrevalorado.

Salí de la oficina y ahí estaba él. Mathis. Vestido con uno de sus trajes italianos y pose de modelo, frente a la puerta para evitar cualquier posible huida por mi parte. Me miró con una mezcla de arrepentimiento y dulzura.

—Céline.

—No quiero hablar contigo —mascullé.

Pasé por su lado y me encaminé al ascensor. Mi corazón iba tan rápido que sentí un leve mareo. Su mano en mi brazo me detuvo.

—Céline, por favor, al menos merezco una conversación.

—¿Mereces? —lo cuestioné a la vez que daba un tirón para que me soltara—. Tú no tienes derecho a exigirme nada.

—Lo siento. Lo que quiero decir es que debemos hablar.

Has terminado con esta relación de forma unilateral, sin darme la más mínima oportunidad de explicarme.

—¿Explicar qué? ¿Que llevas cuatro años acostándote con Inès? ¿No es suficiente con lo que vi, también quieres darme los detalles?

—Es más complejo que eso —replicó apesadumbrado.

—Tengo que irme.

—Por favor, no te vayas.

—No quiero hablar contigo. No quiero saber nada, solo déjame en paz.

Una puerta se abrió y salieron dos empleados de una habitación. Mathis me sujetó por el codo y me condujo al interior de la sala de reuniones, que estaba a su espalda. Cerró desde dentro. Inspiró hondo antes de darse la vuelta y me miró a los ojos.

—No saber nada de ti ha sido una agonía.

—Cállate —le espeté.

—Entiendo que estés cabreada y no te faltan razones, pero necesito que me escuches.

Cerré los ojos y me obligué a respirar.

—No importa lo que puedas decir, no cambiará nada. No te quiero en mi vida, Mathis.

—Sé que lo he estropeado todo y que nada volverá a ser igual, pero podemos empezar de cero. Construir algo nuevo y sincero. Sin mentiras, ¿qué te parece? —me propuso.

—Tú no tienes vergüenza —me reí sin gracia.

—No puedo perderte. Te quiero, ¿es que no lo ves?

—¿Me querías cuando te metías en su cama?

—Fue un error, nunca debió pasar.

—¿Llamas error a cuatro años fingiendo que yo os importaba, mientras os veíais a escondidas?

—Nunca fingimos, nos importabas muchísimo. Por eso pasó lo que pasó. Tú empeorabas, sufríamos por ti. Teníamos miedo de perderte y hablábamos sobre ello. Nos consolábamos el uno al otro. Nos apoyábamos. Uno de esos días en los que fuimos juntos a visitarte al hospital acabamos cenando en su casa. Bebimos más vino de la cuenta y después... ¡Ni siquiera sé cómo pasó!

Me reí con tristeza y negué con la cabeza.

—Pero pasó, y continuó pasando durante mucho tiempo.

—Lo sé... —resopló angustiado. Comenzó a caminar por la sala—. Te echaba de menos y no podía estar contigo. Te necesitaba y llené ese espacio con ella. No estaba en mis cabales. Fue tan duro verte de ese modo y no poder hacer nada.

Su cinismo no dejaba de sorprenderme.

—¿Insinúas que fue culpa mía por estar enferma? —estallé.

—¡Por supuesto que no!

Me asfixiaba por momentos. Cada palabra que salía de su boca me hacía sentir peor y más segura de que la decisión correcta era alejarme de él para siempre.

—¿Llegaste a sentir algo por ella? Y no me mientas.

—Sí, durante un tiempo, pero...

—¿Y por qué no rompiste conmigo? —lo interrumpí—. Habría sido lo más honesto para todos.

—Porque no era amor, solo atracción, y tú...

—¿Yo qué?

—Te morías, Céline. ¡Joder, te morías! ¿Cómo iba a dejarte en un momento como ese? ¿En qué me habría convertido? Pensamos que era mejor dejar las cosas como estaban. Luego... luego llegó el trasplante. Empezaste a mejorar y nos planteamos decírtelo en cuanto estuvieras fuera de peligro.

En ese momento lo odié como jamás pensé que podría. Los odié a los dos.

—Pero no lo hicisteis —repuse como si nada.

—No pude. De un día para otro volviste a ser esa chica

de la que me enamoré. Divertida, alegre y tan vital. Fue como regresar al principio, cuando solo éramos dos adolescentes. Los mismos sentimientos, la misma ilusión... Me di cuenta de que no podía vivir sin ti.

Oía mis propios latidos, rápidos y furiosos. Lo ocupaban todo y apenas me dejaban pensar.

—Entonces, como la que sobraba era Inès, la dejaste —mascullé en tono irónico.

—Fue una decisión de mutuo acuerdo, nuestra prioridad eras tú.

—¿Te das cuenta de lo horrible que suena todo lo que has dicho? Me engañaste porque me moría y tú te sentías solo. Y cuando vuelvo a estar sana, la dejas a ella para casarte conmigo. Tú no eres humano, eres... eres basura.

Alzó los brazos, molesto y frustrado.

—¡No has entendido nada! —exclamó.

—No voy a seguir con esta conversación. Se acabó.

Me dirigí a la puerta. Mathis se interpuso en mi camino.

—Céline, por favor, perdóname.

—Apártate —le exigí.

—Empecemos de nuevo, podemos hacerlo —insistió mientras intentaba tocarme—. Te quiero, y sé que tú aún me quieres.

—Mathis, lo digo en serio.

—Dame una oportunidad para arreglarlo. Puedo hacerlo.

—¡Déjame salir! —le grité angustiada.

Se quedó quieto y su mirada se llenó de una decepción tan profunda que le estaba costando asimilarla. Tras unos segundos eternos, quitó el cerrojo y se hizo a un lado.

Abrí la puerta de un tirón, necesitaba alejarme de allí.

—¿Y esto es todo? —me preguntó.

Me detuve y lo miré por encima del hombro. Ya no veía en él nada de lo que un día fue para mí. Nada de lo que fuimos.

No nos reconocía. Quizá porque nada de lo que vivimos era real. La mayor parte de nuestra historia no fue más que una representación y el resto estaba basado en mentiras.

—Sí, es todo, y te ruego que lo respetes. No me hagas más daño, por favor.

Mathis parpadeó contrariado, a la par que sorprendido por mi súplica. Me miró como si alguien le hubiese quitado la venda de los ojos y la realidad al otro lado se hubiera colado en sus retinas, mostrándole una imagen que no esperaba. Asintió despacio.

—Está bien, te dejaré en paz.

Apreté los labios y continué andando. Ya lo habíamos dicho todo.

Las puertas del ascensor se abrieron y entré. Pulsé el botón del vestíbulo.

Me estaba costando no echarme a llorar.

Entonces, mientras las puertas se cerraban, Mathis apareció frente a mí.

—Lo siento. De verdad que lo siento. Cuídate.

Y eso fue todo. Un final empapado de resentimiento y tristeza.

Y dolía. Dolía mucho. Pero en ese dolor encontré consuelo.

Con su confesión, Mathis me había ayudado a superar otra fase del duelo que sentía.

Nuestra relación se había roto de forma definitiva.

Sería permanente.

Y lo aceptaba.

Desde ese instante formaba parte del pasado.

Ahora solo tenía que seguir adelante, pese a que no sabía cómo. Abrirme a una nueva vida y recuperar la ilusión, aunque me generase vértigo.

Salí del hotel con paso rápido y continué caminando sin

fijarme en el rumbo. Tenía la mente en blanco y al mismo tiempo estaba llena de ruido. Era una sensación horrible. Lo que en un principio solo era un hormigueo en el pecho se había transformado en un dolor sordo que se extendía a mis brazos y comencé a preocuparme.

Abrí mi bolso y a tientas hurgué dentro hasta encontrar las pastillas que el médico me había recetado para momentos como aquel. Puse una bajo mi lengua e inspiré hondo. Un sabor amargo me saturó la boca.

Más adelante había una plaza, con una cafetería que hacía esquina. Entré y pedí una infusión de tila y manzanilla para quitarme el sabor medicinal y calmar los nervios que me estrujaban la tripa. El mal rato que acababa de pasar con Mathis pesaba sobre mí. No me encontraba bien. La respiración y los latidos se me aceleraban, temblaba y sentía que me ahogaba en aquel ambiente sofocante. Comencé a abanicarme con uno de los menús plastificados que había sobre la barra.

—El aire acondicionado se ha estropeado, estarás mejor fuera —me dijo la camarera.

—Gracias.

—De nada, enseguida te llevo la infusión.

Encontré una mesa libre bajo uno de los parasoles que sombreaban la terraza. Me dejé caer en la silla y me froté las mejillas con los ojos cerrados. Al abrirlos, vi a Julien sentado frente a mí, a solo unos pasos de distancia. Me observaba por encima del ordenador portátil que tenía abierto sobre la mesa, junto a los restos de lo que parecía un desayuno.

Tragué saliva y su garganta imitó mi movimiento.

—¿Por qué tengo la sensación de que no dejo de encontrarme contigo? —le pregunté.

—¿Quizá porque no dejas de encontrarte conmigo?

—¿Me estás siguiendo? —bromeé.

Alzó una ceja.

—¿No será al contrario? Yo estaba aquí antes.

—Bueno, la ciudad no es muy grande, probablemente hayamos coincidido antes en el pasado, pero nunca habíamos reparado en el otro.

—Es posible.

—Tuve que desmayarme para conocernos —me reí.

Julien asintió y bajó la vista al portátil.

Lo miré con atención, intrigada por su falta de interés en todo lo que le rodeaba, incluida yo. Estaba ligeramente recostado en la silla, con los brazos sobre la mesa y sus manos tecleando. Igual de inexpresivo que en nuestros encuentros anteriores.

Inspiré hondo y solté un suspiro ahogado. No lograba aflojar la presión que sentía en el pecho. Coloqué los dedos de mi mano derecha sobre la muñeca izquierda y me tomé el pulso. Era normal. Aun así, la taquicardia la sentía muy real y molesta.

—¿Te encuentras bien? —me preguntó Julien.

—Sí.

—¿Estás segura? —insistió.

Le sonreí.

—¿Te preocupa que me esté dando otro ataque de pánico?

—¿Sueles tenerlos?

—No, ese fue el primero y espero que también el último. No quiero pasar por algo así de nuevo —le confesé.

Julien hizo un gesto afirmativo y volvió a concentrarse en su portátil.

Lo observé con disimulo. No sabía qué pensar de él. Me resultaba imposible ver nada más allá de su carácter hermético e impasible. De sus respuestas directas y los silencios con los que defendía su espacio. Sin embargo, lejos de ahuyentarme, mi curiosidad no dejaba de aumentar. Quería saber qué había tras ese muro que lo rodeaba.

Pensé que quizá tenía algún tipo de problema médico, como parálisis facial. Eso explicaría su inexpresividad. Mientras exploraba posibilidades, a Julien se le escapó un bostezo. Apretó los párpados y arrugó la nariz con un mohín adorable. Aparté esas ideas, a su rostro no le pasaba nada malo. Al contrario, cuanto más lo miraba más guapo me parecía.

Su voz baja y profunda me sacudió.

—Si te vuelve a ocurrir, respira dentro de una bolsa. Controlarás la hiperventilación y disminuirá la presión y el ritmo cardíaco. Te ayudará.

—¿Eres médico? —pregunté.

—La novia de mi mejor amigo lo es.

—No explica que sepas esas cosas.

—Vivíamos los tres juntos en aquella época y ella tenía la costumbre de estudiar en voz alta. Aprendí mucho.

¡Guau, era la frase más larga que le había oído decir!

No lo pensé. Me puse en pie, fui hasta su mesa y me senté frente a él.

Me miró sorprendido e inmediatamente frunció el ceño, expectante a mi siguiente movimiento. En ese instante, apareció la camarera con mi infusión.

—La cuenta de todo, por favor —le pidió Julien.

Me tragué un gruñido de derrota al ver que trataba de escabullirse. No obstante, yo no pensaba desperdiciar la oportunidad.

—¿Y tú a qué te dedicas? —le pregunté.

Julien lanzó un pequeño suspiro y me observó como si yo fuese un acertijo que quisiese resolver.

—¿Y esta confianza? —se burló.

—Se llama entablar una conversación —repliqué evitando reírme—. Es lo que sueles hacer cuando quieres conocer a alguien y saber más sobre esa persona: conversas. —Me incliné hacia delante—. ¡Vamos, inténtalo! Verás cómo es más fácil de lo que imaginas. Puede que hasta te guste y descubras lo interesante y divertido que es interactuar con otro ser humano.

Él me miraba tan fijamente que me sentí cohibida. Noté que me ruborizaba e incliné la cabeza para beber un sorbito de infusión.

—Trabajo en el mundo editorial. Escribo artículos para algunas revistas. También corrijo, estructuro y me encargo de la presentación de contenidos, tanto en formato físico como digital —respondió sin ninguna emoción en la voz.

—¿Qué revistas? ¿Las conozco?

—¿Y a qué te dedicas tú? —Ignoró mi pregunta.

—Trabajaba en la recepción de un hotel. Acabo de presentar mi renuncia.

—¿Acabas?

—Sí, hace unos minutos.

—¿Y puedo preguntar por qué?

—No estoy segura, tú no contestas mis preguntas. —Julien se repantigó en la silla y un gesto de diversión se dibujó en su rostro. Me reí—. Bah, da igual. Responderé. He renunciado porque mi jefe también era mi novio, y hace unas semanas descubrí que él había mantenido una relación paralela con mi mejor amiga durante cuatro años.

—Con «relación paralela» te refieres a...

—A que se veían a escondidas para follar como conejos, sí.

—Vaya, lo siento.

Me encogí de hombros, restándole importancia.

—No tienes por qué, lo llevo bastante bien.

—Eso parece.

—La vida es demasiado corta y preciosa como para perderla con personas que no merecen la pena, ¿no crees?

Julien se inclinó hacia delante sin dejar de mirarme.

—Depende de la perspectiva.

—Prefiero hablar de realidades.

—De acuerdo, has roto con tu novio y has renunciado a tu trabajo. ¿Cuál es tu plan ahora?

—No tengo un plan, así que estoy improvisando. Mi madre es la dueña de *La plume d'or*. De momento, voy a trabajar con ella.

Alzó las cejas, confuso.

—¿*La plume d'or*?

—Sí, la librería —respondí. Julien frunció el ceño, pensativo, y negó con la cabeza—. ¿Cómo es posible? Todo el mundo en Aix-en-Provence la conoce. Tiene una cafetería y puedes sentarte a leer mientras desayunas o meriendas. El ambiente es bueno y encuentras todo tipo de libros. Incluso hay una sección de ejemplares raros. A la gente le encanta ir allí.

—Lo siento, no he oído hablar de ella. Apenas llevo unos meses viviendo en la ciudad.

—¿Y de dónde eres? —pregunté curiosa.

—De París.

Levanté un dedo y lo apunté con él.

—No importa, si llevas aquí meses me parece imperdonable que no la conozcas. Espero que no tardes en visitarla o me enfadaré contigo —bromeé.

Julien se limitó a asentir y dijo:

—Iré.

—Prométemelo.

Él me observó durante unos segundos y su expresión fría y seria flaqueó un instante.

—Te lo prometo —dijo con la voz ronca.

La camarera apareció a nuestro lado y dejó un platito con la cuenta sobre la mesa. Se alejó para atender a otro cliente, que la llamaba de forma insistente.

Julien se puso en pie, sacó un billete de su bolsillo y lo colocó en el plato. A continuación, guardó el portátil en su mochila. Se la colgó a la espalda y me miró de soslayo. Su gesto se tensó un poco.

—Tengo que irme, gracias por la conversación.

Inspiré hondo y me recogí el pelo tras las orejas. Julien siguió el movimiento con los ojos y tragó saliva. No sabía qué clase de conflicto tenía lugar en su cabeza, pero lo había. Aunque no lograba discernir si era yo la que lo causaba o cualquier otro motivo ajeno a mí.

—¿Por qué nunca sonríes? —le pregunté.

—¡¿Qué?!

—Nunca sonríes —afirmé con una gran convicción y me encogí de hombros al ver que él fruncía el ceño—. Es verdad, nunca lo haces. Al principio supuse que tenías algún problema médico, pero es evidente que no. Después pensé que tal vez eras una persona fría y antipática por naturaleza, aunque dudo que se trate de eso. Otra posibilidad es que yo sea el problema y algo en mí te disguste tanto que no seas capaz de fingir ni un poquito por mera educación. Sin embargo, al ver que tampoco le has sonreído a la camarera, ya no estoy tan segura de ser la razón.

—Veo que le has dado muchas vueltas.

—No puedo evitarlo, siempre lo hago cuando me obsesiono con algo —admití, ya que era la verdad. Necesitaba entender por qué no mostraba esa parte de él, por qué la reprimía o qué la había hecho desaparecer. Y quería que respondiese a mi pregunta para que pudiese comprenderlo.

—¿Te has obsesionado conmigo?

—Solo con tu sonrisa, no eres tan impresionante —me reí.

Julien profirió un suave suspiro. Abrió la boca para decir algo, pero la cerró sin pronunciar palabra y se pasó la mano por la nuca. Transcurrieron unos segundos y después, muy despacio, su boca se curvó en una sonrisa que se fue extendiendo por su cara hasta alcanzar sus ojos. Una sonrisa de verdad. Sin artificios. Sincera y espontánea. Una sonrisa que me puso la piel de gallina por lo bonita que era. Porque era el complemento perfecto para él y no solo lo transformaba en alguien atractivo. Esa curva lo convertía en el hombre más guapo que había visto nunca.

Me ruboricé.

—¿Cuántos años tienes? —me preguntó.

—Cumpliré veintiséis en poco más de un mes.

—¿Estás segura? Por cómo te comportas, juraría que no tienes más de quince.

—¡¿Disculpa?! —exclamé avergonzada y me puse en pie al tiempo que le lanzaba el sobre de azúcar que me habían servido con la infusión.

Julien lo atrapó al vuelo y una risa ronca brotó de su garganta. Ese sonido me pilló tan desprevenida que me paralicé y no pude hacer otra cosa más que mirarlo. Poco a poco, su risa se fue apagando, pero la sonrisa permaneció en su rostro y el corazón me subió a la garganta mientras seguíamos inmóviles, mirándonos.

Tras unos segundos, Julien alzó la mano a modo de despedida y echó a andar. De repente, se detuvo y me miró por encima del hombro.

—¿Has dicho *La plume d'or*? —Asentí y mis latidos aumentaron. Arrugó la nariz con un mohín y añadió—: Suena bien.

Continuó su camino y yo me quedé allí, observándolo embobada. Llevaba unos vaqueros grises y una camisa blanca, amplia y ligera. Rizos rebeldes le cubrían la nuca, a los que el sol arrancaba reflejos brillantes. Cogí aire con fuerza y lo solté despacio. Después seguí mi camino intentando identificar lo que sentía en el estómago. El nudo que me apretaba la tripa.

En ese momento, recordé algo que solía decir mi abuela: las sonrisas pertenecen a quien las provoca. Si tenía razón, entonces la de Julien era solo mía.

Ese pensamiento me erizó la piel e inundó todos los recovecos de mi mente, ahogando a su paso el eco doloroso de mi encuentro con Mathis. Silenciándolo. Creando un espacio nuevo, en blanco, en el que comenzaban a intuirse pequeñas pinceladas de algo distinto e inesperado.

Puede que precipitado y sin ninguna lógica, pero así son los sentimientos.

Están vivos. Por eso nacen, cambian o mueren.

Transforman lo imposible.

Son capaces de arder.

De estallar en fuegos artificiales.

De convertir lo racional en locura.

A nosotros, en una conexión inevitable.

9

Me quedé mirando las cajas que acababan de llegar y tomé otro sorbo de café, reflexionando sobre la cantidad de libros que se publicaban cada mes. Era raro el día que no recibíamos en la librería una decena de novedades. Recetarios, manuales, guías, libros de ficción, autoayuda, novelas gráficas... La lista era interminable y cada una de esas obras hallaba su público en mayor o menor medida. Era fascinante.

En nuestra librería, lo que más demandaban los clientes eran los libros de ficción. Romántica, fantasía y suspense ocupaban el podio de las ventas, por lo que trataba de estar al día en todo lo relacionado con esos géneros. Había comenzado a seguir cuentas que recomendaban libros y hacían reseñas en redes sociales. Curioseaba en foros de lectores y webs como Goodreads, con miles de opiniones que me ayudaban a hacerme una idea del impacto que tenían ciertas novelas.

Y también leía. Muchísimo.

Mi madre decía que un librero debía tener su propio criterio, libre y sincero, pero también objetivo. No era fácil encontrar el equilibrio, aunque buscarlo resultaba divertido.

Conforme transcurrían los días, me gustaba más y más

mi trabajo. Pasar tiempo en aquel espacio, en el que el olor a libro nuevo se mezclaba con el de las tartas y las pastas. Recomendar lecturas, conversar con la gente. Organizar pequeños eventos, como cuentacuentos para los niños o firmas de escritores. Disfrutaba de todas esas cosas con una ilusión que no recordaba haber sentido antes por nada.

Al comprobar que casi era la hora de abrir, apuré el café de un trago y me incliné sobre la barra para dejar la taza en el fregadero. Hice una mueca cuando Béatrice puso en marcha el molinillo de café y su sonido estridente se coló en mis oídos.

Abrí la primera caja y eché un vistazo a su contenido. Normalmente era mi madre la que se encargaba de añadir los nuevos libros al inventario y etiquetarlos con el precio de venta. Sin embargo, esa mañana tenía una revisión médica rutinaria e iba a retrasarse, por lo que me tocaba a mí ocuparme de la tarea. Fácil, aunque un poco tediosa.

Una vez registrados y marcados, solo había que colocarlos en las estanterías.

Empujé el carrito hasta la sección de arte y música.

El sonido de las campanillas me avisó de que la puerta se abría. Miré por costumbre y vi a Inès. Me costó reconocerla sin una gota de maquillaje y con el pelo recogido en un moño descuidado, vistiendo tan solo un pantalón de algodón y una camiseta amplia.

Me tensé y una marea de nervios se extendió por mi cuerpo, haciéndolo temblar como una hoja sacudida por el viento. Vino hacia mí, que me había quedado congelada y no lograba reaccionar.

—Céline —pronunció mi nombre en voz baja, casi con miedo.

Tragué saliva y negué con la cabeza. No estaba preparada para ese encuentro y no sabía si lo estaría algún día. El simple hecho de ver su rostro había arrancado de golpe la costra que comenzaba a cubrir mis heridas y volvían a sangrar.

—Tienes que irte —repliqué.

—Céline, por favor —suplicó.

—No puedo hablar contigo.

Empujé el carrito hasta la sala contigua, sin apenas respirar y con el cuerpo entumecido.

Inès me siguió.

—Han pasado semanas y ya no puedo más. He metido la pata hasta el fondo y te he hecho daño. A ti, la persona que más quiero en el mundo. La más importante. Sé que no lo merezco, pero te ruego que me perdones.

—Déjalo, no sigas.

Sus ojos se humedecieron y yo aparté la vista. Me afectaba verla llorar porque, pese a todo, la quería tanto como la odiaba en ese momento. Estaba enfadada, dolida y resentida, pero Inès había formado parte de mi vida desde que podía recordar. Más que una amiga, la había considerado mi hermana, y no era fácil deshacerme de unos sentimientos tan arraigados.

—Tengo que hacerlo. No soporto la idea de que me odies y lo nuestro haya acabado para siempre. Perderte me está matando. Estoy fatal —sollozó.

Miré a mi alrededor, había muchos clientes en la librería y empezábamos a llamar la atención. Me estaba agobiando y con su insistencia solo conseguía que yo me cerrara aún más y todo mi dolor se amplificara.

—Inès, tienes que irte.

—No tengo derecho a pedírtelo, pero si me dieras la oportunidad de explicarte cómo pasaron las cosas.

—Inès —repetí su nombre en tono suplicante.

Dio un paso hacia mí con las mejillas encendidas y se

pasó la mano por el pelo alborotado. En su rostro apareció una sonrisa de tristeza. Sorbió por la nariz.

—Me asusta perderte, eres mi mejor amiga. No sé por qué hice las cosas de esa manera. Ojalá pudiera volver atrás en el tiempo y cambiarlo todo, pero es imposible. Solo puedo pedirte perdón. Por favor, Céline, perdóname.

En ese instante, las campanillas de la puerta tintinearon de nuevo y apareció mi madre. Apenas tardó unos segundos en darse cuenta de la situación. Se acercó a Inès y cogió su mano mientras compartía conmigo una mirada significativa.

—Inès, este no es el momento ni el lugar.

Ella pareció sorprenderse y despertar, como si no hubiera sido consciente todo ese tiempo de dónde se encontraba. Asintió con la cabeza.

—Sí, lo siento, no pretendía molestar. —Forzó una sonrisa y una lágrima cayó por su rostro—. Me alegro de verte, Dorine.

—Yo también. Ahora vete a casa —le pidió.

Inès se dejó guiar por ella hasta la puerta. Antes de salir, me lanzó una última mirada y desapareció. Tuve que contener el aliento en un pobre intento por no romper a llorar. Mi madre regresó a mi lado y me miró preocupada. Suspiré y le dediqué una sonrisa, que se fue desdibujando hasta convertirse en un puchero lamentable.

—¿Estás bien? —me preguntó.

Sacudí la cabeza.

—No tiene buen aspecto —me tembló la voz.

—Es verdad, no parece estar bien.

Noté una presión en el pecho a la que aún no me acostumbraba, como una lanza entre las costillas que pesaba demasiado. Tanto como las lágrimas, densas y silenciosas, que se enredaban en ese nudo atado a mi garganta.

—Dice que me quiere, que soy lo más importante. ¿Por qué lo hizo entonces, mamá? ¿Por qué lo eligió a él?

—Solo Inès tiene la respuesta.

—La echo mucho de menos.

—Lo sé, cielo.

—Pero no puedo perdonarla. No quiero hacerlo —se me quebró la voz con la última palabra.

—Tienes derecho a sentirte así.

Me secó las lágrimas con sus manos. Luego me dio un abrazo.

Cerré los ojos y dejé que el dolor de ver a Inès después de tanto tiempo se disipase. No podía culparme por estar enfadada y no saber perdonar. Por haber estado demasiado ciega y no ver esos secretos que durante años habían permanecido ahí.

Delante de mis ojos.

Entre ellos dos.

Entre nosotros tres.

—¿Te encuentras mejor?

—Sí —hipé.

—Pues vamos a trabajar, cielo. Yo me ocupo de colocar las novedades. Tú ayuda a Béatrice, no da abasto.

Encontré a Béatrice tras la barra, afanada preparando infusiones y cafés como si el mundo estuviera a punto de acabarse. La tensión de su rostro desapareció al verme. Señaló un plato con tarta de naranja y una infusión de rooibos con vainilla.

—¿Podrías llevar eso a la mesa Dumas? —me pidió.

—Ahora mismo.

Para darles un toque distintivo y original, mamá había bautizado cada una de las mesas con el nombre de un escritor o escritora famosos. Así que teníamos la mesa Montgomery, en honor a Lucy Maud Montgomery; la mesa Austen, Dickens, Joyce y Saint-Exupéry, entre otras.

Con toda mi atención puesta en la taza para no derramarla, crucé la librería hasta el ventanal rematado en curva, que se alzaba desde el suelo y ocupaba el centro de una pared. Era el mejor lugar para sentarse a leer por la luz natural que lo iluminaba.

Llegué a la mesa y, a pesar de mi pulso de gelatina, logré servir los platos sin ningún percance.

—Aquí tienes —dije mientras sacaba un sobrecito extra de azúcar del bolsillo de mi delantal.

Al levantar la vista, casi me caigo de espaldas al encontrarme con un chico moreno de rizos rebeldes y expresión melancólica, que me miraba fijamente a los ojos. Sentí un tirón en el estómago y mi corazón comenzó a latir tan rápido que temí que fuese a explotar.

Me miró. Lo miré. Nos quedamos allí. Callados. Respirando sin respirar.

Poco a poco, una sonrisa curvó sus labios.

Mi sonrisa.

Pensé que me moría.

—¿Y esta sorpresa? —exclamé.

—Dijiste que te enfadarías conmigo si no te visitaba, y algo me dice que no quiero ver esa faceta tuya.

Le sostuve la mirada y una risita rota escapó de mi garganta. Las ganas de llorar tras el encuentro con Inès se transformaron en unas ganas aún más locas porque él estaba allí y eso significaba que había ido para verme. A mí. Solo porque le apetecía. Quizá porque en el fondo y pese a mis dudas le caía bien, o porque me encontraba agradable. Tal vez interesante. Puede que por simple curiosidad, qué importaba.

Por alguna estúpida razón, su presencia me hacía feliz y al mismo tiempo me ponía muy nerviosa. Emociones conocidas, pero que las sentía completamente nuevas y brillantes. Era una locura. O la loca era yo y me estaba emocionando por un desconocido, en un patético intento por llenar vacíos en los que me costaba no caer y desaparecer.

Parpadeé para alejar la humedad de mis ojos.

—¡Bienvenido! —Casi no me salía la voz.

La sonrisa de Julien se hizo más amplia.

—¿Esa emoción es por mí?

—¿Y si te dijera que sí?

—Entonces pensaría que mientes fatal. —Le mantuve la mirada y me encogí de hombros. Él negó con la cabeza, aún sonriendo, y añadió—: Sea lo que sea, pasará.

—¿Me lo prometes?

Tragó saliva y su pecho se elevó al tomar aliento.

—No es necesario. La vida es demasiado corta para perder el tiempo con cosas que no merecen la pena, fue lo que dijiste el otro día y sé que lo crees de verdad.

—¡Prestabas atención!

—Era imposible no hacerlo.

Respiré hondo al oír sus palabras e intenté disimular lo mucho que él me afectaba.

—Céline —me llamó Béatrice.

—Tengo que volver al trabajo.

—Yo también —replicó él, y señaló su ordenador portátil, abierto sobre la mesa.

—¿Vas a quedarte?

—Un rato.

—Llámame si quieres más té.

A partir de ese momento, me resultó difícil concentrarme en mis tareas. Me costaba apartar la vista de Julien, de sus gestos y movimientos, aunque no hacía nada salvo mirar la pantalla y teclear, ajeno a cuanto ocurría a su alrededor.

Atendí a una pareja que quería recorrer Europa en tren y buscaba guías de viajes.

Luego apareció un grupo de turistas japoneses, más interesados en tomar fotografías del interior que en comprar libros, y se desató el caos. Agotaron los bollos, las galletas y el pastel de nueces, y tuve que ir a buscar un pedido extra a la pastelería que nos los suministraba. Cuando regresé, encontré a Tristan pegando en una de las ventanas un cartel con el que anunciaba su próximo concierto.

Mi hermano tenía un don para la música y había pasado la mitad de su vida estudiando piano y guitarra en el conservatorio. Tras graduarse en el instituto, se matriculó en Pedagogía Musical, y ahora era profesor en prácticas en un colegio. Sin embargo, su gran sueño era recorrer el mundo de escenario en escenario, con el grupo que él y sus amigos habían formado cuando solo eran unos niños. De momento, tocaban casi todos los fines de semana en distintos clubes de la ciudad y les iba bastante bien.

—¡Hola! —lo saludé.

—Eh, ¿cómo te va?

Le eché un vistazo a los detalles del cartel y parpadeé atónita.

Miré a mi hermano con los ojos como platos y la boca abierta.

—¡¿Vais a tocar en Les neuf muses?!

—¡Sí! —celebró emocionado—. ¿A que es genial? Por lo visto, habían contratado un grupo británico, que está pegando fuerte, pero al cantante han tenido que operarlo de apendicitis y nos han llamado a nosotros para sustituirlos. ¡Aún no me lo creo!

Les neuf muses era una sala de conciertos que apenas llevaba dos años en marcha, pero que se había convertido en uno de los locales de moda más famosos de la región por su ambiente y las actuaciones que organizaban. Allí habían tocado músicos y grupos como Sam Fender, Bonobo, Greta Van Fleet o Kaleo.

—¡Es genial, Tristan! Me alegro por vosotros.

—Vendrás a vernos, ¿no?

Asentí sin dejar de sonreír. Ver a mi hermano feliz era una necesidad vital para mí. No solo mis padres habían sufrido por mi enfermedad, Tristan también había vivido las consecuencias de tener una hermana casi desahuciada. Se vio obligado a valerse por sí mismo, a entender que nuestros padres no siempre podían estar ahí para él, porque vivían preocupados y pendientes de mis constantes recaídas. Tuvo que adaptarse a pasar largas temporadas con nuestros abuelos, cada vez que me ingresaban en el hospital por nuevas complicaciones.

Se acostumbró a vivir en segundo plano mientras yo me desvanecía. A una familia que casi nunca podía asistir a sus recitales, a los partidos de fútbol y las graduaciones.

A no ir de vacaciones.

A no hacer planes.

Nunca se quejó, ni tampoco me culpó. Al contrario, Tristan siempre se esforzó por demostrarme lo mucho que me quería y que no había nada en el mundo que no fuese capaz de hacer por mí.

Jamás podría devolverle esos años, pero sí todo el amor que había recibido.

—¿Puedo pedirte un favor? —me preguntó.

—Por supuesto.

Se descolgó la mochila que llevaba a la espalda y sacó unas octavillas publicitarias del concierto.

—¿Podrías repartirlas entre los clientes? A mamá le parece bien y yo tengo un poco de prisa.

—No te preocupes, yo me encargo.

—Gracias, hermanita.

Me dio un beso en la frente y salió de la librería como una exhalación.

Respiré hondo y sujeté las octavillas con determinación. Comencé a repartirlas, mientras enumeraba una y otra vez todos los motivos por los que nadie debía perderse la actuación de We are Dragons. Así se llamaba el grupo.

Conforme me acercaba a la mesa que ocupaba Julien, más me costaba ignorar que mi corazón se aceleraba y me sentía cohibida por una timidez exagerada. Solo nos separaban un par de pasos cuando él alzó la barbilla y clavó su mirada en la mía. Se me escurrieron las octavillas y cayeron al suelo.

Nos agachamos al mismo tiempo y nuestras manos chocaron.

—Lo siento —susurró.

—No pasa nada —repliqué.

Estaba tan cerca que notaba el olor a limpio de su pelo y el suave aroma de su perfume. Tan cerca que el calor de su aliento rozaba mi mejilla. Podría haberme apartado, pero no lo hice. Ladeé la cabeza y nuestros ojos se encontraron. Dejé de respirar, incapaz de hallar una explicación a esa amalgama de sentimientos inesperados que él provocaba en mí y que no deberían surgir por un completo desconocido.

Sin embargo, allí estaban. Confundiéndome. Alentándome a ser espontánea. Directa y más segura de lo que me sentía en realidad.

—¿Te gustaría venir conmigo? —le pregunté de sopetón.

Julien se puso en pie y yo lo imité.

—¿Qué?

Le mostré el pasquín y sonreí.

—Este es el grupo de mi hermano. Mañana por la noche darán un concierto en Les neuf muses y me ha pedido que vaya. Ya sabes, para darle apoyo moral y eso. Podría ir sola, no sería un problema, pero me gustaría mucho que me acompañaras.

Tuve la impresión de que contenía el aliento, mientras sus ojos recorrían mi rostro sin parpadear. Tan serio y afectado que me estaba arrepintiendo de haber abierto la boca.

—¿Me estás proponiendo una cita?

—No, solo te estoy invitando a un concierto —puntualicé.

—¿Por qué a mí?

—¿Y por qué no?

Cambié mi peso de pie. Empezaba a ponerme de los nervios que me mirara con tanta fijeza, como si aguardara algún tipo de explicación más detallada y convincente. Aparté la mirada de él con un nudo en la garganta y sacudí la cabeza.

—¿Nunca has hecho o dicho algo sin saber la razón? Me refiero a uno de esos momentos en los que sientes un impulso irrefrenable y te dejas llevar sin que nada te contenga. Ni siquiera intentas detenerte, solo saltas. ¿Entiendes lo que quiero decir?

—Sé a qué te refieres.

—Te he invitado por uno de esos impulsos. He pensado que me gustaría ir contigo y lo he soltado sin más. Pum.

Alcé la vista y lo miré. Los ojos de Julien permanecían suspendidos en mi rostro, observándome como si buscase algo pero no supiese concretar el qué.

—¿Siempre eres tan sincera? —me preguntó.

—Solo porque no sé mentir. Cuando miento parezco uno de esos dibujos animados que echan humo por las orejas.

Julien sacudió la cabeza y la sonrisa que tiró de sus labios me hizo sentir un cosquilleo agradable en la tripa. Un anhelo que me desentumecía los músculos y hacía fluir la sangre por mis venas.

—Me gustaría acompañarte a ese concierto —dijo con la voz un poco ronca.

—¡¿De verdad?! No pasa nada si no quieres.

—Quiero.

—Vale —convine acalorada por los nervios—. Deberíamos intercambiarnos los números de teléfono, ¿no crees?

Asintió con la cabeza y sacó su teléfono del bolsillo.

Mientras lo guardaba entre mis contactos, noté un torrente de emoción que nacía en mi pecho y se extendía hasta las puntas de los dedos. No pude controlarme y rompí a reír. Las pupilas de Julien se posaron sobre mis labios y ascendieron de nuevo, mucho más dilatadas, hasta tropezar con las mías.

Se enredaron. Quedaron atrapadas.

Y durante ese instante el universo se detuvo.

El tiempo quedó suspendido.

Y entonces pasó, hubo un clic. Como el que precede a una detonación y pone todos tus sentidos en alerta por puro instinto, a la espera de cuándo y cómo se producirá. Porque sabes que lo hará y pondrá tu mundo del revés.

Lo vi en sus ojos y lo sentí en mis latidos.

Hay personas que aparecen y otras que llegan.

Las primeras no suelen detenerse, casi siempre están de paso y las huellas que dejan las acaba borrando el tiempo. Las que llegan son las que se quedan contigo, aun después de marcharse. Son las que vienen a cambiar tu vida, a ponerla patas arriba.

Y lo hacen de repente, como un aguacero que no avisa.

10

—¿Estás segura? Lo llevas bastante largo —me preguntó la peluquera.

La miré muy seria a través del reflejo del espejo.

—Segura.

—Tardará en volver a crecer tanto.

—Córtalo —repliqué convencida.

—Cuando algo se le mete en la cabeza, es imposible disuadirla —dijo Lola a mi espalda, acomodada en un sillón mientras ojeaba una revista.

Nos habíamos encontrado por casualidad en una tienda de ropa, a la que había entrado buscando algo bonito que ponerme para el concierto. Me ayudó a elegir un conjunto de falda y top con escote *halter*, y después se empeñó en acompañarme a la peluquería.

—Solo quiero verme diferente. Tengo el mismo aspecto desde los quince, va siendo hora de cambiar —comenté.

Llevaba más de una década con el mismo corte, una melena recta y larga hasta la cintura, que ahora veía aburrida y sin ningún atractivo. Había llegado el momento de probar otra cosa. De cambiar el exterior para que encajara con el nuevo yo que se abría paso dentro de mí.

La peluquera esbozó una sonrisa y levantó mi melena húmeda varias veces con las manos, evaluándola. Señaló un punto bajo los hombros y me miró.

—¿A esta altura?

—Sí.

—Pues vamos allá.

Empezó a cortar y el sonido de las tijeras me produjo un escalofrío. Observé cómo los mechones iban cayendo al suelo y sentí que era el acto más valiente que había hecho en muchísimo tiempo. Tenía el propósito de seguir adelante y dejar atrás todo lo malo, e iba a esforzarme para conseguirlo. Nueva vida y nueva imagen. Un punto de inflexión que marcaba el inicio de otra realidad. Un después definitivo.

Cerré los ojos y decidí no abrirlos hasta el final.

—Ya está —dijo la peluquera.

Muy despacio, abrí los párpados y me miré detenidamente. Estaba distinta con la melena cortada a capas y un flequillo largo y desigual. Me sorprendió que un simple corte pudiera cambiar mi apariencia de forma tan drástica.

Lola se levantó de la silla y se paró a mi lado.

—Me encanta —me sonrió desde el espejo.

—Te queda muy bien —afirmó la peluquera mientras me observaba satisfecha.

—¿De verdad?

—Estás guapísima, Céline. Tanto, que no pareces tú —apuntó Lola.

—¡Eh! —salté.

Lola rompió a reír y, sin que tuviera tiempo a reaccionar, sacó su teléfono, se colocó a mi lado y nos hizo un selfi.

—Voy a subirla al grupo.

Después, el chat se inundó de mensajes.

Terrones de azúcar que inflaron mi autoestima.

Cuando salimos de la peluquería, fuimos directas a comprar un helado. Paseamos durante un rato por las calles del centro, con el sol colándose bajo los árboles y los toldos de las terrazas y los comercios, reflejándose en las fachadas envejecidas de colores naranjas, ocres y amarillos.

El mayor encanto que tiene Aix-en-Provence son sus contrastes. La ciudad es una mezcla de urbe cosmopolita, repleta de tiendas de moda, franquicias, festivales y eventos culturales, y un pueblo provenzal, de costumbres mediterráneas y mercadillos concurridos donde la gente aún regatea y vive sin prisa. En la que los restaurantes de lujo comparten espacio con los atemporales bistrós.

—Así que... se llama Julien —dijo Lola de pronto, retomando la conversación que habíamos iniciado en la tienda de ropa.

—Así se llama —convine.

—Y vais a ir juntos al concierto de tu hermano.

—Sí.

—No sabes casi nada de él y ni siquiera es de la ciudad. ¿No te preocupa que sea un asesino en serie?

—No digas tonterías —exclamé.

—Acuérdate de esta conversación cuando te despiertes en su sótano.

—No tiene pinta de asesino, todo lo contrario.

—Los psicópatas nunca lo parecen, sobre todo cuando son guapos. ¿Es guapo? Seguro que lo es.

Puse los ojos en blanco y me reí.

Ella sacudió la cabeza, risueña, y exclamó:

—¡Has quedado con un chico!

—Lo he hecho, ¿verdad? Aún no me lo creo —suspiré nerviosa.

Lola me miró con cautela.

—No esperaba que te recuperaras tan pronto de lo de Mathis.

Me tensé.

—No me he recuperado, Lola, y sé que tardaré un tiempo en hacerlo.

—Entonces, ¿vas a salir con él por despecho?

—¿Qué? ¡No! —repliqué molesta—. Una cosa no tiene que ver con la otra. Para empezar, no voy a salir con él. No es una cita. Le pregunté si quería acompañarme y dijo que sí.

—A eso se le llama cita.

La ignoré.

—En cuanto a Mathis e Inès, es imposible que lo olvide todo de un día para otro. Cada uno tiene su tiempo para asimilar las cosas. No todos las superamos al mismo ritmo ni las sentimos de la misma forma. Perdonar y olvidar es difícil, Lola. A veces, imposible. Sobre todo, cuando te han hecho tanto daño como ellos a mí.

Lola arrugó la frente.

—No te estaba juzgando, Céline. Me preocupas, nada más.

—Y agradezco que te preocupes, pero lo único que intento es pasar página y seguir adelante, y que haya decidido salir con un chico que empieza a gustarme no tiene nada que ver con el despecho. No soy esa clase de persona.

Lola me cortó el paso y me obligó a detenerme. Una sonrisita traviesa asomó a su rostro al mirarme.

—¿Él te gusta?

Me di cuenta de lo que había admitido sin pensar y me ruboricé de pies a cabeza.

—Sí, es posible. Un poco.

—¿Solo un poco?

Chasqueé la lengua con un gesto de derrota.

—Comienza a gustarme mucho, ¿vale? Es guapo y tiene un carácter retraído que le da un aire muy misterioso. Lo que hace que quiera saber más y más cosas sobre él. Lo que también es frustrante, porque es la persona más hermética que he conocido en mi vida. Cuando hablo con él, me resulta imposible imaginar qué está pensando o sintiendo. Pero, al mismo tiempo, es amable y dulce, también tímido. Presta atención a lo que digo y me mira a los ojos de un modo que... —Suspiré sin aliento y me obligué a respirar—. Estoy hecha un lío.

—Ostras, estás colada por ese tío y solo os habéis visto tres veces.

—En realidad, han sido cinco. Y no estoy colada por él.

—Si tú lo dices —me cuestionó.

—Casi no lo conozco.

—¿Y qué? No es necesario conocer a una persona para que te guste y te ponga más caliente que el volcán Hekla en plena erupción. Así funciona la atracción física: un rostro bonito, un cuerpo atractivo y produces feromonas en cantidades industriales, hasta el punto de querer arrancarle los pantalones a la más mínima oportunidad. Se llama deseo sexual. La atracción química es más compleja, pero funciona del mismo modo. Tropiezas con alguien y ¡bam!, de forma inexplicable conectas sin ningún esfuerzo. Esa persona te hace sentir bien, su presencia te produce un chute dopamínico que libera tus hormonas y te hace querer repetir una y otra vez esa sensación. La serotonina y la oxitocina toman el control de tu cuerpo y tu mente, y comienzan a tejer un vínculo emocional. Buscas la cercanía con esa persona, se incrementa el interés. Miradas, sonrisas, inclinación corporal, caricias casuales... Aquí comienza la etapa del enamoramiento —explicó mientras enlazaba su brazo con el mío y me instaba a seguir caminando. Tras lamer su helado un par de veces, continuó hablando—: ¿Qué provoca todas esas reacciones? Como neurocientífica y experta en la materia, puedo decirte que nadie lo sabe a ciencia cierta. Un misterio más, de los muchos que encierra nuestro cerebro.

¿Es importante saberlo? No. Lo importante es que esa persona cumpla todas tus expectativas físicas y emocionales. ¿Las cumple?

—Creo que sí —respondí, aunque me había perdido a mitad de su explicación.

—De todas formas, espera a que nosotras le demos el visto bueno antes de bajarle los pantalones.

Empecé a toser y le dediqué una mirada asesina. Lástima que en ese momento no tenía nada a mano para lanzarle salvo mi helado y no estaba dispuesta a renunciar a mi dosis de azúcar.

—¿Darle el visto bueno?

—Es lo que hacen las amigas —respondió como si nada.

—Si eso fuese verdad, tú no estarías con Ariane.

Lola dio un respingo y me observó contrariada.

—¿Eso que quiere decir?

—Que no habrías pasado la prueba.

—¡Oye! No hablas en serio, ¿verdad?

Apreté los labios para ocultar una sonrisa.

—Muy en serio, estás zumbada.

—Era una broma lo de darle el visto bueno.

—No lo era —la contradije.

—Tienes razón, no lo era.

Lola sacudió la cabeza con una risilla cómplice y me abrazó sin dejar de caminar. Tropezamos la una con la otra y dimos un traspié. Rompimos a reír.

La miré de reojo. Entendía su preocupación por mí y que tuviera dudas respecto a Julien y mis motivaciones. Solo había pasado poco más de un mes desde que mi relación con Mathis se convirtió en un montón de polvo y, a ojos de otras personas, podría considerarse un espacio demasiado corto para haberme recuperado, aunque solo fuese una ínfima parte. Sin embargo, durante esas semanas pasé por tantos cambios emocionales, mi mente y mi cuerpo sufrieron tanto en tan poco tiempo, que tenía la sensación de encontrarme a años luz de ese día.

Por esa razón, también sabía que no veía a Julien como una tirita para mis heridas ni una herramienta para un despecho que realmente ya no sentía. En mí anidaba un gran dolor, decepción, tristeza y autocastigo por ser tan ingenua e inocente. La presencia de Julien me abstraía de esos sentimientos intrusivos. Convertía mi mente en un lienzo en blanco y dibujaba sus propios trazos.

Julien me gustaba por quien era, quizá más de lo que debería.

Porque nunca antes una sonrisa me había hecho sentir tanto.

11

Me apliqué brillo de labios y evalué por última vez mi aspecto en el espejo. El nuevo corte de pelo me daba una imagen desenfadada y mi piel lucía un ligero tono bronceado, que contrastaba con el blanco de mi conjunto. Había cogido peso y se notaba en mis mejillas, en el volumen de mi pecho y en las curvas que acentuaban un poco más mis caderas. Ya no parecía un palo.

Por primera vez en mucho tiempo, me vi y sentí guapa. También más confiada.

Giré sobre mis talones para asegurarme de que la falda no era demasiado corta y descubrí a mi madre observándome desde la puerta del baño.

—Estás preciosa.

Eché otro vistazo a mi reflejo y alisé con las manos unas arrugas inexistentes en mi top.

—¿No es exagerado?

—Te sienta muy bien, y me gusta verte con algo más que vaqueros y camisetas básicas.

Sonreí y le di un abrazo fugaz cuando pasé por su lado de camino a mi dormitorio. Ella me siguió. Me senté en la cama y me calcé unas zapatillas de lona. En un principio, había pensado ponerme unas sandalias de tiras que se abrochaban al tobillo. Me encantaban y hasta el momento no había encontrado la ocasión para ponérmelas. Aunque, tras pensarlo, me di cuenta de que no eran lo más apropiado para una sala de conciertos donde decenas de pares de pies se moverían muy cerca de los míos.

—¿Seguro que no quieres que papá te lleve? Sabes que a él no le importa.

—No es necesario y ya he llamado a un taxi. —Justo en ese instante, sonó el timbre de la puerta—. Ya está aquí.

Agarré mi bolso, besé a mi madre en la mejilla y eché a correr hacia la puerta principal.

—¡Adiós, papá! —grité para que me oyera.

—Adiós, pequeña. Ten cuidado —respondió desde la cocina.

Subí al coche y le di al taxista la dirección de la sala. Luego abrí el bolso y comprobé de nuevo que llevaba las entradas que Tristan me había dado esa misma mañana. Teléfono, cartera, llaves... Se me había olvidado la bolsa para vomitar todas las mariposas que zumbaban en mi estómago. Sonreí con ese último pensamiento. Dios, estaba tan emocionada que no dejaba de temblar.

Apoyé la cabeza en la ventanilla y cerré los ojos unos instantes para sosegar mi corazón. Miré más allá de la ventanilla y vi cómo el anochecer devoraba a su paso los últimos colores de un cielo tormentoso y las luces de la ciudad parpadeaban mucho más brillantes. Llené mis pulmones con una profunda inspiración. La necesitaba, porque conforme me acercaba al final del trayecto me iba poniendo más y más nerviosa.

Quería causarle a Julien la mejor impresión posible.

Quería gustarle.

Pero yo no destacaba mucho, por no decir nada. No tenía

una vida interesante sobre la que conversar. No había estudiado ni viajado. No tenía *hobbies*. No había hecho absolutamente nada, y desde hacía días ese se había convertido en un pensamiento constante.

Noté un pellizco de ansiedad en el pecho.

De repente, no sabía en qué estaba pensando cuando se me ocurrió invitarlo al concierto, pero si hasta hacía nada me parecía una buena idea haber quedado, ahora ya no estaba tan segura. Lo mirara como lo mirara, era un despropósito. En mi mente aparecieron ideas como que Julien iba a acudir por compromiso, o que se decepcionaría al conocerme un poco más o incluso que me daría plantón con un *ghosting* de manual. Imaginé tantos escenarios posibles y desastrosos que a punto estuve de pedirle al taxista que me llevara de vuelta a casa.

Sin embargo, ya era tarde para arrepentirme.

Les neuf muses se encontraba en una calle peatonal, por lo que me bajé del taxi en un cruce cercano y recorrí el resto del camino a pie. Mientras avanzaba, procuré sacudirme de encima la inseguridad que en ese momento me envolvía como una manta áspera. Así era yo, con mis emociones siempre oscilando, cambiando. Unas veces arriba y otras, abajo. Unos días soleada y otros, nublada.

Al doblar la esquina, me sorprendió encontrar a más de un centenar de personas formando una larga cola para acceder a la sala, y continuaban llegando más. Respiré aliviada, a la par que orgullosa por mi hermano. Su mayor miedo era dar un concierto y que nadie asistiera, y siempre tenía esa pesadilla la noche antes de cada actuación. Esta vez tampoco iba a cumplirse.

Dejé atrás a toda esa multitud y seguí caminando. Había quedado con Julien en la puerta de un café cercano, pensando que sería más fácil encontrarnos allí. Pero me topé con otra marea de gente. Desconocía que esa zona pudiera estar tan concurrida entre semana. Me puse de puntillas y lo busqué con la mirada. Era imposible ver nada. Traté de abrirme camino, pero se me hizo eterno avanzar solo un par de metros.

Entonces, cuando estaba a punto de sacar mi móvil y llamarlo, lo descubrí junto a una de las ventanas del café, con la espalda apoyada en la pared y las manos en los bolsillos. Llevaba unos vaqueros claros y una camisa amplia de cuello mao, con las mangas enrolladas hasta los codos.

Indolente, su mirada vagaba entre los rostros de aquellas personas. Supongo que buscándome.

Me quedé mirándolo y tuve que tragar saliva antes de poder moverme.

Me dirigí a su encuentro, con el corazón martilleándome el pecho y resonando en mis oídos. Alcé la mano para llamar su atención.

—Julien —grité.

Nuestros ojos se encontraron y ya no se soltaron, mientras acortábamos la distancia que nos separaba.

—Hola —dije cuando me detuve frente a él.

—Hola —repuso él mirándome con detenimiento.

Ladeó la cabeza y me sonrió de tal modo que mi corazón empezó a hacer piruetas dentro de mi pecho.

—Hola —repetí atontada.

Su sonrisa se acentuó e hizo un pequeño gesto hacia mi pelo.

—Estás muy guapa.

—Necesitaba un cambio. Uno drástico —me reí—. ¿Me he pasado?

Sacudió la cabeza sin dejar de observarme. Con cierta insistencia, incluso, lo que me ponía más nerviosa.

—Te queda muy bien. Me gusta mucho.

—Gracias. —Aparté la vista deprisa y saqué las entradas de mi bolso. Se las mostré. Concentrarme en ese gesto me resultaba más fácil que mirarlo—. ¿Te parece bien si entramos ya? Estará a punto de empezar.

—Sí, vamos.

Caminamos juntos por la estrecha calle y nos pusimos en la cola, que avanzaba con bastante rapidez. La brisa se arremolinaba entre los edificios y me agitaba el pelo, haciéndome cosquillas a la altura de los hombros. Sonreí. Después de un día de intenso calor, agradecía su roce en la piel.

—¿Tienes frío? —me preguntó Julien.

—No, solo ha sido un estremecimiento.

Asintió y volvimos a quedarnos en silencio. Fijé la vista en la acera. Cogí aire y lo solté despacio, con la esperanza de aflojar un poco el nudo que me estrujaba el estómago. La expresión de Julien era serena y relajada. Casi me costaba reconocerlo sin esa tensión que siempre lo acompañaba. Se miraba los pies, enfundados en unas zapatillas de cordones, y no dejaba de mordisquearse el labio. Puede que yo no fuese la única que estaba nerviosa.

Alzó la vista y me pilló observándolo.

—¿Qué tipo de música hace el grupo de tu hermano? —preguntó.

—Depende. Cuando tocan en bares, su repertorio está lleno de versiones de otros grupos, que alternan con las canciones que escribe y compone mi hermano. Su música es una mezcla de estilos, una fusión de *rock*, *blues*, *funk* y algunas reminiscencias del folk. Espero que esta noche se centre más en sus propios temas. Son geniales, ya lo verás.

—¿Sueles ir a sus conciertos?

—A todos los que puedo. Mi misión como hermana mayor es apoyarlo y darle alguna que otra colleja. A veces es muy cabezota. Le encanta invertir los roles y actuar como si él fuese el mayor —me reí.

Sonrió y su mirada se suavizó aún más.

—Parece que os lleváis bien.

—Lo quiero muchísimo, no sé qué haría sin él. Aunque a veces me dan ganas de matarlo cuando se pone en modo protector. Es insoportable.

Él pestañeó.

—¿Tiene motivos para serlo?

—¿El qué?

—Tan protector.

Sacudí la mano, quitándole importancia.

—¡No! Pero es así desde que a mí...

—*Tickets*, por favor —dijo una voz.

Estaba tan distraída que habíamos avanzado hasta la entrada sin darme cuenta. Los llevaba en la mano y se los mostré al hombre del *staff* que controlaba el acceso. Tras picarlos y entregarnos unas pulseras, pudimos pasar.

El interior estaba abarrotado de gente que se movía bajo unas luces de colores que giraban sin parar. La música sonaba alta y las notas graves me retumbaban en el pecho. Julien me miró y señaló la barra. Asentí de acuerdo. En pocos minutos, comprar bebidas se convertiría en una misión imposible.

Después intentamos abrirnos paso hacia el escenario. Yo iba delante, pero cada vez me resultaba más difícil avanzar. Alguien chocó conmigo, me empujó y reboté contra la espalda de otra persona. Durante un instante perdí el equilibrio, y habría caído si una mano en mi cintura no lo hubiera evitado.

—¿Estás bien? —el aliento de Julien me rozó el cuello.

Ladeé la cabeza y me encontré con su rostro a solo unos centímetros del mío. Hice un gesto afirmativo y él me soltó. Sin embargo, a partir de ese momento su cuerpo se convirtió en un muro defensor que protegía mi espacio.

La música se detuvo y las luces de la sala se atenuaron

hasta quedar sumidos en una sofocante penumbra. Entonces, poco a poco, las que iluminaban el escenario cobraron intensidad y un gran foco se detuvo en el centro. Los latidos de mi corazón se aceleraron cuando Tristan y el resto del grupo aparecieron entre aplausos y gritos.

—¡Hola! —saludó mi hermano mientras ajustaba la altura del pie de micro. Echó un vistazo a la multitud y una sonrisa brillante apareció en su cara. Con una mano en el mástil de su guitarra y otra en la nuca, resopló de forma ruidosa, lo que provocó un coro de risas—. Gracias a todos por estar aquí en una noche tan importante para nosotros. Si os soy sincero, me asustaba encontrar esta sala vacía. Así que ver a tanta gente supera todas las expectativas y es una puta pasada.

Se giró hacia los otros miembros del grupo, que ya ocupaban sus lugares. Intercambiaron unas cuantas miradas e imaginé todo lo que se estaban diciendo en ese momento. Los sentimientos que estarían compartiendo. Eran un grupo, pero también eran los mejores amigos desde la guardería y una familia.

Tristan inspiró hondo. Tocó un par de acordes y una vez más contempló la sala a reventar.

—Somos We are Dragons y ¡esta noche arderéis con nosotros!

La primera canción comenzó a sonar y contuve el aliento.

Los compases inundaron la sala y yo me dejé llevar por el ritmo. Me entregué por completo a la música que sonaba, al vértigo del momento.

Los temas se sucedieron, mientras mi hermano se dejaba la garganta, la piel y el espíritu, haciendo explotar una y otra vez a un público que coreaba sus letras. Verlo disfrutar de ese modo me ponía la piel de gallina y me daban ganas de llorar, henchida de orgullo.

La música zumbaba a través de mí. Mi cuerpo se movía con vida propia y mi mente no pensaba en nada. Me encantaba esa sensación. Desconectar de la realidad y recrear en mi mente la historia que resonaba en mis oídos. Una que hablaba sobre la búsqueda del amor verdadero.

Conforme se acercaba el final del concierto la gente empujaba hacia delante y, sin pretenderlo, Julien y yo acabamos pegados el uno al otro. Mi espalda presionando su pecho. Sus brazos en contacto con los míos. Piel ardiente y sudada. Escalofríos.

Alcé la barbilla y lo miré. Sus ojos cayeron hasta los míos. Frunció el ceño, solo una pose, porque su expresión era divertida.

Terminó la canción y Tristan carraspeó frente al micrófono.

—Chicos, el concierto está llegando a su fin. Espero que lo hayáis disfrutado tanto como nosotros y que volvamos a vernos muy pronto en otro escenario. O en este, nos da exactamente igual. Sin embargo, antes del adiós definitivo quiero cantar una última canción y dedicársela a alguien muy especial para mí. Imagino que muchos la conoceréis y, si no, seguro que os suena. Es la canción favorita de mi padre, pero durante un tiempo mi hermana y yo se la robamos. La convertimos en nuestro himno, ¿verdad, Céline? —gritó a pleno pulmón.

Al escuchar mi nombre, el estómago me dio un vuelco. Me puse roja de inmediato.

Un foco comenzó a moverse sobre nuestras cabezas.

—Céline, ¿dónde estás? Vamos, saluda, o tendré que bajar a buscarte y te haré subir aquí.

Muerta de vergüenza, alcé un brazo entre la multitud. Cualquier cosa antes que subir con él al escenario. La gente empezó a fijarse en mí y a gritar señalándome. El foco se posó sobre mí y la temperatura de mi cuerpo aumentó unos cuantos grados.

Iba a matarlo, de forma lenta y muy dolorosa, en cuanto llegara a casa.

—¡Ahí estás! —exclamó Tristan.

Lo fulminé con la mirada y él rompió a reír. Sonaron los primeros acordes de *We Didn't Start the Fire* de Billy Joel y mi corazón se derritió sin remedio. Tristan tenía razón, la convirtió en nuestro himno mientras estuve enferma. Era su forma de decirme que yo era otro de esos acontecimientos importantes en el mundo que nadie olvidaría, incluso cuando ya no estuviera.

Parpadeé para alejar las lágrimas.

—Este mundo es mejor gracias a ti y siempre lo harás girar como una puta peonza —dijo sin apartar los ojos de los míos.

El foco se apagó, Tristan entonó las primeras palabras y mis lágrimas comenzaron a fluir sin remedio. Mi sensibilidad vivía a flor de piel desde hacía semanas y me ahogaba en su superficie con cualquier cosa que despertara un mínimo mis emociones.

Noté que las fuerzas abandonaban mis rodillas.

Que todo me daba vueltas.

Sentí unos dedos agarrando los míos. Una mano en mi cintura que me tomó por sorpresa, pero cuyo tacto me tranquilizó de inmediato. Ladeé la cabeza y alcé la barbilla hacia su rostro. Nos miramos bajo las luces intermitentes. Me sonrió y fue un gesto tan natural y tierno que el corazón se me aceleró. Estreché sus dedos con la misma fuerza que él los míos. Un gesto de lo más normal, pero al mismo tiempo no lo era.

Inspiré hondo, consciente de cada centímetro de mi cuerpo en contacto con el suyo. El calor de mis mejillas se extendió deprisa por toda mi piel, y ardía allí donde su mano aún sostenía mi cintura. Percibía el agradable olor de su perfume y su respiración en mi pelo.

Empezamos a movernos poco a poco al ritmo de la música.

El calor que emanaba de su cuerpo me rodeaba como una caricia reprimida, secándome la boca. Me avergonzó darme cuenta de lo mucho que me afectaba todo de él, desde el más ligero roce hasta el matiz aromático más leve.

La canción terminó y el público estalló en aplausos.

Julien y yo nos separamos a la vez.

El momento pasó demasiado deprisa.

Tristan y el grupo se despidieron y las luces de la sala se encendieron de golpe.

—¿Quieres ir a los camerinos? —me preguntó Julien.

Negué con la cabeza. Había tanta gente que llegar hasta allí requería un esfuerzo del que yo no me sentía capaz. Además, la estrella del *rock* dormía en la habitación contigua a la mía y escuchaba sus ronquidos cada noche. Peleábamos por la mantequilla todas las mañanas y por el agua caliente de la ducha. Por el mando de la tele, la temperatura del aire acondicionado y los ingredientes de la *pizza* que solíamos pedir cuando cenábamos solos. Por mucho que lo quisiera, dosificar a Tristan era una necesidad para mi paz mental.

—Ya lo veré en casa —respondí con una sonrisa.

Alcé la barbilla para poder mirarlo a los ojos, que permanecían fijos en mis labios. Contemplé los suyos y me pregunté cómo sería besarlos. Si tan intenso como su mirada, sosegado como sus movimientos o dulce como su sonrisa.

Solo tenía que ponerme de puntillas para averiguarlo, pero no lo hice.

Me faltaba valor y me sobraba miedo.

Sin embargo, las ganas de pasar más tiempo con él permanecían intactas y aún era pronto para volver a casa.

—¿Quieres que vayamos a comer algo? Me muero de hambre —le propuse.

—Yo también.

Nos dirigimos a la salida y en ese instante me di cuenta de que nuestras manos continuaban unidas.

Entrelazadas como si no quisieran separarse.

Como si lo imposible por fin estuviera sucediendo.

12

El primer relámpago me sorprendió tanto que se me escapó un gritito.

—¿Has visto eso?

Julien alzó la vista al cielo y en ese momento otro fogonazo lo iluminó. Segundos después, el estallido de un trueno retumbó sobre la ciudad. Se avecinaba tormenta y, por la dirección del viento, se aproximaba desde el mar.

—¿Crees que lloverá? —le pregunté.

—Espero que no, creo que me he dejado las ventanas de la casa abiertas.

—¿Quieres ir a...?

No me dejó terminar la frase.

—Primero vamos a cenar, no he podido comer nada desde el desayuno.

—¿Por qué?

Enfundó las manos en los bolsillos de sus pantalones y me miró fijamente antes de apartar la vista y volver a contemplar el cielo, que no dejaba de iluminarse.

—Estaba nervioso por lo de esta noche.

—¿Te refieres al concierto?

—Y a ti —su voz sonó ronca.

—¿A mí? —me reí sin comprender.

Julien asintió con la cabeza. Se giró y caminó de espaldas, mirándome.

—¿Sabes? Cuesta mucho decirte que no.

No pude evitar arrugar la nariz y suspiré abatida.

—No ha sonado como un halago.

Me dirigió una sonrisa de niño bueno. Sin embargo, sus ojos tenían una expresión traviesa que me hizo reír. Inspiró hondo y se lamió los labios.

—Créeme, es un halago. Nunca había conocido a nadie tan contradictoria y espontánea como tú. No tienes ningún filtro a la hora de decir lo que piensas y eres incapaz de esconder tus emociones. Eso me gusta, pero también me pone nervioso, porque tengo la sensación de que cederé a cualquier cosa que se te pase por la cabeza con solo pedírmelo.

Dejó escapar un suspiro. Vacilante y con una vulnerabilidad que parecía confundirlo a él mismo. Yo seguía mirándolo perpleja. Su declaración me había dejado sin palabras, y pasaron unos segundos durante los cuales el único sonido que percibía era el de nuestras respiraciones y el lejano rumor de los truenos como una segunda conciencia. Todo lo demás, los coches, la gente, la vida nocturna, parecía moverse en otro plano distinto al nuestro.

—¿A cualquier cosa? —susurré.

—Sí.

El corazón me latía cada vez más deprisa. La pregunta era obvia.

—¿Por qué?

—Aún no lo sé.

Lo observé sin decir nada. En el fondo no tenía ni idea de a qué se refería y al mismo tiempo sus palabras insinuaban razones que no esperaba oír. Con las que no me había atrevido a fantasear. Para las que no encontraba explicación y que ni él mismo podía darme.

Julien continuaba mirándome tan fijamente que empezaba a resultarme muy difícil aparentar una tranquilidad que no sentía. Quizá por ese motivo solté lo primero que se me ocurrió.

—¿Te gustan las crepes?

—No mucho.

—¿Y si te dijera que es justo lo que me apetece comer ahora?

—Comería crepes.

—¿Solo porque yo te lo pido?

Julien se echó a reír de repente y me tendió su mano con la palma hacia arriba.

—Ven, cerca de aquí hay un sitio donde preparan las mejores de toda la ciudad. O eso dicen.

Puse mi mano sobre la suya.

—¿Cómo lo sabes?

—Estoy escribiendo un artículo sobre Aix, la gastronomía es una parte importante —respondió.

—Entonces, espero que también menciones mi librería. ¡Es emblemática!

Él me miró de reojo y a su rostro asomó una sonrisa torcida, pero no dijo nada. Su mano envolvió la mía con más determinación y me condujo por el laberinto de calles, repletas de bares aún abiertos y gente en las terrazas. Olía a comida y algodón dulce de los puestos ambulantes que vendían chucherías y globos para los niños.

Yo solo podía fijarme en lo natural y fácil que era estar con él. Como si, en lugar de dos personas que acaban de conocerse, hubiésemos sido inseparables desde siempre. Con Julien mis palabras salían sin esfuerzo y me mostraba tal y como era. Sin ninguna medida. Solo siendo yo.

Cruzamos la calle entre los coches que esperaban en un semáforo y, al alcanzar la otra acera, continuamos caminando hasta adentrarnos en una pequeña plaza. Julien señaló un estrecho local en una esquina, con un par de mesas en la calle.

—Es ahí.

Entramos y nos recibió el olor a masa recién hecha. Tras echarle un vistazo a la carta, pedimos una crepe de espinacas y queso fresco y otra de carne, verduras y champiñones. También un par de refrescos.

Dentro, todas las mesas estaban ocupadas y hacía calor, así que decidimos sentarnos fuera tras pagar. El cielo no dejaba de iluminarse y el aire parecía electrificado.

—Ten cuidado, está muy caliente —me dijo Julien al tiempo que colocaba en mi plato la mitad de una de las crepes, que acababa de cortar.

Le di un bocado y gemí con los ojos cerrados al notar el sabor del queso.

—No puedo creer que no te gusten —le dije con la boca llena.

—He dicho que no me gustan mucho, no que no me gusten. Prefiero otras cosas, como la *pizza* o la lasaña.

—¿Qué más no te gusta?

—Odio los guisantes enlatados. Todo lo que lleve apio. Y no volveré a probar las ostras en mi vida.

Se estremeció con un repullo y yo me eché a reír, tapándome la boca con la mano.

—¿Qué otras cosas no soportas? Y no me refiero a la comida. Por ejemplo, a mí me dan un asco tremendo las babas de los caracoles. Las cucarachas. El olor del agua estancada. No soporto el zumbido de las moscas, ¡es tan molesto! El moho me da ganas de vomitar.

Julien dejó de masticar y me miró con la frente arrugada.

Tragó casi con esfuerzo. Después apoyó los antebrazos en la mesa y se inclinó hacia delante.

—¿Por qué mejor no hablamos de las que sí nos gustan? —me propuso en voz baja—. Estoy perdiendo el apetito.

Me fijé en lo largas que eran sus pestañas, en lo perfecta que era su piel y en las pecas que el sol empezaba a oscurecer alrededor de la nariz. En las chispas de luz que se reflejaban en sus ojos oscuros, como estrellas en un cielo sin luna. Le sonreí, un poco avergonzada por su toque de atención y mis propios pensamientos.

—De acuerdo, empiezas tú.

—Vale.

—Pero deben ser cosas realmente especiales.

—Especiales —repitió para sí mismo. Tomó aire y lo soltó despacio, pensativo. Tardó unos segundos en volver a hablar—: Me gusta andar descalzo, sobre todo en la playa, y sentir cómo mis pies se hunden en la arena caliente. Me gusta dormitar al sol. La sensación de acostarme entre sábanas limpias. Despertar con olor a café. El cielo cuando se llena de colores. La nieve recién caída. Pasear por una calle sin gente. Me gusta el silencio de los museos y las bibliotecas. Contemplar las nubes desde la ventanilla de un avión. Me gusta escribir. Me ayuda a aclarar mi mente y también a acallarla.

Tragué saliva, porque percibí algo quebradizo en su voz y tuve el presentimiento de que esas últimas palabras estaban rodeadas de aristas. Dentro de mi cabeza también había voces ruidosas e insistentes que arañaban mi mente con sus bordes cortantes. Y era tan difícil silenciarlas a veces.

—A mí me gusta imaginar, así es como consigo acallar mis pensamientos.

—¿Y qué imaginas?

—Cómo serán las vidas de otras personas —respondí.

Unas arruguitas de curiosidad aparecieron en su frente. Sonreí—. Me gusta sentarme en cualquier parte y observar a las personas que pasan delante de mis ojos e imaginar cómo serán sus vidas. Sus nombres, dónde viven, a qué se dedican. Si tendrán mascotas. Si son felices o están enamoradas. Si prefieren dormir abrazadas a la almohada o sobre un pecho que late y te mece con cada inspiración. No sé, ese tipo de cosas.

—Parece divertido.

—Solo cuando funciona —dije, más para mí que para él.

Julien dibujó una media sonrisa y se repantigó en la silla sin dejar de observarme. Ladeó la cabeza y echó un vistazo a nuestro alrededor, como si buscara algo. Entonces señaló un punto con la barbilla y yo seguí la dirección de ese movimiento. Vi una pareja que se abrazaba entre caricias, en la penumbra de un portal. Dentro de su propio universo.

—Cuéntame su historia —me pidió.

—¿En serio? —exclamé. Él se encogió de hombros, retándome—. Bien, lo haré.

Me giré un poco para poder observarlos. Ahora se besaban entre susurros y me costó no apartar la vista. Era un momento demasiado íntimo, también bonito, y noté una sacudida de melancolía en el estómago. Un tirón de anhelo, un poco más abajo, que me hizo sentir mal conmigo misma. Mathis también había logrado que mi propio deseo me avergonzara. Me había entregado a él en cuerpo y alma, sin reservas ni pudor. Ahora solo podía pensar en que nunca fui bastante y prefirió a otra.

Aparté esas ideas y me centré en la pareja del portal.

—Ella se llama Katie —empecé a decir—, tiene veinticinco años y trabaja como aprendiz de diseñador en un atelier en París. Él es Simon, acaba de cumplir los veintisiete y es primer violinista de la Orquesta Sinfónica de Sídney. Se conocieron anoche, durante un concierto en la Philharmonie de París. Sintieron un flechazo. Amor a primera vista. En un arrebato de pasión, decidieron pasar juntos todo el tiempo posible hasta que él deba coger su vuelo mañana, de vuelta a casa. Se subieron al primer autobús que encontraron y el destino les trajo aquí.

Hice una pausa para llenar mis pulmones de aire, y continué:

—Ahora se están prometiendo el uno al otro que mantendrán el contacto. Se llamarán todos los días e intentarán visitarse en cuanto les sea posible. Pero ambos saben que probablemente no puedan cumplirlo y, con el tiempo, se convertirán en un recuerdo eterno. Se lamentan de no haberse conocido en otras circunstancias, en otro momento. Sin embargo, se dan cuenta de que lo que están viviendo es lo más bonito que les ha pasado nunca, aunque sea tan breve. Dos personas inconexas que se han encontrado entre millones. Ahí la magia.

Suspiré y me acomodé en la silla. A continuación, bebí un poco de refresco.

La frente de Julien se llenó de arrugas. Sacudió la cabeza.

—¿Y ya está?

Me hizo gracia que se mostrara tan contrariado. Fruncí los labios en un mohín travieso.

—No, porque él no cogerá ese vuelo mañana. Ya no puede vivir sin ella —respondí.

—De todas las opciones, sabes que esa es la menos probable, ¿verdad?

—No lo es. Así funciona la magia, convierte en posible lo imposible.

Sus ojos permanecían fijos en mí y solo en mí. Noté que cambiaba el ritmo de su respiración. Y por un instante sentí que aquel momento entre nosotros se estaba transformando en algo más.

—¿Crees en la magia? —me preguntó en un susurro.

—¿Y por qué no? A veces siento que es la razón por la que no he dejado de respirar —repliqué. Julien alzó una ceja. Me reí, de repente nerviosa—. Además, no me gustan los finales tristes.

Me sostuvo la mirada sin parpadear e inmediatamente pensé que daría cualquier cosa por saber qué estaba pensando.

De pronto, un relámpago cruzó con violencia el cielo sobre nuestras cabezas y, durante un segundo, se hizo de día. Le siguió un estruendo que sacudió los cristales del local.

—Deberíamos marcharnos —sugirió Julien.

Nos pusimos de pie y apenas habíamos cruzado la plaza, cuando comenzaron a caer unas gotas enormes. El olor a polvo y humedad impregnó el aire, mezclado con electricidad. Aceleramos el paso, pero fue en vano, porque la lluvia cayó de golpe como si alguien hubiera volcado un balde desde arriba.

Nos cobijamos bajo la marquesina de una tienda de ropa. Apenas había espacio para los dos y nos apretujamos muy juntos contra la pared. No sirvió de nada, el agua caía con tanta fuerza que nos salpicaba las piernas hasta por encima de las rodillas.

—Vivo cerca de aquí, ¿te parece bien que vayamos a mi casa antes de que nos ahoguemos?

Asentí como única respuesta. La temperatura había descendido súbitamente y me temblaba todo el cuerpo. Julien tomó mi mano, un gesto que se estaba convirtiendo en algo natural, y tiró de mí. Corrimos bajo la lluvia torrencial. Apenas podía ver nada.

—¿Está muy lejos?

—¿Recuerdas la plaza donde nos encontramos desayunando?

—Sí —respondí sin esconder mi alivio. Estaba a solo un par de calles.

Alcanzamos el portal y Julien me soltó para abrir la puerta. La empujó un par de veces y cedió. Luego la sostuvo para mí. Una vez dentro, encendió la luz de la escalera y nos miramos el uno al otro mientras tratábamos de recuperar el aliento.

Él estaba empapado de pies a cabeza y de los mechones de su pelo colgaban gotitas brillantes. La camisa se le había pegado al torso y se transparentaba. Noté que se me encendía la cara y aparté la vista al darme cuenta de que yo debía de tener un aspecto similar. Crucé los brazos sobre el pecho.

La luz comenzó a parpadear.

—Vivo en la última planta y no hay ascensor, lo siento —se disculpó Julien.

—No importa.

Subimos en silencio hasta el cuarto piso.

Julien entró primero. Encendió las luces y me invitó a pasar con un gesto. Después corrió a revisar las ventanas. Me quedé inmóvil junto a la puerta, mirándolo todo con curiosidad. Era un piso pequeño, de techos altos con vigas de madera y el suelo de barro cocido. Se notaba que habían hecho una gran inversión en su reforma y no habían escatimado a la hora de amueblarlo y decorarlo.

—¡Vaya! —exclamé—. ¿Cuánto pagas por este sitio? Seguro que una cifra de lo más indecente, porque esta zona no es nada barata. ¿Sabes?, no imaginaba que un articulista y editor pudiese ganar tanto dinero.

Julien me miró y alzó una ceja, divertido.

—Tú no tienes reparos para hablar de cualquier cosa, ¿verdad? —Le dediqué mi sonrisa más inocente y me encogí de hombros. Él sacudió la cabeza, como si se rindiera, y añadió—: Tras esa puerta está el baño. Hay toallas limpias en el armario. Sécate, mientras buscaré algo de ropa que pueda servirte.

—Gracias.

Me apoyé con ambas manos en el lavabo y observé mi rostro en el espejo. Mi aspecto era un desastre, aunque estaba lejos de importarme. Me sentía demasiado bien en compañía de Julien. Cuando estaba cerca de él, siempre quería más. Más tiempo. Más conversaciones. Más risas.

Exhalé despacio y me fui quitando la ropa. Primero el top y después la falda. Me dejé la ropa interior puesta, ya que solo se había humedecido una pequeña parte bajo el ombligo. Me ceñí una toalla a la altura del pecho y comencé a secarme el pelo.

—Céline, te he traído ropa.

Abrí la puerta y encontré a Julien en el pasillo. Estiró los brazos y me ofreció lo que parecía un pantalón de algodón y una camiseta.

—Son de mi talla, pero el pantalón tiene un cordón con el que podrás ajustarlo.

Tomé las prendas y las dejé sobre la encimera.

—Gracias.

—No tienes que... —dejó de hablar y se quedó mirando mi pecho estupefacto.

Tragué saliva e inconscientemente coloqué la palma de mi mano sobre la cicatriz.

Los ojos de Julien subieron hasta los míos y volvieron a descender a la línea rosada que separaba mis pechos. Al principio, después de la operación, siempre me vestía con prendas que la tapaban, para protegerla del sol. Cuando comencé a mostrarla, las miradas y la curiosidad que despertaba en otras personas me empujaron a cubrirla de nuevo.

Entendía la reacción de Julien, aunque no me hacía sentir menos incómoda.

—Me hicieron un trasplante de corazón hace un año —le expliqué.

—¿Por qué?

—Tenía una cardiopatía degenerativa. En un primer momento pudieron controlarla con medicación, aunque con el tiempo dejó de funcionar y un trasplante se convirtió en mi única opción. Me pusieron en una lista de espera, pero es muy difícil encontrar donantes compatibles. Al menos, en mi caso lo fue. Hasta que ocurrió el milagro y llegó un corazón para mí.

Julien me miraba con tanta intensidad que las paredes del baño parecían estrecharse a mi alrededor y robarme el aire.

—Los milagros no existen, Céline —replicó muy serio.

Sacudí la cabeza y tiré de la toalla hacia arriba al notar que se aflojaba.

—Mi corazón estaba tan mal que los médicos no me daban ni un mes de vida. Solo era cuestión de tiempo que fallara. Es más, era tan inevitable que pasara que me preparé para ese momento. Así que tengo derecho a pensar que hubo algún tipo de intervención divina o mágica que me salvó.

Los ojos de Julien se oscurecieron sobre los míos y luego vagaron por mi cara.

Mientras, solo respirábamos.

—¿Es posible prepararse para morir? —me preguntó.

Tragué saliva y mi pecho se llenó con una inspiración entrecortada.

—Llega un punto en el que sí, y te haces a la idea. No cuesta tanto, cuando ves que toda la gente que te rodea también pierde la esperanza. Entonces deja de ser una posibilidad y se convierte en un hecho.

—Tuvo que ser muy difícil.

—Creo que me está costando más aceptar que sigo aquí y tengo una segunda oportunidad —mi voz se quebró.

No sabía por qué me estaba abriendo de esa forma con él, cuando no había sido capaz de hacerlo con las personas que mejor me conocían. Con ellas fingía que todo iba bien y solo mostraba agradecimiento por estar viva, porque me parecía una inmoralidad tener esos pensamientos negativos cuando mi vida continuaba gracias a otra persona. Sin embargo, no podía evitarlos, eran un murmullo constante en mis oídos y en mi conciencia.

Parpadeé para evitar llorar, pero ya era tarde. Mis ojos se llenaron de lágrimas y nada pudo contenerlas.

Julien levantó la mano y me secó la mejilla con el pulgar. Mi corazón se detuvo un instante, sorprendido por una caricia que no esperaba, antes de reanudar su movimiento con un ritmo errático.

—¿Por qué dices eso? —preguntó.

—Porque el miedo a volver a enfermar es ahora insoportable y no logro que desaparezca —susurré completamente rota.

De pronto, Julien me rodeó con sus brazos y me estrechó con fuerza. Mi mano quedó atrapada entre nuestros cuerpos y pude sentir sus latidos, fuertes y rápidos.

Contuve el aliento. El calor que emanaba de su piel y su respiración irregular jugando con la mía eran todo lo que estaba bien, y cerré los ojos.

—El miedo nunca desaparece, es un instinto. Pero se puede aprender a bajarle el volumen —dijo él muy bajito.

—¿Cómo?

—Centrándote en otras cosas que hagan mucho más ruido.

—¿Como los fuegos artificiales? —bromeé.

Julien se apartó un poco para poder mirarme. Acogió mi

rostro entre sus manos y volvió a secarlo con las yemas de sus dedos. Lo hizo con tanta suavidad y ternura que creí que me derretiría.

Me sonrió.

—¿Te gustan los fuegos artificiales?

—Me encantan —respondí.

Él entornó los ojos, como si de pronto hubiera recordado algo.

—Vístete, tengo algo para ti.

Salió del baño y yo me apresuré a ponerme la ropa.

La camiseta me cubría las caderas y al pantalón tuve que darle un par de vueltas en los tobillos para no tropezarme. Eché un último vistazo al espejo y decidí ignorar que me veía bastante ridícula.

Julien me esperaba en el salón, sentado en el sofá con su portátil sobre las rodillas. En la mesa había una tetera humeante y un par de tazas, también un cestito con azucarillos y una lechera de porcelana.

—He preparado té, ¿quieres un poco?

Asentí con una sonrisa y me acerqué. Sentí un tirón en el estómago al sentarme a su lado y notar el aroma de su perfume. El mismo que ahora impregnaba mi piel. Él continuaba tecleando, por lo que me ocupé de servir el té.

—¿Cómo lo tomas?

—Con leche y un terrón de azúcar, por favor —respondió.

Sonreí, yo lo tomaba igual.

Desde otra habitación, me llegó el sonido de una impresora imprimiendo.

Julien cerró el ordenador y se perdió en el pasillo. Segundos después, regresó con una sonrisa enorme pintada en la cara. En la mano llevaba una carpeta marrón de papel kraft y me la entregó.

—Ten.

—¿Qué es?

—Ábrela, son para ti.

Hice lo que me pedía y encontré una fotografía de tamaño A4 de un cielo completamente negro, en el que brillaban fuegos artificiales. La imagen era tan nítida que parecían de verdad. La cogí y vi que había más fotografías. Las fui pasando una a una, fijándome en los detalles, en los colores. Eran preciosas. Cuando llegué a la última, se me escapó una risita. Era yo con una pose de lo más absurda. Había olvidado que me tomó esa foto.

—¿También eres fotógrafo?

—En mis ratos libres.

—Se te da bien.

—Lo sé —replicó con un tonito de suficiencia que me hizo reír.

Contemplé de nuevo las instantáneas.

—Son preciosas, Julien. Me gustan mucho.

—¿Qué más cosas te gustan? Hasta ahora sé que te encantan los fuegos artificiales y también imaginar.

Me incliné hacia delante sin dejar de sonreír y puse la carpeta sobre la mesa.

—A ver, déjame que piense —suspiré. Hice una pausa para beber un sorbo de té—. Me gusta el olor a pan recién hecho. Coleccionar cuadernos bonitos, aunque nunca los uso porque me da pena estropearlos. Me gusta la playa, pero sin gente. Sentir la espuma de las olas en los pies, hace cosquillas. Me gustan los abrazos. Las frases que te hacen reflexionar...

Me puse en pie y me moví por la sala, incapaz de permanecer quieta. Podía sentir la mirada de Julien observando mis pasos y mis gestos. Me ponía ansiosa, en el buen sentido. Nunca había experimentado las emociones que ahora se enroscaban bajo mi piel.

Proseguí:

—Me encanta la música y bailar como una loca cuando nadie me ve. Salir con mis amigos. El aroma del jengibre. Las puestas de sol. El color morado. Oír a la gente reír. Comer crepes hasta reventar —dije al tiempo que miraba a Julien y le guiñaba un ojo.

Él soltó una carcajada y ese sonido me aceleró el pulso y me hizo temblar las manos. Aparté la vista y fui hasta la ventana. Fuera, la lluvia continuaba cayendo incesante. De pronto, algo golpeó el cristal. Vi una polilla revoloteando y chocó de nuevo, atraída por la luz. Abrí la ventana y entró. Después cayó al suelo. La recogí con cuidado y, como si supiera que no iba a hacerle ningún daño, se quedó quieta en la palma de mi mano. La observé. Tenía un ala un poco rota.

Julien se levantó del sofá y vino hasta donde yo me encontraba. Se detuvo a mi espalda, tan cerca que notaba el roce de su ropa contra la mía.

—Siempre me han gustado las cosas imperfectas. Todo lo que es frágil. Quizá porque llevo sintiéndome así mucho tiempo —susurré.

Él apoyó la frente en mi nuca y su aliento me golpeó la piel. Lo noté en cada terminación nerviosa.

—A mí me pareces perfecta.

Una cálida tensión se apoderó de mi respiración al sentir su mano deslizarse por mi cintura. Despacio, como si le diera miedo tocarme. Mi corazón se volvió loco cuando el calor de su piel me atravesó.

No podía respirar.

Contemplé nuestro reflejo en el cristal.

—Creo que me gustas tú.

Las palabras salieron de mis labios en voz baja, apenas audible.

Julien inspiró con brusquedad y sus dedos se clavaron en mi piel. Un segundo después los aflojó y, sin darme tiempo a reaccionar, me envolvió con sus brazos y depositó un beso en mi hombro desnudo.

No dijo nada, solo me abrazó.

Lo hizo durante mucho tiempo, mientras veíamos la lluvia caer y yo me permitía pensar que era posible. Que podíamos ser algo más.

Sin saber que ya lo éramos.

Porque así es el destino.

Se entretiene haciendo planes para dos desconocidos.

Los une.

Incluso antes de que se crucen sus caminos.

13

Me giré entre sus brazos y lo miré a los ojos.

Le recorrí el semblante y vi su nuez moviéndose en la garganta.

Alargué la mano y la deslicé por su nuca. Le hundí los dedos en el pelo. Despacio. Armándome de un valor que no sentía, pero que necesitaba para no detenerme. Tanto como necesitaba tocarlo para asegurarme de que era real. Acaricié su rostro, memorizando sus líneas, la suavidad de su piel, el arco de sus cejas y el contorno de sus labios.

Me puse de puntillas y le rocé la mejilla con la nariz en un gesto tierno e íntimo.

Por mucho miedo que te dé, a veces no te queda más remedio que asumir el control y tomar la iniciativa. Dar el primer paso y ser valiente, aunque no sepas discernir si lo que tienes ante ti es un comienzo real o solo tu imaginación jugándote una mala pasada.

Lo único que sabía con certeza era que Julien me gustaba. Me hacía sentir bien. Me había devuelto las ganas. Que tras una vida de límites y decepciones, quería dejarme llevar solo por mis emociones y deseos, sin pensar en nada más salvo el presente.

El ahora.

Alcé la barbilla y miré a Julien a los ojos.

Mis latidos se transformaron en golpes bruscos, mientras me debatía entre besarlo o no besarlo.

—Céline...

Lo besé.

Presioné mis labios contra la calidez de los suyos y deslicé mis brazos alrededor de su cuello. Jadeó levemente cuando mis dientes rozaron su labio inferior y después le siguió mi lengua. Abrió la boca y dejó escapar un gruñido. Inspiró con brusquedad y sus manos acogieron mi rostro antes de profundizar el beso. Su lengua encontró la mía y lo sentí todo. Sentí su sabor en mi boca, su aroma en mi nariz, su cuerpo tratando de fusionarse con el mío, y el vértigo se apoderó de mí.

Nos tambaleamos juntos hacia atrás y acabamos en el sofá sin dejar de besarnos.

Ahora que había empezado, me resultaba imposible parar. Y a él parecía ocurrirle lo mismo. Nuestros labios se buscaban una y otra vez. Ansiosos al principio. Luego, más lentos y perezosos. Suaves. Besos largos y profundos. Cálidos e intensos.

Sentada en su regazo, le acaricié con las puntas de los dedos los labios enrojecidos. Julien atrapó mi muñeca y tragó saliva con sus ojos oscuros clavados en mí y la respiración entrecortada. Entrelazó sus dedos con los míos y me besó los nudillos.

Después me abrazó contra su pecho y permanecimos allí, mirando la lluvia al otro lado de la ventana. Escuchándonos respirar. Con mi mano en su pecho y la suya en mi espalda, trazando pequeños círculos.

Y así nos quedamos dormidos.

Pestañeé lentamente.

Durante un momento, me desconcertó ver un reloj de pulsera a la altura de mis ojos. Yo nunca había tenido uno. Traté de moverme, pero encontré resistencia, como si estuviera encajada en un espacio muy pequeño y caluroso.

Levanté un poco la cabeza y me quedé sin aliento. Dormido junto a mí estaba Julien. Se le veía muy cómodo y tranquilo, a pesar de que su cuerpo apenas cabía en el sofá y parte del mío lo aplastaba. Lo observé, mientras recuerdos de la noche anterior acudían a mi mente a través de la neblina que aún la embotaba y me hacían enrojecer.

Me quedé mirándolo un rato más, hasta que me percaté de la leve claridad que se abría paso a través de la ventana. Estaba amaneciendo y yo debía volver a casa si quería evitar preguntas incómodas que pudieran obligarme a mentir.

Tuve que hacer un gran esfuerzo para escabullirme de entre sus brazos sin despertarlo.

Fui al baño y me vestí con mi ropa, ya seca. Me lavé la cara e hice lo que pude con mi pelo. Regresé al salón. Busqué papel y lápiz, y le escribí una nota.

Con las zapatillas en la mano, me detuve al llegar a la puerta y miré una última vez a Julien. Me negaba a analizar lo que estaba pasando. No quería pensar en nada. Ni en posibilidades ni consecuencias. Solo deseaba dejarme llevar por el momento y disfrutar de las sensaciones, como la ternura con la que él me sujetaba al despertarme y que nos hubiéramos quedado dormidos juntos después de comernos a besos.

Mi casa se encontraba a menos de dos kilómetros del piso de Julien y decidí ir caminando. Si me daba prisa, podría estar allí antes de que amaneciera por completo.

Abrí la puerta sin hacer ruido, me quité las zapatillas en la entrada y fui de puntillas hasta mi cuarto. Abrí el armario para coger ropa limpia. Saqué un pantalón corto y una camiseta de cuello redondo, pero en el último momento cambié la camiseta por un top de tirantes. Llevaba demasiado tiempo escondiendo mi cicatriz por razones equivocadas y, como decía papá, no era una simple cicatriz, sino el símbolo de una victoria.

Una vez en la ducha, dejé que el agua caliente cayese durante un buen rato y me concentré en esa sensación, en cómo mis músculos se iban aflojando y mi mente se despejaba.

Pensé en Julien, era lo único que tenía en la cabeza.

Y si alguien me hubiera preguntado el motivo, no habría sabido qué decir, porque ni yo misma lo sabía. Hay preguntas que, simplemente, no tienen respuesta. Y yo solo sentía una certeza: no era capaz de ignorarlo.

¿Por qué él?

Supongo que la atracción física y química de las que hablaba Lola tienen estas cosas, te hacen fijarte en quien menos esperas y esa persona rompe todos tus esquemas. Se cuela por un hueco que ni siquiera sabes que existe, y antes de que te des cuenta ya se ha hecho un sitio. Y no puedes impedirlo, del mismo modo que no puedes detener la lluvia, el viento ni el tiempo.

Tras vestirme, fui a preparar el desayuno.

Tristan entró en la cocina aún medio dormido y con los pelos de punta como si hubiera metido los dedos en un enchufe. Por el tufillo que destilaba, supuse que después del concierto había estado bebiendo hasta tarde y aún no había puesto un solo pie en la ducha.

Sin mediar palabra, fue directo a la cafetera que acababa de preparar y se sirvió una taza. Le puso azúcar y durante unos minutos cayó en una especie de trance, mientras removía el café con una cucharilla.

Clin, clin, clin, clin...

El irritante sonido se detuvo.

—¿Quién era el tipo con el que estabas anoche? —me preguntó de repente.

Me atraganté con la tostada y comencé a toser.

—¿Qué tipo?

—No te hagas la tonta conmigo, te vi.

—Era un amigo. Pensé que le gustaría tu concierto, así que lo invité.

Tristan me miró desde la encimera, donde continuaba apoyado.

—¿Y le gustó?

—Le encantó.

Una sonrisita de suficiencia asomó a sus labios. Se le borró de golpe.

—No intentes liarme y contesta la pregunta.

—Acabo de hacerlo.

—¿Estás saliendo con él? Porque hace nada que llorabas en tu cuarto por un gilipollas como una viuda afligida y deberías haber aprendido la lección. Además, lo de un clavo saca otro clavo es una soberana estupidez.

Me giré en la silla y lo fulminé con la mirada.

—Oye, te estás pasando.

—Solo me preocupo por ti.

—Si quieres, me meto a monja en un convento.

—Por mí, estupendo. Prefiero a Dios como cuñado que al guaperas con el que ibas anoche.

—¿De qué guaperas estáis hablando? —preguntó mi madre al entrar en la cocina.

Abrió la nevera y sacó una botella de leche. Después cogió un vaso del escurreplatos.

—Del nuevo novio de Céline —rezongó Tristan.

Mi madre me miró estupefacta.

—¡¿Qué?! ¡No es mi novio! —salté como un resorte—. Es un amigo. Solo un amigo.

—Con el que sale acaramelada.

—¿Podrías callarte? —le espeté a mi hermano. Mi madre no me quitaba los ojos de encima y fruncía el ceño con suspicacia. Supe de inmediato que no podría dejarlo correr. Suspiré—. Es alguien a quien he conocido hace poco, ¿vale? Pero es un buen chico, os lo aseguro. No hay de qué preocuparse.

—¿Quién es? ¿Conocemos a su familia? —se interesó mamá.

—Es parisino, pero vive aquí por trabajo desde hace unos meses.

—¿A qué se dedica?

Puse los ojos en blanco, había comenzado el interrogatorio.

—Es algo así como un periodista y...

—¿Quién es periodista? —me interrumpió papá, que acababa de aparecer.

—El novio de Céline —replicó Tristan.

Agarré un bollo de leche de la caja del desayuno y se lo lancé. Le di de lleno en la frente, pero solo logré que me sacara la lengua y se echara a reír de una forma malévola. Después se comió el bollo de un solo bocado.

Papá me miró contrariado.

—¿Tienes novio?

—No. Es. Mi. Novio. —Pegué la frente a la mesa y comencé a gimotear frustrada—. Solo es un amigo, pero me gusta, así que no me importaría nada que saliéramos, ¿contentos?

Se hizo un largo silencio, en el que solo se oía el trinar de los pájaros que revoloteaban en el jardín. Continué con la cabeza agachada. Era mejor que ver sus caras lanzándose miradas interrogantes y preocupadas entre ellos. Empezaba a cansarme de que me trataran como una muñeca de cristal, en lugar de como a una persona adulta.

¿Acaso había un tiempo exacto que cumplir entre una ruptura y una nueva relación? ¿Quién decidía cuánto era necesario? ¿Quiénes poseían la potestad para decretar cuándo podías desenamorarte y volver a enamorarte?

Cada uno de nosotros es un mundo aparte que gira a su propio ritmo.

—Periodista... ¿Sabes para qué medios trabaja? —me preguntó papá.

—En realidad, no. Creo que es *freelance*. Sé que escribe artículos de diversa índole y que también realiza trabajos de editor. No hemos hablado mucho sobre eso.

—¿Cómo se llama? Quizá me suene.

—Se llama Julien, pero no conozco su apellido.

Papá asintió y forzó una sonrisa despreocupada.

—Llévalo un día al periódico. Necesitamos gente, quizá le interese, así podría conocerlo.

Abrí los ojos con evidente asombro y me puse en pie. Era indudable que solo pretendía pasarle revista.

—Veré si tenemos tiempo, antes de fugarnos esta noche para casarnos en Sicilia. Allí vive su familia mafiosa, de la que heredará el negocio de tráfico de armas. A partir de ahora, podéis llamarme señora Corleone —rezongué sarcástica.

Mamá rompió a reír y abrazó a papá, que me miraba estupefacto.

—¡Qué cosas tienes, hija!

—Es que sois imposibles —protesté mientras me dirigía a la puerta. Me detuve antes de salir y los miré por encima del hombro—. Pero os quiero mucho.

Mamá y papá me sonrieron.

Tristan abrió la boca.

—A ti no —lo corté.

Y salí en estampida cuando agarró un trapo de cocina y echó a correr hacia mí.

14

No hay nada de malo en vivir las cosas tal y como vienen. En dejarse llevar y permitir que sucedan. No sé qué hace que nos enamoremos de una persona y que nos desenamoremos. Simplemente pasa. A veces, ni siquiera te das cuenta de que está ocurriendo. De que algo está cambiando. Naciendo o desapareciendo. Olvidado como si nunca hubiera existido. Así son las emociones, no tienen manual de instrucciones ni un control lleno de botones que pulsar a tu antojo. No entienden de relojes biológicos ni de los que controlan el tiempo.

Qué sabe el corazón de cuándo es tarde o pronto.

Qué sé yo de por qué hago lo que hago y pienso lo que pienso.

Cuando constantemente siento que mi mundo está dividido en tantas dimensiones que no lo puedo entender.

Era así a los cinco años. A los veinte. E imagino que lo seré siempre.

Imperfecta. Volátil. Complicada.

Estúpidamente confiada y contradictoria.

La que siempre pide perdón.

La que, además de cosas, pierde el control. Y también se pierde.

La que no sabe lo que quiere.

Demasiado espontánea e inocente para un mundo donde unos te juzgan sin saber y otros te mienten.

15

Una de las cosas más dolorosas del mundo es ver un montón de libros estropeados.

No sé cómo explicarlo. Te invade un sentimiento muy intenso de pérdida y una extraña tristeza. Pinceladas de ansiedad y desilusión. La imagen de un libro roto es devastadora.

—Menudo desastre —dijo mamá mientras revisaba las cajas e iba apartando las que se habían mojado.

Al abrir la librería a primera hora, nos habíamos encontrado con que había agua en el suelo del almacén. En un principio, mamá pensó que se había roto una tubería y se puso en lo peor. Sin embargo, al mirar con más detenimiento descubrió una grieta enorme en el marco de la ventana, por la que se había filtrado la lluvia durante la tormenta de la noche anterior.

Aun así, el consuelo era mínimo. De momento, habíamos contabilizado cuatro cajas completamente destruidas, unos cuarenta libros. Y otras dos con daños.

—¿No se pueden recuperar? En YouTube hay tutoriales sobre cómo secarlos —le dije a mamá.

Ella se apoyó un momento en el palo de la fregona y sacudió la cabeza con un gesto resignado.

—Son tantos que nos llevaría mucho tiempo y esfuerzo. Y, de todas formas, no podríamos ponerlos a la venta. Es una pena, pero la única solución es dar parte al seguro y después tirarlos.

Me desinflé como un globo y la abracé por la espalda.

—Lo siento mucho, mamá.

—No te preocupes, estas cosas pasan. —Ladeó la cabeza y me besó en la mejilla—. Me alegra que te guste trabajar aquí.

—¿Quién ha dicho que me gusta?

—Se te nota —me susurró con un tonito confidente. La abracé con más fuerza—. Tú ve a encargarte de la librería. Yo limpiaré todo esto y haré un listado de lo que se ha perdido.

—Vale.

La mañana pasó bastante tranquila. Quizá porque era día de mercado y, con el cielo nublado, no hacía tanto calor y apetecía estar en la calle. Aproveché los ratos en los que no había clientes para limpiar los cristales de las ventanas y las puertas, y después cepillé el suelo y lavé las manchas de barro. Por último, me ocupé de desempolvar las estanterías.

Mientras atrapaba pelusillas con el plumero, pensé en lo que mi madre me había dicho. Tenía razón, me gustaba trabajar en la librería. Me encantaba hasta el punto de haberme imaginado quedándome allí para siempre, codo a codo con ella, y mantener yo el negocio una vez que decidiera jubilarse.

Era un plan cómodo y sencillo, sin riesgos ni preocupaciones a largo plazo. Un plan que me ofrecía estabilidad y seguridad para siempre. ¿Quién no querría algo así? Y con todo, cuantas más cosas sumaba a la lista de pros, una extraña sensación me aprisionaba el estómago. Como cuando caminas convencida de una dirección, pero no puedes evitar volver la vista atrás, porque una voz te susurra que quizá ese no sea el camino más acertado. Que quizá cambiar de rumbo no sea tan malo ni tan loco. Que un guion nos asegura una cómoda rutina, pero la improvisación te puede conducir a lugares que ni imaginabas.

El mundo estaba lleno de posibilidades, pero yo no me atrevía a mover un dedo.

Puede que por miedo a escoger las imposibles.

Me masajeé el pecho con frustración, era incapaz de ordenar mi cabeza.

Entonces percibí su presencia, justo detrás de mí. El olor a ropa limpia mezclado con el de su perfume, grabado a fuego en mi cerebro. El calor de su piel cuando su boca me rozó el oído. Su pelo enredándose con el mío, haciéndome cosquillas.

—¿Sueles huir de todos los chicos con los que te besas dejando solo una nota?

Sonreí y giré la cara para mirarlo.

—No me beso con chicos.

—¿No?

—Me beso solo contigo.

Una sonrisa preciosa curvó sus labios y me abrazó por la cintura. Vi que alzaba la barbilla y miraba a su alrededor. De repente, me levantó en peso y cruzó el umbral de la sección infantil y juvenil. Me dejó en el suelo al tiempo que me hacía girar entre sus brazos. Apoyó las manos en la estantería, a ambos lados de mi cabeza, y se inclinó sobre mí. Deslizó la mirada por mi rostro y se detuvo en mis labios.

Temblé.

—¿Solo conmigo? —preguntó con la voz ronca.

—Con nadie más.

Arrugó la nariz.

—¿Por qué te has ido sin decir nada?

—Debía volver a casa y tú dormías tan profundamente que me ha dado pena despertarte.

—Al no verte, he creído que te habías marchado porque te arrepentías de lo que pasó anoche —me confesó mientras se ruborizaba.

—Te he dejado una nota.

—Ya... Una nota que no he visto hasta una hora más tarde y para entonces ya estaba paranoico.

El corazón me latía con fuerza en el pecho mientras lo observaba.

—Lo siento.

—Por favor, la próxima vez despiértame. Me habría gustado acompañarte a casa.

—¿Quieres que haya una próxima vez? —pregunté para tomarle el pelo.

Él cogió aire despacio, con sus labios suspendidos a solo unos centímetros de los míos.

—Quiero que haya muchas veces.

Nos miramos en silencio. Un milímetro más cerca a cada segundo que pasaba. Cerré los ojos, porque me dolían las ganas de que me besara.

—¿Céline?

Esa voz.

Pegué un bote y aparté a Julien de un empujón, con tanta fuerza que lo estrellé contra un expositor de cuentos para bebés.

Un segundo después, apareció mi madre.

—Ah, aquí estás. —Me miró con atención y frunció el ceño—. ¿Te encuentras bien?

—¿Por qué no iba a estarlo? Estoy bien. Genial.

Entonces mi madre se percató de la presencia de Julien, que parecía aún más culpable que yo. Lo miró de arriba abajo.

—Hola, soy Dorine, la madre de Céline.

Él se apresuró a acercarse y tenderle la mano.

—Hola, soy Julien. Encantado de conocerla.

Una chispa de reconocimiento iluminó el semblante de mi madre.

Me ruboricé hasta las orejas, muerta de vergüenza.

—Conque Julien, ¿eh? —dijo con cierto retintín—. ¿Eres amigo de mi hija?

—Sí, señora, somos amigos.

Ella sacudió la mano con un gesto coqueto.

—¿Qué es eso de señora? ¿Tan mayor te parezco?

—La verdad es que no.

—Pues tutéame, por favor.

—Claro.

Mamá le sonrió encantada. Después nos miró a los dos alternativamente.

—Entonces, Céline y tú, ¿solo sois amigos?

Él pestañeó confundido y se puso rojo.

—¿Disculpe?

—¡Mamá! —exclamé.

La miré perpleja y el calor de la vergüenza me subió por el cuello hasta las mejillas. La situación se estaba descontrolando. Agarré a Julien de un brazo y lo aparté de mi madre.

—¿Te importaría esperarme fuera? Recojo mis cosas y salgo en un minuto —le dije.

Julien asintió. Después alzó la mano para despedirse de mi madre y musitó un «adiós».

Ella le sonrió como si se tratara de un hijo perdido al que acababa de recuperar. Era delirante, y lo más frustrante es que ese adjetivo encajara tan bien con mi familia.

Me quité el delantal y lo hice un gurruño.

—Mamá, ¿a qué ha venido eso?

—¿A qué te refieres?

—Lo sabes perfectamente.

Suspiró con pesar. Aunque, por el brillo de sus ojos y la

sonrisa que se esforzaba por contener, no lo sentía ni un poquito.

—Esta mañana has dicho que te gustaba, solo quería ayudar.

—No necesito que me ayudes con esto, mamá. Y ahora Julien pensará que somos raras.

Su rostro se arrugó con un mohín de arrepentimiento.

—Lo siento, cielo, pero este tiempo atrás estabas tan mal y ahora pareces estar tan bien que yo... ¡Soy tu madre, Céline! Haría cualquier cosa por verte feliz.

Resoplé molesta, pero la verdad era que no podía enfadarme con ella.

—Espero que no lo hayas espantado.

—Si sale corriendo solo por esta tontería, es que no merece la pena —dijo cargada de razón.

Hice una mueca y acepté su abrazo. El olor a mandarina y jazmín de su perfume era como un bálsamo relajante para mí. La solté con reticencia y me dirigí al almacén, donde había dejado mi bolso.

—Céline —me llamó mi madre. Me detuve y la miré por encima del hombro—. ¡Es mucho más guapo que Mathis!

Puse los ojos en blanco y seguí mi camino mientras bajaba la cabeza para esconder una sonrisa. Recogí mis cosas y salí a la calle por la puerta principal. Julien me esperaba apoyado en la pared del edificio de enfrente. Se había puesto una gorra y gafas de sol, y miraba distraído su teléfono.

Crucé y me paré frente a él. Levantó la vista y sus labios se curvaron en una sonrisa al verme.

—¿Has terminado? —preguntó. Dije que sí con un gesto, y él añadió—: Genial, te invito a comer. ¿Te gusta la comida asiática?

—¿Hablas de arroz frito, pollo con almendras y pan chino?

—Estaba pensando más en *okonomiyaki*, *sukiyaki* o un plato de *bulgogi*. Hay un restaurante coreano-japonés al que llevo un tiempo queriendo ir. ¿Te apetece?

—Sí, por qué no.

Caminamos muy juntos en dirección a la plaza Jeanne d'Arc, donde se encontraba el restaurante. Avanzamos en silencio, con nuestros brazos tocándose y el dorso de nuestras manos jugando a acariciarse. Lo miré de reojo y no pude evitar recorrerlo de arriba abajo. Desde las zapatillas azules, sobre las que se arrugaban unos pantalones amplios con cordones, pasando por la camiseta beis, que se le ceñía a los hombros, hasta la leve sombra de su barba incipiente. Me detuve en sus labios y los míos se entreabrieron en busca de aire.

Aparté la vista, con la sensación de que un millón de burbujas explotaban dentro de mi estómago. Me moría por volver a tocarlo. Notar su piel. Su tacto.

Como si me hubiera leído el pensamiento, Julien rozó mis dedos. Muy despacio, entrelazó nuestras manos, se las llevó a los labios y depositó un beso en mis nudillos. Me sonrojé.

—Siento mucho si mi madre te ha incomodado antes.

—¡No, nada de eso! —replicó en tono animado—. Creo que es muy simpática y directa. En realidad, me recuerda mucho a ti.

—¿A mí?

—Ajá, no tiene filtro a la hora de expresarse. En eso sois muy parecidas, aunque físicamente se asemeja más a tu hermano.

Asentí, dándole la razón.

—Yo me parezco a mi padre. Él es francoindonesio y he heredado sus rasgos. Por esa razón mi tono de piel es tan bonito —bromeé.

Julien dejó escapar una risita. Me acarició la mano con el pulgar y noté un agradable cosquilleo.

—Me encanta el color de tu piel —dijo en un tono muy dulce—. ¿De qué parte de Indonesia es tu padre? —se interesó.

—No, él nació aquí. Su madre, mi abuela... Ella es de Java, nació en Yogyakarta. Vino a Francia cuando era muy pequeña.

—¿Has visitado Java?

—No, ya me gustaría. Lo más lejos que he llegado es a París.

Se quitó las gafas para mirarme y enarcó las cejas.

—¿En serio?

—No he tenido muchas oportunidades de viajar —murmuré.

Julien asintió muy despacio, y supe que había entendido todas las razones implícitas en mi respuesta. Una sonrisa elevó sus comisuras y nuestros ojos se enredaron con tanta intensidad que sentí un pellizco en la tripa.

Durante un instante, su mirada descendió hasta mi pecho. Tragó saliva y regresó a mis ojos.

—Ahora las tienes, Céline. Tienes todas las oportunidades que quieras y no deberías desperdiciar ninguna —dijo con vehemencia. Después alzó la mirada por encima de mí—. Ya hemos llegado.

Me giré y eché un vistazo al restaurante. Llevaba allí años, pero jamás se me había ocurrido entrar y no entendía por qué. Aquel sitio era genial. Fuera tenía una terraza cubierta por sombrillas y árboles frondosos plantados en unos maceteros enormes. Era como un pequeño oasis fresco y húmedo.

A través de la pared de cristal se podía ver el interior. Era bastante amplio, con una decoración sencilla pero muy refinada. Maderas claras, sillones oscuros y barbacoas integradas en muchas de las mesas. Algunas plantas de bambú le daban un toque de color.

Un camarero salió a atendernos y decidimos quedarnos en la terraza.

Pedimos tempura *bento,* buñuelos de verduras, *daeji bulgogi* y té helado para beber.

—Esto está riquísimo —dije tras comerme un segundo buñuelo.

—Prueba las gambas, te van a encantar.

Me metí una en la boca y gemí al notar la mezcla del sabor dulce de la salsa con el toque agrio del rebozado.

—Deliciosa. Podría comerme una docena.

—¿Puedes comer de todo? —inquirió él.

—¿Por qué lo preguntas?

Julien miró mi cicatriz y me sonrió con una disculpa en los ojos.

Me llevé la mano al pecho por pura inercia.

—Lo único que me han prohibido es el pomelo, tiene algún tipo de efecto sobre los inmunosupresores que tomo —respondí.

—¡¿El pomelo?!

—Sí, yo también me sorprendí cuando lo oí la primera vez. Lo que en realidad hace es disminuir casi a la mitad la absorción de los fármacos y ese efecto desaparece de una forma muy lenta, por lo que en mi caso puede ser peligroso. Los inmunosupresores evitan que mi cuerpo rechace mi nuevo corazón.

La expresión de Julien había ido cambiando mientras le hablaba y unas arrugas de preocupación marcaban ahora su frente. Me observó en silencio unos instantes.

—Aléjate de los pomelos —dijo resuelto.

—Como si fuesen radiactivos —bromeé.

A él no le hizo gracia. Dejó los cubiertos en el plato y apoyó los codos en la mesa.

—No sé, quizá deberías llevar uno de esos colgantes que usan los alérgicos.

—Se usan sobre todo para informar a los médicos en caso de urgencia y que no administren medicamentos contraindicados. Yo no soy alérgica a nada, Julien.

—Entonces deberías pedir siempre la lista de ingredientes de todo lo que comes fuera de casa. Puede que esa salsa que acabas de tragarte lleve pomelo y estarías corriendo un riesgo. —Resopló ansioso y se puso de pie—. Debería hablar con el camarero y asegurarme.

Estiré el brazo y lo sujeté por la muñeca. Su comportamiento empezaba a ser un poco exagerado.

—Oye, no es necesario. Dudo de que algo de la mesa lleve pomelo.

—Pero ¿y si lo lleva?

Me reí al ver la seriedad con la que se lo estaba tomando.

—Solo serán unas gotas, no pasa nada. Vamos, siéntate.

Dejó escapar un suspiro entrecortado y volvió a sentarse. Me miró a los ojos y en los suyos pude ver un sinfín de emociones, tan rápidas y cambiantes que no podía distinguirlas.

Un cosquilleo incómodo me recorrió la piel.

—Julien, no quiero que hagas eso.

—¿Qué?

—Tratarme como si fuese de cristal y no pudiera cuidar de mí misma.

—No es lo que pretendía —contestó.

Estaba segura de que no había sido su intención y quizá yo estaba exagerando. Sin embargo, no podía evitarlo. Con la excusa de protegerme y evitarme un daño innecesario, casi todas las personas que me rodeaban habían acabado manipulándome de un modo u otro. Convirtieron mi vida en una obra de ficción en la que representaron un guion repleto de mentiras.

Inès hizo a la perfección su papel de mi mejor amiga, mientras mantenía una relación con mi novio que duró años.

Él no tuvo ningún reparo en planificar conmigo una boda y tratarme como si yo fuese el ángel más puro y casto, mientras con ella cumplía todas sus fantasías sexuales. Mis amigos, simplemente, guardaron silencio y miraron hacia otro lado, convencidos de que hacían lo mejor para mí.

Lo único que lograron entre todos fue que me sintiera la persona más inútil, ilusa y patética de los universos habidos y por haber. Y no quería volver a sentirme de ese modo jamás.

No conseguía sacudirme las huellas que habían dejado en mí. La desconfianza. La inseguridad. El autodesprecio cuando me fallaban las fuerzas y mis defensas se tambaleaban.

La relación que Julien y yo comenzábamos a tener, fuese cual fuese, era espontánea y natural. No estaba condicionada por ningún pasado, recuerdo o vivencia compartida. Y menos aún por mi enfermedad.

No quería que eso cambiara.

—He sido una persona frágil durante muchos años y he necesitado ayuda hasta para respirar, pero ya no. No quiero que nadie me proteja como si yo no fuera capaz. Tanta sobreprotección me anula, Julien —traté de explicarle. Me llevé la mano al pecho y palpé la cicatriz con las puntas de los dedos—. Sé que esto impresiona, pero... —Hice una pausa, no encontraba las palabras—. Antes me has preguntado si como de todo. El último año antes de operarme mi dieta era muy estricta, se me hinchaba el cuerpo, me dolía todo y no podía andar veinte pasos sin fatigarme. Ahora puedo nadar, correr, bailar... Puedo comer de todo y me siento sana. Pero si a mi alrededor todo el mundo entra en pánico por lo más mínimo, será como si nada hubiera cambiado.

Julien tomó aire y sus ojos revolotearon por mi rostro. Vi

un sinfín de pensamientos en ellos. Maldijo para sí mismo y se pasó la mano por el pelo con un gesto de frustración.

—Soy un idiota, ¿verdad?

—¡No! —exclamé con vehemencia—. Ha sido adorable que te preocupes de ese modo por mí, pero no quiero que pienses que lo necesito o que debes estar alerta como una especie de vigilante cuando estemos juntos.

Él me miró durante lo que me pareció una eternidad, serio y concentrado.

Poco a poco, en sus labios se insinuó una sonrisa.

—No lo haré, te lo prometo.

Fui la primera en apartar la vista y traté de centrarme en la comida. Estaba hambrienta y el *bulgogi* tenía muy buena pinta. Se trataba de un plato coreano, a base de carne de cerdo marinada en rodajas finas y cocinada a la barbacoa. Lo habían servido con hojas de *shiso* y *kimchi*.

—¿Sabes cómo se come? —me preguntó.

—No estoy muy segura.

Julien tomó una de las hojas de *shiso* con la mano y luego usó los palillos para poner encima un trozo de carne y un poco de *kimchi*. Lo envolvió todo con el tamaño de un bocado.

—Ten, pruébalo —dijo a la vez que estiraba el brazo por encima de la mesa con intención de dármelo él mismo.

Abrí la boca y rocé sus dedos con los labios. Fue un toque accidental, pero que disparó mis pulsaciones. Recuerdos de la noche anterior acudieron a mi mente como una ola que golpea la orilla. Besos hambrientos. Caricias atrevidas. Miradas que traspasaban la piel.

Me parecía mentira que hubiera pasado algo así entre nosotros.

En realidad, desde que lo había conocido me sentía como si viviera dentro de una película, en la que no era capaz de adivinar qué pasaría después.

Continuamos hablando sobre cosas sin importancia, como qué música solíamos escuchar, qué tipo de series veíamos. Otras más locas, como ideas para sobrevivir a un apocalipsis zombi, comidas que jamás nos atreveríamos a probar y aquellas sin las que no podríamos vivir. Manías inconfesables o esos miedos absurdos que nos avergonzaban.

Así supe que a Julien le ponían nervioso los perros muy pequeños y las palomas. Que sufría de tripofobia o que jamás volvería a subir a una montaña rusa. Que le encantaban la lasaña y el café con un pellizco de canela. Y que su grupo favorito era Fly by Midnight, aunque últimamente escuchaba mucho a Halsey.

Tras terminar el almuerzo, Julien me acompañó de vuelta a la librería.

Me tomó de la mano y entrelazó nuestros dedos. Me gustaba que lo hiciera. Sin embargo, mientras caminábamos mi mente se fue distrayendo. Me esforzaba en no pensar. En no analizar ni meditar absolutamente nada sobre nuestra relación, si es que podía llamarse de ese modo, porque no tenía ni idea de qué éramos y qué no.

Probablemente nada.

Solo sabía que desde el primer instante en el que me crucé con él, Julien despertó algo dentro de mí. Algo que nunca había sentido antes. Intenso. Visceral. Algo instintivo, que provocaba emociones que me confundían y hacían que todo lo que creía saber sobre mí se tambaleara. Cada día me reconocía un poco menos. Se desvanecían partes de mí y aparecían otras nuevas. Más atrevidas. Más valientes. Que encajaban sin esfuerzo y me hacían preguntarme qué versión de mí era más real, si la persona que hasta ahora creía haber sido o la que comenzaba a vislumbrar y que me atraía como un imán.

Nos detuvimos frente a la puerta de la librería.

—Ya hemos llegado —anuncié.

Él lanzó una mirada fugaz a la puerta y asintió.

—Lo he pasado muy bien —dijo en voz baja.

—Yo también.

—Deberíamos repetir pronto.

—¿Qué te parece mañana? —salté como un resorte. Aún no nos habíamos despedido y ya sentía un agujero frío y oscuro en el pecho. Y añadí a toda prisa—: No sé tú, pero yo tengo la mala costumbre de almorzar todos los días.

Julien negó con un gesto y se llevó la mano a la nuca. Desilusionado, hizo un puchero.

—Me encantaría, pero debo ir a Marsella y pasaré allí la noche.

—Oh, vaya. No pasa nada, quedaremos otro día —repuse un poco desanimada.

—Tengo que entrevistar a una directora de cine independiente, que presenta su nueva película, y después asistir al pase de prensa con los actores —me explicó. Me miró a los ojos y vi que se ponía rojo—. ¿Quieres... venir conmigo?

Mi garganta hizo un ruidito extraño.

—¿Quieres que vaya contigo?

—Sí —respondió sin dudar. Hizo una pausa y se frotó otra vez la nuca. Me di cuenta de que hacía ese gesto cuando estaba nervioso—. A ver, las entrevistas no me llevarán más de un par de horas y puedes acompañarme al pase de la película. El resto del tiempo será solo para nosotros. Podemos visitar la ciudad, ir a la playa. Haremos lo que tú quieras.

Una sonrisa tiró de mis labios al ver que se había ruborizado. Dios, era tan mono cuando se ponía tímido. Abrí la boca para decirle que quería acompañarlo, pero volví a cerrarla porque lo único que me nacía era ponerme a gritar de la emoción. Contuve el aliento, en un vano intento por calmar mis latidos y las mariposas que me revoloteaban en el estómago.

No tuve la ocasión de responder. Julien debió de malinterpretar mi titubeo y comenzó a disculparse:

—Lo siento, por un momento me he olvidado de la librería. Imagino que deberás trabajar. Bueno, no pasa nada. Nos veremos a la vuelta. Aunque habría sido genial que tú...

No lo dejé acabar.

—Iré.

—¿Qué?

—Te acompañaré a Marsella.

Parpadeó sorprendido y en su cara se dibujó una sonrisa enorme.

—¿En serio? ¿Y qué pasa con tu trabajo?

—Hablaré con mi madre. Estará de acuerdo.

Julien bajó la mirada al suelo y luego la alzó de nuevo hacia mí. Nos miramos. Sonreímos. Y nos miramos de nuevo con más intensidad. Su rostro me dejaba sin respiración.

Tragó saliva sin dejar de observarme. Después se inclinó y apretó sus labios contra mi frente. Un segundo. Dos. Tres.

—Te llamo más tarde y concretamos, ¿vale?

Asentí con la cabeza y él me enmarcó la cara con las manos. Volvió a inclinarse y esta vez me besó en los labios. Cerré los ojos por puro instinto y me apoyé en su pecho. Noté sus latidos bajo mis dedos, fuertes y rápidos. Lo sólido que era su cuerpo. Cómo se estremecía el mío.

Nos despedimos y él dio media vuelta.

Me quedé allí parada, viendo cómo se alejaba, y suspiré nerviosa. Una parte de mí comenzaba a tener miedo de él, de todo lo que me hacía sentir. De la forma en la que lo anhelaba con cada latido y respiración. Me aterraba abrirle mi corazón y al mismo tiempo sentía que no había forma real de evitarlo si continuábamos viéndonos. Porque en solo unos pocos encuentros había logrado romper mis esquemas, todas mis barreras, y lo sentía abriéndose paso bajo mi piel.

Empezaba a darme miedo que aquello fuera una locura.

Tanto miedo como la idea de alejarme.

Miedo de cruzar la línea de no retorno.

Y no sabía qué hacer.

16

Mis padres me observaban desde la puerta del baño. Él se apretó los párpados y ella se cruzó de brazos, como si estuviera haciendo acopio de paciencia. Tras ellos, Tristan devoraba un tazón de cereales con leche.

—Lo que no entiendo es por qué en esta familia cualquier tema se acaba convirtiendo en un debate en el que todo el mundo tiene derecho a opinar y decidir. Sobre todo, cuando se trata de mí —protesté mientras guardaba en un neceser mis productos de aseo.

—Solo decimos que nos preocupa, Céline. Y que todo esto nos parece muy precipitado —apuntó mamá.

—¿Qué tiene de precipitado pasar una noche fuera con un amigo?

—No conocemos a ese chico.

Me giré hacia ella y pestañeé.

—Sí lo conoces.

Ella suspiró.

—Es cierto, y parece un buen chico, pero lo que quiero decir es, y sin ánimo de que me malinterpretes, porque lo último que quiero es...

Papá la interrumpió al ver que comenzaba a divagar.

—Lo que tu madre quiere decir es que quizá no sea muy seguro que salgas de la ciudad con un hombre al que casi no conoces y del que no sabemos nada.

—Que yo sepa, la única forma de conocer a alguien es pasando tiempo con esa persona.

—¿Y es necesario que sea en un hotel? Podríais pasar allí el día y regresar —replicó él.

Resoplé disgustada. Era el comentario más injusto y mojigato que había oído en mucho tiempo.

—Cuando salía con Mathis, dormía a menudo en su casa y nunca os importó. —Solté una risita sarcástica antes de añadir—: Y al final resultó que era un mentiroso en el que no se podía confiar.

—Son dos situaciones completamente distintas —apuntó mi madre.

—Si lo que os preocupa es el sexo, es exactamente la misma situación. Y os recuerdo que no es necesario ir a un hotel para eso, a mí me concebisteis en un coche.

Mi padre se masajeó el puente de la nariz, mientras apretaba los párpados como si algo le doliera.

—No es necesario que hablemos de esto —refunfuñó por lo bajo.

—No entiendo qué os preocupa tanto.

—¡Que alguien pueda lastimarte! —saltó mamá.

—Bueno, ya me han lastimado y aquí sigo. Ahora trato de pasar página, tal y como no dejáis de repetirme que haga. ¡Debes superarlo, Céline! ¡Sigue adelante, Céline! —exclamé con un tonito agudo.

Mi madre alzó la vista al techo con los labios apretados, una señal inequívoca de que su paciencia comenzaba a flaquear.

Inspiró por la nariz.

—Pero puedes pasar página con un poco más de calma,

¿no crees? Tomarte un tiempo prudente antes de volver a pensar en chicos. Porque quizá, y solo digo quizá, hayas visto en Julien un modo de superar todo esto y no creo que salga bien.

Levanté los brazos exasperada.

—¿Por qué todos pensáis que me he acercado a Julien por despecho? No es así, ¿tan difícil es de creer?

—Sea como sea, no me parece bien.

—¡Ayer me animabas! —le recordé.

—Pues hoy pienso que vas muy rápido.

Expulsé el aire con fuerza, porque aquella conversación no tenía pinta de resolverse por su parte y yo no estaba dispuesta a ceder. Adoraba a mis padres, pero ya no era una niña a la que podían imponerle sus ideas o controlar con quién podía o no salir. No dudaba de que lo hacían con la mejor intención, aunque no por ello dejaban de estar equivocados. Y esta vez la razón no estaba de su parte.

—Mamá, soy una mujer adulta y responsable, capaz de dirigir mi propia vida. Y a estas alturas no creo que necesite el permiso de mis padres para hacer algo tan normal como salir con un amigo —le dije con voz tranquila y prudente. Sacudí la cabeza—. Solo voy a Marsella, no a la otra punta del mundo, y confío en Julien. ¡Me voy!

Papá arrugó los labios y yo respondí a su mirada, en la que se veían sentimientos encontrados.

Mamá exhaló el aire muy despacio.

—Es verdad, eres adulta y responsable. Entonces, ¿qué pasa con tu trabajo en la librería? —me preguntó.

—Descuéntame los días de mis vacaciones.

—Solo llevas unas semanas trabajando, no tienes derecho a vacaciones.

En ese momento, perdí toda la compostura y me convertí en una niña de diez años con un berrinche. Hice un puchero y pateé el suelo. No era la actitud más acertada para parecer la adulta responsable que aseguraba ser, pero el control sobre mis emociones llegaba hasta cierto punto. Uno no muy alto. Y lo había rebasado.

—Mamá, por favor, quiero ir. Quiero ir y ver que hay más mundo fuera de esta ciudad. Ver el mar, pasear por la playa y sentirme una persona normal con una vida normal. Hacer algo distinto y divertirme. No sé, vivir... —gimoteé—. No es mucho pedir, ¿no crees?

—Dejad que se vaya. Tiene razón —intervino mi hermano.

—¿Y tú por qué te metes? —le recriminó mamá.

—Porque os estáis comportando como dos paranoicos. Dejadla ir, no le pasará nada malo. Yo me largo una semana a Niza y no os veo tan preocupados.

Lo miré agradecida y él se encogió de hombros.

Mi padre resopló.

—No es lo mismo, Tristan.

—Es exactamente lo mismo, papá. Por eso no entiendo que os empeñéis en marcar diferencias entre nosotros. Yo puedo irme de viaje adonde quiera, salir con una o mil chicas y os resbala. Sin embargo, mi hermana no puede hacer lo mismo. ¿Por qué no?, siempre habéis dicho que somos iguales. Entiendo que Céline os preocupe, pero no estáis siendo nada justos.

Papá sacudió la cabeza y en sus mejillas habían aparecido dos puntos rojos. Sus ojos buscaron los de mamá. Se sostuvieron la mirada mientras mantenían una de sus conversaciones silenciosas. Tras unos segundos, ella chasqueó la lengua y me apuntó con el dedo.

—¡Está bien, ve! Pero llama de vez en cuando, por favor, para que al menos sepamos que estás bien.

Di un saltito.

—¡Lo haré!

Mis padres salieron de la habitación y yo respiré mucho más tranquila. ¡Me iba a Marsella!

Tristan continuaba en el pasillo, intentando atrapar con la cuchara los últimos cereales que flotaban en la leche. Le clavé un dedo en el pecho y arrugué la nariz con un gesto tierno.

Me miró con los ojos entornados, esforzándose por no sonreír.

—Gracias, eres el mejor.

—Me debes una, hermanita.

—Lo sé.

Se quedó mirando el tazón que sostenía. Luego me contempló y alzó una ceja.

—Si ese tipo se pasa solo un poco contigo, me lo cargo. Puedes decírselo.

Le di un golpecito con el puño y sonreí.

Lo malo de mi mundo se volvía efímero gracias a mi hermano.

17

Mamá se fue a la librería, papá al periódico y Tristan salió poco después para dar clase en el colegio donde realizaba sus prácticas. Me quedé sola en casa y por fin tuve un momento para respirar tranquila. Me sentía aturdida no solo por la conversación con mis padres, sino también por el viaje.

Sobre todo, por Julien.

Mi teléfono vibró al recibir un mensaje. ¡Era él!

Salí de casa con mi bolsa colgada del hombro.

Julien me esperaba apoyado en un coche gris oscuro, alargado y elegante, de líneas deportivas un tanto agresivas. Su expresión cambió al verme aparecer y las comisuras de sus labios se elevaron lentamente.

—¿Te ha costado encontrar la casa?

—Ha sido muy fácil —dijo él.

Tomó mi bolsa y me abrió la puerta del coche. Luego colocó el equipaje en el maletero y segundos después se acomodaba tras el volante. Me miró. Lo miré. Y nos sonreímos. Nerviosos, pero sin ningún rastro de tensión. Cómodos, aunque emocionados.

Miré a mi alrededor con curiosidad. El interior del vehículo parecía el de una nave espacial. El tablero y la consola central estaban llenos de botones y luces, con una pantalla táctil enorme. Era muy bonito y cómodo, incluso acogedor. Eso sí, un poco exagerado y ostentoso para un viaje relámpago a la costa.

—¿Lo has alquilado para hoy? —le pregunté.

Julien me miró mientras maniobraba y me dedicó una sonrisa.

—No, es mío.

Le sostuve la mirada y fruncí el ceño. No entendía de coches, pero aquel no era un vehículo común; y para mí contradecía la imagen sencilla que me había formado de él. Al igual que el piso donde se alojaba o la ropa que vestía, en apariencia normal, pero que, si te fijabas con un poco de interés, descubrías que no era tan fácil conseguirla a pie de calle.

—No te apellidarás Arnault, ¿verdad?

Julien alzó las cejas y rompió a reír con ganas. No dijo ni sí ni no, se limitó a sacudir la cabeza y a conducir con una sonrisa enorme en la cara. La mía se borró un poco, porque en ese momento me di cuenta de que, pese a que él se hubiese vuelto más cálido y cercano conmigo, continuaba manteniendo cierta distancia a través de la escasa información que daba de sí mismo, como una frontera que no invitaba a traspasar. Y si lo intentabas, simplemente hacía como si nada.

Lo miré de reojo. ¿Qué sabía realmente de él? Su nombre y poco más. No sabía su apellido ni su edad, aunque tampoco me había esforzado por averiguarlo. Quizá porque para mí eran más importantes esas otras cosas que sí había compartido conmigo, como su sabor de helado favorito, que prefería el otoño a cualquier otra estación o que de niño le tenía miedo al Ratoncito y por ese motivo escondía sus dientes de leche cuando se le caían.

De momento, era suficiente para mí.

Marsella se encontraba a solo treinta kilómetros de distancia, por lo que el viaje apenas duró un suspiro. Siguiendo las instrucciones del navegador, Julien cruzó la ciudad hasta el puerto. Lo bordeamos hasta el túnel de la Joliette, que después atravesamos para llegar al barrio de Saint-Victor. Continuamos por la costa y en pocos minutos llegamos al hotel donde íbamos a alojarnos y tendría lugar la entrevista.

Dejamos el coche en el aparcamiento del hotel, un pequeño espacio al aire libre, que prácticamente colgaba sobre el mar como un balcón. Mientras Julien sacaba el equipaje del maletero, yo me acerqué al murete y contemplé el paisaje. Era precioso. El mar, de un azul turquesa, brillaba como si alguien hubiera esparcido sobre su superficie millones de cristalitos. El oleaje rompía contra las rocas, formando una leve niebla de espuma que se perdía en la nada.

Inspiré hondo y llené mis pulmones de un aire que me sabía diferente.

—¿Vamos? —dijo él.

Me giré y asentí sin dejar de sonreír.

Nos dirigimos a la recepción del hotel.

—Solo tengo una habitación —me susurró Julien en un ligero tono de disculpa mientras esperábamos a que nos atendieran—. Pero puedo intentar conseguirte otra, si te resulta más cómodo.

—No es necesario, quiero quedarme contigo.

—Vale.

Dos puntitos rojos aparecieron en sus mejillas.

Se acercó al mostrador y le dio a la recepcionista los datos de su reserva.

—¿Finalmente serán dos huéspedes? —le preguntó ella. Julien asintió—. Podemos mantener la habitación que reservó y colocar más toallas, o proporcionarle una *suite* mucho más amplia, en la que estarán más cómodos.

—Haga el cambio a la *suite*, por favor.

—Julien, no es necesario que cambies nada —me apresuré a intervenir.

—No te preocupes.

Subimos a la primera planta, donde se encontraba la habitación.

Julien abrió la puerta y me invitó a entrar primero. Giré sobre mí misma mientras mis ojos registraban aquel espacio. La *suite* se ubicaba en una esquina del edificio y tenía dos ventanales enormes que inundaban de luz natural todos los rincones. Me acerqué al cristal y vi una terraza inmensa, encajada en unas vistas de postal.

La cama era enorme y estaba en medio de la habitación. Tenía un cabecero, con estantes y lámparas a ambos lados, que separaba la estancia en dos ambientes. Tras él, una mesa, un sofá y dos butacas daban forma a un pequeño salón.

Me quedé sin aliento al ver el baño. Era casi tan grande como la habitación y solo los separaba una pared de cristal con una cortina muy ligera, que podías correr si necesitabas intimidad. Tenía ducha y bañera independientes. Por suerte, el retrete se encontraba tras una puerta.

Julien hizo un gesto hacia la pared transparente.

—No tenía ni idea, lo siento —se disculpó azorado.

—No pasa nada, hay una cortina.

—No parece que sirva de mucho.

Sonreí al ver que se ponía rojo, porque no parecía alguien tan pudoroso, pero se comportaba como si realmente le preocupara ducharse a la vista de otra persona.

O quizá era mi desnudez la que de verdad le importaba.

—¿Cuándo tienes que irte? —pregunté.

—La rueda de prensa comenzará en unos minutos —respondió sin dejar de mirarme—. ¿Estarás bien?

—¡¿Has visto este sitio?! Estaré de maravilla —exclamé.

—De acuerdo, te veo en un rato.

Le devolví la sonrisa y alcé la mano a modo de despedida.

Él cogió su mochila y se dirigió a la puerta. Cuando esta se cerró y me quedé sola, sentí un pellizco de desilusión en el estómago. Julien no me había tocado ni una sola vez, ni siquiera un roce accidental. Era como si tratara de mantener la distancia conmigo. Solo física, porque continuaba siendo igual de atento y cariñoso.

Salí a la terraza, cubierta por un toldo vela de color naranja y decorada con muebles de exterior y plantas. Me agarré a la barandilla y contemplé las impresionantes vistas. Me reí nerviosa, porque me sentía como si formara parte de una escena idílica dentro de una película.

La brisa era fresca sobre la piel y me estremecí con un sinfín de sensaciones apabullantes.

Contuve el aliento al notar un abrazo en mi cintura. Un beso en el cuello y otro bajo la oreja. Ladeé la cabeza y miré a Julien. El silencio era intenso. Nuestras miradas también. Tan cerca que respirábamos el aire del otro. Sonreí y él posó su boca sobre la mía. Primero un roce sutil. Después sus dientes atraparon mi labio con dulzura. Entreabrí la boca y él profundizó el beso, suave como una caricia. Un suspiro compartido.

Se separó y observé sus ojos, semiescondidos bajo unas largas pestañas. Me retiró un mechón de la cara e inspiró, tan agitado como yo. Otro pequeño beso a modo de despedida y se marchó sin decir una sola palabra. No era necesario. Porque cuando algo tan intenso te envuelve, las palabras solo se atragantan.

Pensé que quedarme en la habitación era una pérdida de tiempo, cuando fuera había tantas cosas que ver.

Durante un rato, paseé por el hotel, dividido en dos villas contiguas. La principal tenía un estilo moderno y la segunda poseía un aire mucho más provenzal y tradicional. Compartían una frondosa terraza, donde podías sentarte a tomar un café o una copa y disfrutar de las vistas.

Luego me dediqué a recorrer los alrededores.

Julien regresó pasado mediodía.

Hacía mucho calor, y el mistral soplaba con tanta fuerza a esas horas que decidimos comer en el hotel y pasar la tarde en sus instalaciones. Extendí mi toalla sobre una tumbona y me acerqué al borde de la piscina. Metí un pie en el agua y la agité un poco. Dejé escapar un suspiro de placer, porque todo allí era perfecto y agradable, y yo no lograba recordar cuándo fue la última vez que me sentí así de bien y satisfecha.

Me quité el vestido y me sonrojé al descubrir a Julien observándome de arriba abajo con ojos brillantes. Aparté la vista y me ajusté el bikini, llena a rebosar de emociones y sensaciones que inundaban mi cuerpo acalorado y provocaban tirones electrizantes bajo mi ombligo. Entré en el agua poco a poco. Estaba caliente en la superficie y muy fría cerca del fondo. Me estremecí.

Por el rabillo del ojo vi que Julien tiraba de su camiseta hacia arriba y se la sacaba por la cabeza con un movimiento rápido, pero no lo suficiente para que no pudiera fijarme en cómo los músculos de su torso se contraían y después se relajaban. Verlo sin ropa me confirmó lo que ya sospechaba, Julien tenía un cuerpo muy atractivo, esbelto y definido.

Suspiré para disimular un gemido ahogado.

Se acercó a la piscina y a mí me costó lo mío dejar de mirarlo.

Se lanzó de cabeza y emergió al cabo de unos segundos en el otro extremo. Luego vino hasta mí nadando. Con el pelo mojado y hacia atrás, pude ver su rostro completamente despejado. Me fijé en las gotitas que lo salpicaban como diamantes, las que pendían de sus pestañas, en sus labios mojados y entreabiertos. Era deslumbrante.

Y me observaba curioso.

—¿Qué? —preguntó.

—Nada.

—Entonces, ¿por qué me miras de ese modo?

—¿Cómo?

Se acercó mucho más a mí y ladeó la cabeza, persiguiendo mis ojos. A su rostro asomó una sonrisa traviesa.

—Así.

Me obligué a no apartar la mirada, mientras él recorría cada centímetro de mi cara como si fuera algo especial. Sentí una desazón que comenzaba en mi estómago y se propagaba a toda velocidad por mi cuerpo. Me acerqué a él para colgarme de su cuello. Me abrazó por la cintura y pegó mi estómago al suyo.

Y yo no podía dejar de mirarlo «así», como si tras cada pestañeo lo viera por primera vez. Impaciente por las ganas de dejarme llevar y asustada por todo lo que no comprendía. Encandilada por lo que intuía de él y temerosa de su hermetismo. Ansiosa por tomar aquello que quisiera darme e insegura por lo que pudiera estar arriesgando si yo se lo daba todo.

Y ni siquiera sabía su apellido.

—¿Cuántos años tienes?

—¿Cuántos crees que tengo? —me preguntó a su vez.

—No tengo ni idea. A veces, cuando te miro, pienso que debes de tener más o menos mi edad. Otras, me pareces mucho más mayor.

—¿Cómo de mayor?

—Como un abuelo —me burlé.

Julien arrugó la nariz y yo me reí. La palma de su mano me acarició la espalda.

—Cumplí treinta el 13 de junio.

Mi sonrisa se intensificó y sus ojos se movieron por mi

boca. Solo estaba a un suspiro de besarla. Mi ansia por romper esa pequeña distancia me dejó sin aire.

—Eres un abuelo —bromeé.

—¿Eso te parezco?

—Ajá, pero lo compensas con otras cosas.

—¿Como qué?

Compartimos una mirada intensa.

—Eres guapo.

—Tú eres preciosa.

—Y divertido.

—Tú haces que quiera serlo.

—También me haces sentir muy bien.

—Es lo que más deseo.

Noté un burbujeo en la tripa. Deslicé los dedos por su nuca y los enredé en su pelo mojado. Él respiró hondo.

—Me gustas.

—Tú también me gustas.

—Empiezo a sentir cosas por ti —dije sin apenas voz. Las pupilas de Julien se dilataron y la sonrisa se borró poco a poco de su rostro. No respondió. Dudo de que respirara siquiera. Mientras le sostenía la mirada a la espera de alguna reacción, mis latidos se aligeraron. No tenía ni idea de qué significaba su silencio, ni cómo tomármelo. Si darle importancia o fingir que no me afectaba. Opté por lo segundo y añadí—: Pero no cambia que me sigas pareciendo un abuelo.

Julien alzó una ceja y a continuación entornó los ojos con una sonrisilla tan salvaje como encantadora. De repente, tiró de mí y se zambulló conmigo. El agua nos cubrió. Me abracé con fuerza a su cuerpo resbaladizo. El corazón me latía sin tregua y sus latidos se dispararon cuando noté los labios de Julien sobre los míos.

Emergimos abrazados y no nos soltamos. Mi mejilla contra la suya. Cerré los ojos y me dejé llevar por la sensación de estar flotando, inmóvil, como si no pesara. Sin hacer ningún esfuerzo ni resistirme, como si nada más existiese que el cuerpo caliente que me mantenía consigo, sosteniéndome. Con cada inspiración, mi mente se relajaba más y más. Se liberaba. Solo escuchaba mi respiración. Y la suya. Su corazón. Y el mío.

Hay personas que consiguen que el mundo se detenga, que los relojes se paren y el tiempo pierda toda su importancia. No necesitan hablar, les basta con existir para insuflarte la vida que necesitas. Solo su aliento mezclándose con el tuyo. Y te sientes completa.

El espacio entre Julien y yo estaba lleno de silencios. De espacios en blanco. De preguntas que me costaba formular. Quizá por miedo a las respuestas. Quizá por miedo a que huyera para no tener que contestarlas. Quizá porque en el fondo no quería saber absolutamente nada.

Me bastaba con sentir.

El espacio entre Julien y yo estaba lleno de todo lo que no se puede explicar con palabras.

Estaba lleno de magia.

Lo único que necesitaba en ese momento.

18

Julien subió primero a la habitación para ducharse y yo me quedé un poquito más nadando en la piscina. Los reflejos del sol me cegaban, así que me di la vuelta y permanecí flotando boca arriba con los ojos cerrados. Cuando noté que me dormía, los abrí sobresaltada.

El sol había iniciado su descenso y el azul del cielo se veía mucho más intenso. Observé las nubes, apenas unos jirones que me recordaban al algodón de azúcar cuando lo separabas con los dedos.

Me habría quedado allí para siempre, sintiéndome liviana mientras la brisa me erizaba la piel, pero la idea de acompañar a Julien al pase de esa película, de la que nunca había oído hablar, me daba la oportunidad de conocer otras facetas suyas. Y tenía verdadera curiosidad.

Entré en la habitación y me quité la toalla húmeda de las caderas. Las puertas que daban a la terraza estaban abiertas de par en par y la brisa sacudía las cortinas blancas. La voz de Julien me llegó desde fuera, parecía que hablaba por teléfono. Fui en su busca, pero me detuve al percibir tensión y disgusto en su tono, en el modo en que masticaba las palabras.

—Sé lo que dije, pero aún no estoy listo para volver... No lo sé, yo tampoco esperaba quedarme tanto tiempo... ¿Y qué quieres que diga, que estoy cometiendo un error? Uno más tampoco importa mucho, soy experto en cometerlos... Ojalá supiera qué estoy haciendo. ¡Joder! Ni siquiera sé cómo ha pasado...

Como si hubiera presentido que lo estaban observando, Julien miró por encima de su hombro y reparó en mí. Su expresión molesta se transformó de golpe en sorpresa. Forzó una sonrisa y me saludó con la mano.

—Voy a ducharme —le dije.

Asintió sin dejar de sonreír y se quedó inmóvil hasta que me di la vuelta y regresé dentro. Entonces vi a través de la ventana cómo su silueta se alejaba y volvía a hablar con quien estuviera al otro lado de ese teléfono, tan bajito que ya no pude oír nada más.

Me di una ducha rápida y me sequé el pelo mirándome al espejo, mientras en mi cabeza continuaba reproduciendo las frases que había escuchado. Sin un contexto, era incapaz de interpretarlas. Sin embargo, mi instinto me decía que los términos de esa conversación no eran buenos.

Parecía que Julien ya debería haber vuelto a alguna parte, puede que se tratase de París. Había dicho que no estaba listo para regresar. También algo sobre cometer errores y que no sabía lo que estaba haciendo. ¿Con su vida? ¿Con su trabajo? ¿Cómo iba yo a saberlo?

Pero la necesidad de descubrirlo latía muy fuerte dentro de mí. No quería que se fuera a ninguna parte, aunque eso es lo que hace la gente que está de paso por un lugar. Antes o después, se marcha. Y la presencia de Julien en Aix solo era una parada por su trabajo, eso me había dicho.

Se me formó un nudo en la garganta.

De ninguna manera quería que se fuera.

Me apliqué un poco de gloss en los labios y contemplé mi reflejo en el espejo.

Me había puesto un vestido lencero azul marino y unas sandalias con talón de pulsera y tacón. Suspiré y me obligué a apartar de mi mente todos los pensamientos negativos. Tenía la oportunidad de hacer algo diferente esa noche y quería divertirme. Disfrutar de cada momento y regresar a casa con un montón de recuerdos especiales.

Julien continuaba en la terraza. Fui en su busca y lo encontré tumbado en uno de los pufs, con un brazo bajo la nuca y el otro en el estómago. La mirada perdida en el cielo teñido de rojos, naranjas y violetas, donde comenzaban a aparecer las primeras estrellas. La mía se perdió en él.

Estaba tan guapo...

Y tan serio...

Hasta que me descubrió a su lado y una preciosa sonrisa iluminó su rostro. Apoyó los pies en el suelo y se enderezó. Sus ojos me recorrieron de pies a cabeza y el calor que vi en ellos provocó que un montón de cosquillas se arremolinaran en mi estómago. Una espiral que hizo latir ese punto sensible entre mis piernas.

Tragó saliva.

—Estás preciosa —dijo con la voz áspera.

—No tengo ni idea de cómo se viste uno en estos casos.

Se puso en pie y deslizó su mano por mi cuello hasta rodear mi nuca. Se inclinó, como si un impulso repentino se hubiera apoderado de él, y me besó en los labios.

—Qué importa eso, vas a eclipsar a todo el mundo.

Una oleada de calor inundó mis mejillas. Sonreí y él deslizó el pulgar por esa curva.

Entrelazó sus dedos con los míos.

—¿Nos vamos?

La película se proyectaba en un teatro en Puerto Viejo.

Cuando llegamos, había mucha gente esperando frente al edificio para ver a los actores y la directora. Julien le enseñó una tarjeta al personal que controlaba el acceso y estos le dieron dos pases de prensa.

Ocupamos un par de asientos en la zona destinada a los periodistas y esperamos. Al rato aparecieron los protagonistas de la película, la directora y algunos de los productores. Después de varios discursos, comenzó la proyección.

El filme contaba la historia de una pareja con una fuerte conexión, que empieza a fracturarse por una serie de malentendidos que no son capaces de resolver. Un amor interrumpido, caminos que se separan y que con el tiempo se vuelven a encontrar. Dos personas que no dejaron de amarse, tratando de restaurar esa cercanía que un día compartieron.

Mientras las escenas y los diálogos se sucedían, lo que más llamaba mi atención del argumento era la delicadeza y sensibilidad que transmitía, la humanidad y la complejidad de las relaciones, pero huyendo de lo melodramático.

Tras casi dos horas de sentimientos que incidían como flechas en mi corazón, me desbordé con el final y se me escaparon las lágrimas, extrañamente reconfortantes pese a la expectativa abierta de un futuro incierto.

El público presente estalló en aplausos.

Encendieron las luces y lo primero que noté fue el roce de la mano de Julien en mi brazo.

—¿Estás bien?

Lo miré y asentí con la cabeza a la vez que dos lágrimas resbalaban por mis mejillas. Me apresuré a limpiarlas y le sonreí. Estaba bien, mejor que bien, pero era demasiado sensible y emocional y me costaba dominar mis sentimientos cuando algo me afectaba. La palabra «contención» no encajaba conmigo. Podía frenarme durante un tiempo, pero al final, de un modo u otro, rebasaba los bordes.

Todo el mundo comenzó a ponerse en pie. El evento había terminado.

—Van a celebrar un cóctel en un restaurante cercano, ¿quieres ir? —me preguntó.

—¿Y tú?

—La verdad es que no.

—Pues vayamos a ver la ciudad, ¿te apetece?

Hizo el ademán de levantar la mano y acariciarme, pero en el último momento se detuvo y la dejó caer.

—Claro que sí —respondió sin dejar de mirarme.

Nos dirigimos a la salida, abriéndonos camino poco a poco entre la gente que se detenía a saludarse y conversar. Los *flashes* de las cámaras fotográficas y los focos deslumbraban sin importar dónde mirases.

De repente, un hombre de mediana edad nos salió al paso. Vestía un traje oscuro muy elegante y gafas con una montura de un azul eléctrico. Barba canosa y el cabello aún más blanco peinado con fijador. Me recordaba mucho a Pierce Brosnan, el actor favorito de mi padre.

—¡Julien, muchacho, ¿qué haces tú aquí?!

—Gérard, ¡qué sorpresa!

—No me digas que eres uno de los mecenas —comentó con expresión curiosa. Antes de que Julien pudiera contestar, su mirada se fijó en el pase de prensa que le colgaba del cuello y sus ojos se abrieron sorprendidos—. ¿Has venido como reportero?

—Estaba cerca de aquí y no me costaba ningún esfuerzo. Además, ya sabes que siempre me ha gustado más el trabajo a pie de calle.

El hombre asintió y le palmeó el brazo con afecto.

—Los despachos y las responsabilidades consumen el espíritu, es bueno llenar los pulmones de aire limpio de vez en cuando.

—Sí —convino Julien.

—¿Sigues escribiendo reportajes?

—Siempre que puedo y encuentro algo interesante sobre lo que escribir.

Julien le respondía con amabilidad y cariño. Era evidente que se conocían bien y desde hacía tiempo. Sin embargo, no me pasó por alto que su cuerpo estaba en tensión, como si se sintiera incómodo.

—¿Y ahora tienes algo interesante entre manos?

—No lo sé, es posible.

De pronto, el hombre se percató de mi presencia, inmóvil tras Julien. Alzó una ceja.

—Oh, no me había dado cuenta de que estabas acompañado —dijo sin apartar su mirada inquisitiva de mí.

—Gérard, me alegro de haberte visto, pero debo marcharme. Saluda a Mariam de mi parte.

—Claro, se alegrará. Saluda tú a tus padres y diles que iré pronto a París.

—Lo haré. Cuídate.

Los dedos de Julien rodearon mi muñeca y nos sumergimos en el flujo de personas que atravesaban las puertas. Una vez en la calle, vi cómo inspiraba de forma profunda un par de veces. Inclinó la cabeza y me miró. Dibujó una sonrisa, pero la tensión de sus brazos y su espalda continuaba ahí.

—¿Un amigo? —tanteé.

Julien me cogió la mano y la apretó entre sus dedos.

—Un amigo íntimo de mi padre.

—Parece que te tiene mucho cariño.

—Lo conozco desde que nací. Nunca ha tenido hijos, pero a mí y a mi hermana nos trata como si lo fuéramos —dijo en un suspiro.

—¿Tienes una hermana? —me interesé, era mi oportunidad para conocerlo un poco más.

Él arrugó la frente un momento y movió la cabeza, como si se reprendiera a sí mismo.

—Sí, se llama Marion y es un par de años mayor que yo.

—¿Te llevas bien con ella?

Se encogió de hombros y sonrió.

—No tan bien como tú con tu hermano.

—Vaya, lo siento.

Me rodeó la cintura con el brazo. Luego se inclinó y me dio un beso en la coronilla.

—¿Por qué te disculpas? No nos odiamos ni nada de eso. Es solo que... —Hizo una pausa y el aire se le escapó a trompicones—. No sé, vemos la vida de forma diferente y nuestras ideas chocan a menudo. Somos muy distintos.

Contemplé el puerto y los barcos amarrados a él, que se mecían con el suave vaivén del oleaje. Era impresionante ver cómo esa profunda y oscura ensenada se adentraba en la ciudad y el reflejo en sus aguas de la basílica de Notre-Dame iluminada en lo alto de la colina. Sobrecogía.

Mientras la brisa soplaba desde el mar y se expandía por las calles, un poco pegajosa por culpa del calor, pensé en algo muy particular que ese hombre le había dicho a Julien.

—Tu amigo parecía muy sorprendido de verte aquí, y eso que ha dicho sobre los despachos, ¿de qué iba?

Él me interrumpió con un suspiro y se plantó frente a mí. Me miró con una sonrisa enorme. Una sonrisa feliz, que yo le devolví. Hizo un puchero de lo más adorable.

—Oye, ¿tienes hambre? Porque yo me comería un elefante en este momento.

—Sí, un poco.

—Conozco un pequeño restaurante en la playa. Ya verás, te va a encantar.

Lo seguí hasta el coche, sin saber cómo tomarme o interpretar su actitud y la forma en la que había esquivado mi pregunta. Había un motivo por el que evitaba hablar de sí mismo; y lo poco que compartía no eran más que pinceladas espontáneas que enseguida cubría de blanco.

Mientras conducía a través del túnel, me lo quedé mirando con una especie de presentimiento. No sé si una duda. O quizá no fuese nada, porque, pese a todo, no lograba percibir algo malo en él que me hiciera desconfiar seriamente.

No siempre escondemos las cosas con malas intenciones. A veces, las personas se ocultan para protegerse a sí mismas. Por inseguridad. Por miedo a lo que piensen los demás. A que se asusten de nuestros secretos.

Me di cuenta de que estábamos recorriendo el camino de regreso al hotel. Iba a preguntarle cuál era nuestro destino, cuando puso el intermitente y aparcó a un lado de la carretera. Nos apeamos del coche.

—Es ahí —me dijo Julien.

Me giré hacia el mar y solo vi un tejado a ras del paseo.

Cruzamos la carretera y descubrí un edificio que daba la impresión de estar suspendido sobre el agua. Descendimos unas escaleras hasta una terraza de madera anclada sobre unos postes y parpadeé asombrada. Aquel lugar era mucho más grande de lo que se veía desde arriba. Estaba compuesto por varios espacios al aire libre y en el interior del edificio, construidos en distintos niveles y alturas, cuyas formas se adaptaban al relieve de la cornisa de rocas en la que los habían cimentado.

Nos sentamos en una de las terrazas, rodeada por un muro de piedra que apenas nos separaba del oleaje que rompía unos pocos metros más abajo. Se acercó un camarero a tomarnos nota y pedimos ensalada templada de queso con piñones y tomates, raviolis de espinacas y alcachofas marinadas.

Mientras esperábamos, eché un vistazo a mi alrededor. El lugar era muy bonito y ecléctico pese al caos de su distribución. Tomé aliento y me coloqué la servilleta en el regazo. Notaba la mirada de Julien sobre mí, intensa y persistente. Como siempre, no tenía la menor idea de qué podía estar pensando.

Iba a preguntarle cómo conocía aquel lugar, pero él se me adelantó.

—¿Te ha gustado la película?

Sonreí con nostalgia y el corazón un poco magullado por todo lo que había experimentado en esa sala de teatro.

—Muchísimo —respondí—. Me ha encantado la honestidad con la que aborda los sentimientos, de esa forma tan dolorosamente hermosa y contemplativa. La puesta en escena ha sido increíble, llena de movimiento y silencios. Y todos esos momentos idílicos de postal expresaban mucho más que los diálogos. La vida y el amor son partes esenciales de la condición humana y la directora lo ha reflejado de una manera perfecta.

Julien me miró con un destello de admiración.

—¿Sabes? No está nada mal, se te daría bien escribir reseñas.

—¿Tratas de adularme?

—No, lo digo en serio. Te ha salido muy natural.

—Solo he dicho lo que pienso.

—Por eso mismo.

El silencio nos envolvió mientras nos mirábamos.

—¿A ti te ha gustado? —le pregunté. Tenía curiosidad por saber qué pensaba él.

—Sí —respondió como si nada—. Creo que lo que más me ha impactado de la película es su belleza cinematográfica y la narrativa conmovedora de los monólogos interiores de los personajes. Aunque lo que de verdad hace que funcione es todo lo que no se dice. En eso tienes mucha razón, los silencios, las miradas, la música... ponen la piel de gallina.

Crucé los brazos sobre la mesa y me incliné hacia delante mientras lo estudiaba con los ojos entornados.

—Pero...

—¿Por qué crees que hay un pero? —se rio. Me encogí de hombros, como diciendo: «Puedo ver a través de ti». Él se pasó ambas manos por la cara—. Tienes razón. Todo el argumento gira en torno a esos malentendidos que tienen lugar entre ellos y, no sé, podrían haberse solucionado con una simple conversación en ese mismo instante. Él cree que ella se está distanciando porque se ha enamorado de otra persona y, en lugar de preguntarle, decide callarse y que sus miedos cobren fuerza. Confía en quien no debe y todos esos consejos que recibe solo empeoran las cosas. Toma decisiones que tergiversan sus sentimientos y hacen que ella se distancie de verdad. ¡Joder! Una sola conversación lo habría solucionado todo. Tan fácil como hablar las cosas. ¿No estás de acuerdo?

Pensé en ello un momento y negué con la cabeza. No lo estaba. No sabía gran cosa sobre la vida, pero sí lo complejas que podíamos llegar a ser las personas. Lo sabía por propia experiencia. La gente juzga, opina y piensa, hasta que se ve al otro lado. Cuando es a ti a quien le pasa, entonces deja de ser tan sencillo.

—Hablar las cosas no siempre es fácil y la película lo demuestra —dije en tono vacilante—. No todo es blanco o negro, existen decenas de tonalidades, Julien. ¿Qué es un mal entendido? Es una equivocación a la hora de entender algo, una mala interpretación de una situación o unas palabras. ¿Y sabes qué asusta a la gente? Equivocarse, meter la pata, quedar en ridículo o exponer sus sentimientos y que los tomen a broma o los usen para hacerte daño. Así que lo más fácil, y también peligroso, es guardar silencio y dejar que la inercia tome el mando. Cerrar los ojos a la razón y abrirle tu mente al miedo, y así es como se convierte una duda en realidad. Es muy fácil decir desde fuera yo haría esto o lo otro, pero desde dentro la perspectiva es otra muy distinta.

—Vaya...

—¿Qué?

—Eres muy lista.

Aparté la mirada y se me encogió el estómago con una sensación fea.

—No te burles de mí —le pedí.

—¿Por qué prefieres creer que me burlo de ti a pensar que soy sincero? Porque estoy siendo franco.

Alcé la vista y le sostuve la mirada. Su expresión seria no se inmutó, ni siquiera parpadeó, y pude ver que decía la verdad. Me sentí mal conmigo misma por infravalorarme siempre como primera opción.

—¿Un ejemplo gráfico de nuestra conversación? —me reí sin ganas, ya que acababa de escenificar lo fácil que era convertir la propia inseguridad en un hecho infundado y hacerlo real—. Imagino que tendré cosas buenas, como todo el mundo, pero me cuesta verlas.

Julien apoyó los codos en la mesa y suspiró mientras me miraba como si lo supiera todo de mí.

—Tienes muchas cosas buenas, Céline.

—¿Cómo lo sabes? Apenas me conoces.

—Lo sé —aseveró—. Y también sé que no tienes idea de cómo te vemos los demás. Si lo supieras, no pensarías de ese modo.

Tragué saliva y un calor sofocante inundó mis mejillas.

—¿Y cómo me ves?

Sus labios dibujaron una sonrisa cómplice.

—No solo eres preciosa y muy sexi. Eres inteligente, alegre, divertida, confiada y completamente transparente. Eres una persona buena y generosa, que no tiene miedo a expresar lo que siente. Persistente hasta decir basta y eso me vuelve loco de ti. Me fascina cómo eres capaz de abrirte sin reservas y sin medir las consecuencias. Eres todo lo que está bien, Céline. Eres especial.

Tragué el nudo que se me había formado en la garganta e inspiré de forma entrecortada.

—¿Quieres saber cómo me veo yo?

—Más que nada —susurró muy serio.

—Voy a cumplir veintiséis años y los primeros veinticinco son como un sueño irreal para mí. Mientras mis amigos estudiaban y pensaban en el futuro, e intentaban averiguar lo que querían ser algún día, yo solo me iba desprendiendo de cosas. Las fui abandonando por el camino hasta que me quedé vacía, porque adonde iba no necesitaba nada. No precisaba una carrera, un trabajo, familia, amigos, planes ni *hobbies*. Tampoco necesitaba conocerme a mí misma ni aprender a quererme. Me convertí en un cascarón, como el de un huevo. Pequeñito. Un huevo de colibrí. Algo tan diminuto que puedes pulverizarlo con un solo dedo. Puf. Así de efímero.

Julien había dicho que le fascinaba mi capacidad para abrirme sin reservas, lo que no sabía es que solo podía hacerlo con él. Era como si tuviera alguna especie de superpoder sobre mí, que me empujaba a confiarle hasta el último de mis pensamientos sin importar lo complicados o íntimos que fuesen.

—Pero no fuiste a ninguna parte y sigues aquí.

—Sigo aquí —suspiré hondo—, pero sin saber quién soy ni lo que quiero ser. Lo que me gusta y lo que no. No sé qué quiero de la vida y tampoco sé cómo dejar de ser un cascarón.

—Céline... —Sentí su voz como una caricia invisible—. ¿Quieres que te cuente un secreto?

—¿Me va a gustar?

Se le escapó una risita suave.

—Probablemente no. Es uno de esos que suenan a consejo trascendental y, si además te lo imaginas con la voz de Yoda, pierden todo su poder de convicción.

Yo también me reí.

—No importa, cuéntamelo.

—¿Sabes lo que en realidad nos define? No son las preguntas vitales como quién soy, qué quiero hacer o qué espero de la vida. Ni conseguir un buen trabajo, ganar mucho dinero y tener planificado cada momento de tu existencia. Nos define la forma en la que hacemos sentir a los demás y tú solo necesitas sonreír para que todo parezca mucho mejor.

Noté que mis ojos se cubrían con un velo acuoso. No quería entrar en otra de mis espirales emocionales de lágrimas y sensibilidad extrema, y estaba a punto.

—No he podido evitar imaginarte como Yoda.

Me reí, un poco más fuerte y descontrolada. Julien también rompió a reír y se repantigó en la silla sin dejar de mirarme.

—Mucho que aprender todavía tienes, pequeña padawan.

—¿Y vas a ser tú mi maestro?

Julien tragó saliva y se mordió el labio mientras recorría mi rostro. Apareció un brillo distinto en su mirada que me desconcertó. Dejó escapar el aire contenido, el preludio de una respuesta que nunca llegó.

19

El aire olía a mar, alcohol y ese algo escondido en el perfume de Julien, que hacía crepitar mi cuerpo como si me encontrara en las entrañas de un volcán. Me ardía la piel y el calor y el sudor no ayudaban. Tampoco la copa de vino que había tomado durante la cena.

Cerca de la medianoche, cuando la cocina cerró, todo el mundo se movió a la terraza más grande, donde un DJ comenzó a pinchar música. Pedimos dos cócteles sin alcohol y nos mezclamos con la gente. En cuestión de segundos, nos atrapó el ambiente y nos contagiamos de la atmósfera.

Nos dejamos llevar.

Al menos, yo lo hice. Dejé de pensar y simplemente permití que mi cuerpo y sus sensaciones tomaran el control. Bailé, salté y reí mientras el suelo retumbaba bajo mis pies. Rodeada de desconocidos. Sintiendo la música. El aire salado en mis labios y el sabor dulce de la bebida en la lengua. El pelo húmedo en la nuca y el roce del satén frío de mi vestido en la piel caliente.

Cerré los ojos cuando empezó a sonar una versión de *Good for You* de Selena Gomez. La idea de estar en aquel lugar por primera vez, en el que nadie sabía quién era yo, me resultaba excitante y me empujaba a ser imprudente. Atrevida.

Abrí los ojos y mi mirada se enredó con la de Julien. Le sonreí y sus pupilas se dilataron sobre mis labios. Lamí la sal que los secaba y los suyos se entreabrieron. Me acerqué a él sin dejar de mirarlo. Deslicé un brazo por su cuello y después el otro. Continué meciéndome al ritmo de la música, de su cadencia lenta y sensitiva. Noté sus manos en la cintura hasta detenerse en mis caderas. Me pegó a él, reteniéndome con la presión de sus dedos.

Se inclinó y apoyó su frente en mi sien. Su boca rozó la mía. Una suave caricia, apenas un suspiro compartido, pero que provocó un chispazo. Sus dientes atraparon mi labio y absorbí su gemido. Un soplo sonoro que me hizo abrir la boca y que mi lengua saliera a su encuentro.

Jadeé al sentir su sabor. Era incapaz de describir la sensación, solo ansiaba perderme en ella. En el deseo que respiraba, que se me atragantaba y comenzaba a quemarme.

Nos miramos a los ojos, tan cerca que podía ver las llamas que los consumían.

Envolvió con su brazo mis caderas. Su otra mano subió por mi brazo y rodeó mi cuello. Nuestros labios se encontraron de nuevo. Menos suaves, más ansiosos. Lo respiré. Menos cuerda, más instintiva. Hundí la lengua en su boca y mis manos se colaron bajo su camisa. Su piel era tan suave que mis suspiros se convirtieron en jadeos. Sin aliento, exhalé contra su boca. Julien me sujetó por las mejillas y me miró. Respiraba agitado y le temblaban las manos.

—Estoy perdiendo la cabeza.

—¿Y qué? —repliqué mientras trataba de alcanzar sus labios.

—No estamos solos.

—Pues vamos donde sí lo estemos.

—Joder... —fue lo único que dijo antes de tomar mi mano y llevarme con él a la salida.

Subimos al coche. Lo puso en marcha y salió disparado. Su reacción me hizo sonreír. Que yo fuese la causa espoleaba mis latidos.

Ladeé la cabeza y miré por la ventanilla.

No lograba que mi respiración se tranquilizara. Quizá porque sabía lo que estaba a punto de suceder y me sentía como si fuese la primera vez. Puedes haber abrazado, besado y hecho el amor infinidad de veces, que un día aparece alguien y a su lado descubres que nunca lo habías hecho de verdad. Sentir. Desear. Comprender su significado. Volverte completamente loca por un beso. Que una sola de sus caricias desate tal tormenta que todas esas veces desaparezcan como la tiza bajo la lluvia, y te conviertas en un trozo de arcilla virgen entre sus manos.

Todo era nuevo. Intenso. Descomunal.

Y no tenía ni idea de cómo manejarlo o si podría hacerlo.

Porque su forma de mirarme, como si tratara de desnudarme más allá de la ropa, me aturdía. Ya le había mostrado más que a nadie, ¿qué más podía darle?

No habíamos dicho una sola palabra desde que salimos del restaurante y nos adentramos en el vestíbulo del hotel con el mismo silencio. Subimos las escaleras y alcanzamos el pasillo. Nuestra puerta era la última. Apreté la mano de Julien mientras llegábamos. El sonido de la cerradura al acercar la tarjeta hizo que mi corazón se saltara un latido.

Nada más entrar, Julien dejó caer al suelo todo lo que llevaba en la mano. Ni siquiera se molestó en encender la luz. Me miró en la penumbra, mientras me sujetaba por la nuca con una suavidad que nada tenía que ver con la tensión de su cuerpo. Entonces, la distancia desapareció y nuestros labios se encontraron. Con más intensidad que cualquier otro beso que ya nos hubiéramos dado.

Mis manos se colaron bajo su camisa y las suyas buscaron el borde de mi vestido. Dando tumbos, cruzamos la habitación. Mi espalda chocó con la ventana y mi cuerpo quedó aplastado por el suyo contra el cristal.

—¿Estás bien? —preguntó con la voz ronca.

—Sí, no pares.

Mis caderas se balancearon a su encuentro. Él dejó escapar un gemido, que atrapé entre mis dientes. Me estremecí. Comencé a desabrocharle la camisa con dedos torpes, después la saqué por sus brazos y cayó al suelo. Me tomé un momento para contemplarlo. Tragué saliva y, muy despacio, dibujé con las puntas de los dedos las líneas de su abdomen. Notaba su mirada sobre mi rostro, la respiración convertida en un jadeo ahogado. Sus músculos tensándose allí donde lo acariciaba.

Con la misma lentitud, él bajó la cremallera de mi vestido. Empujó un tirante, después el otro, y la prenda resbaló hasta arremolinarse en mis tobillos. Sus ojos se deslizaron por mi cuello hasta mis senos desnudos. Sentí su sonrisa.

Con su dedo dibujó una espiral en mi ombligo y ascendió en línea recta. Cuando rozó mi cicatriz, contuve el aliento. Se inclinó muy despacio y posó sus labios en el centro de mi pecho. Luego trepó hasta mi cuello, dejando a su paso una estela de pequeños besos. Enredé las manos en su pelo y cerré los ojos. Su aliento sobre mi piel me estremecía y me provocaba.

Rozó con los dientes el lóbulo de mi oreja y sus labios húmedos pronunciaron mi nombre.

El colchón tembló bajo nuestro peso.

Julien me miró desde arriba y me apartó un mechón de la cara. Me acarició la mejilla con el dorso de la mano, de una forma tan dulce que sentí que me derretía. Después el brazo, las costillas, el vientre y el borde de mi ropa interior. Todo desapareció cuando su mano se adentró bajo la tela.

Me arqueé y sus caricias me hicieron apretar los dientes para contener los sonidos que trepaban por mi garganta. Nuestras piernas se entrelazaron mientras sus caderas se mecían contra las mías, arañándome con la tela de sus vaqueros, multiplicando por mil cada sensación.

También el miedo, porque estaba descubriendo algo que nunca antes había vivido. Que me superaba por segundos y no sabía afrontar. Solo podía soportarlo sin perder la cabeza. El placer que se enredaba en cada terminación nerviosa. Las palabras sin sentido cuando mi cuerpo se liberó contra las puntas de sus dedos.

Lo besé. No quería dejar de hacerlo.

Busqué el cierre de sus pantalones.

De repente, su mano me detuvo.

—Espera, no tengo condones.

—No pasa nada, podemos llegar al final otro día.

Me bastaba con tenerlo entre mis manos y hacerlo sentir tan bien como él a mí.

Me miró con la respiración temblorosa y una mueca en el rostro. De un bote, saltó de la cama.

—No te muevas de ahí, vuelvo enseguida —me pidió mientras recogía su camisa del suelo.

—¿Adónde vas?

—Hay una farmacia a doscientos metros.

Pestañeé sorprendida y le eché un vistazo al reloj digital que había sobre un estante.

—Julien, son las dos de la mañana.

—Había luz cuando volvíamos.

Y sin más, se largó.

Me dejé caer en la cama, intentando entender qué acababa de pasar. Una parte de mí se sentía estafada y molesta. La otra empezaba a partirse de risa. Me cubrí la cara con las manos y rompí a reír. Contemplé el techo, los brillos dorados que los faroles de la terraza proyectaban en su superficie. En mi cuerpo aún podía sentir el eco y la humedad del orgasmo.

Había sido perfecto.

Rodeada de penumbra, parpadeé para no dormirme.

Lo intenté, pero en algún momento, simplemente, ocurrió.

El ruido del agua cayendo en el baño me despertó con un sobresalto. Giré la cabeza y vi en la penumbra la sombra de Julien dentro de la ducha. Miré el reloj, solo habían pasado quince minutos desde que había salido corriendo. Rocé algo con los pies. Lo palpé y sonreí al intuir de qué se trataba. Los había encontrado.

Sentada, me abracé las rodillas sin dejar de mirar la ducha. Los minutos pasaban, pero él no parecía tener prisa por salir. Ni siquiera se movía, solo estaba allí, bajo el agua. Muy quieto. Preocupada, me levanté de la cama y fui en su busca. No se percató de mi presencia hasta que abrí la puerta de cristal y me colé dentro. Lo abracé por la espalda y todo su cuerpo se tensó. Aplasté mis labios contra su piel.

Llenó el pecho de aire y se dio la vuelta. Alcé la barbilla para mirarlo y distinguí unas profundas arrugas que surcaban su frente.

—¿Qué pasa? —le pregunté.

Agachó la cabeza, vacilante. Tras un instante, volvió a mirarme. Sus latidos volaban bajo las palmas de mis manos.

—Hay algo que creía que no me importaba, pero me he dado cuenta de que sí lo hace.

—¿Qué es?

—¿Estás haciendo todo esto conmigo para superarlo a él? ¿Para olvidar a tu ex?

El corazón me dio un vuelco.

—¡No! —respondí sin vacilar. Le tomé el rostro entre las manos—. Ni siquiera pienso en él, te lo aseguro. Entre tú y yo no hay nadie más.

—¿De verdad? —preguntó, aún dudando.

Se me escapó una risita. Me desarmaba constantemente con su continua dualidad, con su personalidad cambiante. La dulce y la distante. La impenetrable y la vulnerable. La firme y la indecisa.

Me puse de puntillas y alcancé sus labios. Lo besé.

—De verdad.

Cerré los ojos cuando su mano me acarició el trasero.

—Demuéstramelo —me dijo al oído.

Y eso hice, con más ingenuidad que coraje. Con más instinto que experiencia.

Entre sábanas mojadas. Desnudos. Nuestros cuerpos parecían hechos el uno para el otro. Encajaban como dos piezas perfectas, empeñadas en fundirse. Sintiéndolo todo. Lo real y lo difuso. Descubriendo y memorizando. Conectando. De todas las maneras posibles. Con la sensación de estar disolviéndose poco a poco. Envueltos en calor. Hasta que el placer nos golpeó como un tsunami.

Me derrumbé sobre él, temblando por dentro y por fuera.

Julien me cobijó con sus brazos.

Podía sentir sus latidos, tan fuertes como los míos.

Marcando el mismo ritmo.

Cerré los ojos, con sus dedos acariciando mi espalda.

Nunca nadie me había hecho sentir así.

Tan libre. Tan viva.

Tan llena de tanto.

20

Después de que regresáramos de Marsella, Julien y yo hacíamos todo lo posible para vernos cada día. Unas veces para almorzar y otras, unos minutos robados en un parque cuando nuestros trabajos nos lo permitían. Noches en las que éramos incapaces de dormir, porque nos resultaba imposible quitarnos las manos y los labios de encima.

«Creo que me estoy enamorando», pensé con la mirada perdida en el jardín de mi casa.

No estaba segura. No lo tenía claro. Sin embargo, nunca antes me había sentido de ese modo, aunque no era capaz de definir lo que sentía. Solo sabía que me perdía por completo dentro de mi cabeza, donde él ocupaba todo el espacio. Me quedaba embelesada con su rostro cuando estábamos juntos y mi corazón se expandía hasta ocupar una galaxia entera cada vez que me abrazaba. En ocasiones, estaba segura de que echaría a volar por culpa de las mariposas que vivían en mi estómago.

Pero si no era amor, ¿qué era?

Suspiré, cansada de darle tantas vueltas a la cabeza.

Abrí sobre la cama el paquete que acababa de llegar con las fotos que Julien me regaló y que llevé a enmarcar unos días antes. Tras decidir dónde iba a colocarlas, fijé en la pared varios ganchos, de los que se colocan con tiras adhesivas para no hacer agujeros.

Colgué las fotografías y di unos cuantos pasos atrás. Tomé una captura con mi teléfono, quería que Julien viera lo bien que quedaban en la pared. Después abrí el cajón de la cómoda y coloqué dentro la caja con los ganchos que habían sobrado. Cuando iba a cerrarlo, bajo un fular, vi la esquina de algo que había ocultado allí a propósito. Inspiré hondo y saqué el álbum de recuerdos que durante meses había estado preparando para regalarle a Mathis por su cumpleaños.

Lo llevé hasta la cama y lo abrí sobre mi regazo. Despacio, fui pasando las hojas. Contemplé las fotos, todos los momentos especiales que contaban nuestra historia y sus fechas. Los detalles que durante años fui guardando: una servilleta de nuestra primera cita, el envoltorio de un caramelo, entradas de cine, una flor seca...

Mentiría si dijera que no sentí nada, porque no fue así. Al contrario, sentí dolor, decepción, disgusto, melancolía, tristeza y otras muchas emociones, pero no anhelaba poder volver atrás ni cambiar las cosas. No lo echaba de menos.

Cerré el álbum y lo tiré a la papelera. A continuación, comencé a abrir cajones y armarios y saqué todas las cosas que en algún momento Mathis me había comprado o regalado (ropa, accesorios, perfumes, peluches) y las metí en una bolsa. Luego me deshice de las fotos, vídeos, cartas y otros recuerdos que fui encontrando. No tenía sentido que los conservara.

Al fin y al cabo, las relaciones pasadas se acaban transformando en un puñado de vagas memorias condenadas a desaparecer, las malas antes que las buenas. Así funciona el tiempo, las heridas dejan de doler y las cicatrices se funden con la piel.

Llevé las bolsas a los contenedores de reciclaje, que se encontraban a un par de calles, y las deposité sin ninguna vacilación. Después, solo respiré y noté que bajo el peso del aire se deshacía la última emoción atascada en mi pecho, el último nudo que me unía a Mathis.

Regresé a casa dando un paseo, sin ninguna prisa.

Últimamente tenía la sensación de que el mundo giraba acelerado y necesitaba una pausa, aunque solo durase unos minutos, para moverme despacio y fijarme en esas cosas sencillas que ya no notaba. Como el olor de la ropa limpia que colgaba de los balcones, el delicioso aroma de un asado que escapaba de una ventana, unos niños que jugaban a la pelota en medio de la calle. En alguna parte, un bebé lloraba desconsolado. Alguien sin mucho oído tocaba una trompeta.

La vida está hecha de pequeños momentos. Esos son los que perduran en nuestra mente, los que recordamos al mirar atrás, cuando hacia delante ya no hay adónde ir. Lo sabía mejor que nadie.

—Céline, vamos a comer —gritó mamá desde la cocina cuando me oyó entrar.

Me lavé las manos y me senté a la mesa, al lado de papá. Me dedicó una sonrisa.

—¿Haciendo limpieza? —me preguntó con toda la intención.

—Me estaba quedando sin espacio.

—Muy bien, hija, muy bien.

Soltó una risita y me pasó una fuente colmada de *nasi goreng,* un arroz frito con pollo, huevo, curri y verduras. Acerqué la nariz para olerlo y mi estómago comenzó a rugir. Era mi plato favorito.

—¿Lo ha enviado la abuela?

—Lo ha preparado especialmente para ti.

Llené mi plato y esperé a que mamá se sentara con nosotros.

Empezamos a comer. Miré el cuarto plato que había sobre la mesa.

—¿Dónde está Tristan? —quise saber.

De repente, se oyó un portazo y un segundo después mi hermano entró como un vendaval.

—¡Vais a flipar con esto! —empezó a decir mientras abría una revista y nos la mostraba—. *Icône Magazine* ha publicado un artículo sobre el grupo y el concierto que dimos la otra noche. Mirad el titular: «We are Dragons, el nacimiento de una futura leyenda». Y continúa diciendo: «La esencia auténtica y honesta del grupo se refleja en su música, con un sonido que evoca el *rock* americano de finales de los noventa y temas que nos sumergen en un completo espectro de emociones, con el amor como principal protagonista. We are Dragons, con la crudeza y calidad de sus canciones, va camino de convertirse en una de las bandas más importantes del panorama nacional». —Inspiró hondo, sin dejar de sonreír como un lunático—. Es una locura. ¡Una puta locura!

—Tristan, esa boca —saltó mi madre.

—Mamá, ¿no entiendes lo grande que es esto? *Icône* es una de las revistas más importantes que se publican hoy día. Está al nivel de *GQ* o *Esquire*, más aún. Si hablan de ti es porque eres alguien, y han escrito un artículo sobre nosotros. ¡Sobre tu hijo!

—Lo sé, cielo. ¡Felicidades!

—¡Enhorabuena! —lo felicité.

Me reí al verlo tan feliz y emocionado.

Papá tomó la revista y le echó un vistazo al artículo. Me incliné sobre su brazo para poder verlo. Ocupaba toda la página y había fotos increíbles de esa noche, acreditadas por la propia sala de conciertos. Mi mirada voló a la página contigua, donde hablaban del estreno de la película al que acompañé a Julien. Parpadeé sorprendida, no podía ser una mera coincidencia. Busqué la firma del autor y vi las iniciales J. L. en las dos reseñas.

—No me lo puedo creer —exclamé.

—¿Qué? —preguntó papá.

—Julien es quien ha escrito el reportaje.

—¿Tu amigo? —intervino mi hermano. Asentí y él sacudió la cabeza con un gesto de reconocimiento—. Empieza a caerme bien ese tío.

—¡Serás falso!

—¿Dijiste que trabaja para distintas publicaciones? —se interesó papá mientras continuaba ojeando la revista.

—Algo así me comentó. ¿Por qué lo preguntas?

—Por nada en particular. Solo me resulta curioso que no firme con su nombre completo. A todo el mundo le gusta que reconozcan su trabajo.

Le sostuve la mirada un momento y volví a contemplar las dos iniciales que cerraban cada artículo. Desde su punto de vista, papá tenía razón. Sin embargo, yo empezaba a conocer a Julien y era una persona muy discreta, a la que le bastaba con realizar su trabajo con la mejor profesionalidad. Además, parecía que le iba bien y vivía cómodamente, quizá no necesitase más.

—¿Puedo quedarme con la revista? —le pregunté a Tristan.

—Claro, he comprado todas las que había en el quiosco.

Mamá hizo un ruidito con la garganta.

—No tienes arreglo.

Terminamos de comer y pasé la tarde organizando y limpiando mi habitación. Una vez que abrí ese cajón donde guardaba el álbum, ya nada pudo detenerme y me dejé llevar por el frenesí y la necesidad de convertir todo lo que me rodeaba en una página en blanco. Así es como se comienza de nuevo, ¿no? Desde cero.

Cambié los muebles de lugar y me deshice de más ropa y recuerdos, con la seguridad de que no iba a arrepentirme. Me sentía preparada para romper con el pasado y avanzar desde un nuevo principio. ¿Hacia dónde? Ni idea, pero lo importante no era el destino —al menos, de momento—, sino trazar un rumbo y ver adónde conducía. Siempre podría cambiar de dirección más adelante.

A última hora de la tarde, me di una ducha y me dirigí al centro. Compré una lasaña y tiramisú para llevar en un restaurante italiano en la calle Boulegon, y una botella de vino tinto en una bodega cercana, de la que salí completamente asustada por el precio.

Ser pobre es muy triste.

Me encaminé a la casa de Julien cargada con las bolsas. No le había avisado de que iría, quería que fuese una sorpresa. Sin embargo, conforme me acercaba, presentarme sin más ya no me parecía tan buena idea. Cabía la posibilidad de que no se encontrara en casa, o que estuviera ocupado, o que le apeteciera estar solo.

Llevaba unos minutos parada frente a la puerta del edificio, cuando esta se abrió y apareció una mujer con un chihuahua. Dejé de dudar y entré. Subí las escaleras y llamé al timbre. Se oyeron unos pasos y el chirrido de la puerta. Julien apareció al otro lado con un pantalón de pijama, una camiseta que había conocido tiempos mejores y unas gafas colgando de la punta de su nariz. ¡Dios, qué guapo era! Tragué saliva y noté el rubor inevitable de mis mejillas.

Me miró sorprendido.

—¡Hola! —saludé.

—¡Hola! ¿Qué haces aquí?, no te esperaba.

—Eso ya lo veo —me reí y señalé su atuendo.

Él se puso rojo y agachó la cabeza un momento. Luego dio un paso adelante y me rodeó con sus brazos.

—Tenía mucho trabajo acumulado, llevo aquí todo el día —susurró con los labios pegados a mi frente—. ¿Qué es todo esto? —preguntó al percatarse de las bolsas.

—La cena. He comprado lasaña, tiramisú y un vino que cuesta la mitad de mi sueldo. Así que ya puede estar bueno.

Julien rompió a reír y me arrastró dentro de la casa.

—No tenías por qué hacerlo.

—Me apetecía —repliqué mientras entraba en la cocina y dejaba las bolsas sobre la mesa—. Además, quiero agradecerte una cosa.

Él pestañeó confuso. Abrí mi bolso y saqué la revista.

—Gracias por el artículo sobre mi hermano.

Julien sacudió la cabeza y me miró con tanto cariño que me estremecí.

—No tienes que dármelas. Él y su grupo son muy buenos y se merecen ese espacio.

—Aun así, gracias. Tristan está como loco, jamás lo había visto tan feliz por algo.

Julien frunció el ceño.

—¿Cómo has sabido que era mío?

—Por la reseña de la película. Incluso has escrito algunas de mis reflexiones. Cuando las he leído, no he podido evitar pensar: «¿Yo dije esto?».

—No mentía, se te da bien.

Nos miramos en silencio y noté una emoción intensa apretujándome el pecho. Lo que había entre nosotros era mucho más que atracción sexual y una conexión física. Entre nosotros germinaba algo mucho más intenso y profundo. Podía notarlo aflorando de forma lenta, pero constante. Echando raíces. Trepando un poco más cada día.

—¿Vamos a cenar? —propuso.

Cubrí la mesa baja del salón con un mantel y coloqué platos, copas y cubiertos. Después ayudé a Julien a llevar toda la comida. Él descorrió las cortinas y abrió la ventana para refrescar la habitación. Puso música en su teléfono, que comenzó a sonar a través de uno de esos altavoces pequeños e inalámbricos. Se sentó a mi lado, en el suelo. Primero descorchó la botella de vino y llenó las copas y, a continuación, sirvió la lasaña en los platos. Recorrió la mesa con la mirada y sonrió satisfecho.

—Tiene muy buena pinta.

—Pues ya verás cómo sabe. —Julien hundió el tenedor en la comida y se llevó un buen trozo a la boca. Gimió extasiado. Me reí al ver cómo cerraba los ojos tras esas gafitas tan monas—. ¿Y bien?

—Está increíble.

Empezamos a comer en un agradable silencio. Esa era otra de las cosas que me gustaba de nosotros, lo cómodos y naturales que fluíamos cuando estábamos juntos. No necesitábamos llenar de palabras el aire. Solo estar. Ser.

—Por cierto, he conocido a tu pequeño vecino. —Julien me miró sin entender y yo musité un «guau». Chasqueó la lengua al darse cuenta de a qué me refería—. ¿Cómo pueden darte miedo? Los perritos pequeños son adorables.

—Yo nunca dije que me dieran miedo. Dije que no me entusiasmaban. La mayoría son ruidosos, demasiado nerviosos, y ladran y gruñen como si estuvieran poseídos.

—¿Y qué problemas tienes con las palomas?

Julien amusgó los ojos y a mí se me escapó una risita nerviosa.

—No me gustan. Punto.

Solté una carcajada y él me dedicó una sonrisa sincera, una de esas que no se le conceden a cualquiera.

—Deberías escribir algo sobre tus fobias, puede que acabes ayudando a otras personas —continué picándolo.

—Yo no tengo fobias.

—Llamémosle aversión.

—¡Es lo mismo! —exclamó indignado.

—Hay ciertos matices de diferencia —apunté.

—¿Sabes? Te la estás jugando.

Compuse mi expresión más inocente y bebí un trago de vino. Él me miraba desafiante y a mí me estaba costando la vida no estallar en carcajadas. Sin previo aviso, imité el arrullo de una paloma, aunque soné más como un pavo resfriado.

—Te avisé.

En un abrir y cerrar de ojos, se abalanzó sobre mí.

Chillé muerta de risa y traté de alejarme a gatas. Sentí una mano en el tobillo, un tirón, y me vi arrastrada bajo su cuerpo. Comenzó a hacerme cosquillas por la cintura y la tripa y a darme mordisquitos sin ninguna piedad en cada trocito de piel que encontraba. Estallé en carcajadas. Intenté liberarme, pero las fuerzas me abandonaban por momentos y me dolían los costados de tanto reír.

—Me rindo, me rindo... —jadeé sin aliento.

Julien se detuvo y me miró desde arriba a través de sus pestañas. Me quedé atrapada en su rostro, en el rubor que teñía sus mejillas. Alcé la mano y dibujé sus labios con las yemas de los dedos. Se rio en silencio. Sus ojos oscuros brillaban y parecían muy felices. Se dejó caer sobre mí con un suspiro y escondió la cara en mi cuello. Su respiración me hacía cosquillas en la piel. Lo abracé mientras con una mano le acariciaba la espalda suavemente y con la otra peinaba sus rizos oscuros.

Cerré los ojos y saboreé la sensación de tenerlo junto a mí.

Pensé en lo feliz que me hacía que su camino se hubiera cruzado con el mío.

Quizá fue cosa del destino, que decidió unir a dos personas que se necesitaban sin saberlo.

Tal vez fue una simple casualidad. O esa magia en la que me gustaba creer.

Quizá solo se trataba de algo mucho más sencillo. O puede que no tanto, porque a veces tenía la sensación de que Julien había llegado a Aix escapando de algo.

Había muchas cosas de las que no estaba segura y no pasaba nada, mientras él se quedara a mi lado. Podía esperar todo el tiempo que necesitara, no tenía prisa, hasta que estuviera listo para abrirse conmigo. Aun así, a mi manera, continuaba intentándolo.

—¿Qué te trajo a Aix? —pregunté en voz baja.

Julien dejó de respirar durante unos segundos. Inspiró hondo y acomodó la cabeza sobre mi pecho.

—Vine por Cézanne.

—Todo el mundo viene a esta ciudad por Cézanne.

—Por algo fue uno de los pintores franceses más significativos y es considerado el padre del arte moderno.

Puse los ojos en blanco, no pensaba dejar que se fuese por las ramas.

—Lo que quiero saber es qué te trajo aquí realmente. Algo me dice que Cézanne solo fue la excusa que necesitabas.

—¿Ese algo te dice cosas a menudo?

—La verdad es que no, pero cuando lo hace suele estar en lo cierto.

Me cogió de la mano y entrelazó sus dedos con los míos.

—¿Qué voy a hacer contigo? —susurró en tono resignado y sentí una opresión en el pecho.

—Puedes contarme la verdad, no voy a juzgarte.

Se llevó mi mano a los labios y me besó los nudillos. Después aspiró una bocanada de aire.

—Me estaba asfixiando —murmuró. Se movió hasta

tumbarse de espaldas a mi lado y se quedó mirando el techo—. Ni siquiera sé cómo pasó, ocurrió poco a poco. Para mí, París es la mejor ciudad del mundo. O lo era, porque un día comenzó a molestarme el ruido, la gente, las prisas. No soportaba las luces ni los edificios amontonados, tampoco el aire y los olores que flotaban en él. Empecé a detestar mi casa y cada cosa que había en su interior. La presión del día a día se volvió insoportable y trabajar conmigo se convirtió en un problema. Estaba perdiendo el control de mi vida, no dejaba de cagarla. Así que, cuando comencé a herir los sentimientos de la gente que quiero, me di cuenta de que debía hacer algo.

Me puse de lado, con el codo apoyado en el suelo, para poder ver su semblante.

Sus ojos se habían vuelto tristes y estaban fijos, como si estuviera recordando algo de gran trascendencia.

—Suena a que estabas pasando por una profunda depresión.

—Eso parece.

—¿Y ahora estás bien?

Me miró y una tímida sonrisa asomó a sus labios.

—Creo que sí.

Apoyé la mano en su pecho y jugueteé con los botones de su camisa.

—¿Y por qué Aix-en-Provence?

—Me llegó un reportaje de un periodista novato que debía revisar. Me sabe fatal decir esto, pero era una mierda. Se notaba que el tema no le interesaba y se esforzó lo justo para salir del paso. Lo descarté, llené una bolsa con ropa y vine a escribirlo yo.

Sonreí. También era un perfeccionista.

Lo miré, esperando que me contase algo más, pero se quedó en silencio y cerró los ojos. De su postura relajada emanaba una sensación de calma contagiosa. Todo el mundo se compone de cierta luz y cierta oscuridad en su interior. Lo que marca las diferencias es cuánto hay de una y otra, qué parte predomina. Julien siempre me había mostrado su luz. Sin embargo, a veces me parecía entrever algunas sombras.

Estudié su rostro, con el runrún de algo que había dicho molestando dentro de mi cabeza.

—Julien...

—¿Mmmm?

—Entre esas personas a las que quieres y a las que heriste sus sentimientos, ¿hay alguien esperándote? —pregunté inquieta y un poco celosa.

Julien giró la cabeza y me miró. Sus ojos se abrieron preocupados al comprender a qué me refería.

—¡No hay nadie! —exclamó apresurado—. Llevo mucho tiempo solo y mi intención era seguir así indefinidamente.

Una oleada de alivio me devolvió el aliento.

—Vaya, indefinidamente.

—Ajá. Pero he conocido a una chica muy tenaz, que se ha empeñado en ser mi amiga.

—Una chica, ¿eh?

Él alargó la mano y tomó un mechón de mi pelo entre sus dedos. Lo acarició mientras me contemplaba como si yo fuese la única persona en el mundo que quisiera.

—Nunca he conocido a nadie como ella —musitó.

—¿Y cómo es?

—Como el nacimiento de una estrella, todo energía y luz. Brilla tanto que es imposible no verla, y una vez que te fijas en ella ya no hay nada que puedas hacer para ignorarla.

Mi corazón comenzó a hacer piruetas dentro de mi pecho. Adopté una expresión de suficiencia.

—Parece que te gusta mucho.

—¿Eso parece?

—Yo diría que te gusta mucho.

—¡Qué segura!

Me mordí el labio y contemplé sin ningún disimulo la excitación bajo sus pantalones.

—Es muy eviden...

Me interrumpió con un inesperado y ardiente beso en los labios.

—No tienes idea —se rio.

Le di un golpecito en el pecho y me dejé caer de espaldas con una sonrisa enorme.

Julien me miró desde arriba. Sus ojos bajaron de mi rostro a mis caderas, recreándose en el camino. Posó su mano en mi cintura y sus dedos se aventuraron bajo mi camiseta. Cerré los ojos. Rozó mi ombligo y deslizó el pulgar hasta el borde de mi ropa interior. Tragué saliva cuando resbaló entre mi piel y el encaje. Ahí, justo ahí. Contuve el aliento y me dejé hacer. Su respiración en el cuello me estaba volviendo loca mientras tiraba de mis pantalones y me los quitaba.

Suspiré. El corazón me latía deprisa y el aire tropezaba en mi garganta. Enredé las manos en su pelo y gemí bajito al sentir sus dientes en mi labio inferior. Su lengua. Noté el peso de su cuerpo acomodándose entre mis piernas. Las abrí por puro instinto y me estremecí al sentirlo tan firme bajo los pantalones.

Lo ayudé a quitarme la camiseta.

Me sujetó la barbilla con los dedos y la alzó un poco antes de besarme. Un beso intenso y posesivo, destinado a borrar cualquier otro pensamiento, excepto el hecho de que su aliento me quemaba mientras dibujaba un camino por mi cuello y bajaba hasta el pecho.

Caricias que descubren y memorizan.

Que despertaban la piel y buscaban mis puntos sensibles.

—Julien... —murmuré cuando su mano se hundió más profundamente en el hueco entre mis piernas y su cuerpo duro. Tan cálido y sólido. Roces certeros y movimientos precisos, que quebraban mi respiración y contraían mis músculos.

Me aferré a su cuello y gemí.

Hay algo mágico en desnudarse por dentro y por fuera, con la persona a la que solo quieres susurrarle «para siempre» al oído. Que se pierda en tus vértices. Llevarte su sabor en la boca. Besando lunares y lamiendo huellas. Acariciando lento. Dos cuerpos chocando como dos galaxias que tratan de fundirse y se muerden de tantas formas como les dicta la imaginación.

Y las ganas.

Que no se sueltan mientras se dejan ir y todo se derrite en su interior.

Mientras recuperan la respiración y se abrazan antes de volver a empezar.

21

El día que por fin cobré mi primer sueldo de la librería, decidí irme de compras. Hacía mucho tiempo que no me tomaba una tarde sin hacer absolutamente nada, excepto pensar en mí. Me perdí un rato por el centro, mirando escaparates, y acabé comprando algunas prendas ligeras para soportar el calor.

Por último, entré en la tienda de jabones, perfumes y cosméticos donde adquiría todos mis productos. Era un local pequeño y siempre estaba lleno de gente. Tomé una de las cestitas que se apilaban en la entrada y primero eché un vistazo a las ofertas. Después me mezclé con los clientes, probando muestras de cremas para el rostro y aceites corporales.

Me detuve donde estaban los perfumes y busqué el que yo solía usar.

No lo encontré.

Me acerqué a la dependienta.

—Disculpa. —Alzó la vista de una caja con sales de baño que estaba envolviendo para regalo—. ¿Tienes el perfume Flores de Cerezo?

—¿No hay en el expositor?

—No he visto ninguno.

—Queda alguno en el almacén, iré a buscarlo.

—Gracias.

Sobre el mostrador había varios cestos de rafia llenos de jabones, envueltos en papel y rematados con un cordón de cáñamo. Cogí uno que, según la etiqueta, estaba hecho con ruibarbo y albahaca, y me lo llevé a la nariz. Inspiré y mis pulmones se llenaron de un aroma cítrico y un poco afrutado.

—Huele bien, ¿verdad?

Palpité ante su voz al momento. Una reacción instintiva.

A mi lado estaba Mathis. Levanté la vista y lo miré. Me dedicó una sonrisa, tensa e insegura, y una sensación incómoda se apoderó de mí. Pensé en darme la vuelta y marcharme. Sin embargo, no quería ser la clase de persona que huye de lo que le hace daño, sino la que lo enfrenta y avanza para sentirse mejor. Cerrar los ojos no hacía que las cosas desaparecieran.

Cogí aire.

—Sí, tiene un olor agradable.

—¿Qué tal estás? —preguntó con cautela.

—Las cosas me van bien.

—¿Y qué tal por la librería?

—Genial, siempre está llena.

—Me alegro. Saluda a tu madre de mi parte.

Pestañeé y negué con la cabeza.

—Mejor no.

—Sí, tienes razón —replicó en tono de disculpa.

Los ojos de Mathis recorrieron mi rostro con una ternura que me hizo volver al pasado de golpe, solo que ahora ya no me hacía sentir nada.

—Dicen que estás saliendo con alguien.

Me tensé de pies a cabeza.

—No creo que eso sea algo que deba hablar contigo.

—Entonces, ¿es verdad?

—Mathis... —le rogué para que no continuara.

—Me preocupa que no sea alguien de fiar y acabe lastimándote.

—¿De verdad acabas de decir eso? ¿Precisamente tú? —le espeté.

Me sonrió con pena y con la culpa que no era capaz de disimular.

En ese momento, apareció la dependienta y dejó sobre el mostrador el perfume.

—Lo encontré. ¿Necesitas algo más?

—Cóbrame también estas cosas. Con tarjeta, por favor.

Tras pagar, tomé la bolsa y el *ticket*.

—¿Puedo ayudarte en algo? —le preguntó la dependienta a Mathis.

Yo aproveché ese instante para dirigirme a la salida. Había recorrido un par de metros, cuando él me alcanzó.

—Céline.

Me detuve y lo enfrenté con la poca paciencia que me quedaba.

—Mathis, escucha, estoy tratando de comportarme como una persona adulta y educada, pero sin más. No tengo nada que decirte y dudo que haya algo de lo que tengas que hablar conmigo.

—En realidad, sí lo hay. ¿Irás al cumpleaños de Pascal? —quiso saber.

La pregunta del millón.

Un par de días antes, Pascal había enviado un mensaje al chat grupal invitándonos a todos a celebrar su cumpleaños. No respondí en ese momento, ya que no estaba segura de qué hacer, y continuaba sin estarlo. Una parte de mí quería ir a la fiesta y pasar tiempo con mis amigos. Apenas nos veíamos, parecía que a nuestros horarios les costaba coincidir. Aunque, desde que salía con Julien, debía admitir que no me estaba esforzando lo suficiente. Si se le podía llamar salir a lo que hacíamos.

Por otro lado, aún no me sentía capaz de ocupar el mismo espacio que Inès y Mathis y hacer como si nada, cuando la simple idea disparaba a la estratosfera mis niveles de ansiedad.

—No lo sé —respondí con sinceridad.

—Pues deberías, Pascal te quiere. Todos te quieren, Céline, y no sería justo para nadie que no asistieras. Más aún si es por mi culpa. Así que ve, por favor. Yo trataré de no incomodarte. Ni siquiera te darás cuenta de que estoy allí.

Tragué sus palabras y las digerí. Me dije que solo estaba tendiéndome una mano para que las cosas fuesen más cómodas entre todos. Sin embargo, me costaba asumir esa posibilidad. Por instinto, rechazaba todo lo que salía de su boca y lo cuestionaba. Me había engañado durante tanto tiempo que solo podía desconfiar.

—No estarás tratando de usar ese cumpleaños como excusa para acercarte a mí, ¿verdad? Porque si se te ha pasado por la cabeza que tú y yo...

—Te juro que esa no es mi intención —me interrumpió. Se pasó las manos por el rostro y suspiró—. Sé que no será fácil, pero me gustaría que con el tiempo pudiéramos llevarnos bien. No hablo de ser amigos. Aunque espero que algún día ocurra, porque yo te quiero, Céline, y no deseo que desaparezcas de mi vida. Yo... yo me conformo con que no me evites o me trates como a un extraño.

—No tienes derecho a pedirme nada —le recriminé.

—No lo hago solo por mí, también pienso en nuestros amigos. No quiero que tengan que elegir o dividirse porque no somos capaces de tolerarnos. Tampoco me parece bien que uno de nosotros deba sacrificarse y perderlos.

Pensé en nuestros amigos y supe que en el fondo Mathis

tenía razón. Ni en el peor momento tras la ruptura, alejarme de la gente a la que quería fue una opción. Ellos no eligieron esta situación. Así que puestos a sacrificar algo, prefería ser yo la que cediera para que el grupo se mantuviera unido.

Asentí despacio.

—Está bien.

—¿Eso significa que irás?

—Es posible. Lo pensaré.

—De acuerdo —aceptó y una sombra triste cruzó su mirada.

—Tengo que irme.

Mathis reaccionó dando un paso atrás. Me miró con una pequeña sonrisa.

—Sí, yo también. Cuídate mucho, Céline.

—Adiós.

Asintió y dio media vuelta. Lo vi desaparecer entre la gente.

Continué mi camino con un nudo muy apretado en la garganta y el deseo de que la vida tuviera un botón de pausa. Un botón que lo paralizara todo para poder mirar a mi alrededor sin prisa y comprobar si era yo la que decidía el rumbo o eran mis pies los que se dejaban llevar por otros. Si mis decisiones nacían de mí o solo eran una proyección.

22

No importa lo mucho que hayas sufrido o el daño que te hayan hecho. No importan las veces que te hayan roto el corazón ni las barreras que hayas construido a su alrededor. Tampoco las dudas ni los miedos. Pese a todo, seguimos perdonando, u olvidando, depende.

Porque cansa estar enfadado. Cansa la negatividad. El resentimiento es como una nube negra de humo que no te deja ver ni respirar. Una sombra que oscurece el futuro por culpa de un pasado que solo aprieta y resta.

El odio agota más que cualquier otro sentimiento. Te devora y consume.

Yo estaba cansada de apretar los puños.

De decirme a mí misma nunca más.

Cuando mi esencia era de un verde esperanza.

Quizá. Puede. Algún día.

Esas palabras me hacían ser más yo.

Creemos que olvidar y perdonar nos hace débiles y tontos.

Todo lo contrario.

Hay que ser muy valiente.

23

Miré el reloj. Faltaban unos quince minutos para que Julien viniera a buscarme. Estaba nerviosa por el cumpleaños de Pascal, iba a ser la primera vez en mucho tiempo que vería a Inès. La primera vez que Mathis, ella y yo estaríamos juntos en un mismo lugar sin posibilidad de evitarnos. También estaba nerviosa porque Julien me acompañaría y, de forma indirecta, toda esta situación le salpicaba.

No sé en qué pensaba cuando se lo propuse. Ni qué se le pasó a él por la cabeza para aceptar. Bueno, creo que sí lo sé. Puede que una de las razones fuese la crisis existencial que tuve en su casa, la noche anterior, y que me transformó en un drama viviente, digno de una telenovela, con sollozos, suspiros y un fin del mundo inminente.

—Quiero ir, pero no me atrevo sola. ¿Querrías venir conmigo?

—¿Estás segura? Quizá no sea lo mejor.

Estaba sentada a horcajadas sobre él y me abrazaba a su pecho como un koala.

Me picaba la nariz y la froté contra su camiseta.

—¿Por qué?

—Porque mi presencia podría provocar más tensiones, ¿no crees?

—No tendría por qué.

—También incomodidad.

—¿Tú te sentirías incómodo?

Julien me agarró la barbilla con los dedos y me obligó a levantar la cabeza. Me miró con una expresión paciente en los ojos y sentí que no solo me gustaba, que también se estaba convirtiendo en mi amigo. Uno que me comprendía y no me juzgaba. Mi burbuja protectora.

Negó con la cabeza muy despacio.

—No me sentiría incómodo para nada. En realidad, me da bastante igual lo que piense nadie. Solo me importas tú.

Deslizó las manos por mis brazos y me acarició la espalda, estrechándome con fuerza contra él. Hundí el rostro en su pecho y respiré el calor de su piel. Su olor.

—Iré contigo —susurró con los labios en mi pelo.

—¿De verdad? —chillé al tiempo que levantaba la cabeza como un resorte. Lo golpeé sin querer. Julien se llevó las manos a la nariz y se tragó una maldición—. Uy, lo siento. Lo siento mucho. ¿Te he hecho daño?

Traté de apartarle las manos de la cara, pero él apenas me dejaba tocarle. Sin contar con que parecía a punto de desmayarse.

—Déjame ver.

—Estoy bien —replicó.

—No es cierto, estás llorando.

Julien parpadeó para alejar las lágrimas que se amontonaban en sus pestañas.

—No estoy llorando. Para nada.

Logré apartarle las manos y estudié su rostro con atención. Salvo por un enrojecimiento en el puente nasal, todo parecía estar bien. Lo miré y apreté los labios. De repente, sentí unas ganas locas de romper a reír. Lo intenté. De verdad que lo intenté, pero no se me da bien controlarme.

Estallé.

Julien me observaba como si hubiera perdido la cabeza. Poco a poco, sus labios se curvaron en una sonrisa.

—Casi me noqueas, ¿y eso te hace gracia?

—Lo siento, lo siento... Me río porque estoy avergonzada. —Julien me sujetó por las muñecas y sacudió la cabeza. Vi tantas cosas en sus ojos que me fui quedando muda y solo le sostuve la mirada—. Voy a buscar hielo.

Él me retuvo.

—No ha sido nada, estoy bien.

Me apoyé de nuevo en su pecho y sonreí. Me gustaba ponerlo tan nervioso como él me ponía a mí, y en ese momento su corazón volaba bajo sus costillas. Tomó mi mano y dejó un beso suave en el dorso. Lo nuestro fluía y no disimulábamos lo mucho que nos gustaba estar juntos.

—¿Aún vas a acompañarme? —le pregunté en un susurro.

—Como si pudiera decirte que no.

Me mordí la sonrisa y me hice un ovillo, arropada por su cuerpo.

Y ahora, ahí estaba, decidiendo frente al espejo si me ponía un vestido azul o un mono blanco, como si ese fuese el mayor de mis problemas. Elegí el vestido azul.

Cuando entré en el salón, donde mi familia acababa de cenar, me quedé paralizada al ver a mi hermano con el pelo completamente decolorado. Rompí a reír.

—¿Qué te has hecho?

—Necesito un cambio de estilo para los próximos conciertos, ¿te gusta?

—Pareces un pollito.

Él me fulminó con la mirada.

—Eso es porque aún no he terminado el proceso. Al final, quedará platino.

—Vale, pero ahora eres el hermano perdido de Bob Esponja —me burlé sin dejar de reír. No podía parar—. No, eres el minion Phil.

Papá bajó la cabeza mientras de su garganta escapaba un ronquido, una risa contenida que le estaba costando trabajo aguantar. Se levantó para coger el mando a distancia del televisor.

Mamá dejó la cuchara en el plato y estudió a Tristan con atención. Él le devolvió la mirada enfurruñado, como si la retara a decir algo malo.

—Pues a mí me recuerda más a la hija mayor de esa familia en la que todos son amarillos. La que toca el saxofón.

—Lisa Simpson —estallé muerta de risa—. Es verdad, eres Lisa Simpson.

Tristan saltó de la silla y echó a correr hacia mí. Solté un grito y me escondí tras la espalda de mi padre. Mi hermano trataba de alcanzarme, pero yo me escabullía como un pececito escurridizo.

—Te vas a enterar como te pille —gruñó mi hermano.

Chillé más fuerte y corrimos alrededor de la mesa. Hasta que de un bote me subí al regazo de mi madre y la abracé muy fuerte. Ella se echó a reír y me protegió entre sus brazos.

—Sois como niños.

Le saqué la lengua a Tristan. Él me enseñó el dedo corazón y se puso bizco. Mientras nos lanzábamos burlas, mis ojos toparon con el reloj de la pared. El estómago me dio un vuelco. Era la hora. Me puse en pie de un brinco. Cogí mi bolso, el regalo de Pascal y corrí a la puerta. El sol y el calor me golpearon fuerte al cruzar el jardín delantero.

Vi a Julien incluso antes de abrir la verja, inmóvil en la calle con las manos en los bolsillos.

Me sonrió como si llevara días sin verme y se inclinó para darme un besito en los labios.

—Hola.

—Hola —respondí.

—Deja que yo lleve eso —me pidió a la vez que tomaba de mi mano la bolsa con el regalo. Hizo una mueca al comprobar que pesaba bastante.

Pascal era fan de una serie animada japonesa, de la que coleccionaba absolutamente todo, por lo que no era difícil acertar a la hora de sorprenderlo. Esta vez le llevaba una colección de dos tomos con bocetos y borradores del autor, escenas eliminadas y ese tipo de cosas que fascinan a los fanáticos. Su tamaño era exagerado y estaba convencida de que le iba a encantar.

—¿Por qué sonríes tanto? —le pregunté curiosa.

—No lo pretendía, pero te he visto con tu familia a través de la ventana. —Me miró de reojo y yo me ruboricé. Él añadió—: Parece que estáis muy unidos.

—Lo estamos. Aunque también tenemos nuestras cosas, como todas las familias, imagino.

—No todas —replicó él con la tristeza de alguien a quien han decepcionado.

—¿Tu familia y tú no lo estáis?

Julien se lamió los labios y su mirada curiosa se entretuvo siguiendo a un gato calicó, que recorría de forma perezosa un muro, como si nos acompañara en nuestro paseo. Tardó tanto en responder que por un momento pensé que no lo haría y dejaría caer esa pregunta en el mismo vacío que ya se habían perdido otras.

—Mis padres se divorciaron cuando yo era pequeño —empezó a decir—. Ella volvió a casarse poco después y él cambia de pareja cada año. Nos llevamos bien, pero nunca han estado muy presentes. Siempre delegaban esa responsabilidad en otras personas, por lo que nuestra relación no es muy familiar. Es algo así como... —Ladeó la cabeza para mirarme y arrugó la frente—. No sé, como de colegas. Aunque tampoco concuerda con la realidad, porque no somos amigos.

Asentí. Entendía lo que quería decir.

—Ya veo.

—No me ajusto mucho a sus expectativas.

—¿Por qué dices eso?

Julien se encogió de hombros como si le quitara importancia, pero su semblante expresaba todo lo contrario.

—Ellos siempre han esperado grandes cosas de mí. Querían que fuese perfecto, ya que lo he tenido todo al alcance de la mano, y la verdad es que estoy muy lejos de serlo. Tampoco lo he pretendido, porque yo nunca he necesitado tanto ni he pensado a lo grande. Las cosas pequeñas son las que me hacen feliz y no necesito proyectar nada en nadie para sentirme realizado. Conseguir la felicidad a través de los demás siempre me ha parecido un acto egoísta.

—¿Piensas que tus padres intentan ser felices a través de ti?

—Ella necesita que valide continuamente su papel de madre porque se siente culpable. Y mi padre... Él trata de convertirme en una copia exacta de sí mismo, pero no nos parecemos en nada.

—¿Te afecta mucho que sean de ese modo?

—Antes sí, pero ahora me da exactamente igual.

Sonó tan sincero que verdaderamente creí que le resultaba indiferente complacer a unos padres que esperaban recibir mucho más de lo que habían dado nunca. Inspiré hondo y miré al frente mientras caminábamos muy juntos. Cada cosa nueva que descubría sobre Julien me provocaba un extraño malestar. La necesidad de protegerlo, aunque no sabía de qué debía defenderlo. Quizá del peso de su familia y esa vida que abandonó porque se desmoronaba. Que lo arrastraba con ella. Quizá de todo cuanto quisiera dañarlo, incluso de él mismo.

Respiré profundamente cuando vi a lo lejos el café restaurante donde habíamos quedado. Hacía mucho tiempo que no estaba tan nerviosa. Sabía lo que me esperaba y que sería una prueba difícil. Y no solo para mí.

A través de las ventanas observé con inquietud a las personas que se reunían dentro.

—No te separes mucho de mí —le pedí en voz baja.

—Eso debería decirlo yo, soy el que no conoce a nadie.

Lo miré con una disculpa.

—Les caerás genial, te lo prometo.

Entramos y nos abrimos paso entre la gente. Estaba lleno de caras conocidas. Pascal había invitado a todo el mundo, incluso a algunos de sus compañeros de trabajo. Vi al cumpleañero junto a la barra y fuimos en su busca.

—Céline —gritó en cuanto me vio. Me abrazó con fuerza—. Me alegro de que hayas venido.

—No podía perdérmelo. —Mi amigo se fijó en Julien y me apresuré a presentarlos—. Pascal, este es Julien.

—¡El famoso Julien! —exclamó, y le tendió la mano a modo de saludo—. Soy Pascal, amigo de Céline, gracias por venir.

—Gracias a ti por invitarme.

—Lo que sea por esta belleza. —Mi amigo me observó con una sonrisa y su mirada se posó en el regalo. Sonrió de oreja a oreja—. ¿Eso es para mí?

Le entregué el paquete y él rasgó el papel sin ningún miramiento. Sus ojos se abrieron como platos al descubrir los libros.

—¡No me lo puedo creer! —gritó entusiasmado—. ¿Sabes lo raros que son? ¿De dónde los has sacado?

—Trabajar en una librería te da acceso a cosas que la gente común no imagina.

—Y tú no eres nada común, mi dulce Céline —replicó mientras me plantaba un beso en la mejilla—. Gracias de todo corazón. Me encantan.

—Me alegro de que te gusten.

—¡Mirad quién ha venido! —gritó una voz.

Giré sobre mis talones y me encontré con Lola y Ariane. Noël y Lorraine estaban con ellas y se acercaron a saludar. Enseguida aparecieron Eliot, Félice y Nadine. Les presenté a Julien y todos lo acogieron como si lo conocieran desde siempre. Pascal pidió una ronda de copas y brindamos por él.

—Pero ¿qué demonios te has hecho en el pelo? —saltó de repente Ariane—. Te pareces a...

—No se te ocurra acabar esa frase.

Un brazo me rodeó los hombros. Alcé la barbilla y vi a mi hermano.

—¿Qué haces tú aquí? —le pregunté sorprendida.

—Oye, que tus amigos son mis amigos.

—¿Desde cuándo?

—Desde los albores de la humanidad, cuando se escribió el decálogo de los buenos hermanos —repuso en tono solemne antes de darme un beso en la coronilla.

Me reí y le aticé un codazo en el costado. Noté que Julien nos observaba con una sonrisa. Mi hermano se fijó en él y el corazón me dio un vuelco. Me soltó para ir a su encuentro.

—Hola, soy Tristan, el hermano de Céline.

—Lo sé. Ella me ha hablado mucho de ti.

—¿Sí?

—Sí. —Estrechó la mano que Tristan le había tendido—. Encantado de conocerte. Yo soy Julien.

—No sé cómo agradecerte el artículo que escribiste.

—No hace falta. Y tampoco fue un favor, me encantó vuestro directo.

El pecho de mi hermano se hinchó con una profunda inspiración y sonrió de oreja a oreja. Rodeó los hombros de Julien con su brazo y una confianza que me sacó los colores.

—Entonces, déjame invitarte a una copa.

Y así, sin más, mi hermano se llevó a Julien con él, mientras este me pedía socorro con la mirada. Me reí. Una vez que caías en las garras de ese mocoso, era imposible escapar.

—Parece buen tío —me dijo Pascal.

Los demás asintieron como si estuvieran de acuerdo con su apreciación.

—Lo es.

En ese momento giré la cabeza y vi a Mathis acercándose con una copa en la mano. Contuve el aliento. Me fijé en su expresión cautelosa al detenerse junto a nosotros y me miró como si midiera mi reacción.

—Hola.

—Hola —le devolví el saludo, no sin esfuerzo.

No me pasó por alto que nuestros amigos respiraron con alivio tras nuestro breve intercambio de palabras. Solo duró un instante, porque la puerta se abrió e Inès entró y mi cuerpo reaccionó con un rechazo que me hizo envararme y apartar la mirada.

Tragué saliva y fingí que los canapés que un camarero acababa de colocar sobre la barra eran de lo más interesantes. Me bebí la copa de un trago y pedí un refresco. Podía percibir el nerviosismo que se había apoderado de todo el grupo. La tensión que flotaba a nuestro alrededor como una nube densa.

El momento que tanto había temido estaba sucediendo.

Los tres juntos.

Sin poder evitarlo, miré a Inès. Ella me estaba observando y durante unos segundos permanecimos inmóviles. No tenía buen aspecto. Giré la cabeza y vi que Mathis nos miraba. La culpabilidad que mostraba su rostro era tan evidente que me molestaba, porque no servía de nada. No arreglaba nada. Y, desde luego, no despertaba mi empatía.

Nuestro triángulo perfecto estaba roto.

Nos habíamos perdido.

Para siempre.

24

No resultó nada fácil, pero traté de divertirme y disfrutar de la fiesta.

Con el paso de las horas, me di cuenta de que poco a poco me iba sintiendo más preparada para fingir que me sentía cómoda con Inès y Mathis en la misma habitación. Aunque pensaba en lo que ocurrió entre ellos más de lo que me habría gustado, las emociones que acompañaban a esos pensamientos eran menos dramáticas y violentas que en un principio.

Miré a mi alrededor. En la barra, Pascal y Julien conversaban relajados mientras picaban unos minibocadillos con diferentes rellenos. En una esquina, Tristan se besuqueaba con una chica a la que había conocido esa misma noche. No muy lejos, Ariane y Lola hacían manitas y compartían una piña colada.

Dejé la mía sobre una mesa sin haberla probado.

Dentro del local hacía un calor sofocante y notaba mis pulmones pesados. Necesitaba respirar aire fresco y descansar un poco mis oídos del estruendo de la música y las voces demasiado altas.

Salí fuera e inspiré hondo el aire nocturno. Busqué un

lugar donde sentarme un rato y descansar los pies. Al otro lado de la calle había una pequeña plaza, con una fuente en el centro coronando una escalinata, y me dirigí allí. Estaba a punto de sentarme en uno de los escalones, cuando reparé en la persona que se encontraba en el otro extremo, fumando un cigarrillo.

Inès.

Me sorprendió, porque ella siempre había odiado el tabaco. Su olor y los estragos que causaba en un cuerpo. Me la quedé mirando sin saber qué hacer ni cómo reaccionar. Paralizada. Nerviosa. Quizá asustada. Como si hubiera presentido que alguien la observaba, Inès giró la cabeza y nuestros ojos se encontraron. Vi que tenía el rostro cubierto de lágrimas y sentí un pellizco agudo en el estómago que a mí misma me sorprendió. Nunca me había gustado que lo pasara mal, despertaba en mí la necesidad de consolarla.

Nos miramos fijamente durante unos segundos.

Lo que sucedió después aún no sé cómo explicarlo. Un pensamiento que duró lo que un pestañeo y mis pasos me llevaron junto a ella. Me senté en el escalón. No muy lejos, pero tampoco demasiado cerca. Inès me miraba como si estuviera viendo un fantasma, con sus ojos claros muy abiertos y muertos de miedo.

Abrí el bolso y saqué un pañuelo de papel. Se lo ofrecí. Ella lo tomó con las puntas de los dedos. Luego lo desdobló y se secó los ojos y las mejillas. Por último, se sonó la nariz.

Durante un rato, permanecimos mirando la nada.

—Lo siento mucho —dijo casi sin voz.

Asentí con la cabeza, porque sabía que era sincera.

—¿Por qué lo hiciste?

—Porque lo quería. Y aún lo quiero.

Sus ojos se volvieron a llenar de lágrimas que contuvo como pudo.

—¿Desde cuándo?

—Me enamoré de él la primera vez que lo vi. El verano previo a comenzar el instituto.

Parpadeé sorprendida y aparté la mirada; su declaración me golpeó, pero al mismo tiempo suavizó un poco las aristas que rodeaban mi corazón.

—Eso fue mucho antes de que él y yo comenzáramos a salir.

—Bastante antes —convino.

—¿Y por qué no me lo dijiste entonces?

—Porque eras tú quien le gustaba desde el principio. Él solo tenía ojos para ti, por lo que metí mis sentimientos en un cajón y seguí adelante. —Volvió a sonarse la nariz—. No funcionó, así que me limité a quererlo en silencio, porque mi amor por vosotros dos era mucho más fuerte que cualquier otro sentimiento, y que los tres estuviéramos juntos era suficiente para mí.

—Hasta que dejó de ser suficiente —mascullé en voz baja.

Inès me dio la razón con un gesto. Apretó los labios y supe que estaba haciendo un esfuerzo sobrehumano para no romperse.

—Ni siquiera sé cómo pasó, te lo aseguro. Un segundo antes estábamos hablando sobre ti y, al siguiente, nos besábamos. Nos arrepentimos de inmediato, juramos que no volvería a pasar, y poco después sucedió otra vez. —Se limpió las lágrimas—. Y continuó pasando y pasando, mientras me despreciaba a mí misma y me odiaba por hacerte algo tan feo y sucio. Sin embargo, no podía dejarlo, se convirtió en una droga para mí. Lo necesitaba para respirar y también para soportar que te iba a perder.

Hice una mueca de dolor.

—Eso suena...

—Horrible y monstruoso, lo sé —musitó avergonzada.

—Deberías habérmelo dicho desde el principio.

Ella se encogió de hombros y después se hundió bajo su peso.

—De haberte dicho que yo también sentía algo por Mathis, habrías renunciado a él a pesar de quererlo muchísimo. Vosotros dos estabais locos el uno por el otro, no tenía ningún derecho a estropearlo.

—Las cosas podrían haber sido de otra manera —insistí.

—Es inútil pensar en posibles. Lo hecho hecho está. No se puede cambiar de ninguna forma. Lo único que podemos hacer es intentar arreglar lo que se ha roto.

Compartimos una mirada. Tragué saliva, porque me di cuenta de que continuaba queriéndola de un modo tan instintivo que dudaba que eso pudiera cambiar. Sin embargo, no era suficiente. Una vez que lastimas a alguien, ya no hay vuelta atrás. No se puede retroceder. Ni cambiar lo ocurrido. No se puede borrar.

—No creo que pueda intentarlo. No por ahora.

Los ojos de Inès se abrieron y un asomo de esperanza brilló en su interior.

—Puede que más adelante.

—Puede.

No confiaba en que el perdón llegara como si nada, pero tampoco me cerraba a que el tiempo lograse soldar algunas grietas. No quería que los reproches guiaran mi vida.

Inès cerró los ojos y la expresión de culpa que marcaba su rostro se intensificó. Vi que se aferraba a esa penitencia como si necesitara sentir el castigo de la vergüenza cada segundo.

Ladeó el rostro hacia mí.

—Nunca nos sentimos bien con lo que hacíamos, al contrario. Y cuando supimos que ibas a ponerte bien, te escogimos a ti por encima de todo. Él te ama y yo... Yo también te quiero, Céline. Te quiero muchísimo, aunque con lo que he hecho sé que suena muy hipócrita.

—Mathis no me ama, nunca lo ha hecho. Sea lo que sea, lo que él siente no es amor. Porque alguien que te ama no te engaña ni te hiere bajo ninguna circunstancia.

—Puede que tengas razón.

La observé, su expresión cansada y preocupada me enterneció.

—Ya no importa. —Moví la cabeza y rectifiqué—: Él ya no me importa.

Tragué la emoción que tenía atravesada en la garganta y noté que se deshacía. Inspiré hondo y sentí una calma inesperada y reconfortante. Me sentí ligera.

—¿Tiene algo que ver ese chico con el que estás saliendo? —me preguntó ella.

—Realmente no —respondí con sinceridad—. Julien solo me ha dado la oportunidad de comparar mis sentimientos y entender sus diferencias. Me ayuda a ser más realista y a que me quiera a mí misma tal y como soy ahora.

—¿Y cómo eres ahora?

—Ese es el problema, que no lo sé —admití con una mueca. Nos sonreímos y noté algo expandirse dentro de mí—. Pero ya no me angustia no saberlo. Lo iré descubriendo poco a poco, tengo tiempo.

—Él te gusta mucho, ¿verdad?

—Sí —respondí con una sonrisa mucho más amplia.

Inès rompió la distancia que nos separaba. Suspiró y me sonrió más tranquila.

Con su brazo pegado al mío, sentí un alivio que no pensé que necesitara, pero que envolvió mi cuerpo como lo hace el mar mientras flotas en su superficie. Un abrazo suave. Un consuelo inmediato que no arreglaba nada, pero que abría el camino. Uno muy largo y complicado hacia el perdón.

Suspiré y le sonreí también.

Después de todo, quizá no fuese tan largo como pensaba.

Una de las cosas que empezaba a descubrir sobre mí era que me costaba estar enfadada mucho tiempo. Ese sentimiento me secaba por dentro de tal modo que, inconscientemente, buscaba una excusa para desprenderme de él.

No sabía si esa actitud me hacía más tonta o idiota, aunque en el fondo me daba igual. Solo era una persona demasiado intensa, que ansiaba bajarle el volumen a todo lo que sentía y vivir en paz. Alguien que estaba aprendiendo a pensar en sí misma en primer lugar.

Mi estabilidad. Mi felicidad.

Era lo único que anhelaba de verdad.

Aunque para alcanzarlas tuviera que olvidarme del orgullo.

Soy así. No tengo remedio.

Esa es mi constante inconstante.

25

No sé en qué momento dejó de ser simplemente sexo por atracción para transformarse en algo mucho más emocional. No solo nuestros cuerpos se encontraban en sintonía, también conectaban nuestros corazones y almas. Así lo sentía mientras estábamos el uno en los brazos del otro.

Fui muy consciente de algo esa noche.

Me estaba enamorando, y lo más terrorífico era que no me daba ningún miedo. Aun sabiendo que lo nuestro podía acabarse en cualquier momento.

Julien me miró, recostado contra el cabecero de la cama, y de inmediato hice a un lado todos mis pensamientos. Me moví hasta sentarme a horcajadas sobre él. Apoyé las manos en su pecho y, cuando trató de abrazarme, lo retuve con más firmeza.

Quería ser yo la que marcara el ritmo.

Él se quedó quieto, mirándome con la respiración entrecortada y el corazón desbocado. Muy despacio, lo acogí en mi interior, obligándome a no cerrar los ojos para no perderme ni un solo detalle de su rostro envuelto en sombras. Mientras hacía desaparecer el espacio entre nuestros cuerpos, contuve el aliento. Mi interior tembló. Luego, comencé a moverme lentamente. Un suave balanceo que le arrancó un gruñido de frustración.

Sonreí y me mordí el labio.

Podía sentir su contención a través de sus dedos clavándose en mi piel. Por su forma de aferrarse a mis caderas y la manera en la que suspiraba impaciente. Inspiré hondo. Lo sentía contra mí. Dentro de mí. Y dejé que mi boca se fundiera con la suya. Puse todas mis emociones en ese beso, demostrándole lo valioso que él era para mí.

Me rodeó con los brazos y se incorporó. Sus labios encontraron el lóbulo de mi oreja, mi barbilla, y saborearon cada centímetro de mi cuello, descubriendo a su paso más puntos erógenos de los que podían existir. Me cogió la cara entre las manos y me hizo mirarlo. Sus ojos estaban llenos de deseo. Apreté mi cuerpo contra el suyo para sentir su piel.

Gemí. Un sollozo ahogado que se enredó con sus jadeos.

Le sostuve la mirada.

Nuestros movimientos se tornaron rápidos, caóticos e instintivos, mientras una ola salvaje se alzaba dentro de mí. En la superficie: piel, saliva y sudor. Dos cuerpos en un revoltijo de sábanas que no sabían cómo subsistir sin el otro.

Desbordándose.

Dejándose ir.

Temblando mientras recuperaban poco a poco la cordura.

Me desperecé entre sus brazos. Había perdido la noción del tiempo y el espacio. Le eché un vistazo al reloj.

—Debería irme —dije de mala gana.

Julien me miró con los ojos entornados.

—¿Tan pronto?

—Mañana debo estar a primera hora en el hospital, van a hacerme las pruebas para mi revisión.

Me incorporé hasta sentarme y me aparté el pelo de la cara. Julien me acarició el muslo sin dejar de mirarme.

—¿Estás nerviosa?

—Un poco, no puedo evitarlo. Me siento bien, mejor que bien, pero la duda siempre está ahí, como un zumbido molesto.

—Es normal, no te preocupes demasiado.

Me abracé las piernas y apoyé la barbilla en las rodillas. Contemplé las copas de los árboles al otro lado de la ventana. El viento sacudía las hojas y su susurro se colaba dentro de la habitación envuelto en una agradable y fresca brisa. Cerré los ojos. Los dedos de Julien trazaban espirales sobre mi piel.

—En una semana tendré los resultados y podré sacarme de la cabeza esta incertidumbre.

—Déjame acompañarte a París —me pidió.

Abrí los párpados y di un respingo.

—¿Qué?

—Me gustaría ir contigo y, una vez allí, hacer algo especial.

—¿Como una cita?

—Una cita de verdad —susurró.

—¿Hablas en serio? —Sonrió despacio y luego asintió. Sacudí la cabeza, aún no quería ilusionarme con la idea—. Pero te fuiste de allí por un motivo, ¿seguro que quieres volver tan pronto?

—Solo será un día y estaré contigo.

Me mordí el labio y sonreí con una sensación burbujeante en la tripa. Rocé su mano.

—Me encantaría que vinieras conmigo.

No quería aferrarme a aquello que teníamos y que no nos decidíamos a definir. Solo nos dejábamos llevar. Eso habíamos hecho las últimas semanas, pasar días perfectos y noches arrolladoras. Disfrutando solo del presente y desdibujando el pasado, sin darnos tiempo para pensar en el futuro. Sin embargo, hay sentimientos que, aunque intentes detenerlos, siguen palpitando y traspasan la línea.

Julien alzó la mano y rozó mi cicatriz con las puntas de los dedos. Levantó la cabeza para mirarme.

—¿Alguna vez piensas en tu donante?

Me sorprendió su pregunta e inconscientemente me llevé la mano al pecho, donde Julien aún me tocaba. Noté los latidos de «mi» corazón, su eco bajo las costillas resonando un poco más rápido. Solté un leve suspiro.

—Todos los días —respondí—. Al principio me hacía preguntas sobre qué clase de persona habría sido antes de... Ya sabes, lo que sea que le ocurriera. —Él asintió y entrelazó sus dedos con los míos—. Cosas como si sería un hombre o una mujer, su edad, a qué se dedicaba, si tendría una familia, qué sueños no pudo cumplir. Después se convirtió en mi motivación para seguir adelante. Cada vez que me sentía mal o triste, o dudaba de mi propósito en este mundo, me recordaba a mí misma que continuaba viva gracias a esa persona y que su generosidad merecía que yo valorara la oportunidad que me había dado. Desde entonces me esfuerzo para que este trocito suyo que ahora me pertenece a mí sienta que valió la pena ayudarme. No quiero que se arrepienta.

Julien me sonrió y su mirada llena de comprensión observó mi rostro.

Durante un largo minuto, los dos nos quedamos callados.

—Estoy seguro de que no se arrepiente.

Sonreí con un pequeño nudo en la garganta.

—Tengo sed —dije al tiempo que me levantaba de la cama—. ¿Quieres algo?

Julien negó con la cabeza y sus ojos recorriendo mi cuerpo desnudo.

Me puse la ropa interior y una de sus camisetas, que colgaba de la silla. Fui a la cocina y me serví un vaso de agua fría de la nevera. Sobre la mesa había unas cerezas, rojas y maduras. Me comí unas pocas y en lugar de regresar al dormitorio me dirigí al salón, donde había dejado mi teléfono. Le eché un vistazo a los mensajes y volví a dejarlo.

Me llegó el leve murmullo de una melodía y me di cuenta de que habíamos dejado la música puesta. Subí el volumen, justo cuando comenzaba a sonar *Dance the Night* de Dua Lipa. Empecé a tararearla. Cerré los párpados y me dejé llevar por el ritmo. Cuando los abrí de nuevo, Julien me observaba desde el sofá con el pelo alborotado, las mejillas rojas y los ojos brillantes.

Lo miré sin aliento.

Un día abres los ojos y te das cuenta de que has encontrado algo. No estás muy segura de lo que es. Notas su presencia, el vacío que ha llenado. Intentas descubrir de qué se trata, pero el miedo no te deja profundizar. Porque si finalmente es lo que imaginas, esa palabra ahoga.

Es demasiado grande.

Y yo me sentía muy pequeña para saber qué hacer con ella.

26

Tras un par de discusiones un poco ridículas, cedí a que Julien se ocupara de todos los detalles del viaje a París. En consecuencia, él se encargó de comprar los billetes de avión y de reservar alojamiento, y yo solo tuve que dejarme llevar. Apenas estaríamos unas horas en la ciudad y pretendía disfrutar de cada momento. No entraba en mis planes montar un drama para ver quién de los dos se salía con la suya. Si quería jugar al príncipe azul, adelante, yo me dejaría mimar.

Decidimos viajar un día antes de mi cita médica.

Tomamos un vuelo desde Marsella y aterrizamos en el aeropuerto Charles de Gaulle a media tarde. Al salir de la terminal, cogimos un taxi y Julien le dio al taxista una dirección en el Barrio Latino. Cuando nos pusimos en marcha, él tomó mi mano. Una cálida expresión apareció en su mirada y mis sentimientos se reflejaron en sus ojos. Estaba tan nerviosa como emocionada.

Mientras recorríamos las calles, yo no podía apartar la vista de la ventanilla. El centro de París me parecía precioso y fascinante, con su mezcla de estilos antiguos y modernos. Edificios con grandes balcones y calles adoquinadas. Su belleza era arrebatadora. Tan romántico y bohemio como nos hacían ver en las películas. Era imposible no enamorarse de cada uno de sus rincones.

Dejamos atrás el Museo Nacional de la Edad Media y continuamos en dirección al río.

El taxi giró en una esquina y nos adentramos en una estrecha calle residencial. Se detuvo junto a una verja. Tras ella, un elegante patio, rodeado por balcones Juliette de hierro forjado y adornados con jardineras, se convertía en la original entrada a un antiguo edificio de cinco plantas reconvertido en hotel.

Aún no había puesto un pie en la acera, cuando dos empleados del hotel ya se hacían cargo de nuestro equipaje. Miré a Julien y le tiré de la camisa con disimulo. Él me miró y elevó una ceja a modo de pregunta.

—¿Seguro que es este el lugar que reservaste? —susurré.

—Sí, ¿por qué?

—¿No crees que es demasiado? —Señalé las estrellas grabadas bajo el nombre del hotel y puse cara de susto—. A mí me parece exagerado.

—Hicimos un trato, ¿recuerdas? Yo organizaba el viaje y ¿tú?

—Cerraba el pico —terminé de decir con un mohín de berrinche.

—Eso es.

—Pero ¿tú has visto la pinta que llevo para entrar ahí? —protesté.

Él se detuvo y estudió con atención mi vestido blanco y las sandalias planas de color lavanda. Después hizo un barrido completo de pies a cabeza y su boca se curvó en una sonrisa traviesa.

—Me encanta la pinta que llevas.

Me tomó de la mano y tiró de mí al interior de la recepción, mientras yo intentaba resistirme sin poner demasiado esfuerzo. Julien saludó al recepcionista y le entregó su identificación. El hombre la miró de pasada, pero sus ojos volvieron de golpe a la tarjeta. Observó a Julien y de nuevo la tarjeta.

Arrugué el ceño, su reacción no era muy normal.

Mientras registraban nuestros datos, eché un vistazo a mi alrededor. Un grupo de personas entró en ese momento y preguntaron por el comedor. Uno de ellos clavó su mirada en Julien, que estaba de espaldas. Ladeó la cabeza y sus ojos se abrieron sorprendidos. Les susurró algo a las otras personas y todos miraron, unos con más disimulo que otros.

Julien lanzó una mirada fugaz por encima de su hombro y noté que se ponía rígido.

Tomó la llave que le ofrecía el recepcionista y después le dijo algo al botones, que le entregó de inmediato nuestro equipaje. Luego me dedicó una pequeña sonrisa, mientras apoyaba su mano en mi espalda y me instaba a caminar.

—¿Vamos?

Asentí y él me guio al ascensor. Una vez que se cerraron las puertas, vi que inspiraba hondo y su espalda se relajaba.

—¿Conocías a esas personas? —le pregunté.

—No.

—Pues ellos parecían conocerte a ti.

—Lo dudo mucho. Me habrán confundido con otra persona —respondió muy seguro.

Lo observé en el reflejo que nos devolvían las paredes del ascensor. Una parte de mí tenía la sensación de que acababa de mentirme. Otra trataba de justificarlo porque no encontraba ningún sentido a que lo hiciera.

Nuestra habitación estaba en el quinto piso.

Nada más entrar, corrí a una de las ventanas.

—¿Eso son las torres de Notre-Dame?

Julien me abrazó por la espalda y echó una mirada fuera.

—Lo son.

—Vaya, las vistas desde aquí son geniales.

Me dejé caer contra su pecho y suspiré contenta. Contemplé la habitación y me reafirmé en mi idea de que era demasiado. La cama era enorme y junto a ella había una bañera con un espejo que ocupaba toda la pared. Sí, ¡una bañera dentro de la habitación! Pensé que sería porque el baño era pequeño, pero nada más lejos de la realidad. La ducha era casi tan grande como mi habitación en casa de mis padres, y tenía una ventana en su interior con cristales traslúcidos.

Después de refrescarnos y descansar unos minutos, salimos a dar un paseo. Nos dirigimos hacia la plaza de Saint-Michel y nos adentramos en el entramado de pequeñas y encantadoras callejuelas que componían el barrio. Caminamos junto al río Sena y al llegar al Petit Pont nos desviamos para visitar la librería Shakespeare and Company.

Llevaba toda mi vida queriendo conocerla.

Lanzamos monedas al pozo de los deseos y le pedí a Julien que me fotografiara en el lugar exacto donde Jesse y Céline vuelven a encontrarse en *Antes del atardecer*.

La primera película de esa trilogía marcó tanto a mi madre que acabó poniéndome el nombre de la protagonista, Céline. Luego, cuando me hice mayor y pude verla, también se convirtió en mi favorita. Visitar esa misma librería, que tantas veces había visto en la pantalla, me hizo temblar de emoción. Le envié la fotografía a mi madre y no tardó en responderme con un mensaje:

Mamá: «Somos el resultado de la suma
de todos los momentos de nuestra vida».

Era una frase de la película. Sonreí y guardé el teléfono.

Julien había reservado una mesa para cenar en un restaurante japonés, no muy lejos de donde nos alojábamos. Se encontraba en una calle muy estrecha en la que las aceras eran inexistentes. Nos detuvimos frente a una puerta —a la que no habría prestado ninguna atención, si Julien no la hubiera señalado—, pequeña y roja, rematada con un arco iluminado y un letrero muy discreto en el que se podía leer el nombre del restaurante. Mediría como mucho un metro diez y parecía sacada de *Alicia en el país de las maravillas*.

—¿Estás de broma? —le pregunté.

—No, es aquí.

—Esa puerta es para gnomos, es imposible que quepa en ese espacio.

Julien rompió a reír y sacudió la cabeza.

—Confía en mí, cabes.

Y tenía razón. Tras contorsionarme con la torpeza de un oso panda, crucé el umbral y bajé los escalones hasta un sótano dividido en dos habitaciones, revestido con paredes de piedra y vigas de madera en el techo. Las mesas estaban decoradas con orquídeas y arreglos florales inspirados en el arte ikebana.

Nos sentamos en la barra, desde donde podíamos ver la cocina abierta y cómo el chef elaboraba los platos. El ambiente era cálido y acogedor, y al ser un lugar tan pequeño te sentías muy cómodo, aunque estuviera lleno de clientes.

Pedimos *sushi* de pescado de temporada y el menú Suzu con quince tipos de brochetas rebozadas, que nos iban sirviendo de tres en tres. De postre, panacota con menta, mango fresco y vainilla.

Gemí al paladear el primer trozo de mango con vainilla. El sabor era delicioso.

—Entonces, ¿tu nombre se debe a la película? —preguntó Julien.

Tragué el bocado y asentí antes de limpiarme con la servilleta.

—Sí, es la favorita de mi madre. Además de que en aquella época estaba enamorada de Ethan Hawke. En cuanto supo que yo sería una niña, no hubo posibilidad de que pudieran ponerme otro.

—Suerte que es un nombre muy bonito.

—Mi abuela no se lo tomó demasiado bien. Ella quería que me llamara Agnès, como mi bisabuela.

Julien arrugó la nariz.

—No tienes cara de Agnès.

—Agnès significa casta y pura, ¿no lo sabes o tratas de decirme algo?

Él respondió a mi sonrisa maliciosa con otra más amplia.

—Céline significa divino, celestial. Sin duda, tienes cara de Céline.

Me llevé otro bocado de postre a la boca, en un intento vano por disimular que me había sonrojado. Me lamí los labios para atrapar un pegote de nata que había goteado desde la cuchara. Sabía tan bien que no quería desperdiciar nada. Los ojos de Julien se posaron en ese punto y tragó saliva. Sonrió al saberse pillado. Su mirada se volvió a enredar con la mía y sentí que me acariciaba. Que algo dentro de mí se deshacía como millones de burbujas chispeantes explotando.

Era tan fácil perderse en el deseo y tan adictivo cuando se trataba de Julien. No importaba cuántas veces lo dejara fluir. Siempre quería más.

—¿Y a ti por qué te pusieron Julien? —le pregunté.

—Tras mi nombre no hay ninguna historia especial. Creo que me lo pusieron a dedo —respondió, y la indiferencia en el tono de su voz me dejó un regusto amargo.

Cogí mi teléfono y abrí el navegador.

—Vamos a comprobarlo.

—¿El qué? —replicó.

—Dame un momento.

Pinché en un par de enlaces y acabé encontrando lo que buscaba.

—A ver, Julien proviene del latín «Iulianus», que significa dedicado a Júpiter. Júpiter era el rey de los dioses romanos y simboliza la fuerza y la autoridad. Los individuos con este nombre son altamente creativos y artísticos, inteligentes y curiosos. Su naturaleza es amable y sensible, aunque también muy reservada. —Alcé las cejas y lo miré con una sonrisa pícara—. No sé, pero yo diría que están hablando de ti. Dudo de que tu nombre se deba a una coincidencia.

Julien me sostuvo la mirada y amusgó los ojos con una expresión escéptica.

—Todo eso no son más que tonterías, al igual que los horóscopos.

Suspiré como si acabara de llevarme la mayor decepción de mi vida. Levanté el teléfono y fingí que tecleaba, al tiempo que decía en voz alta:

—Los individuos con este nombre carecen de imaginación, sentido del humor y un espíritu soñador, por lo que estas personas son completamente contrapuestas a las que se llaman Céline. Además, si el primero es géminis y la segunda es virgo, mejor que no pierdan el tiempo. Jamás funcionará.

Inspiré profundamente y dejé el teléfono a un lado. Julien me miraba como si estuviera a punto de saltar sobre mí y atacarme. No sé si con intención de matarme o besarme.

—Es una lástima, ¿no crees? Empezabas a gustarme, pero será mejor que terminemos aquí —dije con pesar.

Su carcajada fue una respuesta en sí misma. Sin embargo, no se detuvo ahí. Me agarró la barbilla con su mano y aplastó sus labios contra los míos.

—¿Qué voy a hacer contigo? —susurró con su boca pegada a la mía.

—Se me ocurren algunas ideas.

—¿Cómo de buenas?

—Si volvemos al hotel, te las cuento.

Sonrió y su aliento se mezcló con el mío. Se apartó de golpe.

—La cuenta, por favor —le pidió al camarero.

Subimos la escalera y me agaché para pasar al otro lado de la puerta, con la dificultad añadida de que Julien no dejaba de colar su mano bajo la falda de mi vestido. Le di un manotazo sin poder contener la risa.

Una vez fuera, él entrelazó sus dedos con los míos e iniciamos el camino de regreso al hotel. Levanté la vista hacia el cielo oscuro y aterciopelado y pensé que esa noche todo era perfecto. Exhalé un suspiro.

De pronto, una voz masculina pronunció su nombre y nos dimos la vuelta:

—¿Julien?

Noté cómo su mano se tensaba alrededor de la mía durante un instante, antes de soltarme y dar un paso adelante. Frente a nosotros había una pareja, un hombre y una mujer con los brazos enlazados. Tendrían más o menos la misma edad que Julien. Me fijé en ellos con curiosidad. Ambos parecían muy sorprendidos y sus miradas atónitas saltaban de Julien a mí como si intentaran resolver un misterio.

—No sabíamos que habías vuelto —dijo la mujer.

—Solo llevo en la ciudad unas horas.

—¿Y no pensabas llamarme para decírmelo? —replicó el hombre.

—Es que no voy a quedarme.

—¿Y qué?

La tensión entre ellos era tan evidente que empecé a sentirme muy incómoda. Bajé la mirada a mis pies y me coloqué el pelo detrás de las orejas. Un suspiro entrecortado escapó de mi pecho. Alcé un poco la barbilla y mis ojos se encontraron con los de ella. Esbozó una pequeña y amable sonrisa que suavizó su expresión. Entonces, sin previo aviso, se lanzó hacia delante y abrazó a Julien.

—Me alegro mucho de verte. ¡Estás genial! —le dijo en tono afectuoso. Después se acercó a mí—. Hola, me llamo Elodie, y él es Félix, mi novio. Somos amigos de Julien.

—Encantada, yo soy Céline.

—¿Céline? —preguntó Félix. Asentí sin dejar de sonreír—. ¿Y de dónde eres, Céline?

—De Aix-en-Provence.

Movió la cabeza e hizo un leve gesto de reconocimiento.

—La conozco, es una ciudad preciosa.

—Gracias, sí que lo es.

—¿Allí conociste a Julien?

Julien cogió aire de golpe y le lanzó una mirada extraña.

—Sí, hará un par de meses —respondí.

—¿Y qué te trae a París?

—Pues he venido porque...

—¿Puedo hablar contigo un momento? —intervino Julien.

—Claro —respondió Félix.

Ambos se alejaron unos metros. Comenzaron a hablar en voz baja.

Elodie y yo nos miramos. Sonreímos al mismo tiempo. Entrelacé mis manos, nerviosa. No sabía qué pensar de aquella situación, tan extraña como su actitud. Había que estar ciego para no darse cuenta de la tensión que crepitaba entre ellos, pese a sus esfuerzos para disimularla.

—¿Habéis cenado en Shu? —me preguntó Elodie.

—Sí, acabamos de salir.

—La comida es genial, ¿verdad?

—Todo está delicioso.

Ella asintió, de acuerdo conmigo.

—¿Te ha gustado algo en especial?

—Las brochetas de salmón y el postre de panacota.

—Ese postre está de muerte.

Nos sonreímos de nuevo, un poco más relajadas.

—¿Y a qué te dedicas, Céline?

—Trabajo en la librería de mi familia.

Sus ojos se iluminaron.

—¡Me encanta leer! Ojalá tuviera más tiempo para devorar libros, pero mi trabajo me roba hasta las horas de sueño.

—¿En qué trabajas? —me interesé.

—Soy médica en el hospital Paris Saint-Joseph, especialista en neumología.

Supuse que era ella la persona de la que me habló Julien aquel día, la primera vez que conversamos de verdad. Me di cuenta de que se esforzaba por no mirar mi cicatriz, pero sus ojos acababan sobre ella una y otra vez. La rocé con los dedos.

—Me hicieron un trasplante de corazón.

—No pretendía incomodarte —musitó en tono de disculpa.

—Tranquila, estoy acostumbrada a que llame la atención.

—¿Y te encuentras bien ahora?

—He vuelto a nacer gracias a este corazón.

Elodie curvó sus labios e inspiró de forma entrecortada. Bajó la mirada un momento y después echó un vistazo fugaz a Félix y Julien. Parecía que hablaban de forma acalorada, aunque era imposible oír nada a esa distancia.

—¿Crees que están bien? —pregunté.

—Sí, seguro. Probablemente estén discutiendo sobre algún tema de la revista. Félix es demasiado exigente y estricto con lo que se publica y nunca está satisfecho. Julien prefiere un modo de trabajo más distendido y flexible. Son bastante opuestos, la verdad, pero se quieren mucho.

—¿Puedo preguntarte qué revista es?

—*Icône Magazine* —contestó, como si la respuesta fuese evidente.

Aunque para mí no podía serlo. Julien escribía para varios medios, según me dijo tiempo atrás.

—Espero que Félix no sea muy duro con el trabajo de Julien.

—¿Qué quieres decir?

Me encogí de hombros.

—Sé que se debe separar el trabajo de la amistad, y que Julien no deja de ser un empleado, pero pídele a Félix que sea un jefe comprensivo, por favor. Se esfuerza más de lo que imaginas, trabaja a todas horas.

Elodie parpadeó confundida.

—¿Jefe?

—Siento haberos hecho esperar —dijo Félix. Di un respingo, se había acercado sin que me percatara—. Cariño, debemos marcharnos.

Elodie asintió en respuesta.

Miré a Julien y él me sonrió.

—¡Qué pena que no podamos hablar un poco más! —se lamentó ella.

—Es una lástima, pero me alegro de haberos conocido.

—Y nosotros a ti. ¡Cuidaos mucho los dos!

Cruzaron una mirada con Julien y después se alejaron. Tras un instante, Julien me rodeó los hombros con su brazo y continuamos andando.

—Son muy simpáticos, me caen bien —dije como si nada.

—Son buenas personas.

—Entonces, Félix es tu mejor amigo, el mismo que mencionaste aquel día.

Me estrechó contra él y la preocupación que aún se percibía en su rostro se desvaneció.

—Así es.

No dijo nada más y supe que forzarlo a conversar sobre sus amigos era una pérdida de tiempo. Empezaba a conocer a Julien, la expresión que adoptaba cuando se encerraba en sí mismo y no dejaba espacio para nadie más. No me gustaba, pero tampoco había nada que pudiera exigirle. Su vida era suya y de nadie más, y yo solo era una recién llegada con pocos privilegios. Al menos, de momento.

Esperaba que con el tiempo eso pudiera cambiar.

Quería conocer su pasado, comprender su presente y saber qué futuro imaginaba.

Cuál era su sentido de la vida. Qué esperaba de sí mismo. De mí.

Qué le decepcionaba. Qué le apasionaba.

Quería saberlo todo. Pero me conformaba con casi todo.

Regresamos sin prisa, deteniéndonos cada vez que algo nos llamaba la atención.

La noche era cálida y la ciudad estaba completamente despierta. Llena de bullicio y música. De luces brillantes que iluminaban todos los rincones y se reflejaban en el río como estrellas titilantes, transformándolo en un escenario irreal. Mi escenario.

Mientras miraba a mi alrededor, me sentía dentro de un universo propio, con galaxias, planetas y asteroides envueltos en polvo de estrellas. Partículas de magia. Inmenso, infinito, único. Mío.

El aire olía a momentos felices y a futuro. Para mí, era un olor que se volvía un poco más intenso cada día. Más real.

Observé a Julien. Tenía el pelo alborotado por la brisa y las mejillas rojas. Miraba al horizonte y una leve sonrisa se insinuaba en su boca.

Mi pulso se aceleró.

Él me enloquecía, de un modo sano, pero me nublaba el juicio.

Y las ganas de convertirme en un después en su vida.
En su punto de inflexión.
Su inciso.
La cuenta tras el borrón.
En su imposible hecho posible.
Me devoraban.

27

Regresé a casa ilusionada y contenta.

Según los resultados de las pruebas, mi cuerpo era el reflejo de la salud y mi corazón funcionaba con la fuerza y precisión de un reloj suizo. Y todo seguiría así de bien, si yo continuaba cuidándome como hasta ahora, tomando la medicación y tratando de ser un poquito más feliz.

«Una pastillita de felicidad al día es el mejor tratamiento», eso me había dicho mi cirujano.

Decidí tomármelo al pie de la letra y dejar a un lado cualquier drama o desdicha innecesarios. Abrir la puerta a mis sentimientos encerrados, esos que me ahogaban y no me dejaban respirar. Decidí expresarme y ser fuerte ante lo malo. Hacer las cosas desde el corazón. Fluyendo.

La vida es demasiado corta se había convertido en mi mantra.

La vida es demasiado preciada para hacer de ella un campo de batalla con guerras que no conducen a nada.

La vida es demasiado bonita, incluso con sus rotos y descosidos, con sus agujeros imposibles de remendar. Con sus sinsentidos y debilidades.

Pero sin obsesionarme, porque la felicidad no se busca.

No existe como tal. La felicidad se crea, se construye, se transforma.

Esa idea fue la que me dio el valor suficiente para hacer algo que no creía posible días antes. Invité a Inès y Mathis a mi fiesta de cumpleaños. No lo hice de forma directa, sino a través de un mensaje en el chat grupal, pero para mí ya era un gran paso. Con el tiempo daría más, y quizá algún día podríamos volver a empezar.

Al final no hubo fiesta de cumpleaños. Al menos, no la que yo había planeado: sencilla y en un café tranquilo. La mañana del 1 de septiembre, veinte minutos antes de la hora oficial en la que vine al mundo veintiséis años atrás, Julien me hizo salir de casa con una excusa tonta, que creí sin dudar.

Así de confiada era.

—¿Seguro que es aquí? —le pregunté cuando nos bajamos del coche, frente a la villa donde se suponía que estaba alojado el político famoso al que debía entrevistar.

—Es la dirección, ¿por qué lo preguntas?

—Por ese minibús aparcado ahí, ¿no lo has visto?

Julien le quitó importancia con un gesto.

—Es que viaja con mucha gente. Asesores, seguridad... Ya sabes.

—Claro —sonreí, y eso también me lo creí, a pesar de que el minibús era de color lavanda y tenía el logotipo de una empresa de alquiler de vehículos.

Observé la casa mientras nos acercábamos a la entrada, era inmensa y estaba rodeada de vegetación. Julien llamó a la puerta. Segundos después, esta se abrió con un sonido electrónico. No había nadie al otro lado.

Vi que hacía el ademán de entrar y lo retuve por el brazo.

—¿Vas a irrumpir sin más?

—No te preocupes, son las instrucciones que me dieron.

Lo seguí al interior, incapaz de contener mi asombro. El vestíbulo se unía a una amplia sala de estar y una cocina abierta con comedor y chimenea. A la izquierda, una escalera que parecía flotar conducía a la planta superior. Las paredes exteriores eran de cristal y unas puertas correderas daban acceso a una terraza y un patio con piscina. Arrugué la frente al ver que de la pérgola corrediza que cubría la terraza colgaban un montón de globos, guirnaldas de luces y de papelitos multicolores.

—Julien, ¿qué es todo...?

—¡Sorpresa! —corearon un montón de voces.

Me di la vuelta con un susto de muerte y rompí a reír al verlos a todos allí.

Tenía los mejores amigos del mundo y yo era la persona más afortunada, porque ellos me querían y lo habían hecho desde siempre sin importar las circunstancias. Me dejé besar, abrazar y estrujar. Y por más que intenté contenerlas, acabé derramando un montón de lágrimas.

—Estáis locos —le dije a Pascal mientras me envolvía con sus brazos y me alzaba del suelo.

—Díselo a Julien, todo esto es cosa suya.

Parpadeé sorprendida y lo busqué con la mirada. Lo encontré en la isla de la cocina, haciendo malabares para sacar una tarta de dos pisos de una caja y colocándola sobre una pastelera de cristal. Levantó la cabeza y nuestros ojos tropezaron, se enredaron y tejieron otro hilo en esa red que poco a poco nos iba atrapando.

Una sonrisa asomó a sus labios y los míos se curvaron en respuesta.

Dicen que alcanzar la luna es imposible, pero allí estaba yo, alzándome de puntillas y estirando los dedos, a punto de rozarla.

—Feliz cumpleaños, Céline. —Giré la cabeza y vi a Inès a

mi lado. Tenía mejor aspecto que la última vez que nos encontramos—. Gracias por invitarme.

Negué con un gesto, incapaz de hablar por culpa del nudo que me apretaba la garganta. Le sonreí. Después le di un abrazo fugaz. Un poco forzado. También sincero. Un ciclo que terminaba y otro que comenzaba.

El día pasó mucho más rápido de lo que me habría gustado.

Bailé y canté a pleno pulmón. Grité como una niña, mientras abría regalos. Y repartí abrazos y besos hasta que me dolieron las mejillas de tanto reír. Almorzamos en la terraza, y más tarde trasladamos la fiesta a la piscina. Nos hicimos aguadillas y jugamos al vóley, aunque esa parte fue un desastre porque todo el mundo hacía trampas.

Vimos la puesta de sol mientras la música y las risas lo envolvían todo. Fue un momento repleto de magia y nostalgia, porque así son los atardeceres. Como la última imagen de una película perfecta, antes de que la pantalla se funda a negro.

Tras la cena, todos me cantaron *Cumpleaños feliz* y pedí un deseo a la vez que soplaba las veintiséis velas. Apreté los párpados con tanta fuerza que mis ojos se llenaron de puntos blancos. Inspiré hondo y aguanté la respiración unos segundos.

«Quiero sentirme como en este instante el resto de mi vida».

Soplé y soplé hasta que la última llama se apagó.

Cerca de la medianoche, el ambiente comenzó a decaer. Todos estábamos muy cansados después de un día tan intenso. Me alejé un poco de la luz y me adentré en el jardín en busca de unos minutos a solas para poder respirar y apaciguar todas las emociones que bullían en mi interior. Alcé la vista. El cielo estaba regado de estrellas y una brisa dulce agitaba las hojas de los árboles.

De pronto, unos brazos me rodearon desde atrás. Sonreí, porque nadie en el mundo olía tan bien como él. Me apoyé en su pecho.

—¿En qué piensas? —me susurró al oído.

Me estremecí. Pensé en algo importante que decir, una reflexión trascendental que pudiera impresionarlo, porque a veces sentía que su mente y la mía funcionaban a niveles muy distintos. La suya, despierta e inteligente, repleta de conocimientos e ingenio. La mía, aprendiendo de nuevo a funcionar tras un apagón demasiado largo.

Al final le dije lo que realmente pasaba por mi cabeza, suponía menos esfuerzo.

—Que este ha sido el mejor cumpleaños de toda mi vida.

—Me alegro de que digas eso, pero ahora confiesa en qué estás pensando de verdad.

Me reí. ¿Tan fácil era de leer? Me di la vuelta entre sus brazos y lo miré.

—Vale, pero prométeme que no te reirás.

—Te lo prometo.

—En un supuesto apocalipsis zombi, ¿quién crees que sobreviviría, alguien muy inteligente, aunque con un cuerpo débil, o alguien muy fuerte y no muy listo?

Julien se mordió el labio conteniendo una sonrisa de lo más burlona. Le di un golpecito en el pecho.

—No creo que sobreviviera ninguno de los dos —respondió.

—¿Por qué?

—Ser muy inteligente no te garantiza nada, porque puedes saber mucho sobre todo y no ser capaz de fabricar un anzuelo y pescar un pez. La fuerza tampoco te asegura la supervivencia, podrías cortar un árbol en un minuto y luego ser un inútil a la hora de encender un fuego.

—Entonces, según tú, sobrevivirían los más habilidosos.

Asintió y entrelazó sus manos a mi espalda.

—Sin lugar a dudas. La fuerza se puede compensar con maña y la inteligencia, con una guía de *scouts*, buena comprensión lectora y destreza. De todas formas, no creo que nadie pudiera sobrevivir a un apocalipsis zombi.

Fruncí el ceño y él me estrechó contra su cuerpo. Notaba sus caderas pegadas a las mías y la firmeza de su estómago a través de la tela de mi vestido.

—¿Por qué? —insistí curiosa.

—Piénsalo un momento, si la gente se contagiara tan rápido como en las películas, un solo zombi podría desatar una pandemia en menos de un mes.

—Y el noventa y nueve por ciento de la población mundial desaparecería en menos de seis meses —calculé.

—Exacto, y el número de supervivientes sería tan escaso que no habría modo de que pudieran repoblar el planeta.

Alcé las cejas y sacudí la cabeza, pensativa. Puede que un apocalipsis zombi no, pero la posibilidad de una pandemia global ya había quedado demostrada, así que no era ninguna locura ponerse en lo peor e imaginar cómo serían las cosas si algo tan catastrófico sucediera.

Además, me encantaban los juegos sobre dilemas. Plantear escenarios imposibles y ver qué respuestas provocaban.

—¿Qué harías si a la humanidad solo le quedaran seis meses de vida? —le pregunté.

Alzó la barbilla y contempló el cielo mientras pensaba. Observé la curva de su cuello y la línea de su mentón, tan perfecta y sexi. Me puse de puntillas, lo justo para mordisquearle la garganta y que su sabor se me pegara a la lengua.

Noté su sonrisa y la brusca inspiración que hizo temblar su pecho. Me miró. Tenía el ceño fruncido en señal de concentración. Me enmarcó el rostro con las manos.

—Creo que buscaría una casa lo más alejada posible de

todo. La llenaría con agua, provisiones y mucho vino, y solo me dedicaría a practicar la repoblación de la Tierra contigo, por si acaso.

—Por si acaso, ¿eh? —Traté de permanecer seria y no reírme—. Una misión tan importante exigiría una fuerte determinación.

—En tales circunstancias, mi abnegación y dedicación estarían por encima de cualquier otra cosa. La continuidad de nuestra especie es una gran responsabilidad y sería un honor perpetuarla.

—Suerte que es prácticamente imposible que se desate un apocalipsis zombi.

Me sonrió con picardía.

—Sí, menuda suerte. Pero quién sabe, podría ocurrir.

—Es verdad, podría. —Le acaricié la espalda—. ¿Crees que sería exagerado practicar lo de la repoblación? Solo por si acaso.

Negó sin dudar y a mí se me empezó a olvidar cómo se respiraba.

—No, para nada. Deberíamos practicar mucho, ¿no estás de acuerdo?

—Muy de acuerdo. De hecho, creo que ahora mismo deberíamos...

Me quedé muda al ver a lo lejos decenas de puntitos luminosos moviéndose entre los árboles y los arbustos. No podía ser. Solté a Julien y comencé a caminar hacia la oscuridad con un nudo en el pecho.

Él me llamó:

—Céline...

Lo miré por encima del hombro y sonreí de oreja a oreja. Señalé la nube de diminutos insectos.

—¡Son luciérnagas! —exclamé emocionada—. Nos las veía desde niña.

—¿Te gustan?

—Antes me encantaba perseguirlas. Ahora me conformo con mirarlas.

Julien vino a mi encuentro. Me tomó de la mano y tiró de mí, instándome a moverme cada vez más rápido.

—¿Qué haces?

—¿Por qué quieres conformarte? —me preguntó en tono juguetón.

Echó a correr sin soltarme y no me quedó más remedio que seguirle.

En mi garganta nació una carcajada. Me gustaba aquello, jugar y divertirme con él como si fuésemos dos niños. Hacer el tonto y perder el sentido del ridículo.

Muerta de risa, corrí, salté y giré entre decenas y decenas de luciérnagas. Aunque a mí me parecía que había cientos y cientos de ellas. Mi corazón palpitaba como loco. Notaba sus latidos contra las costillas, en mis muñecas, en el cuello. Marcando mi pulso y el ritmo de mi respiración. Cada vez más pesada. Más ronca.

El sudor me empapaba la nuca y resbalaba por mi espalda.

Me detuve sin aliento y cerré los ojos.

Julien me alcanzó por detrás. Luego me abrazó contra su pecho. Besó mi hombro y me lamió la piel hasta el hueco tras mi oreja. Me estremecí y mis pulmones se detuvieron. Movió sus caderas y pude sentirlo todo. Su voz profunda en mi oído. Su mano bajo mi vestido trepó hasta encontrar el lugar correcto. Una oleada de calor hizo que mi cuerpo se derritiera como si estuviera hecho de melaza. Con anticipación y ganas apenas contenidas.

Abrí los ojos, me di la vuelta y lo miré.

En ese momento no necesitaba más. Solo su rostro, su cuerpo y todo lo que me hacía sentir. Nos movimos entre las sombras para ocultarnos, sin dejar de besarnos. Sin dejar de tocarnos. De fundirnos. Hay algo mágico en el modo en el que dos cuerpos se desean cuando empiezan a quererse. El placer deja de ser solo físico y se transforma en una red eléctrica llena de conexiones que inundan tu mente. Todo se multiplica. Se desborda. Te ahogas sin remedio.

Aquella noche se cumplió el deseo que pedí en el primer aniversario de mi trasplante.

Aquella noche me ilusioné y exprimí la vida como no lo había hecho nunca. Encontré el amor verdadero y me derretí de deseo. Hice locuras y perdí la cabeza. Me desnudé bajo las estrellas. Perseguí luciérnagas. Disfruté cada instante. Me rodeé de magia. Y mi último pensamiento antes de dormir fue...

«Ha merecido la pena».

28

El otoño llegó y con él la ciudad se transformó. Cambiaron la luz, los colores, los sonidos. La afluencia de turistas disminuyó y, en su lugar, centenares de estudiantes regresaron al nuevo curso universitario. El ambiente de la librería también era otro. El clic de las cámaras fotográficas fue sustituido por el de los ratones y los teclados de los ordenadores portátiles. Algunas tardes la cafetería se asemejaba más a una biblioteca, repleta de gente estudiando o realizando trabajos.

También había comenzado la temporada de firmas, como a mi madre le gustaba llamarla.

A lo largo del curso estudiantil, la librería invitaba a escritores a presentar sus libros y hacer firmas. La primera iba a tener lugar esa misma tarde, y mi madre y yo llevábamos desde primera hora organizándolo todo. Decoramos el espacio con carteles de la autora y sus obras. Preparamos una mesa con todos sus libros y otra con artículos promocionales. Abastecimos la cafetería con bebidas y bocadillos.

Tres horas antes de que comenzara el evento, ya había gente en la calle esperando, y no dejaron de sumarse. Cuando por fin llegó la escritora, fuera había más de trescientas personas haciendo cola para verla.

Empezaba a dudar seriamente de que todas lo consiguieran.

Ella se llamaba Harper Weston y en pocos años había logrado convertirse en una de las autoras más leídas a nivel internacional. Residía en Montreal, Canadá, y ahora estaba de gira por Europa para promocionar su última novela.

Tras algunos saludos y presentaciones, mi madre abrió la puerta y un goteo constante de personas comenzó a desfilar. Era la primera vez que presenciaba algo así en vivo. La emoción y los nervios en los rostros de todos esos lectores. Los comentarios de admiración, los agradecimientos por infinidad de razones, todas personales e igual de importantes. Lágrimas, nervios, abrazos... Un amor bidireccional que me ponía la piel de gallina, porque la conexión que allí vi iba más allá de las novelas.

—¿Y esa mirada tan brillante? —me preguntó mamá.

Hice un leve gesto hacia la escritora, que en ese instante posaba para una foto con una chica que tendría más o menos mi edad y que no dejaba de temblar.

—¡Es tan genial! —exclamé en voz baja.

—¿Qué? ¿Ser superfamosa?

—No, que personas completamente desconocidas te quieran de un modo tan incondicional. Que... que una historia escrita por ti marque de un modo tan profundo a alguien como para que coja un avión y cruce medio país solo para verte un momento. Esa chica ha viajado desde Nantes, mamá. Y esa otra, desde Barcelona.

Mi madre me apartó el pelo de la cara con un gesto tierno y me pellizcó la mejilla.

—Entonces, lo que te parece genial es que la quieran.

Asentí sin dejar de sonreír.

—Y que ella también los quiere. No imagino qué se debe de sentir al conseguir este tipo de vínculo, pero tiene que ser muy especial, ¿no crees?

—Debe de serlo, sí. —Se giró hacia mí y me observó con la frente arrugada y una gran concentración. Le devolví la mirada, preguntándome qué estaría pensando—. ¿Por qué no lo intentas tú?

—¿A qué te refieres?

—A escribir, a que podrías convertirte en escritora. Tienes todo lo necesario.

—¿Quién, yo?

—Sí. Te gustaba el periodismo y todo lo relacionado con escribir. Te gustan los libros, leer y, visto lo visto, también tienes la sensibilidad necesaria. Si lo piensas un poco, seguro que dentro de esta cabecita tuya hay un montón de ideas, pensamientos y emociones que podrías expresar a través del papel.

Mientras mi madre me hablaba, sin darse cuenta sus palabras sembraron una semilla en mi mente. Algo que nunca había contemplado, pero que de repente se convirtió en una luz brillante de la que no lograba apartar la vista. Un anhelo que despertó sin ningún ruido, tan sigiloso que al principio no lo noté. Un rumor bajo mis cimientos, un ligero temblor. El principio de un terremoto.

—No creo que baste solo con eso —repuse.

—Basta, te lo aseguro —dijo una voz a mi espalda.

Me giré y vi a la mujer que acompañaba a Harper Weston, se había presentado como su agente al llegar. Me dedicó una sonrisa amable y su mirada sostuvo la mía con un sentimiento sincero. El corazón comenzó a palpitarme con tanta fuerza que pensé que se me saldría del pecho. Un pellizco. Mi mundo interior rompiendo la burbuja en la que se había escondido durante mi enfermedad y donde después quedó atrapado, cuando la vida continuó y yo traté de seguirla, siempre un paso por detrás.

Días más tarde, ese runrún permanecía en mi cabeza.

Mi subconsciente estaba alterado y repleto de pensamientos e indecisiones.

Nunca había tenido grandes ambiciones y mirar al futuro lejano continuaba dándome un poco de miedo, pero ya no tanto como para evitar tener sueños. A veces todo parece una locura hasta que deja de serlo y cobra la consistencia de una posibilidad. De una realidad.

Sentada en el alféizar de mi ventana, leí el último párrafo del libro que Harper me había dedicado. Su primera novela. Lo cerré y contemplé el jardín con un torbellino de emociones girando en mi interior.

Quería reír.

Quería llorar.

Quería...

Ojalá yo tuviera la misma capacidad para emocionar, enseñar, inspirar y hacer soñar.

Ojalá yo pudiera convertirme en el antes y el después en la vida de otra persona.

Prestar mis palabras y ver cómo las hacían suyas.

Curar un poquito sus almas y al mismo tiempo la mía.

Ser un abrazo.

29

La vida tiene giros inesperados.

Te sacude y te arrastra a lugares difíciles de recorrer.

A veces, la vida no es más que una secuencia continua de errores.

En cuanto salí de la librería, me dirigí a casa de Julien.

Los días eran para nosotros una sucesión de momentos preciosos envueltos en la fluidez de la rutina. Julien seguía en la ciudad, como si no perteneciera a ningún otro lugar y la posibilidad de regresar en algún momento a su vida pausada en París no existiera. Quizá, por esa razón, yo había dejado de pensar poco a poco en su marcha y me había relajado.

El portal estaba abierto, por lo que subí directamente al último piso.

Estaba nerviosa, había algo que quería contarle. A él antes que a nadie. Por fin había tomado una decisión respecto a mi futuro. Por fin sabía lo que quería ser, o esperaba ser algún día, y me sentía tan feliz y emocionada que no era capaz de tranquilizarme.

Llamé al timbre. Poco después la puerta se abrió y Julien apareció al otro lado. Vestía un pantalón amplio de cordones y una camiseta fina bajo una rebeca de punto. Sus ojos me sonrieron tras las gafas que usaba para trabajar.

—¿Ya estás aquí? No me había dado cuenta de que fuese tan tarde.

Me puse de puntillas y le di un beso en los labios.

—¿Aún estás trabajando?

—Sí, he perdido la noción del tiempo —respondió mientras cerraba la puerta y me ayudaba a quitarme la chaqueta. La dejó en la silla y me miró atento—. ¿Y esa sonrisa?

Se me escapó una risita y él se contagió al verme.

—¿Qué ocurre? —insistió.

—¿Recuerdas que el otro día te hablé de la escritora famosa que vino a la librería?

Él asintió.

—Claro, te impresionó bastante.

—Mucho, y desde entonces no he dejado de darle vueltas a una idea. Una que me ha obsesionado tanto que ni siquiera podía dormir ni comer. —Julien frunció el ceño al escucharme. Sacudí la cabeza para quitarle importancia y continué—: Después de pensarlo mucho, he tomado una decisión.

Temblé ante mi propia resolución y las cosquillas se arremolinaron en mi estómago. Cogí aire para luego expulsarlo. Una vez más.

Julien me miraba sin parpadear.

—Quiero escribir —solté de golpe—. Quiero escribir una novela. Bueno, en realidad debería escribir muchas. Lo que trato de decir es... es... que quiero ser escritora. Eso es lo que quiero hacer. Más que nada y me da igual si es una locura. Voy a hacerlo.

Ya está, lo había dicho.

Inspiré hondo y tragué saliva. Me mordí el labio, a la espera de que él dijera algo, pero solo me miraba. Mi corazón empezó a latir tan fuerte que sentí que podía escaparse a través de mi garganta. Un segundo. Dos. Tres...

De repente, todo se tambaleó y mi seguridad empezó a resquebrajarse.

—Es una tontería. Ni siquiera sé cómo se me ha ocurrido algo así. Es disparatado. —Chasqueé la lengua—. Olvida todo lo que he dicho.

Entonces, Julien reaccionó y me tomó por los brazos para que lo mirara.

—¡No, joder, no digas eso! —Me enmarcó el rostro con las manos—. Céline, no es ningún disparate. Al contrario, pienso que es una idea genial y que deberías intentarlo sin ninguna duda. ¡Hazlo!

—¿Lo piensas de verdad? Porque te has quedado en silencio y yo he creído que...

Apretó sus labios contra los míos.

—Me ha sorprendido mucho —respondió con una enorme sonrisa—. No esperaba que dijeras algo así y, al mismo tiempo, tiene tanto sentido, porque siento que tienes madera para conseguirlo.

—¿Cómo lo sabes?

—Lo sé, confía en mí. Tengo instinto para esto y un sexto sentido.

—¿No lo dices para contentarme?

—¿Quieres que te demuestre hasta qué punto confío en ti? —Asentí con un puchero—. Ven conmigo.

Lo seguí a la habitación donde solía trabajar. Cogió su mochila, que estaba tirada en el suelo, y la puso sobre la mesa, junto al ordenador aún encendido. Comenzó a rebuscar en su interior. Tras unos segundos, sacó un taco de tarjetas. Las revisó una a una hasta dar con la que buscaba. Luego escribió algo en el reverso con un bolígrafo.

—Ten.

—¿Qué es esto?

—La dirección y el teléfono del mejor agente literario de

toda Francia y no concede favores a nadie. De hecho, si le haces perder el tiempo pasas a su lista negra, y es lo último que deseo, créeme. Pues estoy tan seguro de ti y lo que puedes lograr que, cuando acabes tu novela, quiero que vayas a verlo y le des esta tarjeta, ¿de acuerdo?

Leí lo que había escrito en el reverso:

No te arrepentirás.
J. L.

Lo miré y me mordí el labio para contener una sonrisa. Después me guardé la tarjeta en el bolsillo del pantalón.

—Pienso hacerlo —lo reté.

—Eso espero o yo mismo te llevaré a rastras.

Agarré el bajo de su camiseta y le di un tironcito. Él se acercó hasta que las puntas de nuestros pies se tocaron. Alcé la barbilla y fruncí los labios, pidiéndole un beso. Julien se rio entre dientes, sin apartar su mirada de la mía. Muy despacio, inclinó la cabeza hasta que su boca alcanzó la mía. Me besó con dulzura. Luego apoyó su frente en mi sien con los ojos cerrados.

—Tengo hambre —susurró.

—Yo también.

—¿Pedimos *pizza*?

—¡*Pizza*! —chillé y me colgué de su cuello.

Soltó una carcajada y cargó conmigo hasta el salón mientras le llenaba la cara de besos.

Tras lanzarme al sofá como si fuese un saco, me mordisqueó el cuello y me hizo cosquillas. Luego llamó a la pizzería y pidió una *pizza* con salami picante y extra de queso para él y una napolitana para mí. Cuando colgó, dijo que iba a darse una ducha y yo me ofrecí a preparar la mesa.

Abrí una botella de vino y saqué dos copas del armario. Me serví un poco.

Paseé por la habitación, mirándolo todo, aunque ya conocía hasta el último detalle de memoria y dónde estaba cada cosa. Acabé parándome en la ventana y a través del cristal contemplé a la gente que cenaba en la terraza del café que ocupaba la esquina.

Llamaron a la puerta y supuse que sería el repartidor. Cogí el dinero que Julien había dejado sobre la mesa y me apresuré a abrir.

—Buenas noches —saludé.

—Buenas noches.

El repartidor se levantó la visera del casco y sacó de una bolsa térmica las dos cajas con las *pizzas*. Me las entregó y yo las dejé un momento en el mueble del recibidor.

—Son veintisiete euros. —Al ver el billete de cincuenta euros en mi mano, arrugó la nariz—. Lo siento, me he quedado sin cambio. Si no lo tienes en efectivo, puedes pagarme con tarjeta.

Yo solo tenía dos billetes de cincuenta en el bolsillo y había dejado mi cartera con las tarjetas en casa.

—¿Te importa esperar un momento?

—No, adelante.

Corrí al baño y entré sin llamar. Julien aún continuaba dentro de la ducha. Abrí un poquito la puerta corredera y asomé la nariz. Sonreí al verlo completamente desnudo y cubierto de espuma. Noté un tirón bajo el ombligo. Una reacción natural e inevitable que mi cuerpo adicto a él sufría de un modo insano.

—Julien, el repartidor está fuera y no lleva cambio. ¿Podrías dejarme tu tarjeta?

—No sé dónde he puesto la cartera, pero puedes pagarle con mi teléfono. Creo que lo he dejado junto al lavabo.

Tenía razón, allí estaba. Lo alcancé y se lo di en cuanto se secó las manos. A continuación, lo desbloqueó y me dio el número pin. Corrí hasta la puerta y pude pagar sin ningún contratiempo.

—El recibo te llegará al correo, ahí puedes comprobar el pago —me dijo el repartidor antes de despedirse y desaparecer escaleras abajo.

Cerré la puerta y agarré las cajas de las *pizzas,* aún con el teléfono en la mano. Sin querer, toqué el icono de búsqueda en la pantalla y se desplegó una lista en la que vi mi nombre. No pensé en lo que hacía cuando me dejé llevar por el impulso y pinché en él.

Emergió una carpeta y la abrí. Aparecieron decenas de fotos en las que se me veía caminando por la calle, de compras, sentada en alguna terraza... El corazón comenzó a latirme muy deprisa y no se debía al vino. Casi todas esas fotos se habían tomado antes de que yo hubiese conocido a Julien. La más antigua se remontaba a marzo, casi tres meses antes de que nuestros caminos tropezaran aquella nefasta mañana.

Sentí como si una garra me aplastara los pulmones.

No entendía nada de lo que podía significar y, al mismo tiempo, un miedo atroz se apoderó de mí. Parpadeé aturdida, mientras sentía que todo a mi alrededor se contraía. Me robaba el aire. Un sudor frío me empapó la nuca.

¿Por qué él guardaba esas fotos en su teléfono?

Julien entró en la sala vestido tan solo con un pantalón y frotándose el pelo con una toalla.

Giré el teléfono y le mostré la pantalla.

—¿Por qué tienes una carpeta con fotos mías?

Se puso pálido y soltó la toalla, que cayó al suelo con un golpe seco.

—Céline...

Di un paso atrás cuando hizo el ademán de acercarse.

—¿Qué significa esto, Julien? Soy yo mucho antes de que nos conociéramos, ¿por qué?

—Puedo explicarlo, pero antes devuélveme el teléfono y siéntate para que podamos hablar —me pidió con una calma que no se reflejaba en sus ojos.

Parpadeé sin dejar de mirarlo. De repente, mi imaginación comenzó a trabajar por su cuenta y un sinfín de suposiciones inundaron mi mente. Unas más creíbles que otras. Algunas dignas de una película de terror. ¿Con quién había salido todo este tiempo? ¿Con qué clase de persona estaba? ¿Esas fotos las había tomado él? Por supuesto, ¿quién si no? ¿Y por qué hizo algo así y luego fingió que no me reconocía el día que lo abordé en la calle? ¿Algo de lo que pasó fue realmente una casualidad?

Las respuestas me dieron miedo.

Puse el teléfono sobre la mesa y corrí hasta la silla donde había dejado mi chaqueta. La agarré y hui hacia la puerta. Giré el picaporte, pero la mano de Julien me impidió abrir.

—Deja que me vaya —le imploré sin mirarlo.

Sentí su respiración en la nuca, tan agitada como la mía.

—Se llamaba Chloé —dijo con la voz rota—. Mi novia se llamaba Chloé y murió horas después de que una furgoneta la atropellara el 14 de julio del año pasado en París. Yo tuve que tomar la decisión de donar sus órganos esa noche.

Me estremecí como si un rayo me hubiera atravesado de pies a cabeza. Me costaba entender lo que estaba diciendo, lo que insinuaba. Una mujer. Un atropello. El 14 de julio. Mi trasplante.

No podía ser. Era una locura.

Muy despacio, me di la vuelta. Tuve que levantar la barbilla para poder verle el rostro, completamente descompuesto. Me llevé la mano al pecho y sus ojos se posaron en ese punto.

—¿Estás diciendo que es su corazón el que...? —Asintió sin dejarme terminar la frase. Apreté los puños, enfadada—.

¿Cómo lo sabes? Los datos de donante y receptor son confidenciales, no se comparten por razones obvias. Y es un delito.

—Coaccioné a unos amigos para que los consiguieran.

Pensé de inmediato en Félix y Elodie, ella era médica No parecía ningún disparate creer que tuviera las influencias necesarias para acceder a un archivo y encontrar un nombre. Mi nombre. Violando mi privacidad. Tomando decisiones sobre mi vida sin ningún derecho.

No podía moverme, sentía el cuerpo entumecido y me escocían las lágrimas que me negaba a derramar. No soportaba las emociones que rebotaban dentro de mi cuerpo como canicas, sin rumbo ni control.

—Lo siento muchísimo, Céline. Sé que todo esto parece muy turbio y difícil de comprender, pero jamás tuve malas intenciones. Tienes que creerme. No pensaba acercarme a ti, no quería involucrarme contigo de ningún modo, y no lo habría hecho si ese día no hubieras tenido el ataque. Después traté de volver a poner distancia entre nosotros, pero tú...

—¿Yo qué? —escupí.

—Me lo pusiste tan difícil —gimió derrotado—. No dejabas de aparecer en todas partes, te empeñabas en hablar conmigo y, por más que te alejaba, no te rendías. Joder, Céline, ¡no te rendías! Eras... eras como una tormenta arrollándolo todo a tu paso. No había modo de ignorarte ni de que tú perdieras el interés. Pensé que no pasaría nada si cedía un poco y satisfacía tu curiosidad, pero pasó. Pasó todo y no fui capaz de evitarlo. No conseguí frenarlo.

Escondió el rostro en mi cuello y sollozó contra mi piel. Apoyé las manos en su pecho y lo aparté.

Necesitaba sentarme, apenas podía sostenerme. Caminé despacio hasta el sofá y me dejé caer. Julien se paró frente a mí sin dejar de mirarme. Tenía las mejillas húmedas y la nariz roja, el pelo revuelto y sus ojos brillaban como si una chispa los iluminara desde dentro.

Parecía tan roto. Tan triste.

Quise abrazarlo. Que él me abrazara.

Apreté los dientes al darme cuenta de que, a pesar de todo lo que estaba ocurriendo, ese había sido mi primer impulso. ¿En qué clase de tarada retorcida me había convertido?

—¿Por qué lo hiciste? ¿Por qué me buscaste? —le pregunté.

Julien apartó una silla de la mesa y se sentó. Se masajeó el rostro con ambas manos.

—Tenía que averiguar qué clase de persona eras y si te merecías su corazón. Lo siento mucho, Céline.

Sus palabras me golpearon como una gran bola de hierro.

Abrí la boca para exigirle que se explicara, pero no hizo falta. Clavó la mirada en la ventana y sus palabras fluyeron sin más. Me habló de Chloé, de su relación, del cúmulo de cosas que pasaron aquella fatídica noche y que culminaron en un mortal atropello. Me contó cómo fueron de terribles esas últimas horas en las que los médicos le aseguraron que no podían hacer nada para salvarla y, sin apenas darle tiempo a aceptarlo, comenzaron a hablarle de donantes, órganos y la vida que podría salvar.

Solo una.

Porque el cuerpo de Chloé había sufrido múltiples daños y solo su corazón era viable.

Como eran pareja de hecho, legalmente Julien podía tomar esa decisión. Aun así, su conciencia le decía que debía consultarlo con los padres de ella, que en ese momento se encontraban fuera del país. No logró localizarlos, el tiempo corría en contra, y no tuvo más remedio que hacerlo solo. Al final accedió a la donación, convencido de que ella así lo habría querido.

Cuando sus suegros aparecieron, sumado al dolor que ya sentían por la pérdida, la noticia de la donación los destrozó. No estaban de acuerdo con lo que consideraban una violación y mutilación del cuerpo de su hija y atacaron a Julien. Le dijeron cosas horribles, entre ellas, una que lo marcó de tal modo que después ya no pudo pensar en nada más.

Se obsesionó, y esa fijación comenzó a destruir lo poco que quedaba de su vida.

Yo era el epicentro de esa obsesión y todo convergía en mí.

Julien siempre fue consciente de que lo que hacía estaba mal.

Aun así, lo hizo.

Cuando terminó de hablar, nos hundimos en un pesado silencio.

Yo no sabía qué decir, tampoco era capaz de mirarlo. Solo podía pensar en la historia que me había contado y que la nuestra nació envuelta en mentiras. Nunca fue real. De ahí que él fuese tan cerrado. Tan cuidadoso con lo que revelaba sobre sí mismo. Siempre rodeado de ese halo de misterio. Protegía su farsa.

—¿En qué más me has mentido? ¿De verdad te llamas Julien o eso tampoco es cierto? —le pregunté sin disimular lo despechada que me sentía.

—Me llamo Julien. Julien Leconte, tengo treinta años y todo lo que te dije sobre mi familia y mi trabajo es cierto. Excepto que no solo escribo y edito para distintas publicaciones, también las dirijo junto a mi padre. Mi abuelo fundó el grupo Leconte y ahora yo trato de mantener su legado. Aunque si pudiera verme en este momento, creo que se sentiría muy decepcionado.

Empecé a entender algunas cosas y me sentí tan estúpida que ya no pude aguantar ni un segundo más las ganas de llorar. El dolor que me quemaba por dentro afloró a mis ojos.

Lágrimas gruesas y calientes surcaban mis mejillas sin ningún control.

Me puse en pie. Necesitaba salir de allí. Respirar para no ahogarme.

Me encaminé a la puerta sin mediar palabra.

Julien me retuvo por el brazo.

—Céline, por favor, no te vayas.

—Déjame.

—No te marches así, habla conmigo.

—No puedo. Necesito tiempo para pensar. Necesito... ¡No sé lo que necesito! —gemí angustiada y le supliqué—: Deja que me vaya, por favor.

—Céline...

—Por favor. Y no me busques más.

Tras unos segundos en los que sus dedos se clavaron en mi piel con fuerza, me soltó. Él mismo abrió la puerta y la sostuvo mientras yo salía. Me dirigí a la escalera, pero al llegar al último escalón me detuve.

—¿Has podido averiguarlo? —le pregunté.

—¿Qué?

—Si soy lo suficientemente buena para merecer su corazón.

Una sonrisa apenada y rota asomó a sus labios. Un par de lágrimas se derramaron por su rostro y se unieron en una al llegar a su barbilla.

—No existe nadie que lo merezca más que tú —fue su respuesta.

30

Ojalá despojarse de los sentimientos fuese tan fácil como quitarse la ropa.

Ojalá olvidar fuese tan sencillo como chasquear los dedos y hacer que todo desaparezca.

Pero no lo es. Cuesta mucho y lleva bastante tiempo lograrlo. A veces, nunca se consigue del todo, porque las emociones son tan profundas que nada las atenúa y los recuerdos se transforman en estrellas dentro de tu memoria.

Había pasado una semana desde que salí corriendo de casa de Julien. Una semana en la que no había sabido nada de él. Le pedí que no me buscara y todo apuntaba a que pensaba cumplirlo. Los primeros días me convertí en un tornado de enfado, rabia e incomprensión. Poco a poco, la tormenta se calmó y solo quedó la lluvia. Un aguacero oscuro y frío que inundó mi corazón.

Cuando la lluvia cesó, empecé a echarlo de menos.

A buscar su mano cuando despertaba en medio de la noche y a encontrar solo aire.

Empecé a mentir.

A maquillarme las ojeras y pintarme la sonrisa, mientras intentaba distinguir mis sentimientos. Porque a ratos lo odiaba y a ratos mi corazón lo llamaba a gritos incapaz de soportar su ausencia.

No le conté a nadie lo que había pasado. Lo guardé para mí, como el secreto que era, y cuando la necesidad de desahogarme se volvía insoportable, cerraba los ojos y le pedía al mundo que parase. Después, continuaba fingiendo que estaba bien.

Sin embargo, cuando existe una persona capaz de distinguir entre todas tus caras y detectar la más mínima anomalía, guardar un secreto se convierte en algo imposible.

Era la primera vez en días que disponía de la casa para mí sola durante unas horas. Esa noche se estrenaba en la ciudad una obra de teatro que mi madre deseaba ver desde hacía mucho y mi padre la había sorprendido con un par de entradas para la primera función y una reserva en un restaurante español que les encantaba a ambos. Tristan tenía ensayo con su grupo y siempre acababan bastante tarde.

Me puse una rebeca de punto y salí al patio. El sol había comenzado a ponerse y la brisa soplaba un poco más fría; por lo demás, era agradable estar fuera. Me acerqué a la higuera, de cuyas ramas aún colgaban algunos higos, y arranqué uno. Le quité la piel, de un púrpura tan oscuro que no se distinguía del negro, y me lo comí. Estaba tan maduro que la pulpa parecía miel y sabía a caramelo.

Cogí más y me senté en el banco de piedra. Mientras comía, observé el descenso del sol y cómo el cielo cambiaba de color entre las copas de los árboles. Primero se tiñó de naranja y violeta, mezclado con azul. Luego se convirtió en un mar púrpura oscuro salpicado de nubes negras.

Me giré al oír un ruido y vi a Tristan que venía hacia mí.

—¿Qué haces ya en casa?

—Hoy hemos terminado más temprano —respondió.

Se sentó a mi lado y me quitó de la mano el higo que acababa de pelar. Se lo comió de un bocado.

—¡Eh! —protesté.

—¿Vas a contarme de una vez qué te ha pasado con Julien? —me preguntó sin rodeos.

Noté una punzada bajo las costillas.

—Nada, no sé de dónde sacas eso.

Ladeó la cabeza y me miró. Sus ojos recorrieron mi cara durante un instante. Después hizo un ruidito de burla.

—A mí no puedes engañarme, Céline. Te conozco demasiado bien.

Me encogí de hombros como si me rindiera y me reí.

—No es nada importante, no te preocupes.

—Ahora sí que estoy preocupado —replicó muy serio.

—No seas pesado.

Mi hermano chasqueó la lengua sin ninguna paciencia.

—O me lo cuentas tú o voy y le preguntó a él —me provocó.

Lo fulminé con la mirada, pero no surtió el efecto que yo buscaba porque él se levantó y echó a andar hacia la casa. Yo también me puse en pie.

—Joder, Tristan, ¿por qué siempre tienes que meterte en mis cosas? ¿Por qué no puedes no hacer nada por una vez?

Se detuvo y se dio la vuelta. Vi por su expresión que mis preguntas le habían hecho daño.

—Porque eres mi hermana, Céline, y no puedo ignorarte.

Noté que me desinflaba y me sentía diminuta. Culpable y avergonzada. Sacudí la cabeza y me mordí el labio en busca de un dolor que mitigara ese otro que me ardía bajo la piel.

—No lo entenderás —susurré sin aire.

—Ponme a prueba —me retó.

Alcé la vista, demasiado cansada para todo. Luego asentí

y me senté de nuevo en el banco. Tristan se dejó caer a mi lado poco después y ambos contemplamos en silencio cómo los últimos vestigios de luz desaparecían en el cielo y la oscuridad lo engullía por completo.

—Julien no vino a Aix por su trabajo, vino por mí.

—¿Qué quieres decir con que vino por ti?

—Me buscaba, quería conocerme.

Él me miró confundido.

—Céline, como no te expliques mejor...

Y eso hice, se lo conté todo de la forma más clara y directa que pude. Como alguien entre el público de un cine que narra con distancia lo que ve en la pantalla. No encontré otra manera de hacerlo sin romperme por dentro.

Sin embargo, fue justo lo que necesitaba. Escuchar de mi propia voz la historia. Desliar poco a poco los detalles que estaban ahí apretados y contenidos en mis recuerdos. Fijarme en lo que me pasó desapercibido entonces, porque algunas de las frases que dijo tenían tanto ruido que otras desaparecieron en mi subconsciente. Así pude ver las cosas de otro modo que hasta ahora no había podido observar.

—Tienes que decírselo a papá y mamá.

—¡No!

—Es lo suficientemente importante como para que lo sepan. Además, ¿cómo podemos estar seguros de que Julien no es un peligro? —Le dediqué un mal gesto y resoplé. Él añadió—: No me negarás que todo esto no es raro de cojones.

—¿Tú has prestado atención a lo que te he contado? Él jamás quiso acercarse a mí, fue una casualidad, que llevó a otra, y a otra, y a otra...

Tristan alzó las manos con un gesto de hastío.

—Vale, pero deberías contarlo.

—Ya lo he hecho, a mi hermano, y cerrarás la boca si

quieres que continúe confiando en ti. Esta historia solo nos incumbe a Julien y a mí, y necesito tiempo para procesarla y tratar de entenderla, y no podré hacerlo si tengo que lidiar con nuestros padres opinando y sobreprotegiéndome.

Tragué saliva con fuerza y cogí aire, pero la presión punzante que sentía en el pecho no desaparecía. Tristan sacudió la cabeza y su expresión se suavizó un poco.

—Procesa todo lo que quieras, pero es evidente que Julien tiene un trauma de tres pares de narices y deberías alejarte de él por tu propia estabilidad mental. —Lo miré a la defensiva y con tanta frialdad que podría haberlo congelado. Había derrota en sus hombros cuando suspiró—. No vas a hacerlo, ¿verdad?

Me centré en un pellejito que tenía en el dedo para evitar su mirada.

—No lo sé.

—¿Tanto te gusta que no ves todas las banderas rojas ondeando a tu alrededor? ¿Oyes al menos las sirenas? ¡Uuuuh, uuuuh! ¡Niinoo, niinoo! —exclamó decepcionado.

Apreté los labios para que dejaran de temblar. Me escocían los ojos y tenía una congoja en el pecho que no me permitía respirar con un nudo prieto. Parpadeé, pero no sirvió de nada, unos lagrimones inmensos comenzaron a rodar por mis mejillas.

—¡Joder, Céline! —masculló al tiempo que me abrazaba.

Me aferré a su camiseta con los puños y hundí la nariz en su cuello. Las palabras me salieron solas.

—Estoy enamorada hasta las trancas, Tristan. Lo quiero mucho, muchísimo. Intento no hacerlo, pero es imposible. Siento que me muero.

—No vas a morirte —me susurró—. Y si de verdad lo quieres tanto, no sé, igual lo vuestro funciona. ¡Quién sabe!

Que cambiara tan rápido de opinión, solo para consolarme, hizo que mi llanto se volviera más amargo. Tristan empezó a darme palmaditas torpes en la espalda.

—Vamos, deja de llorar y afloja un poco, porque me estás llenando la camiseta de mocos y da mucho asco.

—Lo siento.

—Como haya alguno verde, te mato —se rio por lo bajo.

Yo también me reí y me abracé a él con más fuerza. No quería soltarlo, aún no.

—Solo un poquito más —le pedí.

Su pecho se infló con una temblorosa inspiración.

—Vale, pero solo un poco.

31

Nos pasamos la vida esperando a que sean los demás quienes reaccionen primero. A que sean ellos los que den el primer paso. Quienes nos busquen. Mientras, nosotros esperamos sufriendo una angustia que nos devora y un anhelo que nos consume.

Es un error, porque mientras tú no haces nada, la vida pasa y las historias se suceden. Todo sigue adelante, quieras o no, y al final nos convertimos en las palabras que no dijimos, en la ansiedad que nos tragamos y en las ganas que contuvimos. Nuestras pesadillas se llenan con los abrazos que no dimos y los besos que postergamos.

No hay nada peor que vivir arrepintiéndose de no haber luchado por lo que te hace sentir bien, por lo que te hace soñar y respirar. Por lo que amas.

Yo no quería vivir de ese modo. Con la duda, con la incertidumbre.

Arrastrando para siempre una historia incompleta.

Llamé al portero electrónico.

—¿Quién es?

Después de tantos días sin escuchar su voz, esas dos palabras tuvieron un efecto inmediato en mí. Tragué saliva.

—Soy yo.

No hubo respuesta y un silencio opresivo se alargó en el tiempo. Escondí las manos en las mangas del jersey y apreté los puños hasta clavarme las uñas, mientras el hilo de esperanza al que aún me aferraba comenzaba a deshacerse.

De pronto, el portón se abrió con un pitido. Me apresuré a empujarlo y entré en el edificio.

Tras tomarme un momento para tranquilizarme, subí las escaleras. Al llegar arriba, Julien me esperaba en la puerta. Vestía un pantalón de pijama y una camiseta bajo una chaqueta fina de lana. Mientras me acercaba, reparé en sus ojeras y que llevaba muchos días sin afeitarse.

—Hola.

Levantó la vista del suelo por primera vez y me miró.

—Hola —dijo sin apenas voz.

Se hizo a un lado y me dejó pasar. Después me siguió hasta el salón y no pude evitar fijarme en que mantenía las distancias. Se apresuró a apartar un montón de libros y ropa que había sobre el sofá.

—Puedes sentarte.

—Estoy bien así —dije en voz baja.

Él me miró fijamente y tragó saliva. Se pasó la mano por el pelo, parecía tan nervioso o más que yo. Era extraño que las cosas entre nosotros ahora fuesen tan raras y complicadas. Tan distantes y tensas. Cuando lo que a mí me nacía de dentro era correr y abrazarlo y, por el anhelo en sus ojos, él estaba sintiendo lo mismo. Cuando solo una semana atrás nos devorábamos el uno al otro bajo las sábanas de su cama.

Inspiré hondo, no sabía por dónde empezar y el silencio era tan incómodo.

Llevaba un par de días pensando lo que iba a decir, reuniendo el valor para hacerlo, y ahora todo estaba en blanco.

—¿Quieres tomar un café o alguna otra cosa? —me preguntó.

—Nada, gracias.

—Vale.

Tomé aire.

—¿Cómo estás?

—Bien —respondió—. ¿Y tú?

El corazón me dio un vuelco, era ahora o nunca.

—Te he echado de menos —dije. Sus ojos se posaron en los míos muy abiertos. Proseguí antes de que me abandonara el coraje—: Julien, he estado pensando mucho estos días. En lo que me contaste, en nosotros, el futuro... He intentado ponerme en tu lugar e imaginar por todo lo que has debido de pasar durante este tiempo y creo que lo entiendo. Puedo comprenderte.

—Céline, yo...

Lo interrumpí con un gesto.

—¡No! Por favor, déjame terminar o no sé si seré capaz después.

—Vale —convino.

Metió las manos en los bolsillos de su chaqueta y su pechó se elevó con una inspiración brusca. El mío se quedó vacío tras un largo suspiro.

—Soy muy consciente de los motivos que te trajeron aquí y que lo nuestro no debía ocurrir, pero ha ocurrido y para mí tú eres lo mejor que me ha pasado nunca. Yo... yo te quiero, Julien. Me he enamorado de ti y ya no tiene arreglo, esa es la verdad —me reí con lágrimas en los ojos—. Así que, dadas las circunstancias y que yo no quiero perderte bajo ningún concepto, creo que deberíamos seguir juntos e intentarlo. Porque siempre he soñado con un amor del tipo «no sé vivir sin ti» y justo lo he encontrado contigo. Cuando te miro, veo magia y siento que eres una de esas casualidades imposibles que solo pasan una vez en la vida.

Ya está, lo había dicho.

Tragué saliva y él se masajeó el puente de la nariz. Sus labios eran una línea fina y apretada.

—Yo también he pensado mucho, y no puedo hacer esto contigo, Céline. No puedo.

—¿Por qué?

—Porque quererte me hace sentir culpable. Porque siento que no está bien, no es lo correcto. Te miro y pienso en Chloé. Pienso en ella y te veo a ti. ¿Te das cuenta de lo enfermizo que es? No sé si estoy realmente enamorado de ti o sigo enamorado del corazón que llevas dentro. Estoy hecho un lío y es jodidamente doloroso —dijo con lágrimas en los ojos.

Cerré los míos, porque sus palabras me lastimaban mucho. También verlo a él tan frágil y vulnerable. No podía respirar. No podía dejar de temblar.

—Te ayudaré a superarlo. Lo superaremos juntos.

Su rostro se contrajo como si mis palabras le dolieran y negó con la cabeza.

—No podemos.

—Di que no puedes, porque yo al menos quiero intentarlo —le espeté demasiado frustrada.

—No puedo.

—Julien, lo que tenemos es tan...

—¿Mágico? —me cortó. Alzó las manos, impaciente—. Dios, Céline, tú crees en la magia y en las casualidades imposibles, y ojalá yo tuviera tu misma inocencia. Pero la verdad es que esa magia que crees que hay entre nosotros no existe. Nada de esto fue una casualidad, sino algo premeditado. Fui yo el que lo provocó de forma deliberada cuando vine hasta aquí para verte. Deberías odiarme, no aferrarte a mí.

Me pasé la mano por las mejillas para quitarme las lágrimas que no paraba de derramar.

—No puedo odiarte.

Algo en su mirada se quebró.

—Pues deberías, porque lo que te he hecho es muy cruel y no está bien.

Su expresión me desarmaba. Tan triste. Tan arrepentida, y al mismo tiempo determinada, que hizo que la opresión que sentía en el pecho se volviese insoportable. No estaba preparada para esto y me costaba pensar con claridad.

—Tienes razón, no está bien y te perdono por ello. Te perdono —repetí para que me creyera.

—Pero yo no puedo perdonarme. No merezco nada de esto, Céline.

—¿Sabes? El mundo está lleno de personas que se escudan en sus miedos y en sus errores para impedirse amar, porque amar significa estar vivo y querer vivir. Puedes ser de ese tipo de personas, quedarte estancado y simplemente limitarte a existir. O seguir adelante y aceptar que mereces una segunda oportunidad y continuar con tu vida. Elijas lo que elijas, nada cambiará el hecho de que Chloé no está y ya no volverá. Y no fue culpa tuya, Julien. No hiciste nada por lo que debas castigarte.

Estiré el brazo y le tendí mi mano con la esperanza de que la aceptara y me dejara ayudarle a hacerle frente a todo ese caos que lo atormentaba. Sin embargo, él tragó saliva a duras penas y negó con la cabeza.

—No puedo, lo siento.

El corazón me latía con desenfreno. Me dolía. Y lo más triste era que mi yo empático podía entender a Julien y no era capaz de enfadarme con él o desquitarme con algún comentario airado o dañino que me hiciera sentir mejor.

Así que abracé mi cuerpo tembloroso y lo observé, mientras el universo se expandía entre él y yo, alejándonos al uno del otro. Pude sentir la distancia. La certeza de que lo nuestro había terminado cuando apartó la mirada.

Me limpié las mejillas con el dorso de la mano.

Me di la vuelta y me dirigí a la puerta con la seguridad de que era lo más duro que hacía en mi vida. Las escaleras se me hicieron interminables. Una vez en la calle, seguí andando sin detenerme, como si mi cuerpo hubiese puesto el piloto automático.

Cuando llegué a casa, me metí en la cama y lloré hasta quedarme seca.

Al día siguiente, levantarme me costó como nunca, cada paso que daba requería una energía que no poseía. Me dolía todo, por dentro y por fuera. Era espantoso. Sin embargo, no dejé de moverme. Ni al día siguiente. Ni al siguiente.

Tenía dos opciones: quedarme estancada y limitarme a respirar o seguir adelante y continuar con mi vida. Ninguna de las dos cambiaría lo que había pasado. No me devolvería lo que había perdido. Así que decidí seguir. No pensaba perder nada más y, mucho menos, a mí misma.

Continué trabajando como si nada hubiera pasado. Quedaba con mis amigos e incluso acepté tomar un café con Inès. Después hubo otros muchos, y alguna cena.

El tiempo pasó.

Y Julien desapareció de la ciudad y de mi mundo como una estatua de arena que azota el viento, sin dejar ningún rastro. Solo quedaron las fotos que colgaban de mi pared y cada noche eran lo último que veía antes de acurrucarme en mi cama y quedarme dormida.

Un día empecé a sonreírme frente al espejo, a bailar como loca, a reírme a carcajadas.

Un día me levanté con una idea y un título fulgurante.

Con la mente repleta de sensaciones que necesitaba convertir en frases.

Comencé a escribir y fui pasando página.

Julien

32

Cuando pierdes a alguien lo primero que notas es el peso de esa mochila llena de arrepentimientos con la que cargarás el resto de tu vida. Repleta de todas esas cosas que dijiste y no debías. De las que deberías haber dicho y callaste. De horas, minutos y segundos que pensabas que tenías, pero que dejaron de contar en seco. Llena de impotencia y rabia. De tristeza y culpa.

Conocí a Chloé durante el primer curso de instituto, cuando solo éramos unos niños con prisa por hacerse mayores. Nos encaprichamos el uno del otro desde el primer día y fuimos creciendo y madurando juntos. Nuestra relación nunca fue fácil ni sencilla. Rompíamos continuamente y volvíamos a salir con la misma impaciencia. Nos gustábamos, nos queríamos, pero nuestras personalidades chocaban. A mí me gustaba pensar las cosas y ella odiaba esperar. Cuando quería algo, lo quería ya, y esa inmediatez casi siempre tenía consecuencias problemáticas, que se traducían en discusiones, frustración y heridas que no curábamos, porque nos acostumbramos a dejar que el tiempo resolviera los conflictos en lugar de afrontarlos.

Yo estudié Periodismo y Administración de Empresas.

Ella, Arquitectura de Interiores. Tras graduarnos, yo quería vivir y trabajar en París y Chloé, en Londres, porque estaba convencida de que allí podría conseguir el éxito y reconocimiento que buscaba. Ninguno de los dos cedió, por lo que estuvimos separados durante más de un año y medio.

Un día, de la noche a la mañana, lo abandonó todo y regresó a casa con la idea de que debíamos casarnos. Era imposible organizar la boda que ella quería en el plazo que se había marcado. Por ello, en lugar de esperar, volvió a optar por lo inmediato y nos convertimos en pareja de hecho. Porque así era Chloé, tan impulsiva y visceral que sobrepasaba los límites de lo sano.

Nos trasladamos a un piso en el barrio de Saint-Germain, muy cerca de donde vivían sus padres. A partir de ese momento, nuestra vida juntos se tranquilizó bastante. Yo fui adquiriendo experiencia en la editorial y escalando puestos poco a poco, y tres años más tarde dirigía la revista más importante de nuestro grupo.

Chloé encontró trabajo en un estudio de arquitectura especializado en espacios de trabajo y comercios. Tenía un horario flexible, libertad creativa y grandes presupuestos, todo lo que siempre había deseado para convertirse en la profesional que soñaba ser. Sin embargo, un año más tarde, el diseño de oficinas ya no la motivaba y buscó expansión en espacios residenciales. Tampoco duró.

Chloé era preciosa, inteligente, divertida, lo tenía absolutamente todo y la quería muchísimo. No obstante, me costaba comprenderla cada vez más. Parecía vivir en un estado continuo de insatisfacción en el que nada la llenaba, ni siquiera yo. Me desvivía por complacerla, pero nunca era suficiente. Siempre estaba a la búsqueda de algo más, aunque ni ella misma sabía qué quería encontrar.

A veces me quedaba despierto solo para poder verla

dormir de forma plácida. Intentando descifrarla. Tratando de averiguar de qué carecía, pero nadie es adivino y mucho menos yo, y Chloé era como una veleta azotada por el viento que cambiaba constantemente de dirección.

Hasta que un día perdió mucho más que el control.

Perdimos los dos.

Era 14 de julio, fiesta nacional en Francia.

Nos estábamos preparando para ir a ver los fuegos artificiales a la plaza del Trocadero con Féilx, mi mejor amigo, y Elodie, su novia. Mientras Chloé se vestía, saqué la cámara fotográfica de la bolsa y la encendí, pero se apagó segundos después. Se había agotado la batería recargable. Llevaba otra en mi mochila y fui a buscarla. Al meter la mano en el bolsillo, me corté con algo afilado, probablemente con el cúter que usaba para abrir los paquetes y que nunca cerraba de forma segura.

Retiré la mano de golpe y vi un tajo en mi dedo índice. Comenzó a sangrar de forma profusa. Corrí al baño y saqué el botiquín del armario. Desinfecté la herida y cuando dejó de sangrar busqué los puntos adhesivos. La caja estaba vacía. Abrí uno de los cajones bajo el lavabo, donde Chloé guardaba cosméticos, cremas, geles y otros productos. Quizá tuviera alguna tirita. Me puse a rebuscar. Al fondo había varias cajas y me costó alcanzarlas con una sola mano.

Todo lo que pasó desde ese momento lo recuerdo un tanto difuso, como si estuviera envuelto en una neblina, a ratos ligera y a ratos más densa. Lo primero que sentí al ver los test de embarazo sin usar fue confusión y desconcierto. Después, todo mi cuerpo se revolucionó con el único escenario posible que tenía sentido: Chloé estaba embarazada.

¡Joder, íbamos a tener un bebé!

La habitación empezó a darme vueltas y creí que el corazón se me saldría del pecho en cualquier momento. Me apoyé en la encimera, incapaz de dilucidar cómo me sentía. La idea de ser padre no se me había pasado por la cabeza ni una sola vez. Chloé y yo ni siquiera habíamos hablado sobre ese tema porque, desde el primer momento, ambos le dimos prioridad a nuestro desarrollo profesional y aún éramos muy jóvenes para plantearnos tener hijos.

Contemplé las cajas y me percaté de que no eran todas iguales. Les eché otro vistazo y me quedé helado al ver que, además de los test de embarazo, había otros dos de ovulación. Me recorrió un escalofrío. Después, cuando los hilos de mi mente comenzaron a moverse, un calor tremendo se apoderó de mi cuerpo, hasta tal punto que temí que mi sangre estuviera ardiendo.

Entonces, Chloé entró en el baño. Primero me miró a mí con sus enormes ojos azules, luego mi mano. Se puso tan pálida que parecía un cadáver. La viva imagen de la culpabilidad. Inspiré hondo para calmarme, pero no sirvió de nada. Apreté los dientes con fuerza, necesitaba silenciar las voces dentro de mi cabeza que me decían que ella había llegado demasiado lejos esta vez.

—¿Qué es todo esto?

—Iba a contártelo —replicó.

—¿Estás embarazada?

—Aún no.

Me tensé perplejo. Dos palabras. Solo dos palabras y lo supe, porque, aunque había partes de Chloé que nunca lograría descifrar, otras las conocía mejor que ella misma.

—¿Aún no?

—Julien...

—¿Qué significa «aún no»?

—Julien...

—¡Explícate!

Chloé me confesó que llevaba varios meses sin tomar

las píldoras anticonceptivas, desde que un día se dio cuenta de que algo en su interior había cambiado y su deseo dormido de ser madre había despertado. Tuvimos una bronca monumental. No entendía por qué había tomado una decisión tan importante sin consultarla conmigo. Se justificaba con que quería que fuese una sorpresa para mí y que no había una gran diferencia con quedarse embarazada por accidente.

Sin embargo, yo no lo veía del mismo modo. Una cosa es asumir la responsabilidad de una paternidad no planeada, porque un anticonceptivo falle o tengas un descuido, y otra muy diferente, que la persona con la que mantienes una relación y en la que confías decida imponértela.

Pero así era Chloé, cuando quería algo lo quería ya y no era capaz de pensar en nada o en nadie salvo en lo que ella quería. Por esa razón actuó sin decírmelo, porque existía la posibilidad de que mis necesidades no fuesen las mismas y no contemplaba un no por mi parte.

—Te amo, Julien. Solo quiero tener una familia contigo.

—Pero no así, cariño. Si algún día tenemos un hijo, quiero formar parte desde el principio. Quiero desearlo y sentir que ha llegado el momento. Que cada paso lo demos juntos, no que me trates como un depósito de esperma.

—No te estoy tratando como un depósito de esperma —resopló molesta.

—Pues yo me siento justo así.

—¿Sabes? Es imposible hablar contigo cuando te pones tan terco.

Dio media vuelta y se encaminó al salón. La seguí.

—¿Porque no digo lo que quieres oír?

—Porque quiero tener un hijo y no entiendo por qué tú no —me recriminó.

—¿Acaso me escuchas cuando te hablo? Quiero tener un

bebé contigo, pero no de este modo y justo ahora. No creo que sea el momento.

—¿Por qué no?

—Chloé, algo tan importante se debe meditar y planificar. Deberíamos asegurarnos de si es lo que realmente queremos y cuándo.

Sacudió la cabeza en el acto.

—Ya estoy segura y lo quiero ahora.

Me enojaba lo difícil que era hablar con ella cuando no atendía a razones.

Quizá por ese motivo, porque estaba cabreado y dolido, dije lo que dije.

—Joder, Chloé, un niño no es un gato que puedas devolver si después te das cuenta de que es una responsabilidad que no sabes asumir. Ni un trabajo o una ciudad que puedas abandonar porque te aburres y ya no te aporta nada.

Ella me fulminó con la mirada.

—¿Acabas de comparar a mi futuro bebé con el gato callejero que adopté?

—También apareciste con él sin más. Otro capricho. Otro impulso. ¿Y dónde está ahora el puñetero gato? —exploté.

Ella me miró dolida y con lágrimas en los ojos. Pestañeó repetidas veces, herida.

—Que te den, Julien —me espetó.

Después se dirigió al vestíbulo y salió de casa dando un portazo.

Pum.

El espejo de la entrada tintineó y yo apreté los párpados con fuerza. Cualquier día acabaría hecho añicos en el suelo. Solté un taco entre dientes. Ya debería haberme acostumbrado a que pusiera fin de ese modo a nuestras discusiones, pero me resultaba tan doloroso y frustrante como la primera vez.

Di vueltas por el salón, en un intento inútil por calmarme. Abrí el ventanal y dejé que el aire nocturno refrescara la sala. Desde el balcón, observé el cielo oscuro. Me sentía fuera de mi propia piel, molesto y deprimido. En el edificio de enfrente, un gato paseaba sobre el alero del tejado. Una pareja cenaba frente al televisor. En otra ventana, un niño levantaba una tienda de campaña con sábanas y cojines. A través del ventanuco de una buhardilla, la banda sonora de *Casablanca* rompía el silencio.

Millones de vidas, todas distintas. No importaba lo que ocurriera en ellas, el mundo seguía girando mientras yo estaba hecho una mierda.

El timbre del teléfono me sobresaltó. Lo saqué del bolsillo y le eché un vistazo. Era Chloé. Descolgué, pero antes de que pudiera responder, su voz llorosa sonó al otro lado:

—Lo siento, Julien. No quería discutir contigo.

—Yo también lo siento, cariño.

—Tú tienes razón, lo que he hecho no está bien.

—No pasa nada, no estoy enfadado.

—¿De verdad?

—No lo estoy, te lo aseguro —afirmé.

La oí suspirar al otro lado el teléfono.

—No sé qué me pasa ni por qué hago estas cosas, Julien.

—No te preocupes, hablaremos de eso más tarde. ¿Dónde estás?

—Junto al río, frente al embarcadero.

—No te muevas de ahí, voy a buscarte.

—Julien...

—¿Sí?

—Lo haré mejor a partir...

El sonido agudo de un claxon se coló a través del auricular, seguido de un fuerte golpe. Chirridos. Estruendos. Cristales que se rompían. Gritos desgarradores que me pusieron la piel de gallina. Después, nada.

Eché a correr y no me detuve hasta que llegué al río. A lo lejos, divisé las luces de los servicios de emergencia. Y lo supe. Solo lo supe. Lo sentí bajo las costillas, en la médula.

Los primeros testimonios hablaban de una furgoneta que había perdido el control y arrolló a varios transeúntes al intentar esquivar a un peatón, que apareció de la nada en medio de la calzada. Había varios heridos de diversa importancia. La más grave, una mujer joven en estado crítico.

Me abrí paso entre la gente que curioseaba, pero al llegar al cordón policial no me dejaron avanzar por más que grité que mi novia estaba allí. Uno de los sanitarios me informó de a qué hospital iban a trasladar a los heridos y me dirigí allí sin perder más tiempo. Cuando llegué, me impidieron acercarme al acceso a urgencias, lo habían cerrado para permitir solo el paso a las ambulancias y los sanitarios. A lo lejos vi cómo llegaban los vehículos y empujaban las camillas al interior. Tras lo que me pareció una eternidad, pude entrar. Corrí hasta el mostrador y pregunté a las enfermeras, pero solo pudieron confirmarme que Chloé era uno de los heridos identificados.

Me senté en la sala de espera y llamé a Félix. Luego traté de localizar a los padres de Chloé. Lo intenté durante horas, pero se encontraban en la otra punta del mundo, recorriendo Papúa Nueva Guinea y las Islas Salomón para celebrar su aniversario, y sus teléfonos no recibían señal.

Cuando estaba a punto de volverme loco, me llamaron por megafonía. Con Félix a mi lado, recorrí el pasillo que me indicaron hasta la sala donde me esperaba un grupo de médicos. Que hubiera tantos me asustó sobremanera.

El diagnóstico era catastrófico. Chloé se había llevado la peor parte en el atropello y no había ninguna esperanza. Según los médicos, ella ya no estaba, solo permanecía su cuerpo gracias a las máquinas que lo mantenían.

—¿No se puede hacer nada? —preguntó Félix. Yo no era capaz de pensar.

—El vehículo la ha embestido a gran velocidad. Ha sufrido diversos politraumatismos de mucha gravedad. Su estado no es compatible con la vida, lo sentimos mucho.

—Dios... —murmuré.

No podía entenderlo. No podía asimilarlo.

Mientras intentaba comprender las palabras del doctor que había atendido a Chloé y la realidad se abría paso en mi cerebro, otro médico se me acercó y, tras presentarse, comenzó a hablarme de trasplantes, donantes, receptores y de lo importante que era salvar vidas. El corazón de Chloé no había sufrido ningún daño y era viable para una donación.

—¿Me está pidiendo que done el corazón de mi novia?

—Tiene la oportunidad de ayudar a otra persona a vivir. Siento presionarle en un momento como este, pero el tiempo es decisivo.

Me quedé mirando a aquel hombre sin saber qué decir. Me dejé caer en una silla y me cubrí el rostro con las manos. Cerré los ojos y recé para que al abrirlos la pesadilla hubiera terminado. No lo hizo, empeoró. Por más que lo intenté, no conseguí hablar con sus padres para darles la noticia y que ellos decidieran sobre la donación. Yo no sentía que tuviera ese derecho.

En un momento dado, la situación se complicó tanto que me dejaron entrar a verla para que pudiera despedirme. Me llevé la mano a la boca cuando la vi conectada a un montón de máquinas y casi irreconocible. Allí, mirándola, fui consciente de la situación por primera vez. La había perdido, ella ya no estaba allí conmigo. Tomé su mano entre las mías. Con las lágrimas rodando por mis mejillas, deposité un beso en su frente.

—No sé qué hacer —susurré contra su piel.

Minutos más tarde firmaba la autorización. Convencido de que ella habría querido que su paso por esta vida perdurara de algún modo, y ayudar a otra persona me parecía el más significativo.

Los padres de Chloé aterrizaron en París treinta horas después de que se certificara la muerte de su hija.

—¿Cómo has podido? —me preguntó ella al tiempo que me daba otra bofetada. Apreté los párpados cuando el dolor de mi mejilla comenzó a transformarse en un escozor ardiente—. ¡No tenías ningún derecho!

—Pensé que ella lo habría querido así.

—¿Pensaste que ella estaría de acuerdo con que mutilaran su cuerpo? —intervino él.

Le sostuve la mirada y asentí, porque creía en Chloé con toda mi alma. Ella podía tener muchos defectos, todos los tenemos, pero poseía muchas más virtudes y era buena.

El desprecio y el odio que sentía su padre en aquel momento por mí se transformó en ira. Me agarró por la camisa y empezó a sacudirme. Cuando alzó la mano para pegarme, mi padre y Félix me lo quitaron de encima.

—Ya basta, él también la ha perdido —le recordó mi padre.

—Era el corazón de mi hija y tú lo has regalado como si no tuviese ningún valor. Solo Dios sabe a qué clase de persona se lo han dado y si realmente lo merece.

Parpadeé con la sensación de que despertaba de un sueño y lo miré a los ojos, mientras mi garganta se cerraba como si una mano me estuviera ahogando. En aquel instante, esa frase se grabó a fuego en mi cerebro. Me obsesioné con ella. Con la idea. Con la respuesta.

«Solo Dios sabe a qué clase de persona se lo han dado y si realmente lo merece».

¿Lo merece?

33

Me sentía como un montón de desórdenes desalineados, si es que eso existe.

Puro caos. Viviendo en la cara más amarga del duelo y la pérdida.

Durante meses me torturé y me martiricé reviviendo lo que pasó esa noche.

¿Y si...? ¿Existe algo peor de soportar que una pregunta que comience por «y si...»?

¿Y si no me hubiera enfadado? ¿Y si no le hubiera dicho esas cosas? ¿Y si la hubiera retenido en casa en lugar de no hacer nada? ¿Chloé aún estaría conmigo? ¿Habría podido salvarla?

Nunca lo sabría, porque así funcionan esas dos malditas palabras abrazadas por dos signos de interrogación. Son el castigo que merece una conciencia que se siente culpable.

Y vuelves una y otra vez a ese punto en el que crees que hiciste algo mal o dijiste lo que no debías. Y lo imaginas, cambias en tu cabeza los hechos y las palabras. Dibujas en el horizonte de tu mente otros finales. Más amables. Menos dolorosos. Pero no son reales.

Así que intentas no pensar y lo único que consigues es

pensar más. Un bucle infinito de silencios y gritos, de nudos en la garganta que no podía tragar.

Mientras, vivía una farsa en la que simulaba que mi vida continuaba.

Trabajaba, comía y dormía. Y los días pasaron envueltos en rutina.

Poco a poco, el dolor por la muerte de Chloé se me hizo soportable. Comencé a aceptarlo.

La razón me decía que nunca estuvo en mi mano cambiar los acontecimientos y me aferraba a esas últimas palabras que nos dijimos por teléfono, como un náufrago a un salvavidas. Me permití echarla de menos y rehacer los recuerdos.

Sin embargo, todavía perduraban en mi memoria todas las cosas que me dijeron sus padres. No solo perduraban, se habían enquistado hasta el punto de envenenarme. Solo podía pensar en esa otra persona a la que le había donado su corazón. Quién sería, cómo sería, qué edad tendría... ¿Merecía conservar esa parte de ella? ¿Me equivoqué al firmar la donación?

Vivir con esa incertidumbre me estaba matando.

Me convertí en un ser amargado e insoportable sin ninguna paciencia. La ansiedad se apoderó de mí y me sentía incapaz de resolver absolutamente nada. La apatía, el insomnio y la frustración acabaron siendo mis compañeros de piso. No quería trabajar ni hablar con nadie, y estaba harto de las miradas de compasión y de todos esos consejos que me decían cómo solucionar mis problemas.

Yo sabía mejor que nadie por qué no levantaba cabeza y cuál era la solución para salir de ese agujero, aunque nadie parecía estar de acuerdo conmigo. Necesitaba saber quién era esa persona y si me había equivocado al darle algo tan importante.

Estábamos a mediados de marzo y una primavera temprana comenzaba a pintar de colores los jardines y los parques. El cielo era mucho más azul y el sol de mediodía te obligaba a desprenderte del abrigo. El aire olía diferente, más dulce, si bien yo era incapaz de apreciarlo en medio de aquella inercia sin sentido en la que me limitaba a respirar.

Tiré mi almuerzo a la papelera y me repantigué en el sillón. Giré la cabeza y miré a través del ventanal de mi oficina. Las vistas eran una mierda, una mole de acero, hormigón y cristal, igual de fea y aburrida que el edificio donde se encontraba el grupo Leconte. No éramos los más grandes ni los más importantes, tampoco lo pretendíamos. Mi abuelo siempre tuvo claro lo que quería y no era un imperio económico. Él perseguía algo más intrínseco: convertirse en un referente de calidad, prestigio y buen gusto en el mundo editorial, y lo había logrado.

Todo el mundo quería aparecer en *Icône*: actores, músicos, políticos, empresarios, marcas... Y lo mismo ocurría con nuestra editorial de libros. Sin embargo, yo iba camino de estropearlo todo, cada día me desviaba un poco más y no podía detenerme. Mi mente se hundía en un agujero sin fondo.

Entonces, algo ocurrió. Los engranajes del destino comenzaron a girar de nuevo.

Aún no lo sabía, pero mi vida jamás volvería a ser la misma.

Yo jamás volvería a ser el mismo.

La puerta se abrió y Félix entró en mi oficina sin mediar palabra. Parecía cabreado, aunque tampoco era una novedad, porque llevaba meses molesto conmigo. Estaba harto de mi actitud y no podía culparlo.

Se paró frente a mi mesa y me tiró un sobre a la cara.

—Tú ganas, ahí tienes sus datos. Pero te lo advierto, Julien, Elodie se la ha jugado para conseguirlos y, como esto la salpique y ponga en riesgo su carrera, juro que te mato.

Sentí un chispazo, una corriente recorriéndome el cuerpo. Me temblaron los dedos cuando sostuve el sobre. Nunca debió caer en mis manos, o quizá estaba escrito desde que el mundo es mundo que así sucediera. No importa, ese fue el desencadenante de todas las decisiones que vinieron después.

Mi amigo se encaminó a la puerta que había dejado entreabierta.

—Félix... —lo llamé. Se detuvo y me miró por encima del hombro—. Gracias.

Sacudió la cabeza y una de sus comisuras se elevó un poco.

—Espero que encuentres lo que buscas y de verdad te ayude a salir de toda esta mierda.

Yo también lo esperaba.

Seguir adelante cuando me cuestionaba cada paso que había dado en la vida, con tanto dolor oscilando entre la culpabilidad y la oscuridad, había convertido mis días en un infierno.

Y ya no podía avanzar sin sentir que iba a perder el juicio.

34

Llegué a Aix-en-Provence un sábado por la mañana sin apenas equipaje. Me instalé en un hotel en el centro de la ciudad, con intención de quedarme tan solo una semana. Tiempo más que suficiente para encontrar lo que buscaba.

Deshice el equipaje y pensé en tomar una ducha y descansar el resto del día. Sin embargo, diez minutos después me dirigía a la dirección que Elodie me había conseguido, con mi mochila al hombro y un plano de la ciudad en las manos, fingiendo ser un turista para no parecer el acosador que en realidad era.

Una dirección y un nombre, no tenía más.

Comprobé otra vez el número en la puerta y observé la casa.

Era esa, no tenía dudas.

Estaba en un barrio tranquilo, de casas bajas con patios y jardines muy cuidados, y calles estrechas y laberínticas en las que podías perderte si no prestabas atención. Un gato tricolor apareció de la nada y se sentó frente a mí sin dejar de observarme.

«¿Y ahora qué?», pensé.

No podía quedarme allí plantado, esperando a encontrarme a esa persona saliendo de su casa. Llamaría su atención y lo único que tenía realmente claro de aquella locura que había emprendido era que jamás debía saber que yo existía.

Averiguaría lo que necesitaba y luego desaparecería con el mismo anonimato con el que había llegado.

—Céline, te dejas el bolso.

El corazón se me subió a la garganta al oír ese nombre.

Me di la vuelta y fingí que consultaba el plano. Escuché el chirrido de una verja y segundos después una chica pasó por mi lado con prisas. Alcé la cabeza y contemplé su espalda mientras se alejaba. Llevaba unos vaqueros azules, botas marrones y un abrigo rojo con capucha. Era bajita y tenía una larga melena oscura que le llegaba casi por la cintura.

Nada especial que llamara la atención.

La seguí desde una distancia prudencial, un poco mareado por la falta de aire y el ritmo frenético de mis latidos. Tanto tiempo imaginando cómo sería y allí estaba, a solo unos metros de distancia. Me parecía mentira.

Caminó hasta una farmacia. La vi entrar y yo me aposté al otro lado de la calle. Aguardé nervioso, y aproveché aquellos minutos para echarle un vistazo a mi teléfono móvil. Tenía algunos mensajes y llamadas del trabajo, pero los ignoré. No podía dejar de pensar en lo demencial que era lo que estaba haciendo.

Levanté la vista y en ese momento pude verla de frente. Tenía un rostro pequeño y redondo, con los pómulos marcados y cubiertos de pecas. Ojos oscuros y nariz respingona. No me pasó por alto el toque exótico de sus rasgos. Salió de la farmacia y, durante un segundo, su mirada me tocó sin verme. Se me aceleró el pulso.

Continuó caminando con paso rápido y yo me limité a seguirla. Al cruzar una plaza en la que había varias terrazas, una chica gritó su nombre desde una de las mesas. Ella se acercó y, tras saludarse con un abrazo, comenzaron a conversar. Esa fue la primera vez que la vi sonreír.

No sé qué se me pasó por la cabeza en ese momento ni por qué lo hice, saqué la cámara de mi mochila y le tomé una foto. La primera de muchas.

No tardé demasiado en averiguar todo lo que necesitaba saber sobre Céline.

Era la persona más normal con la que me había topado nunca y tenía la vida más normal que pudiera imaginar. Y no lo digo como algo negativo. Al contrario, bastaba con verla para darse cuenta de su naturaleza amable e inocente. Puede que demasiado inocente para un mundo tan egoísta.

Los días pasaban y, cuanto más observaba a Céline, mejor me iba sintiendo. La culpa que arrastraba se fue diluyendo. Los nudos que me ahogaban se fueron deshaciendo. Me costaba menos respirar y el insomnio dejó de atormentarme. Lo difuso se volvía claro. Mis pedazos comenzaron a unirse y dejé de sentirme tan roto.

Aquel 14 de julio tomé la decisión más difícil y dolorosa de mi vida, pero ahora sabía que no me había equivocado al firmar el consentimiento para la donación. Chloé ya no estaba, pero una parte de ella aún vivía y ayudaba a vivir a otra persona.

Esa idea me reconfortaba. Me sanaba.

Y comencé a sentirme vivo de nuevo.

A estar en paz conmigo mismo.

Debí marcharme entonces, pero no lo hice. Si alguien me hubiera preguntado el motivo, no habría sabido qué contestar. Simplemente me quedé. Dejé el hotel y alquilé un piso. Le pedí a Félix que asumiera la dirección de la revista durante un tiempo y me dediqué a escribir artículos y editar, algo con lo que de verdad disfrutaba. Igual que disfrutaba de la sensación de libertad que me invadía mientras paseaba por la ciudad sin ninguna prisa. Cada vez que contemplaba un atardecer. Siempre que me cruzaba con Céline y la veía sonriendo. Brillando.

—Sabes que ella no es Chloé, ¿verdad? —dijo Félix al otro lado del teléfono.

—Que te jodan, Félix. Eso está fuera de lugar —gruñí.

—¿Qué esperas que piense? Llevas ahí tres meses, pasas de la revista...

—No paso de la revista.

Resopló sin paciencia.

—Fuiste allí para conocerla. Lo hiciste, ya sabes quién es, tranquilizaste tu conciencia. ¿Por qué no regresas, entonces?

Abrí la boca para responder, pero no supe qué decir. Yo mismo me quedaba mirando la nada incontables veces, preguntándome si estaba cometiendo un error colosal al no volver a casa y la razón por la que no podía irme sin más.

—¿Sabes por qué no aconsejan que los familiares de un donante conozcan la identidad del receptor? —continuó Félix—. Porque al final esas relaciones se vician, se corrompen, se crean dependencias insanas e incluso disociaciones. Así que, si de alguna forma, crees que estando cerca de esa chica mantienes alguna extraña conexión con tu novia muerta, es porque has perdido la cabeza por completo.

—Soy muy consciente de la realidad y te aseguro que no hay nada morboso en toda esta situación. Sé perfectamente que esa chica no es Chloé y regresaré a París en cuanto me sienta con fuerzas para retomar el trabajo y decidir qué hago con todo lo demás. Tú mejor que nadie sabes hasta qué punto toqué fondo.

—Lo sé.

—Solo necesito un poco más de tiempo, Félix. Solo un poco más para estar bien del todo.

—De acuerdo, si es lo que necesitas.

Colgué el teléfono y continué caminando. La tienda que buscaba se encontraba al otro lado de la avenida des Belges. Crucé cuando el semáforo cambió y comprobé de nuevo la dirección en mi teléfono. Según el mapa, la tenía en las narices, pero no lograba verla. Alcé la vista y el planeta entero frenó en seco. Céline pasó por mi lado dando tumbos y con el rostro cubierto de lágrimas.

Cruzó la calle sin apenas mirar. Vi que se apoyaba en la pared de un edificio y cómo se llevaba las manos al pecho, mirando de un lado a otro, aturdida. Antes de pararme a pensar que estaba cometiendo el peor error de todos, eché a correr. Esquivé el tráfico y llegué al otro lado a toda prisa.

Tiré la mochila al suelo y la sostuve cuando las rodillas le fallaron.

—Eh, ¿te encuentras bien?

Negó con la cabeza, y la ayudé a sentarse. Respiraba muy rápido y de forma superficial. No dejaba de tocarse el pecho y ese gesto comenzó a asustarme más de lo que ya estaba. Le tomé el pulso en el cuello, mientras intentaba dirigir su respiración. Me miró a través de las lágrimas que inundaban sus ojos y se me partió el alma por el sufrimiento que reflejaban.

Empecé a hacerle preguntas que pudieran ayudarme a averiguar qué le pasaba. Volví a tomarle el pulso, esta vez en la muñeca. Tenía todos los síntomas de un ataque de pánico. Lo sospechaba porque en el último año yo había tenido varios, y la sensación era horrible. No obstante, no podía estar seguro.

Un hombre se ofreció a llevarla al hospital y no lo pensé. La cogí en brazos y entré con ella en el vehículo. Nada más llegar a urgencias, la colocaron en una camilla y se la llevaron a toda prisa. Me senté en la sala de espera, incapaz de marcharme. Minutos después, vi a su madre cruzar las puertas. Una enfermera la acompañó dentro y yo seguí esperando.

Solo quería saber si se encontraba bien.

Al cabo de dos horas, el que estaba a punto de sufrir un ataque era yo.

Me acerqué al mostrador y reuní el valor para preguntarle a una enfermera.

—¿Cómo se llama la paciente?

—Céline Montplaisir.

Asintió como si ya la conociera.

—¿Eres familiar?

—No, soy la persona que la auxilió en la calle.

Me miró con atención y vi que se debatía entre responderme o no. Le sonreí, y ella me devolvió el gesto.

—Se encuentra bien, podrá irse a casa en un rato.

No me di cuenta de que estaba conteniendo el aire, hasta que lo solté de golpe y sentí un alivio inmediato.

—Gracias.

—¿Quieres que le diga algo de tu parte?

—No es necesario, solo devuélvale esto. Se le cayó antes.

Le entregué el bolso de Céline y, sin perder más tiempo, me marché.

35

Las dos semanas siguientes al incidente, Céline desapareció por completo. Los primeros días, pasaba de vez en cuando frente al hotel en el que trabajaba y daba vueltas por el barrio donde vivía, con la esperanza de poder verla y asegurarme de que estaba bien.

No logré localizarla y fue lo mejor que me pudo pasar. Me ayudó a tomar distancia y aclarar mi mente. A pensar menos en ella y mucho más en mí y mi realidad. Me di cuenta de que carecía de sentido permanecer más tiempo en ese lugar, no tenía motivos para alargar mi estancia. Había encontrado las respuestas que buscaba y estaba en paz con mi conciencia. Regresar cuanto antes era lo más sensato.

Decidí esperar a que pasara el 14 de julio, apenas faltaban unos días. No me sentía con fuerzas para enfrentar el primer aniversario del fallecimiento de Chloé en la misma ciudad que la perdí. Mientras, terminaría de escribir el artículo que tenía entre manos y haría las maletas.

La camarera dejó sobre la mesa la taza de café que había pedido y la cuenta. Le eché un vistazo a mi reloj. En menos de una hora tenía programada una reunión por videollamada y llegaría tarde si no me daba prisa. Apuré el café, pagué la comida y abandoné el restaurante.

Me topé de frente con un autobús repleto de turistas que acababa de abrir sus puertas y aceleré el paso para evitarlos. Hacía un calor insoportable y no había una sola sombra bajo la que caminar. En lugar de seguir el trayecto de siempre, me desvié a la izquierda, hacia una callejuela más resguardada del sol.

En mi mente iba repasando los puntos de la reunión y las notas sobre los cambios que había que hacer en el próximo número de la revista. No me gustaba el nuevo orden de las secciones, ni el diagrama de los artículos de actualidad. En las entrevistas principales, el texto se perdía entre las imágenes, con un formato demasiado grande.

El escaparate de una tienda de cómics me llamó la atención y me acerqué. No podía creer lo que veía, los tres tomos originales de la primera edición de *Rompenieves*. Durante mi adolescencia se convirtió en mi cómic favorito y, cuando lo llevaron al cine, pasó a ser una obra de culto. Aún conservaba una caja repleta de pósteres y láminas.

—Eh, espera... Espera...

Giré la cabeza al oír los gritos y me quedé de piedra al ver a Céline caminando en mi dirección. Alzó la mano, sonriente. Por un segundo pensé que no se dirigía a mí, era imposible. Eché un vistazo por encima de mi hombro, pero allí no había nadie más. Sentí que el suelo se movía bajo mis pies y que mi mente se quedaba en blanco.

No podía estar pasando.

Inspiré hondo y en ese instante quise que el cielo se abriera en dos y un rayo alienígena me abdujera.

—¡Hola!

No tenía más alternativa que quitármela de encima. Alcé las cejas y la miré con la expresión más seria e indiferente que pude componer. Todo un reto, porque sentía que iba a darme un puto infarto en cualquier momento.

—¿Es a mí?

—Sí, a ti. ¡Hola!

—Hola.

—No me reconoces, ¿verdad?

La observé durante unos segundos con cara de póquer. Era la primera vez que veía su rostro tan de cerca. El color de sus ojos y las pecas oscuras que salpicaban su rostro. Su melena gruesa y brillante, morena como el chocolate negro. Sus pupilas se dilataron mientras me observaba sin dejar de sonreír.

—¿Debería? —pregunté con aire reservado, no quería dar pie a que aquel encuentro se alargase.

—No, pero es un poco decepcionante —replicó sin perder el entusiasmo. Tomó aliento y añadió—: Soy Céline, hace un par de semanas tuve un ataque de pánico en la calle y tú me ayudaste.

Me mordí el carrillo hasta hacerme daño y sacudí la cabeza. De nada servía contradecirla, se acordaba de mí.

—Cierto, ahora te recuerdo. ¿Cómo estás?

—¡Bien!

Apenas recuerdo lo que dijo después. Veía sus labios moverse, pero solo me llegaban palabras sueltas. No dejaba de pensar en el tremendo error que cometí al ayudarla y todas las líneas que estaba cruzando solo por hablar con ella en ese momento. No obstante, aún tenía arreglo. Una actitud fría y distante la mantendría alejada. Nadie se siente cómodo frente al desinterés, sobre todo si eres tú mismo quien provoca esa indolencia.

Mientras ella continuaba hablando, tragué saliva y miré impaciente a mi alrededor.

Respondí con frases educadas y escuetas, y sin ninguna

emoción. Sin embargo, mi máscara estuvo a punto de caerse cuando, envuelta en un halo de adorable timidez, se disculpó por si me había incomodado, con sus enormes y oscuros ojos revoloteando sobre los míos. Me sonrojé por la vergüenza y le aseguré que no tenía nada por lo que disculparse.

—¿Te importa si te pregunto tu nombre?

Negué con un leve gesto.

—Me llamo Julien.

Estiró su brazo y me tendió la mano con determinación.

—Pues encantada de conocerte, Julien.

Miré su mano y apreté las mías en sendos puños. Por qué demonios tenía que ser tan amable conmigo. Llené mis pulmones de aire y estreché sus dedos con un apretón firme.

—Yo también, Céline. Ha sido un placer.

Su sonrisa se hizo más amplia un instante antes de que sus mejillas se pintaran de púrpura. Me recordó a uno de esos gatitos de ojos enormes y brillantes que aparecen en los memes y a los que nadie puede resistirse. Entonces, sin más, se dio la vuelta y comenzó a alejarse. Me quedé mirándola y mis latidos se aceleraron de un modo extraño. Noté que me acaloraba.

Sacudí la cabeza y me obligué a despertar. Continué caminando, mientras me repetía a mí mismo que no pasaba nada. Solo habíamos tenido un encuentro sin importancia. Céline se olvidaría de mí y yo guardaría en mis recuerdos cómo sonaba su voz.

Qué equivocado estaba.

La mañana del 14 de julio amanecí empapado en sudor y con el eco de una pesadilla aún resonando en mi mente. Me quedé mirando las vigas del techo, con las sábanas enredadas en las piernas como grilletes. Tragué saliva y noté la boca seca.

También algo que se me retorcía muy dentro. Un dolor enraizado que el tiempo había calmado, pero que de pronto ardía como si lo hubieran alimentado con gasolina.

Salté de la cama y me metí en la ducha. Después de vestirme con ropa cómoda, puse en marcha la cafetera y saqué del armario unos bollos de leche que había comprado el día anterior. Los abrí por la mitad y los coloqué en la tostadora. Luego los unté con mermelada y me los comí con la mirada perdida en la ventana.

Había pasado un año.

Día a día. Mes a mes. Estación a estación.

Era imposible detener el tiempo.

La vida continuaba. La gente avanzaba.

Todos, menos yo.

El borboteo del café recién hecho me sacó de mi ensimismamiento. Me serví una taza y la llevé al escritorio.

Me masajeé las sienes al ver el buzón de mi correo electrónico completamente lleno. Le eché un vistazo por encima y me centré en los correos más importantes. Abrí uno de Félix, en cuyo asunto decía «Novato». Supe de inmediato a quién se refería. Antes de Navidad habíamos contratado como redactor al hijo de un conocido de mi padre. No me gustaba contar con ese tipo de empleados y el compromiso que suponía, pero en esa ocasión me vi obligado a aceptarlo.

Sin embargo, lo hice sin concederle privilegios. Empezó como corrector y cubriendo pequeños eventos. No obstante, ya llevaba siete meses con nosotros, e iba siendo hora de darle una oportunidad y ver si era capaz de hacer algo más que escaparse a fumar a la azotea y dar vueltas alrededor de la máquina del café. Por eso unas semanas atrás Félix le encargó un reportaje para una sección de la revista llamada «Escapadas». Cada mes seleccionábamos un pueblo o una ciudad con un encanto especial, y desde un punto de vista sofisticado y original, y lo recomendábamos como un lugar que visitar para una escapada de desconexión.

Abrí el archivo y me decepcionó que hubiera elegido Aix-en-Provence. Chasqueé la lengua con disgusto. Era un destino demasiado manido y recurrente, sobre el que se escribía constantemente y resultaba muy difícil aportar algo nuevo. Aunque no imposible, si eras bueno escribiendo y tenías ese enfoque diferente que te hacía destacar de los demás.

Esperaba que este tipo lo tuviera y fuese mucho más que el hijo de un tío con contactos.

Saqué las gafas del cajón y me las puse. Di un sorbo al café y comencé a leer.

No logré acabarlo.

Era un desastre. Un despropósito. Y una falta de respeto a la revista.

Disgustado, le escribí a Félix. Instantes después me llamó por teléfono.

—Es una puta bazofia. Un niño podría hacerlo mucho mejor —le solté en cuanto descolgué.

—¿Te sorprende? Entró en la revista sin ningún interés y no ha cambiado.

—Entonces, ¿por qué me obligas a perder el tiempo? Sabes lo que hay que hacer.

—Sé lo que hay que hacer, pero no es un empleado normal y prefiero que lo resuelvas tú —replicó sin mucha paciencia.

Me repantigué en la silla al tiempo que me despeinaba el pelo, aún húmedo.

—Me dan ganas de despedirlo ahora mismo.

—Eres el jefe.

Sí, era el jefe. El que trabajaba, el que se comía los marrones, arreglaba los desastres y daba la cara, pero que aún debía defender y justificar sus decisiones como un niño que pide permiso.

—Hablaré primero con mi padre —repliqué un poco más calmado.

—Buena decisión. —Sonreí ante su tonito arrogante. Era mi mejor amigo, pero también era el mejor sacándome de quicio. Oí que saludaba a alguien de pasada y de inmediato regresó a nuestra conversación—. Julien, necesitamos algo para la sección y tengo a todo el mundo ocupado. Puedo recurrir a un *freelance*, pero vamos justos de tiempo.

Suspiré, cansado y aburrido, y le eché un vistazo a la maleta que tenía a medio hacer. Quería largarme en dos días. Aunque todo apuntaba a que no sería posible tan pronto.

—Yo me encargo. Improvisaré alguna cosa.

—¿Como qué?

—Ni idea, pero si busco es posible que aquí encuentre algo. ¿De cuánto tiempo dispongo?

—Una semana, y ya iríamos justos.

—Vale, te llamo pronto.

Colgué el teléfono y me cubrí el rostro con las manos. Gruñí una maldición.

Tras un largo rato pensando, llegué a la conclusión de que el único modo de conseguir un reportaje decente e interesante era dejar a un lado todo aquello que convertía a Aix en un destino turístico —sus fuentes, museos, monumentos, personajes conocidos— y buscar lo que sus gentes guardaban para sí mismas. Con un poco de suerte, tendría algo publicable en pocos días y podría regresar a París antes de que acabara la semana.

Llené mi mochila con todo lo que necesitaba y salí a la calle. Pasé el resto del día deambulando a pie por los barrios menos conocidos, preguntando a las personas que me encontraba y escuchando sus historias. Así fue como descubrí una pequeña taberna, escondida al final de un callejón, bajo un arco de piedra, donde, además de comer y beber, algunos vecinos se reunían para jugar a las cartas y el dominó. La dueña me contó que a lo largo de los años había recibido la visita de muchos famosos, la mayoría de ellos actores que, tras conocer el lugar y su cocina, la recomendaban en sus círculos.

Al principio dudé de la veracidad de su relato, muchos de los nombres que me mencionó eran muy conocidos. Sin embargo, cuando vi las fotos firmadas y todos los autógrafos que colgaban de una de las paredes, solo pude pensar que había hallado un tesoro fascinante y agradecerle que me permitiera escribir sobre ella y su taberna.

Era noche cerrada cuando decidí volver a casa.

Pese a que hacía calor y lo único que me apetecía era tumbarme bajo el aire acondicionado, anduve sin prisas. Pensé que si lograba relajar la inquietud que me hormigueaba en los músculos, también se tranquilizaría mi cerebro y todos los pensamientos intrusivos que me azotaban al recordar la vida pausada que había dejado en París.

Conforme me acercaba al centro de la ciudad, más y más gente llenaba las calles. En algunas plazas había actuaciones, desde magos y títeres a grupos musicales, amenizando las últimas horas del día. Oí a una pareja hablando sobre que el mejor sitio para ver los fuegos artificiales eran los alrededores del Grand Théâtre de Provence.

Me detuve a comprar un refresco y seguí mi camino.

Sin embargo, cuando estaba a solo un par de calles, cambié de opinión y me dirigí al teatro. Busqué un buen lugar donde poder hacer algunas fotos. Saqué la cámara y la preparé. Al no tener un trípode, me iba a resultar mucho más difícil conseguir buenas instantáneas.

El cielo se iluminó súbitamente con un estallido de luz.

Luego otro, y otro más. El firmamento se transformó en un lienzo repleto de colores, una lluvia de lágrimas ardientes que se desvanecían envueltas en humo y pólvora.

Mientras pulsaba el disparador, un escalofrío me recorrió la nuca. La sensación de ser observado se propagó por mi cuerpo. No puedo explicar cómo lo supe. El cambio de energía en el ambiente. El tirón en mi estómago. Aparté la cámara y giré la cabeza. Sus ojos fueron lo primero que vi. Inmensos como un océano oscuro. Colisionaron con los míos y me quedé sin aire.

Había hecho todo lo posible para no volver a encontrarme con ella. Pero allí estábamos de nuevo, frente a frente, y no era capaz de apartar la mirada de su rostro, envuelto en colores.

De pronto, Céline me sonrió, levantó una mano e hizo con sus dedos lo que parecía la forma de un corazón. Ahora todo el mundo hacía ese gesto, pero en ella... En ella se veía divertido y encantador. Me obligué a no mostrar ninguna emoción, pero había perdido esa batalla mucho antes de que comenzara. Poco a poco, mis labios se curvaron en una pequeña sonrisa. Alcé la cámara, la enfoqué y pulsé el disparador varias veces.

Céline brillaba a través de la lente.

De repente, la gente que allí se congregaba empezó a aplaudir.

Parpadeé y salí del trance en el que había caído sin darme cuenta.

Luego di media vuelta y me marché de allí completamente confundido. Inestable. Moviéndome de un lado a otro en una balanza emocional y sin ser capaz de encontrar el equilibrio.

36

Desayunar en el café de la plaza donde estaba mi piso era lo que más iba a echar de menos cuando regresara a París. Nunca había probado unos *croque-madame* como los que preparaban allí. La bechamel estaba deliciosa y los huevos eran tan frescos que, incluso fritos, la yema parecía crema.

Mastiqué el último trozo y terminé de un solo trago el zumo de frutas. Pedí otro café, esta vez un expreso sin azúcar. Saqué de la mochila mi ordenador y lo coloqué en la mesa. Abrí el documento con el reportaje y comencé a repasar las notas que quería agregar.

Poco después, la camarera dejaba sobre la mesa una taza de café negro y amargo. Le di las gracias y lo probé. La cafeína se filtró en mi sangre en cuestión de segundos y me devolvió a la vida con una plenitud que no conseguirían ocho horas de sueño ininterrumpido. No tenía dudas, era un adicto.

Me sumergí de lleno en el trabajo y me aislé de todo lo demás. Mis dedos volaban sobre el teclado y los engranajes de mi cerebro no dejaban de girar. Me gustaba esa sensación de logro, cuando las ideas fluían y las palabras se ordenaban solas sin esfuerzo.

Me rasqué la ceja y llené mis pulmones con una brusca inspiración. Aún necesitaba pulirlo y darle un aire más romántico a la narración, pero para el poco tiempo del que disponía y lo difícil que había resultado reunir tanta información, el reportaje no estaba nada mal. Me repantigué en la silla, me estiré con disimulo y contuve un bostezo. Luego levanté mi vista cansada de la pantalla, sin ninguna noción del tiempo.

El corazón me dio un vuelco.

No podía ser. Otra vez no. Céline acababa de salir del interior del café y venía con paso decidido hacia mí. Se detuvo en una mesa frente a la mía, arrastró la silla hacia atrás sin ningún miramiento y se dejó caer como si no pudiera sostener el peso de su cuerpo ni un segundo más. Cerró los ojos y se masajeó las mejillas. Al abrirlos, se toparon con los míos.

Arrugó la nariz con una sonrisilla.

—¿Por qué tengo la sensación de que no dejo de encontrarme contigo? —me preguntó.

—¿Quizá porque no dejas de encontrarte conmigo?

—¿Me estás siguiendo? —se burló.

Alcé una ceja.

—¿No será al contrario? Yo estaba aquí antes.

Entonces dijo algo sobre que Aix no era una ciudad muy grande y que probablemente ya habíamos coincidido en el pasado, sin que reparásemos el uno en el otro. En cierto modo tenía razón, habíamos coincidido muchísimas veces. Porque yo era un demente que la había observado durante semanas sin ningún pudor, con la esperanza de reparar mis traumas existenciales y recuperar mi cordura.

—Tuve que desmayarme para conocernos —se rio.

Sonó como si fuese algo escrito por el destino, que se había cumplido sin remedio, y noté un sobresalto incómodo en el estómago. Asentí de forma imperceptible y volví a centrarme en la pantalla del ordenador. La ignoré a propósito. No podía ni quería involucrarme más de lo que ya estaba.

Continué escribiendo. O lo intenté, porque no era capaz de desconectarme de ella. De su energía propagándose por el aire y su presencia adueñándose del espacio. De soslayo vi que se tomaba el pulso en la muñeca. Dejó escapar un suspiro ahogado y advertí que le costaba respirar con normalidad. No quise hacerlo, pero me preocupé.

—¿Te encuentras bien?

—Sí —suspiró.

—¿Estás segura?

Me sonrió.

—¿Te preocupa que me esté dando otro ataque de pánico?

—¿Sueles tenerlos? —pregunté a mi vez.

—No, ese fue el primero y espero que también el último. No quiero pasar por algo así de nuevo.

Nadie querría pasar por algo así. Sabía por propia experiencia lo que se sentía y era horrible. La angustia, el dolor, la desesperación y la seguridad absoluta de que te estás muriendo.

—Si te vuelve a ocurrir, respira dentro de una bolsa. Controlarás la hiperventilación y disminuirá la presión y el ritmo cardíaco. Te ayudará.

—¿Eres médico?

—La novia de mi mejor amigo lo es —respondí.

Y así, sin darme cuenta, Céline acabó sentándose a mi mesa y entablamos algo parecido a una conversación. Y digo parecido porque yo evitaba responder a muchas de sus preguntas y otras fingía no escucharlas. Sin embargo, lejos de importarle, ella se limitaba a dejarlo pasar y continuaba como si nada, contestando sin reparos a las mías.

Así fue como supe que acababa de renunciar a su trabajo. Me contó que había descubierto que su novio, que también era su jefe, había mantenido durante años una relación paralela con la mejor amiga de ella. Se acostaban a sus espaldas. Por un momento creí que me estaba tomando el pelo, pero enseguida me di cuenta de que hablaba en serio. Las emociones que destellaban en sus ojos eran como piedras golpeando mi estómago.

Mientras lo narraba como si hablara de otra persona y no de sí misma, a mí me hervía la sangre. Las ganas de buscar a ese tipo y darle un puñetazo en la cara me palpitaban en las sienes. No entendía cómo podía haberle hecho algo tan sucio y rastrero.

Me confesó que no tenía ningún plan después de haber renunciado, y, mientras pensaba qué hacer, trabajaría en la librería de la que era dueña su madre. Casi me asesina cuando le comenté que nunca había oído nada sobre esa librería —otra mentira más por mi parte—, y me hizo prometerle que iría a conocerla.

Por un instante pensé que podría visitarla cuando tuviera tiempo y acto seguido me espanté. Me fallaba la razón. El solo hecho de planteármelo era una locura y una imprudencia. Todo lo era, en realidad. Estar allí. Hablar con ella. Empatizar con sus problemas. Así que me puse en pie, pagué la cuenta y me apresuré a guardar mis cosas en la mochila.

—¿Por qué nunca sonríes? —preguntó.

—¡¿Qué?!

—Nunca sonríes. —Fruncí el ceño en respuesta—. Es verdad, nunca lo haces. Al principio supuse que tenías algún problema médico, pero es evidente que no. Después pensé que tal vez eras una persona muy fría y antipática por naturaleza, aunque dudo que se trate de eso. Otra posibilidad es que yo sea el problema y algo en mí te disguste tanto que no seas capaz de fingir ni un poquito por mera educación. Si embargo, al ver que tampoco le has sonreído a la camarera, ya no estoy tan segura de ser la razón.

Me sentí culpable.

—Veo que le has dado muchas vueltas.

—No puedo evitarlo, siempre lo hago cuando me obsesiono con algo...

Noté un tirón en el estómago y se me atascó la respiración.

—¿Te has obsesionado conmigo?

—Solo con tu sonrisa, no eres tan impresionante.

Me la quedé mirando. Las cosas que decía, cómo las decía, me descolocaban por completo. Era rara de un modo en el que aún no sabía si me resultaba molesta o fascinante. Unos hoyuelos aparecieron sobre sus comisuras. En ese instante flaqueé y la sonrisa que me esforzaba por contener se dibujó en mi cara. Me tenía totalmente asombrado.

No pude resistirme y comencé a tomarle el pelo.

—¿Cuántos años tienes?

—Cumpliré veintiséis en poco más de un mes.

Ese dato lo desconocía y me sorprendió, parecía más joven.

—¿Estás segura? Por cómo te comportas, juraría que no tienes más de quince.

—¡¿Disculpa?! —saltó con las mejillas encendidas.

Agarró un sobre de azúcar y me lo lanzó a la velocidad de un proyectil. Lo atrapé al vuelo y rompí a reír con ganas. Era condenadamente adorable. Inspiré hondo sin dejar de sonreír. Nos miramos, inmóviles. Hice un gesto de despedida y comencé a alejarme. Con cada paso que daba, algo tiraba de mí, frenándome. Hice una mueca y me detuve, con la certeza de que mi cabeza no debía de funcionar del todo bien.

Miré a Céline por encima del hombro.

—¿Has dicho *La plume d'or*? —Asintió con las mejillas aún más rojas—. Suena bien.

No sabía qué estaba haciendo. Llevaba días dándole vueltas al tiempo que pasé con Céline en esa terraza. Reproduciendo todo lo que sucedió, todo lo que dijimos. Repasando cada pequeño detalle, desde sus risas a sus miradas. Sus gestos. Su lengua traviesa y directa. Su energía contagiosa.

No podía dejar de pensar en ella. Hasta tal punto que volver a verla se convirtió en un impulso que me costaba frenar y que me empeñaba en contrarrestar obligándome a hacer todo lo contrario. Y a fuerza de obstinación lo lograba, pero no conseguía sentirme bien, sino que la decepción se anudaba a mi estómago y mis pulmones.

Y no entendía el porqué.

Contemplé desde la puerta las maletas abiertas en el suelo. Llevaban allí días y aún no había terminado de llenarlas. Cada mañana posponía esa tarea hasta la noche. Y al llegar la noche, la retrasaba a la mañana siguiente. Mientras me debatía entre el quiero y no puedo, el tiempo pasaba y tuve que pagar otro mes de alquiler. Lejos de molestarme, sentí paz. Conformidad. Me procuré a mí mismo, sin darme cuenta de que lo hacía, una excusa para quedarme más tiempo.

Y caí.

Como si no tuviera elección posible.

Como si fuese inevitable.

Las campanillas sonaron sobre mi cabeza cuando entré en la librería. Lo hice con un nudo en la garganta, las emociones temblando bajo la piel y el corazón desbocado. Eché un vistazo a mi alrededor. El local era bastante más grande de lo que parecía desde fuera. Estaba dividido en habitaciones, como si en el pasado hubiera sido una casa familiar a la que habían quitado las puertas y acortado las paredes para unir los espacios.

Un tipo se levantó y dejó libre la mesa situada junto al ventanal más grande. Me apresuré a ocuparla. Dejé en el suelo la mochila y me senté de espaldas a la barra. Tomé la carta y la repasé con atención. Me sorprendió la variedad de bebidas, dulces y bocadillos que tenían, y me costó decidirme.

Poco después, se acercó una mujer con el pelo cobrizo recogido en dos moños y un delantal con el nombre de la librería. Me preguntó si quería tomar algo y pedí tarta de naranja y una infusión.

Saqué el portátil de la mochila y lo abrí sobre la mesa.

Luego alcé la vista y estudié cada rincón. No vi a Céline por ninguna parte.

Inspiré hondo, desencantado. Una emoción que me pilló desprevenido. Aunque no tuve tiempo de analizarla, porque un segundo después la vi aparecer con un plato en una mano y una taza en la otra, completamente concentrada en no derramarla.

Se detuvo frente a mí y lo dejó todo en la mesa.

—Aquí tienes.

Sacó un sobrecito de azúcar de su bolsillo y al levantar la mirada me vio.

Nos miramos el uno al otro. Le sonreí y ella se ruborizó de un modo muy tierno. Parecía tan confundida.

—¿Y esta sorpresa? —exclamó.

—Dijiste que te enfadarías conmigo si no te visitaba, y algo me dice que no quiero ver esa faceta tuya.

Se echó a reír y sus ojos se humedecieron de golpe. Noté una sombra en su ánimo alegre, lo que dura un parpadeo.

—¡Bienvenido!

—¿Esa emoción es por mí?

—¿Y si te dijera que sí?

—Entonces pensaría que mientes fatal —respondí con la seguridad de que algo le ocurría. Y añadí a modo de consuelo, porque no sabía qué más hacer—: Sea lo que sea, pasará.

Lejos de ocultar o negar que no se encontraba bien, me preguntó:

—¿Me lo prometes?

Esas tres palabras me perforaron el pecho. El anhelo en sus ojos lo hizo explotar.

—No es necesario. La vida es demasiado corta para perder el tiempo con cosas que no merecen la pena, fue lo que dijiste el otro día y sé que lo crees de verdad.

—¡Prestabas atención!

Si Céline supiera lo pendiente que estaba de ella, no se habría sorprendido tanto.

—Era imposible no hacerlo.

Tragó saliva y sus mejillas enrojecieron.

Gritaron su nombre.

—Tengo que volver al trabajo.

—Yo también.

—¿Vas a quedarte?

—Un rato.

—Llámame si quieres más té.

La seguí con la mirada mientras se alejaba, con la mente embrollada. Casi desquiciada.

Céline provocaba en mí emociones contradictorias, como paz y desasosiego, ilusión y miedo, interés y rechazo. Despertaba tantas dudas que terminaba desconfiando de todo. De mi juicio. De mis capacidades. De mis sentimientos. De todo lo que daba por sentado.

Y, pese a ello, las huellas de oscuridad que aún me rodeaban eran menos cuando me acercaba a ella. Su luz hacía retroceder mis sombras.

37

Había perdido la razón, era un hecho.

Estaba loco y no podía pensar con claridad. Por ese motivo no dejaba de cometer locuras. Una tras otra, como si las coleccionara. Mis tormentas mentales habían convertido en lluvia cualquier rastro de cordura. Esa era la mentira blanca que no dejaba de repetirme y con la que intentaba atenuar la culpa por sentirme atraído por otra persona que no era Chloé. Por invadir la vida de Céline con mi hipocresía y mis mentiras. Por sentirme bien cada vez que escuchaba su voz o miraba sus ojos.

Había aceptado su invitación al concierto, a sabiendas de que no debía.

Me decía a mí mismo: «Solo un poco más y termino con todo».

Pero ¿solo un poco más para qué? ¿Con qué intención? ¿Qué esperaba encontrar? ¿Qué ganaba?

No tenía una respuesta.

—Julien.

Giré la cabeza al escuchar mi nombre y la vi. Se había cortado el pelo por debajo de los hombros y llevaba un flequillo largo que le quedaba muy bien. Di un paso hacia ella y uno más hacia todo aquello que no comprendía.

—Hola —me saludó.

—Hola.

La observé con más detenimiento y sonreí.

—Hola —repitió nerviosa.

Señalé su cabello con un gesto.

—Estás muy guapa.

— Necesitaba un cambio. Uno drástico. ¿Me he pasado?

Negué con la cabeza, incapaz de apartar mis ojos de su rostro menudo.

—Te queda muy bien. Me gusta mucho.

Tras intercambiar alguna que otra frase trivial más, nos pusimos en la cola de entrada a la sala de conciertos. Al principio, ambos estábamos muy nerviosos y se nos notaba. Le pregunté por su hermano y el tipo de música que hacía, y con eso logré romper el silencio en el que nos habíamos sumido. Mencionarlo la hizo despertar como una flor que se despereza con los primeros rayos de sol. El amor que le profesaba era real y tangible, podía sentirlo en cada palabra y en cada uno de sus gestos. Se emocionaba con solo pronunciar su nombre.

Sentí un poco de envidia, mi relación con mi hermana era muy distinta, llena de altibajos y desencuentros. Quizá porque apenas habíamos pasado tiempo juntos durante nuestra niñez y, cuando nos tocó convivir, éramos dos adolescentes que intentaban sobrevivir a sus padres y que casi no se conocían. Que en lugar de unir fuerzas encontraban cualquier excusa para confrontarse.

Una vez dentro de la sala, compramos bebidas y tratamos de acercarnos al escenario. Enseguida me di cuenta de que no era buena idea, había demasiada gente moviéndose en la misma dirección. Un tipo trató de adelantarnos y chocó con Céline. La habría tirado al suelo si yo no la hubiera sujetado.

Desde ese momento, no permití que nadie más se le acercara.

El pulso me palpitaba en la garganta mientras ella coreaba las canciones y bailaba completamente entregada a la música, ajena a todo lo demás. Sin embargo, yo no podía distraerme del contacto de su cuerpo con el mío. Del olor de su pelo mezclado con el de su perfume penetrando en mi nariz, tan vibrante y dulce que parecía colarse en mi sistema nervioso, provocando reacciones extrañas bajo mi piel.

La parte más emotiva del concierto llegó cuando Tristan, así se llamaba su hermano, la buscó entre el público desde el escenario. Le dedicó unas palabras tan dulces y significativas que Céline se vio sobrepasada y su equilibrio flaqueó. Con una mano agarré la suya y con la otra la sostuve por la cintura. Era la primera vez que la tocaba.

Su palma se cerró apretando mi mano y no me soltó.

Y ocurrió. Sucedió lo que intuía. Lo que no debía.

En ese instante, mi corazón le abrió una puerta.

Cuando acabó el concierto, Céline me propuso ir a comer algo. Accedí sin más.

Mientras caminábamos hacia el centro, me descubrí confesándole que había estado nervioso durante todo el día y que el motivo era ella. Porque con sus contradicciones y su espontaneidad, y esa facilidad con la que decía todo lo que pensaba sin esconder sus emociones, sentía que podía ceder a cualquier cosa que me propusiera sin cuestionarla.

—¿A cualquier cosa? —me preguntó en un susurro.

—Sí.

—¿Por qué?

—Aún no lo sé.

Nos miramos sin parpadear, igual de intranquilos y confundidos. Estaba naciendo algo entre nosotros. Yo lo sentía.

Ella lo sentía. Yo era el único que sabía que no estaba bien. Aun así, no lo evité. Al contrario, permití que le crecieran las alas mientras comíamos crepes bajo un cielo tormentoso. Mientras conversábamos y nos conocíamos un poco más el uno al otro.

Así supe que le gustaba imaginar cómo serían las vidas de otras personas, cuando no lograba silenciar sus propios pensamientos y ese ruido la agobiaba. Esa fue la primera vez que me percaté de un talento que ni ella misma sabía que poseía. Señalé a dos personas al azar y la reté a que creara una historia sobre ellas. Joder, la facilidad con la que lo hizo me puso la piel de gallina. La rapidez con la que tejió una trama y le dio sentido. La sensibilidad y la emoción con la que se expresaba. Su fe inocente en los finales felices, porque no concebía los tristes.

Esa también fue la primera vez que la oí mencionar la magia.

Pensé que no era más que una forma de hablar, pero enseguida me di cuenta de que para ella se trataba, en cierta manera, de un credo. Céline creía de verdad en ese algo intangible al que recurrimos cuando nos chocamos de frente con lo inexplicable. Cuando la vida nos pone a prueba con retos que superamos sin saber cómo.

Yo no creía en nada y aquella noche debería haber tomado conciencia de lo equivocado que estaba. Cuando todo a nuestro alrededor se confabulaba con el destino para unirnos. Hasta la meteorología, que en forma de tormenta estalló como si anunciara el fin del mundo.

La lluvia nos empapó mientras corríamos por las calles y buscábamos cobijo.

—Vivo cerca de aquí, ¿te parece bien que vayamos a mi casa antes de que nos ahoguemos? —le propuse.

—¿Está muy lejos?

—¿Recuerdas la plaza donde nos encontramos desayunando?

Aceptó incluso antes de que yo terminara la pregunta.

Una vez en mi casa, le indiqué dónde estaba el baño. La dejé sola para que pudiera secarse y fui a mi habitación a buscar ropa limpia y seca que pudiera servirle. Aproveché para cambiarme yo también. Poco después, llamé a la puerta del baño. Ella abrió y todo mi cuerpo se estremeció como si una bola de hierro lo hubiera golpeado en el estómago.

Céline solo llevaba puesta una toalla, que dejaba a la vista la parte superior de su torso, y una cicatriz que comenzaba en el hueco de su garganta y se perdía bajo el algodón. Imaginaba que estaba allí, pero siempre vestía prendas que la cubrían y verla por primera vez me provocó un fuerte impacto.

—Me hicieron un trasplante de corazón hace un año —dijo muy bajito, como si se justificara.

—¿Por qué?

—Tenía una cardiopatía degenerativa. Al principio pudieron controlarla con medicación, aunque con el tiempo dejó de funcionar y un trasplante se convirtió en mi única opción. Me pusieron en una lista de espera, pero es muy difícil encontrar donantes compatibles. Al menos, en mi caso lo fue. Hasta que ocurrió el milagro y llegó un corazón para mí.

—Los milagros no existen, Céline.

Me sentí culpable en cuanto esas palabras hoscas salieron de mi boca, ya que entendía por qué ella lo consideraba de ese modo. Sin embargo, yo lo había vivido como una desgracia.

Negó con la cabeza, serena.

—Mi corazón estaba tan mal que los médicos no me daban ni un mes de vida. Solo era cuestión de tiempo que fallara. Es más, era tan inevitable que pasara que me preparé para ese momento. Así que tengo derecho a pensar que hubo algún tipo de intervención divina o mágica que me salvó.

Me obligué a respirar. Había muchas emociones haciendo estragos en mi interior. Nadie debería tener que prepararse para morir. Enfrentarse a una realidad como esa. Ella lo había hecho, y hablaba sobre ese tiempo con tanta entereza y casi indiferencia que mi corazón se quebró.

Apreté los puños. Quería tocarla. Quería abrazarla. Quería cuidar de ella. Quería... Estaba hecho un lío.

—Tuvo que ser muy difícil —dije en voz baja.

—Creo que me está costando más aceptar que sigo aquí y tengo una segunda oportunidad.

Le sequé una lágrima que resbalaba por su mejilla.

—¿Por qué dices eso?

—Porque el miedo a volver a enfermar es ahora insoportable y no logro que desaparezca.

Su voz rota acabó con todo mi control.

La abracé con fuerza contra mi pecho.

—El miedo nunca desaparece, es un instinto. Pero se puede aprender a bajarle el volumen —le susurré.

—¿Cómo?

—Centrándote en otras cosas que hagan mucho más ruido.

—¿Como los fuegos artificiales?

—¿Te gustan los fuegos artificiales?

—Me encantan.

Sonreí. Guardaba algo que entonces le gustaría mucho.

Y acerté, solo había que ver la expresión que iluminó su cara cuando le regalé las fotos.

De repente, todo se sentía fácil.

El ambiente entre nosotros se fue relajando y me descubrí pensando en lo mucho que me gustaría conocer todos sus matices y rarezas. Cada pincelada de su personalidad. Quería saber qué otras cosas le gustaban, además de las que ya sabía. Así que le pregunté y ella simplemente se abrió a mí, mientras paseaba por la sala como si fuese incapaz de permanecer quieta, llenando el silencio con su voz suave y un sinfín de palabras que escapaban de sus labios sin ninguna contención.

Yo no podía dejar de mirarla. La forma en que sus emociones afloraban en su rostro era adorable. No podría ocultarlas ni aunque lo intentase. Ni lo que sentía ni lo que pensaba. No tenía capas tras las que intentara esconderse. No había nada, salvo ella y su piel.

Se detuvo frente a la ventana y se quedó callada. Vi que la abría y algo revoloteó dentro de la habitación hasta que cayó al suelo. Se agachó, lo tomó entre sus manos y se puso en pie sin dejar de observarlo. Hizo un mohín triste. No pude resistirme a la curiosidad. Menos aún a estar más cerca de ella. Me levanté del sofá y crucé la distancia que nos separaba. Me detuve a su espalda y vi lo que con tanto mimo atesoraba, una polilla con un ala rota.

—Siempre me han gustado las cosas imperfectas. Todo lo que es frágil. Quizá porque llevo sintiéndome así mucho tiempo —musitó.

—A mí me pareces perfecta —dije a la vez que acariciaba con mi mano su cintura. Porque lo era, absolutamente perfecta.

—Creo que me gustas tú —suspiró.

Sentí como si un rayo me atravesara, puro calor. Inspiré con brusquedad y clavé mis dedos en su piel. La envolví con mis brazos y posé mis labios en su hombro desnudo. Tragué saliva. Céline me descolocaba y convertía mis dudas en mares inmensos en los que me ahogaba. Cerré los ojos, podía notar la línea invisible que sabía que no debía cruzar, pero ya era tarde. El tacto de su piel fue todo lo que necesité para abrirle una puerta que jamás imaginé que continuaba ahí. Después, solo me quedó aceptarlo.

Aceptar sus besos, sus caricias, sus abrazos.

Todo lo que parecía dispuesta a darme.

Porque ella también me gustaba.

38

Desde que Céline entró en mi vida, con ella también aparecieron sentimientos que creía desterrados. Emociones y pensamientos que se agitaban dentro de mí sin ningún control. Retumbaban como los truenos de una tormenta, ahogando todo lo demás. Y no conseguía encontrar el maldito interruptor para apagarlos.

Celos.

Ni siquiera recordaba cómo eran, pero allí estaban. Un fantasma invisible susurrándome al oído ideas dolorosas, que me hacían sentir inseguro.

Céline me había acompañado a Marsella, donde debía cubrir el estreno de una película independiente, de la que se empezaba a hablar en los festivales. Esa había sido la excusa para pasar más tiempo juntos y a solas.

Disponíamos de unas pocas horas y decidimos aprovecharlas al máximo.

Pasamos toda la tarde en la piscina del hotel, nadando, tomando el sol. Yo guardándola a ella en mi memoria al detalle. Sus rasgos. Sus ojos profundos. Cada línea que dibujaba su cuerpo bajo el bikini. Al anochecer, acudimos juntos al estreno, y más tarde terminamos cenando en un restaurante de lo más pintoresco junto al mar.

Bebimos vino, bailamos y, empapados en sudor, nos sedujimos el uno al otro sin que nos importara estar rodeados de más cuerpos, que también se movían al ritmo de la música y las luces. Apenas recuerdo cómo llegamos al hotel y subimos a la habitación, en mi mente solo había espacio para su piel, sus labios y su forma de mirarme. Solo podía pensar en lo mucho que la deseaba. En estar con ella. En despojarme del todo de esa coraza que no me dejaba respirar.

La oí inhalar con brusquedad cuando mis dedos encontraron el punto exacto. Un nudo que pedía a gritos liberarse, y yo moría por deshacerlo. Era tanto el placer que quería darle. Que podía darle. Estaba demasiado ávido de ella, casi desesperado por descubrirle nuevas sensaciones. Lamí su piel, con mi mano atrapada entre sus muslos marcando el ritmo.

Más intenso. Imparable. Hasta que su cuerpo explotó abrazado al mío.

No sé por qué pensé en él en ese preciso momento. El hombre con el que ella había estado saliendo durante los últimos ocho años. Toda una vida. El único que había conocido, con el que lo había compartido todo. Con el que quería casarse hasta hacía nada.

Mi mente se llenó de dudas. ¿De verdad lo había superado? ¿Ya no pensaba en él? ¿Yo le gustaba o solo la ayudaba a olvidar?

Sentí el veneno de los celos en mi sangre. Una emoción hipócrita, cuando el recuerdo de Chloé continuaba tan vivo dentro de mí. Aunque yo sabía sin lugar a dudas a quién estaba besando en ese momento.

Céline no era un reemplazo.

Cuando sentí sus dedos desabrochando mis pantalones,

reaccioné como un niño inseguro. Hui con la excusa de que no teníamos condones y había visto una farmacia abierta. Una vez en la calle, me tomé un momento para respirar. El corazón me latía desbocado y una sensación de vergüenza empezó a adueñarse de mí. Me apoyé en la pared de una casa y contemplé las estrellas.

Céline hacía que me precipitara al vacío y perdiera la razón con solo respirar.

Cuando regresé a la habitación, la encontré durmiendo echa un ovillo en la cama.

Aún me sentía inquieto, así que entré en el baño, me despojé de toda la ropa y abrí la ducha. Cuando el agua caliente resbaló por mi cuerpo, cerré los ojos y permanecí quieto. Me limité a respirar y tratar de entender mis pensamientos. Lo que debía hacer. Lo que quería. Lo que sentía.

Me quedé paralizado cuando Céline me rodeó la cintura con los brazos desde atrás. No la había oído entrar. Sentí sus labios en la espalda y luego su mejilla. Me apretó contra su cuerpo desnudo, haciendo que me sintiera débil.

Me di la vuelta y la miré. Ella alzó la barbilla.

—¿Qué pasa? —preguntó.

Tomé aire por la nariz, con el corazón latiendo desesperado bajo mis costillas.

—Hay algo que creía que no me importaba, pero me he dado cuenta de que sí lo hace —le confesé.

—¿Qué es?

—¿Estás haciendo todo esto conmigo para superarlo a él? ¿Para olvidar a tu ex?

—¡No! —respondió sin vacilar. Enmarcó mi rostro con sus manos—. Ni siquiera pienso en él, te lo aseguro. Entre tú y yo no hay nadie más.

—¿De verdad?

Sabía que me estaba comportando como un niño, pero a

esas alturas me importaba muy poco. Ella se puso de puntillas y me besó, con su estómago pegado al mío y las puntas de sus senos acariciando mi piel. Mi cuerpo despertó más vivo que nunca. Era preciosa. Hermosa por fuera y por dentro. Y yo, un imbécil que se había dejado arrastrar por una emoción tan tóxica.

—De verdad —me aseguró.

Cerré los ojos y le acaricié la nalga con un gesto posesivo.

—Demuéstramelo —susurré a su oído.

Y me lo demostró. Se entregó a mí por completo y me declaró con su ser todo lo que yo significaba en ese momento. Hizo que quisiera llegar a lo más profundo de ella, y no estaba pensando en su cuerpo, aunque en ese instante lo estuviera poseyendo como si fuera lo único que pudiera mantenerme vivo. Cuerdo.

Los días pasaron y poco a poco fui conociendo más y más a Céline.

No dejaba de sorprenderme. Cada pequeña pieza que descubría de ella encajaba a la perfección en el puzle que intentaba armar desde la primera vez que la vi. Había crecido y madurado en muchos aspectos, pero en otros continuaba siendo una niña. Una niña que un día se quedó sin esperanza y a la que se lo consintieron todo por esa misma razón. Infantil e inocente. Transparente y sincera.

Ahora era una persona adulta aprendiendo a vivir con un mañana y hacía lo que podía.

Siempre mencionaba la vida que quería recuperar, cuando en realidad lo que ella necesitaba era crear una nueva. Algún día se daría cuenta de la diferencia y entonces sería imparable, porque en su interior guardaba todo un mundo lleno de prismas, como los de un caleidoscopio capaz de crear las imágenes más increíbles.

Esos mismos días se convirtieron en un infierno de contradicciones para mí. Mi mente estaba llena de cosas indecibles, de secretos, de silencios que no se diferenciaban mucho de las mentiras. Todas esas emociones fluían dentro de mí buscando una vía de escape. Sin embargo, el miedo a dejarlas salir me paralizaba.

Había llegado demasiado lejos y no sabía cómo arreglarlo.

Nunca decimos la verdad si creemos que vamos a perder algo. En un principio mentí para mantener a Céline alejada. Ahora mantenía esas mentiras para no perderla. Me aterraba su rechazo y esa necesidad desesperada de que siguiera formando parte de mi vida.

No sabía si lo que sentía por ella tenía un nombre o no. Si su definición encajaba con esa palabra de cuatro letras, tan grande como el universo cuando es real. Solo sabía que ella convertía lo cotidiano en especial. Que cuando la tocaba, el ruido dentro de mi cabeza se iba y solo quedaba su aliento sobre mi piel, el sonido suave de su respiración. Una paz absoluta.

Casi todas las noches que dormía en mi cama, me despertaba de madrugada. Me quedaba en silencio y la observaba dormir con una opresión en el pecho. Sabía muy bien que lo nuestro no podía ser, que era imposible. Me lo repetía todo el tiempo en mi mente, pero mi corazón pensaba lo contrario. Mi cuerpo no lo entendía, porque cada célula que lo componía lo creía posible. Cuando se trataba de Céline, la realidad se desdibujaba.

Y como un kamikaze, seguí dirigiéndome al desastre. Un poco más, cada día que pasaba. Dejé que Céline me presentara a sus amigos, que su hermano se acercara a mí. Permití que construyera un castillo de aire para nosotros dos. Una red de seguridad hecha de cristal, que comenzó a resquebrajarse la noche que le pedí que me dejara acompañarla a su revisión médica y le pregunté como un psicópata si alguna vez pensaba en su donante.

No sé por qué lo hice.

Tampoco sabía qué respuesta buscaba.

Por qué perseguía un futuro juntos, pero continuaba torturándome al traer a Chloé a nuestro presente y me sentía culpable por ello.

—Todos los días —respondió—. Al principio me hacía preguntas sobre qué clase de persona habría sido antes de... Ya sabes, lo que sea que le ocurriera. Cosas como si sería un hombre o una mujer, su edad, a qué se dedicaba, si tendría una familia, qué sueños no pudo cumplir. Después se convirtió en mi motivación para seguir adelante. Cada vez que me sentía mal o triste, o dudaba de mi propósito en este mundo, me recordaba a mí misma que continuaba viva gracias a esa persona y que su generosidad merecía que yo valorara la oportunidad que me había dado. Desde entonces me esfuerzo para que este trocito suyo que ahora me pertenece a mí, sienta que valió la pena ayudarme. No quiero que se arrepienta.

Su respuesta me hizo sentir miserable.

—Estoy seguro de que no se arrepiente —dije en voz baja.

Pero no debí detenerme ahí, tendría que haber continuado y ponerle fin a todo:

«Estoy seguro de que no se arrepiente, porque yo la conocía mejor que nadie y sé que, si pudiera verte, se sentiría muy orgullosa de haberte ayudado. Tanto como yo. Y si tú quieres, podría hablarte de ella, contarte cómo era. Podría explicarte por qué estoy aquí realmente y, cuando ya lo sepas todo, espero que puedas perdonarme por haberme colado en tu vida, por mentirte. Ojalá te des cuenta de que mis sentimientos por ti son sinceros y que nunca quise llegar tan lejos. Sin embargo, no fui capaz de detenerme cuando podía. Me hacías demasiado bien y cada día te necesitaba un poco más».

Eso debí decir, y no lo hice. De nuevo me callé como un cobarde, dejé correr los días muerto de miedo. Fingí que tenía todo el tiempo del mundo. Aunque no era así. En el mismo momento que pisé Aix-en-Provence por primera vez, se puso en marcha una cuenta atrás. Antes o después, todo estallaría.

Volví a darme cuenta días más tarde, en París, mientras nos registrábamos en el hotel donde íbamos a alojarnos. En ese instante, entró en el vestíbulo un grupo de antiguos conocidos. Me reconocieron de inmediato. Sentí sus miradas sobre mí, sobre ella. Los susurros, que más tarde se convertirían en rumores. Y lo dejé estar, del mismo modo que hice oídos sordos a todos los reproches que Félix me lanzó horas más tarde, cuando nos vimos por casualidad.

—Viendo la prisa con la que me has apartado de ella, imagino que aún no sabe nada.

—No he encontrado el momento.

—Joder, Julien, ese momento no existe. Debiste alejarte de esa chica y dejar esa ciudad hace meses, pero, en lugar de hacer lo correcto, te pillo en una cita con ella. ¿A ti qué demonios te pasa?

—No lo entenderías, aunque te lo explicara.

Hizo un ruidito de desesperación y me taladró con la mirada.

—¿Qué hay que explicar, que has perdido la cabeza? Estás como una puta regadera, es lo único que podría justificar tu actitud.

—No te permito que me juzgues, porque no tienes la más remota idea de cómo me siento —le gruñí.

—¿A qué estás jugando? Céline es una persona con sentimientos en la que estás influyendo, con una vida que estás manipulando sin ningún derecho. No es un juguete. Y desde luego no es Chloé, no se ha convertido en ella gracias a ese jodido corazón.

Di un paso adelante y clavé mis ojos en los suyos con los puños apretados.

—Jamás vuelvas a decir nada parecido —mascullé entre dientes. Le di un golpecito en el pecho con el dedo, y después otro. Una amenaza—. Si lo haces, habremos terminado para siempre.

Él me miró con compasión, y eso me jodió mucho más que cualquier palabra ofensiva. Me dolió más que si me hubiera pegado un puñetazo. Se pasó la mano por el pelo y miró de reojo a Elodie y Céline, que conversaban ajenas a lo que ocurría entre nosotros.

—Está bien, haz lo que quieras. Yo seguiré aquí, como siempre, esperando a saltar por ti. ¡Capullo engreído! —farfulló para sí mismo.

No lo escuché. Dejé que el tiempo cargara de nuevo con mi responsabilidad y me convencí de que, si no hacía nada, la burbuja que había creado no estallaría y todo seguiría igual para siempre.

Muchas veces, cuando sentimos que algo no encaja con lo que queremos, que no se ajusta a lo que deseamos, lo ignoramos. Si no lo ves, no está ahí. Tan sencillo como eso, es fácil creerlo. El problema es que no funciona así. Hacer como que no existe no lo borra. No lo hace desaparecer. Solo lo alimenta. Le permite crecer. Y un día, cuando menos lo esperas, te devora.

39

Encontrar a Céline al otro lado de mi puerta era una sorpresa inesperada a la que no me acostumbraba. Mis latidos se aceleraban y mi piel se encendía. Mi cuerpo se inclinaba hacia ella por instinto e inercia, como una pieza que sabe perfectamente dónde encaja.

Se puso de puntillas y me dio un beso en los labios.

—¿Aún estás trabajando?

—Sí, he perdido la noción del tiempo. —La ayudé a quitarse la chaqueta y la dejé en la silla. Al mirarla de nuevo, me percaté de que sonreía de un modo especial—. ¿Y esa sonrisa? ¿Qué ocurre?

—¿Recuerdas que el otro día te hablé de la escritora famosa que vino a la librería?

—Claro, te impresionó.

—Mucho, y desde entonces no he dejado de darle vueltas a una idea. Una que me ha obsesionado tanto que ni siquiera podía dormir ni comer. Después de pensarlo mucho, he tomado una decisión. —Cogió aire y lo soltó de golpe—. Quiero escribir. Quiero escribir una novela. Bueno, en realidad debería escribir muchas. Lo que trato de decir es... es... que quiero ser escritora. Eso es lo que quiero hacer. Más que nada y me da igual si es una locura. Voy a hacerlo.

Me dejó estupefacto, porque llevaba esperando ese momento mucho tiempo. El día en el que sus preguntas encontraran respuestas y por fin se sintiera completa, con un propósito que la motivara a mirar al futuro de frente. El día en el que ese cascarón vacío que ella sentía que era se llenara de sueños y deseos.

—Es una tontería. Ni siquiera sé cómo se me ha ocurrido algo así. Es disparatado. Olvida todo lo que he dicho.

Parpadeé desconcertado.

—¡No, joder, no digas eso! —Tomé su rostro entre mis manos—. Céline, no es ningún disparate. Al contrario, pienso que es una idea genial y que deberías intentarlo sin ninguna duda. ¡Hazlo!

—¿Lo piensas de verdad? Porque te has quedado en silencio y yo he creído que...

La acallé con un beso.

—Tienes madera para conseguirlo.

—¿Cómo lo sabes?

—Lo sé, confía en mí. Tengo instinto para esto y un sexto sentido.

—¿No lo dices para contentarme? —insistió.

—¿Quieres que te demuestre hasta qué punto confío en ti? —Asintió—. Ven conmigo.

La llevé hasta la habitación donde solía trabajar, allí había dejado mi mochila. La coloqué sobre la mesa y rebusqué en su interior hasta dar con lo que buscaba: tarjetas de presentación. Estaba seguro de que aún conservaba unas cuantas de Donald.

Encontré una.

Después escribí en el reverso «No te arrepentirás», y firmé con mis iniciales.

—Ten.

—¿Qué es esto? —me preguntó.

—La dirección y el teléfono del mejor agente literario de toda Francia y no concede favores a nadie. De hecho, si le haces perder el tiempo pasas a su lista negra, y es lo último que deseo, créeme. Pues estoy tan seguro de ti y lo que puedes lograr que, cuando acabes tu novela, quiero que vayas a verlo y le des esta tarjeta, ¿de acuerdo?

Intentó fingir indiferencia, pero su rostro era incapaz de ocultar sus emociones.

—Pienso hacerlo.

—Eso espero o yo mismo te llevaré a rastras.

Después de esa conversación, pedimos comida a domicilio y yo aproveché ese rato para darme una ducha. Sin imaginar ni por un segundo que el tiempo se había agotado, que las casualidades dependen del azar y a veces coinciden todas al mismo tiempo. Como la ficha de un dominó, que empuja a la siguiente, y la siguiente... En segundos, todo se desmorona.

Me vestí con un pantalón y agarré una toalla antes de salir del baño. Me froté el pelo de forma enérgica y sonreí al notar el olor a *pizza*. Estaba hambriento. Entré en el salón y vi a Céline inmóvil junto a la mesa. Lo noté enseguida. El cambio de energía. La rigidez de su cuerpo. Alzó la barbilla y me miró con el rostro tan pálido que me asusté.

Entonces me mostró la pantalla de mi teléfono y el suelo se abrió bajo mis pies.

—¿Por qué tienes una carpeta con fotos mías?

—Céline...

Se alejó cuando traté de acercarme y ese gesto me rompió el corazón.

—¿Qué significa esto, Julien? Soy yo mucho antes de que nos conociéramos, ¿por qué?

—Puedo explicarlo, pero antes devuélveme el teléfono y siéntate para que podamos hablar.

Me contempló como un animal asustado. Casi podía ver los engranajes de su cerebro funcionando sin ningún control, los derroteros que tomaban sus pensamientos, el miedo que comenzaba a reflejarse en sus ojos y el momento exacto en el que su mente estalló y arrasó con su razón.

Dejó mi teléfono sobre la mesa, agarró su chaqueta y corrió a la salida. Salí tras ella con un nudo en la garganta que no me dejaba respirar. Planté mi mano en la puerta justo cuando ella intentaba abrirla. No podía permitir que se fuera. Así no.

—Deja que me vaya —rogó.

—Se llamaba Chloé —dije sin apenas voz—. Mi novia se llamaba Chloé y murió horas después de que una furgoneta la atropellara el 14 de julio del año pasado en París. Yo tuve que tomar la decisión de donar sus órganos esa noche.

Céline se estremeció de arriba abajo al comprender el significado de mis palabras. Se dio la vuelta y me miró con los ojos muy abiertos y brillantes. De forma inconsciente, se llevó la mano al pecho.

—¿Estás diciendo que es su corazón el que...? —Asentí y el enojo coloreó sus mejillas—. ¿Cómo lo sabes? Los datos de donante y receptor son confidenciales, no se comparten por razones obvias. Y es un delito.

—Coaccioné a unos amigos para que los consiguieran.

Ella me miraba consternada. Veía sus esfuerzos por comprender lo que estaba ocurriendo, las implicaciones de lo que le había confesado. Parpadeó para deshacerse de las lágrimas que se amontonaban tras sus pestañas y me odié a mí mismo. Lo había jodido todo bien y ahora ella estaba sufriendo por mi culpa.

—Lo siento muchísimo, Céline. Sé que todo esto parece

muy turbio y difícil de comprender, pero jamás tuve malas intenciones. Tienes que creerme. No pensaba acercarme a ti, no quería involucrarme contigo de ningún modo, y no lo habría hecho si ese día no hubieras tenido el ataque. Después traté de volver a poner distancia entre nosotros, pero tú...

—¿Yo qué?

—Me lo pusiste tan difícil —sollocé rendido—. No dejabas de aparecer en todas partes, te empeñabas en hablar conmigo y, por más que te alejaba, no te rendías. Joder, Céline, ¡no te rendías! Eras... eras como una tormenta arrollándolo todo a tu paso. No había modo de ignorarte ni de que tú perdieras el interés. Pensé que no pasaría nada si cedía un poco y satisfacía tu curiosidad, pero pasó. Pasó todo y no fui capaz de evitarlo. No conseguí frenarlo.

Incliné la cabeza y escondí el rostro en su cuello. Aspiré su calor, su olor.

Céline me hizo a un lado y regresó al salón. Se sentó en el sofá.

La seguí y me paré frente a ella. Me miraba de un modo que me estaba destrozando, pero me lo merecía.

—¿Por qué lo hiciste? ¿Por qué me buscaste? —preguntó.

Me pesaban las piernas, así que me senté en una silla. Me froté el rostro.

—Necesitaba averiguar qué clase de persona eras y si te merecías su corazón.

Su expresión se congeló.

Sacudí la cabeza. Cerré los ojos y cogí aire. Ya lo había perdido todo, ser suave no iba a mejorar nada y Céline se merecía toda la verdad, por muy dura que esta fuese. Ojalá hubiera tenido el valor para sincerarme mucho antes, para hacer las cosas de otro modo. Menos doloroso. Menos precipitado.

Contuve la respiración un instante, luego dejé que todo lo que llevaba dentro saliera.

Le hablé de Chloé, de cómo era ella. De sus luces y sus sombras, de las mías. Le conté cómo había sido nuestra relación hasta esa trágica noche en la que murió. La discusión que mantuvimos, el accidente y todo lo que aconteció después. La decisión que tuve que tomar yo solo y las consecuencias que sobrevinieron más tarde. Le hablé de mis suegros, de su dolor y mi culpa. De la depresión en la que me sumí. De la obsesión que casi acaba conmigo.

Me disculpé por mentirle, por hacerle tanto daño. Porque desde el primer momento supe que lo que hacía estaba mal y aun así no me detuve.

—Lo siento mucho, Céline.

—¿En qué más me has mentido? ¿De verdad te llamas Julien o eso tampoco es cierto?

—Me llamo Julien. Julien Leconte, tengo treinta años y todo lo que te dije sobre mi familia y mi trabajo es cierto. Excepto que no solo escribo y edito para distintas publicaciones, también las dirijo junto a mi padre. Mi abuelo fundó el grupo Leconte y ahora yo trato de mantener su legado. Aunque si pudiera verme en este momento, creo que se sentiría muy decepcionado.

Me observó sin esconder la desolación que sentía y sus ojos se llenaron de lágrimas en el acto. Se puso en pie con intención de marcharse y yo no pude evitar retenerla, a pesar de que no tenía ese derecho.

—Céline, por favor, no te vayas.

—Déjame.

—No te marches así, habla conmigo —le supliqué.

—No puedo. Necesito tiempo para pensar. Necesito... ¡No sé lo que necesito! —gimió angustiada. Más lágrimas rodaron por sus mejillas—. Deja que me vaya, por favor.

—Céline...

—Por favor. Y no me busques más.

No podía dejarla ir, todo mi cuerpo se rebelaba ante esa idea. Quería ser egoísta de nuevo y encontrar la forma de arreglar lo nuestro. Podía hacerlo si ella me daba la oportunidad.

El sollozo que escapó de sus labios me atravesó el pecho. Su dolor, sus lágrimas, esa súplica... Todo era por mi culpa y aún continuaba aferrándome a ella.

La solté. Abrí la puerta y la sostuve mientras salía sin mirarme. Cuando alcanzó la escalera, se detuvo un instante.

—¿Has podido averiguarlo? —me preguntó.

—¿Qué?

—Si soy lo suficientemente buena para merecer su corazón.

Sonreí con tristeza.

—No existe nadie que lo merezca más que tú.

Apartó la mirada y bajó las escaleras a toda prisa. Segundos después, oí el portal del edificio cerrarse con un golpe. Empujé la puerta y, sin más, me senté en el suelo con la espalda apoyada en la pared. Las lágrimas mojaron mis mejillas. Me costaba respirar y las ganas de golpearme a mí mismo iban creciendo a cada segundo que pasaba.

Sentía una angustia que se apoderaba de todo mi cuerpo y mi cabeza.

Todo era culpa mía. Yo lo había desencadenado.

Y no sabía cómo arreglarlo.

40

Siempre tuve miedo a estar solo conmigo mismo, porque tenía la mala costumbre de pensar demasiado. Tanto, que era capaz de convertir lo blanco en negro y lo negro en una realidad distinta y distorsionada.

No es fácil seguir adelante cuando te cuestionas cada paso que has dado en la vida, cada elección. Cuando te convences de cosas en las que no crees, que no sientes realmente y solo buscas un modo de escapar. Cuando el dolor se transforma en culpabilidad y tu propia ceguera, en un muro que no te deja ver lo que hay al otro lado.

Las dudas te ahogan. Las pesadillas se vuelven tan reales que no distingues cuándo estás despierto y cuándo dormido. El cansancio te consume y la claridad te evita.

No hay nada más triste que darte cuenta de que has tomado las peores decisiones con la mejor intención y lo único que te queda es prometerte a ti mismo que la próxima vez no te equivocarás, cueste el sacrificio que cueste.

Volqué mi peso sobre la maleta y de ese modo logré cerrar la cremallera. Luego la coloqué junto al resto del equipaje. Revisé de nuevo el armario y los cajones, para asegurarme de que no olvidaba nada. Salvo por algunas cosas que quedaban en el salón, todo lo demás estaba empaquetado. Le eché un vistazo a la hora, pronto anochecería. Decidí darme una ducha y acostarme pronto. Con suerte, podría conciliar el sueño el tiempo suficiente para descansar los ojos y conducir al día siguiente de vuelta a París.

El timbre del portero sonó en la entrada. Pensé que sería el casero, me había avisado de que pasaría por allí.

—¿Quién es?

—Soy yo.

Me quedé sin aire al escuchar su voz. Apoyé la frente en la pared y cerré los ojos.

Creía que no volvería a verla después de cómo acabaron las cosas entre nosotros. De hecho, tras una semana en la que no había dejado de pensar en ella y todo lo ocurrido, estaba convencido de que era lo mejor.

Aun así, no tuve el valor de dejarla allí.

Abrí la puerta y, con el corazón en un puño, escuché sus pasos mientras subía.

—Hola.

Levanté la vista del suelo.

—Hola —respondí sin ninguna energía.

Me hice a un lado y la dejé pasar. Una vez en el salón, aparté algunas cosas del sofá y la invité a sentarse.

—Estoy bien así.

Me pasé la mano por el pelo, nervioso. No tenía ni idea de qué hacer ni cómo comportarme. Ni de qué manera esconder que me moría por abrazarla.

—¿Quieres tomar un café o alguna otra cosa? —le pregunté.

—Nada, gracias.

—Vale.

—¿Cómo estás?

—Bien. ¿Y tú?

Me miró a los ojos y tragó saliva con dificultad.

—Te he echado de menos —soltó de repente. Contuve la respiración, porque era lo último que esperaba que dijera y lo último que yo quería oír—. Julien, he estado pensando mucho estos días. En lo que me contaste, en nosotros, el futuro... He intentado ponerme en tu lugar e imaginar por todo lo que has debido de pasar durante este tiempo y creo que lo entiendo. Puedo comprenderte.

—Céline, yo...

—¡No! Por favor, déjame terminar o no sé si seré capaz después.

—Vale.

—Soy muy consciente de los motivos que te trajeron aquí y que lo nuestro no debía ocurrir, pero ha ocurrido y para mí tú eres lo mejor que me ha pasado nunca. Yo... yo te quiero, Julien. Me he enamorado de ti y ya no tiene arreglo, esa es la verdad. Así que, dadas las circunstancias y que yo no quiero perderte bajo ningún concepto, creo que deberíamos seguir juntos e intentarlo. Porque siempre he soñado con un amor del tipo «no sé vivir sin ti» y justo lo he encontrado contigo. Cuando te miro, veo magia y siento que eres una de esas casualidades imposibles que solo pasan una vez en la vida.

Con esa declaración, me abrió una profunda herida en el pecho. Me masajeé el puente de la nariz para alejar las lágrimas. Me sentía tan triste.

—Yo también he pensado mucho, y no puedo hacer esto contigo, Céline. No puedo —le confesé.

—¿Por qué?

—Porque quererte me hace sentir culpable. Porque siento que no está bien, no es lo correcto. Te miro y pienso en Chloé. Pienso en ella y te veo a ti. ¿Te das cuenta de lo enfermizo que es? No sé si estoy realmente enamorado de ti o sigo enamorado del corazón que llevas dentro. —Los ojos se me llenaron de lágrimas amargas—. Estoy hecho un lío y es jodidamente doloroso.

—Te ayudaré a superarlo. Lo superaremos juntos.

Hice una mueca y negué con la cabeza.

—No podemos.

—Di que no puedes, porque yo al menos quiero intentarlo —replicó sin paciencia.

—No puedo.

—Julien, lo que tenemos es tan...

—¿Mágico? —exploté. Levanté las manos, ansioso y tan cansado que solo quería apagar mi cerebro y no volver a encenderlo nunca más—. Dios, Céline, tú crees en la magia y en las casualidades imposibles, y ojalá yo tuviera tu misma inocencia. Pero la verdad es que esa magia que crees que hay entre nosotros no existe. Nada de esto fue una casualidad, sino algo premeditado. Fui yo el que lo provocó de forma deliberada cuando vine hasta aquí para verte. Deberías odiarme, no aferrarte a mí.

—No puedo odiarte.

Mi corazón se rompió un poco más, ya solo quedaban pedazos.

—Pues deberías, porque lo que te he hecho es muy cruel y no está bien.

—Tienes razón, no está bien y te perdono por ello. Te perdono.

—Pero yo no puedo perdonarme. No merezco nada de esto, Céline.

—¿Sabes? El mundo está lleno de personas que se escudan en sus miedos y en sus errores para impedirse amar, porque amar significa estar vivo y querer vivir. Puedes ser de ese tipo de personas, quedarte estancado y simplemente limitarte a existir. O seguir adelante y aceptar que mereces una segunda oportunidad y continuar con tu vida. Elijas lo que elijas, nada cambiará el hecho de que Chloé no está y ya no volverá. Y no fue culpa tuya, Julien. No hiciste nada por lo que debas castigarte.

Sus palabras se repetían en mi cabeza como un eco. Sabía de sobra que Chloé no volvería y que yo no tuve la culpa de lo que pasó esa noche. No me castigaba por esa razón. Me torturaba que no estaba seguro de mis pensamientos ni de mis emociones. No sabía qué sentía por Chloé a esas alturas ni lo que sentía por Céline. Dudaba de mi juicio. Estaba tan confundido que por momentos creía que iba a perder la cabeza.

Céline me tendió la mano, ofreciéndome otra oportunidad, y en ese gesto vi la pureza y sinceridad de su alma. No necesitaba estar con alguien como yo. No con el hombre que ahora era. Al contrario, ella merecía que me mantuviera lo más lejos posible de su camino. Era el único modo de que pudiera ser ella misma, volar muy alto y brillar como una estrella recién nacida.

—No puedo, lo siento.

Asintió de forma imperceptible y se abrazó a sí misma. Su mirada reflejaba tanto dolor, tanta decepción, que aparté la mía para no perder del todo la compostura que tanto me estaba costando mantener. Ese fue el último empujón que necesitó para dar media vuelta y marcharse sin emitir ni un sonido, solo el de sus pasos alejándose hasta que únicamente quedó el silencio de mi respiración.

Alcé la barbilla y contemplé el techo. Sentía una congoja tan grande que me quedé sin aire, el peso de mis emociones se abría paso a golpes, y no fue hasta que noté un sabor salado en la boca que me di cuenta de que estaba llorando y había perdido esa guerra.

41

Regresé a París y retomé la vida que allí tenía, con la diferencia de que la persona que había vuelto ya no era la misma que se marchó siete meses atrás. Me sentía como si hubiera envejecido veinte años y siempre estuviera cansado.

Me sumergí tanto en el trabajo que no dejaba espacio para nada más. Me levantaba antes del amanecer y salía a correr. Después regresaba a casa, me daba una ducha e iba a la oficina. Allí pasaba casi todo el tiempo, incluso los fines de semana.

Como si no tuviera bastante con la revista y las responsabilidades que mi padre iba delegando en mí, también comencé a involucrarme mucho más en la editorial de libros. Creé nuevos sellos y reestructuré los que ya teníamos. Abandoné mi despacho en la dirección y me puse a trabajar mano a mano con los editores y sus equipos, a participar desde cero en todos los proyectos. Era lo que más me gustaba y lo que mejor se me daba.

Aun así, el tiempo pasaba despacio para un corazón roto como el mío. Tenía días que se convertían en un infierno de contradicciones, entre la necesidad de olvidar a Céline y el deseo de ir a buscarla. Otros, pensaba que no me importaría un comino perderlo todo, ser otra persona y dejar de sentir esa angustia que me ahogaba.

Pasó Navidad, Año Nuevo y, cuando enero llegaba a su fin, decidí que era el momento de hacer cambios que me ayudaran a avanzar. Puse a la venta la casa que había compartido con Chloé durante tantos años y me mudé a un apartamento en Montmartre, con solo unas pocas fotografías y algunos recuerdos que sus padres no se llevaron tras su fallecimiento.

Comenzar de cero en un lugar distinto me vino bien. Sin embargo, no se puede huir de uno mismo y mucho menos de las emociones que nacen del alma, y las mías continuaban perteneciéndole a ella, a Céline. Ojalá pudiera olvidarla con la misma fuerza que aún la deseaba.

Empezaba a darme cuenta de que nunca había sentido nada comparable en toda mi vida, quizá por esa razón me dolía tanto haberla perdido. A veces no estamos preparados para formar parte de la vida de otra persona. O para que esa persona exista en la nuestra. A veces se quiere, se necesita más que nada, pero no se puede y es mejor así.

La primavera le cedió su lugar al verano y el aire se volvió mucho más cálido. París olía a flores, dulces y tráfico, la vida fluía en sus calles a un ritmo imparable. Para entonces, ya me sentía bastante bien. Apenas quedaba nada del Julien que un año atrás había escapado a Aix y día a día me reconciliaba un poco más con esas partes vacías de mí que no lograba llenar.

Dejé de tenerle miedo a los recuerdos y acepté que nunca desaparecerían, así que me esforcé por acostumbrarme a ellos. A que Céline despertara y durmiera en mi mente. Después de todo, olvidarla ya no me parecía correcto. Había tocado fondo, más de lo que la gente que me conocía podía imaginar. Entonces apareció ella y me ayudó a sobrevivir hasta que fui capaz de hacerlo por mí mismo.

Siempre le estaría agradecido, pero tenía que seguir adelante.

Y lo hice, o, mejor dicho, lo intenté. Empecé a salir y conocer gente.

Sin embargo, todas las noches regresaba a casa sin compañía.

Quizá porque seguía pensando en ella y a menudo me preguntaba cómo estaría. Si continuaba trabajando en la librería o habría comenzado a escribir su novela. Me preguntaba si estaría saliendo con alguien. Si aún me recordaba. En esos momentos, a solas conmigo mismo, me permitía echarla de menos.

Ojalá la piel no tuviera memoria, pero la tenía y si cerraba los ojos era capaz de sentirla en mi piel. Sus caricias, sus besos, el peso de su cuerpo sobre el mío. Me di cuenta de que el tiempo no apaciguaba mis sentimientos. Al contrario, los desenredaba, los aclaraba y me los mostraba desde otras perspectivas. El tiempo me hizo ver que seguía enamorado de los recuerdos de Chloé, aunque no de ella. Me enamoré de Céline mientras la conocía y acabé amándola con toda mi alma.

No obstante, la culpa y el remordimiento son capaces de distorsionar cualquier realidad y hacerte creer cosas que escapan a la comprensión. Desde que Chloé murió, en mi interior había una voz soterrada que no dejaba de repetirme que dejarla atrás y continuar con mi vida me convertía en una mala persona. Que no era posible que pudiera enamorarme de otra mujer, cuando a ella la había querido tanto. Que, si podía verme desde algún lugar, le estaría rompiendo el corazón.

Esos pensamientos me desbordaban y no era capaz de pararlos.

Se colaban por mis grietas y lo envenenaban todo.

Por esa razón rechacé a Céline y me alejé de ella.

Porque algunas cosas hacen tanto daño que crees que la única solución es evitarlas.

Ahora sabía que seguir adelante no te convierte en alguien malo. Que volver a enamorarte es posible y no le resta valor a lo vivido. Y que Chloé siempre deseó mi felicidad, del mismo modo que yo deseaba la suya, y allá donde estuviera se alegraría de ver que rehacía mi vida.

Pero ya era tarde para arrepentimientos.

Lo hecho hecho está, y el momento había pasado.

No me quedaba otra que vivir con ello.

Céline y Julien

42
Céline

A Tristan se le escurrió la cuchara de entre los dedos y cayó dentro del bol de leche salpicándolo todo a su alrededor, hasta mi camiseta. No me importó, ni siquiera me inmuté. Estaba demasiado sorprendida como para reaccionar ante algo tan nimio, después de la bomba que habían soltado mis padres.

—¡¿Nos estáis echando?! —pregunté.

—No es eso lo que hemos dicho —respondió mamá.

—Pues es lo que yo he entendido —saltó Tristan.

Asentí, dándole la razón.

Mamá puso los ojos en blanco y luego inspiró hondo.

—Papá y yo solo pensamos que, quizá, va siendo hora de que empecéis a plantearos la posibilidad de tener vuestra propia casa. Ya sois mayores, ambos tenéis vuestros trabajos y lo normal a vuestra edad es que queráis independizaros —declaró con una sonrisa. Luego se encogió de hombros—. No os tiene que dar pena dejarnos, si esa es la razón por la que seguís aquí. Nosotros estaremos bien.

Mi hermano giró la cabeza hacia mí y nuestras miradas se encontraron. Su rostro reflejaba las mismas emociones de desconcierto y preocupación que el mío.

—Y podéis venir siempre que queráis, esta seguirá siendo vuestra casa —apuntó papá.

—Yo no quiero independizarme —gruñó Tristan.

—Ni yo, ¿adónde esperáis que vaya?

Papá echó mano al periódico que había sobre la encimera y lo plantó en la mesa, abierto por las páginas de anuncios clasificados. Me fijé en que había varios marcados y me quedé sin respiración al ver que pertenecían a inmobiliarias. Tenía que ser una broma.

—Esto no significa nada... —empezó a decir.

—Por supuesto que no —convino mamá.

—Por curiosidad estuvimos mirando algunos anuncios y hemos encontrado varios pisos con un alquiler muy asequible y cerca del centro. No perdéis nada echando un vistazo.

Me puse en pie completamente indignada y salté sin pensarlo dos veces.

—No puedo creerlo, nos estáis echando de casa. ¿Tan molestos os parecemos?

Mamá se quedó callada unos segundos. Luego alzó los brazos con un gesto de exasperación.

—Pues ya que lo mencionas, sí. Os pasáis el día entrando y saliendo a vuestras anchas, como si esto fuese un hotel. Ayudáis muy poco y dais mucho trabajo, y ya va siendo hora de que vuestro padre y yo podamos disfrutar de un espacio solo para nosotros y de nuestra intimidad, antes de convertirnos en dos pasas arrugadas.

Tristan dio un respingo y sus labios se abrieron dibujando una o.

—¿Estáis... estáis hablando de sexo? ¿Vosotros aún...? —balbuceó.

Mamá le dedicó una sonrisa pícara.

—Sí, aún, y no tanto como nos gustaría, «gracias» a vosotros.

—La, la, la, la... No quiero oír esto.

Mamá resopló y acto seguido agarró su bolso, que colgaba de la silla.

—Tengo que ir a la librería.

—Y yo al periódico —dijo papá.

Se sonrieron el uno al otro mientras se miraban con cariño. Él se inclinó y la besó en la boca. Ambos cerraron los ojos y sus labios permanecieron unidos unos segundos. Cuando se separaron, les brillaban los ojos y las mejillas de mamá se habían teñido de carmesí.

—Paso a buscarte cuando acabe —dijo él.

—Te estaré esperando.

Los seguí con la mirada hasta que salieron de la cocina. En silencio, Tristan y yo recogimos la mesa. Luego nos colocamos cada uno a un lado de la pila y, mientras yo fregaba, él aclaraba y secaba. Lo miré de reojo, pensando en la escena que acababa de presenciar entre nuestros padres. Me di cuenta de que a mi hermano y a mí se nos olvidaba que ellos también eran una pareja que llevaban media vida juntos. Y después de tantos años continuaban enamorados. Con solo fijarte un poco, podías notar que se amaban y deseaban como dos adolescentes.

Me fastidiaba admitirlo, pero entendía que intentaran hacernos volar del nido. Que anhelaran su espacio y una intimidad que con nosotros en casa no era posible. Lo merecían tras haber luchado tanto para convertirnos a Tristan y a mí en dos adultos responsables.

—Creo que tienen razón —dije en voz baja—. Deberíamos independizarnos y dejar que disfruten de su vida, ahora que aún pueden.

—Lo sé, pero es que no quiero irme —murmuró él.

—Ni yo, me encanta nuestra casa y vivir con ellos.

—A mí también.

—Pero deberíamos.

—Ya...

Guardamos silencio y continuamos lavando los platos. Sin embargo, mi cabeza había comenzado a maquinar y no lograba frenarla.

—Se me pasó por la cabeza mudarme a París cuando terminara la novela y tratar de publicarla. Después pensé que era un disparate, pero ya no me parece tan descabellado. He ahorrado bastante dinero y, con la herencia de la abuela, me daría para vivir un tiempo sin preocupaciones.

—¿París?

Asentí con un gesto y me reí.

—Sí. Todo pasa en París, eso dicen.

Tristan sonrió y su rostro se iluminó con un pensamiento.

—Los chicos no dejan de insistirme en que deberíamos vivir en la capital. La discográfica y los estudios de grabación se encuentran allí y están cansados de viajar en avión constantemente.

—Lo cierto es que no tiene mucho sentido que sigáis aquí.

El grupo había firmado un contrato con una discográfica y, desde que habían empezado a trabajar en su primer álbum, era rara la semana que no volaban a París al menos una vez. Debía de ser agotador para ellos.

—Ya... Las editoriales importantes también están en París —dijo él.

—Las que más me gustan sí.

Nos quedamos callados de nuevo.

—¿Crees que podríamos...? —saltamos los dos al mismo tiempo.

Nos miramos y rompimos a reír. Daba miedo que pudiéramos leernos la mente de ese modo.

—¿No piensas que es una locura?

—¡No, si lo hacemos juntos! —exclamó emocionado—. Solo necesitamos un lugar decente donde vivir y no creo que nos cueste mucho encontrarlo. Iremos tirando con el dinero que tenemos.

—¿Y si no es suficiente?

—Estoy convencido de que el próximo año las regalías del grupo serán altas, estaremos bien.

Parecía bastante seguro de sí mismo y su trabajo. Yo no lo estaba tanto de mi talento. Nunca antes había oído hablar del síndrome del impostor, hasta que comencé a escribir y necesité encontrar un nombre para esa sensación angustiosa que se apoderaba de mí demasiado a menudo. La mitad del tiempo me sentía como si no supiera lo que estaba haciendo. Simplemente, me sentaba y convertía en palabras todo aquello que mi cabeza imaginaba. Unas veces con más sentido que otras.

—¿Y si fracaso? ¿Y si mi novela no le gusta a ningún editor?

Tristan me dio un empujoncito con su hombro.

—Eso no pasará, pero, si ocurre, al grupo le vendría bien un nuevo instrumento. Algo sexi como un triángulo, ¿qué te parece? Te pagaría.

Me lo quedé mirando y enarqué una ceja. Él me imitó igual de serio.

Era tan imprevisible, y se le ocurrían tantos disparates a los que solo él encontraba sentido, que a veces me costaba distinguir cuándo hablaba en serio y cuándo bromeaba.

—¡Estás de coña, ¿no?!

Una sonrisilla apareció en su rostro.

—Clin, clin, clin, clin... —comenzó a burlarse—. Yo creo que se te daría bien y no necesitas tener oído, basta con que sepas contar. Sabes, ¿no?

Puse los ojos en blanco y le saqué la lengua.

—No deja de sorprenderme lo tonto que puedes llegar a ser.

—Clin, clin, clin...

Metí la mano en el jabón de la pila y le salpiqué el rostro.

Creí que se vengaría y agarré un trapo para defenderme. Él se limitó a sonreír y sacudir la cabeza, un instante después abría un armario y colocaba los vasos secos dentro. Me miró y me guiñó un ojo con un gesto de complicidad.

—Entonces, ¿cuándo nos mudamos?

Me reí, no era tan sencillo como decirlo y ya está. Aunque por la expresión que brillaba en la cara de mi hermano, él ya se veía haciendo las maletas. Noté un nudo en el pecho y tomé aliento. Nuestra abuela solía decir que seguir adelante a pesar del miedo es de valientes. A mí me daba un miedo terrible alejarme de mi casa y de mi familia, pero iba a cumplir veintisiete años en pocas semanas y no podía seguir aferrada a ellos como una niña indefensa.

Tampoco quería arrepentirme de no haberlo intentado.

Se me erizó la piel al darme cuenta de que había tomado una decisión y le dediqué una sonrisa inmensa.

—Después de mi cumpleaños.

43
Julien

El 14 de julio amaneció gris y con lluvia. La excusa perfecta para cancelar el pícnic con mi madre y su marido, quedarme en casa y ponerme al día con el trabajo atrasado. Puse una cafetera al fuego, tosté un par de cruasanes y preparé huevos revueltos.

Lo llevé todo a la mesa y abrí el ordenador. Empecé por revisar y firmar los contratos de los nuevos autores que habíamos fichado y las novelas que publicaríamos a lo largo del próximo año. Después repasé el calendario de entrevistas para la revista del mes de octubre.

A la hora del almuerzo, llamaron al timbre.

Me quedé de piedra al ver a mi hermana embarazadísima en la puerta, cargando con cajas de un conocido restaurante de la ciudad. Me apresuré a tomarlas e invitarla a pasar.

—Marion, ¿qué haces aquí? ¿Va todo bien?

—Iba a almorzar con Bruno, pero una de sus pacientes, embarazada de gemelos, se ha puesto de parto antes de tiempo y ha tenido que marcharse. Ya nos habían servido la comida. Así que tenía dos opciones, o comer sola o compartir con mi hermano unos espaguetis con trufa, rodaballo estilo meunière y fresas confitadas —respondió mientras colgaba su bolso en el perchero y se masajeaba con una mano la espalda y con la otra el vientre.

—Veo que he ganado yo —me reí.

Ella me sonrió y miró a su alrededor.

—Esta caja de zapatos me gusta cada vez más, es acogedora.

—Gracias por el cumplido, no todos podemos vivir en el distrito 6 como algunas privilegiadas.

—Ja, ja... ¿Eso era envidia?

—Por supuesto, mi sueño siempre ha sido casarme con un rico ginecólogo.

—Obstetra, Bruno es obstetra —me corrigió—. Y no es rico, esa casa la heredó de sus abuelos y es un desastre. No hemos salido de una reforma cuando ya debemos meternos en otra. Es agotador.

La miré de reojo y me reí. Me siguió a la cocina y se sentó en una de las sillas mientras yo calentaba los platos y preparaba la mesa. Desde mi vuelta a París, poco a poco recuperamos el contacto sin apenas esfuerzo y me sorprendió que a esas alturas congeniáramos tan bien. Quizá porque ambos habíamos pasado por momentos complicados y difíciles, y eso te cambia desde muy adentro. Dicen que los corazones heridos se reconocen. Y visto lo visto, unen más que la sangre.

El primer matrimonio de Marion no salió bien. Se casó muy joven, con un crítico sociocultural mucho mayor que ella, que la trataba con arrogancia y superioridad. Esa relación minó su autoestima, la sumió en una depresión y le costó mucho superarla. Años más tarde conoció a Bruno, un tipo amable y sencillo, que trabajaba en un hospital materno-infantil, y se enamoraron. Puro romance.

Ahora estaban a punto de tener su primer hijo y yo, mi primer sobrino.

Estaba emocionado con su llegada.

Comimos con la lluvia de fondo, sin hablar demasiado. Al terminar, recogimos juntos la mesa y preparamos té. Lo tomamos en el salón, mientras veíamos otra nueva versión de *Los tres mosqueteros*. Mi favorita continuaba siendo la que dirigió Paul Anderson en 2011.

Marion volvió a cambiar de postura en el sofá y resopló por lo bajo.

—¿Te encuentras bien?

—Da igual cómo me tumbe o me siente, el problema es que este niño ya no cabe en mi útero. —Suspiró y se puso de pie—. Creo que iré a casa a descansar.

—Dame un segundo, busco las llaves del coche y te acompaño.

—No te molestes, llamaré un taxi.

—No me importa.

—La mitad de las calles están cortadas por la festividad y solo permiten el paso al transporte público. No te preocupes, estaré bien.

—Vale, pero llámame cuando llegues.

La acompañé en el ascensor hasta el portal y esperé con ella a que llegara el taxi. Tras despedirnos con la mano y una sonrisa, regresé arriba. Mi mirada se perdió en las flores que reposaban en un jarrón, junto a la ventana. Las había comprado el día anterior, con intención de visitar el cementerio por la tarde. Sin embargo, llegó la noche y lo había ido aplazando sin saber muy bien por qué.

Las miré de cerca, no tardarían en marchitarse.

Levanté la vista y vi que había dejado de llover. Inspiré hondo y me dije que posponerlo solo lo haría más difícil de lo que ya era. Saqué las flores del jarrón en un alarde de seguridad que no sentía y sequé los tallos. Después las envolví en papel y cogí las llaves del coche.

Una hora más tarde, recorría un sendero salpicado de charcos y barro, bajo una cúpula de ramas y hojas de árboles centenarios, que aún escurrían agua. No había visitado su tumba desde el funeral, engañándome a mí mismo con que prefería guardar otro tipo de recuerdos, cuando la realidad era otra muy distinta: tenía miedo a encontrarme con sus padres.

Alcé la mirada y contemplé las parcelas. Una figura familiar destacaba a lo lejos. Gracie, la madre de Chloé. Apreté los tallos en mi mano. Mi miedo estaba a punto de cumplirse y no sabía cómo enfrentarlo.

Mientras me acercaba, sentía unos nervios terribles arañándome el estómago, que enseguida se transformaron en ganas de vomitar. El barro amortiguaba el sonido de mis pasos y llegué hasta ella sin que se percatara de mi presencia. Estaba arrodillada frente a la sepultura con los ojos cerrados y oraba en voz baja con sus manos entrelazadas.

Deposité las flores sobre la piedra y carraspeé.

Ella levantó la cabeza y al verme su expresión afligida se alegró un momento.

—¡Julien!

—Hola, Gracie.

Se puso en pie y se sacudió las rodillas.

—Ha pasado mucho tiempo.

—Dos años —le recordé.

Sacudió la cabeza con pesar y observó la tumba unos segundos.

—Sí, el tiempo vuela. ¿Qué tal estás? —me preguntó.

—Ocupado con la revista. ¿Y vosotros?

—Hemos vendido la casa y nos mudaremos a Mallorca en unos meses, el clima allí es bueno para la salud de Nicolas.

No dije nada. Se me hacía muy raro estar manteniendo

una conversación tan normal y trivial con ella, cuando la última vez que nos vimos su odio hacia mí cortaba como esquirlas de cristal. Aquel día me maldijo hasta quedarse sin voz.

—¿Cómo están tus padres y tu hermana? —se interesó.

—Están bien. Marion va a tener un bebé dentro de poco.

—¡Qué felicidad! Dale mi enhorabuena cuando la veas.

—Se la daré —convine.

Alcé la vista al cielo gris y encapotado. Pequeñas rachas de aire agitaban los árboles y ondulaban la hierba a nuestro alrededor. Miré a Gracie y la tristeza que parecía grabada en su rostro me conmovió. Ningún padre debería perder a su hijo, no era natural. Sin embargo, pese a la empatía que me despertaba y el recuerdo de Chloé, yo necesitaba arrancar de una vez por todas esa espina que atravesaba mi corazón.

Carraspeé, inseguro.

—Hay algo que quiero decirte desde hace mucho y que no me deja estar tranquilo.

—Adelante.

—Siento todo el daño que os causé, pero aquella noche tuve que tomar yo solo la decisión más difícil de toda mi vida y no me arrepiento de mi elección. Sé que hice algo bueno y, de haber estado en mi lugar, Chloé habría hecho lo mismo sin dudar —dije con aplomo.

Gracie sonrió y entonces respondió algo que no esperaba y que me dejó muy confundido:

—Lo sé, mi hija era un ángel. Hiciste bien, Julien.

Parpadeé atónito y el corazón se me subió a la garganta.

—Pero las cosas que me dijisteis antes del funeral...

No me dejó terminar.

—Me disculpo por eso, no era yo la que hablaba, sino el sufrimiento por haber perdido a mi hija de esa forma tan trágica. Estaba fuera de mí. Desde el primer momento me culpé por no haber estado allí cuando pasó, con ella. No solo no pude despedirme, tardé dos días en regresar a su lado por culpa de ese maldito viaje. —Las lágrimas inundaron su rostro. Se frotó la nariz con la manga de su camisa—. Siempre estábamos de viaje. Meses y meses lejos de ella, en los que solo hablábamos de vez en cuando por teléfono. Y lo pagué contigo.

—«Solo Dios sabe a qué clase de persona le han dado su corazón y si realmente lo merece», eso dijisteis —le recordé con dureza.

Ella estiró la mano y tomó la mía. La apretó con fuerza, como si quisiera reconfortarme de algún modo.

—No lo recuerdo, Julien. Pero si así fue, no teníamos ningún derecho.

¡No lo recordaba! ¿Cómo podía no recordarlo si me destrozó la vida con esas palabras?

—Cargasteis sobre mi conciencia un peso demasiado grande. No imaginas cómo he vivido desde entonces.

—Lo lamento mucho. Jamás debí decir nada parecido, fue cruel. Espero que puedas perdonarme, al menos por el recuerdo de Chloé.

Sacudí la cabeza y noté que los ojos se me llenaban de lágrimas. Un nudo apretado no me dejaba respirar. Moví la mano para que me soltara, pero ella la sostuvo con más fuerza.

—Julien, mírame —su voz temblaba y seguía llorando. Me costó, pero hice lo que me pedía—. No tuviste la culpa de nada y tomaste la mejor decisión. Te pido perdón en mi nombre y en el de Nicolas por todo el daño que hayamos podido causarte. Siempre fuiste como un hijo para nosotros.

La creí.

Tragué saliva. De repente me sentía muy débil. Muy solo.

—No pasa nada, lo entiendo —musité.

—Eres demasiado bueno, por eso ella te quería tanto.

—Yo también la quería.

Palmeó mi mano un par de veces y me soltó.

—Lo sé. Todos la adorábamos —suspiró. Se tocó los labios y depositó un beso con los dedos en la lápida, sobre el nombre de su hija—. Tengo que irme. Nicolas siempre olvida tomar sus medicinas.

—Yo me quedaré un poco más.

Ella asintió con una leve sonrisa. Echó a andar, pero se detuvo enseguida como si hubiera recordado algo, y me miró de nuevo.

—Prométeme una cosa.

—¿Qué?

—Que harás todo lo posible para ser feliz. Es lo que ella querría.

Inspiré para contener la emoción y dije que sí con un gesto. No me había dado cuenta hasta ese momento de lo mucho que necesitaba esas palabras y sentí que debía devolverle la misma paz.

—La persona a la que Chloé ayudó es buena y lo merece.

Sus ojos se agrandaron al comprender lo que trataba de decirle. Tragó saliva.

—¿Tú sabes...?

—Sí.

—¿Quién...? —Se detuvo y comenzó a negar—. ¡No! Es mejor que no lo sepa. Todo está bien así.

Me dedicó una gran sonrisa y se llevó las manos al corazón.

—Gracias —dijo casi sin voz.

Me la quedé mirando hasta que desapareció en el sendero. Luego me agaché junto a la tumba y me abracé las rodillas. Me quedé allí incluso después de que se pusiera el sol, hablándole a Chloé en silencio. Le dije lo mucho que la quería y que la echaba de menos. Le conté todo lo que se me pasaba por la cabeza. Desde las cosas más insignificantes a mi reacción cuando supe que iba a ser tío. El miedo que me daba olvidarla, porque a veces me costaba recordar su risa y muchos de sus gestos, y esos olvidos me llenaban de tristeza.

Es injusto convertirnos en algo tan efímero una vez que nos vamos, cuando las huellas que dejamos atrás son tan profundas.

También le hablé de Céline. Sentía que era lo correcto. Necesitaba desnudarle mi alma y que no hubiera secretos entre nosotros.

Cuando me puse en pie, lo hice con una sensación de paz como hacía tiempo que no sentía. Le prometí que regresaría y luego me marché sin prisa. Llegué a casa poco antes de las once. Me serví una copa de vino, abrí los ventanales y me senté en el balcón. Estiré las piernas y las apoyé en la barandilla. Sentía el cuerpo ligero y la mente somnolienta.

Comenzaron los fuegos artificiales e inmediatamente pensé en Céline.

Estaba seguro de que, en alguna parte, ella también estaba mirando al cielo.

Sonreí al imaginar su cara satisfecha y en lo feliz que me hacía algo tan sencillo como un recuerdo.

Perdemos el tiempo en buscarle un sentido a la vida, cuando lo importante es encontrarle sentido a lo que nosotros somos. Esa noche me di cuenta de que somos una mezcla del amor que damos y el amor que recibimos.

Y que es el corazón el que nos guía y no el destino.

44
Céline

Tristan y yo nos instalamos en París el mismo día que comenzaba el otoño, en un ático amueblado de dos dormitorios en el distrito 12 con vistas al río. No tardé mucho tiempo en acostumbrarme al cambio. El barrio en el que vivíamos era animado y acogedor, con grandes jardines y parques, y numerosos mercadillos en los que podías comprar prácticamente de todo.

La primera semana fue tranquila. Mi hermano y yo nos dedicamos a conocer los alrededores, a averiguar dónde se encontraban las tiendas, las farmacias, las paradas de metro y todas esas cosas imprescindibles que uno tiene que saber cuando empieza de cero en otro lugar.

Entre los ensayos y la grabación de su primer disco, Tristan comenzó a pasar mucho tiempo fuera. Acostumbrada a estar siempre rodeada de gente, me costó adaptarme a la soledad de una casa vacía, en la que hasta los ruidos más cotidianos eran diferentes.

Busqué el lado positivo, silencio y soledad era lo que precisaba para terminar de escribir mi novela. Coloqué una mesa bajo la ventana y convertí ese rincón en mi lugar de trabajo. Tenía luz natural durante todo el día y desde allí podía ver el río y, a lo lejos, los jardines que rodeaban el Museo Nacional de Historia Natural. Sin embargo, había ratos en los que necesitaba el ruido y verme rodeada de personas. Así que guardaba el ordenador en una mochila y caminaba hasta un parque si la temperatura me lo permitía, o me sentaba en una cafetería acogedora y allí continuaba escribiendo.

Una escritora novata en un barrio bohemio en la ciudad de las luces y el amor, casi parecía el argumento de una película.

Octubre fue un mes lluvioso y noviembre comenzó con un frío inusual.

Me asomé a la ventana y vi que la gente caminaba bastante abrigada. Me quité el pañuelo de seda del cuello y lo cambié por un fular de lana. Me detuve frente al espejo y me probé el sombrero que unos días atrás había comprado en una tienda de segunda mano.

Tristan apareció detrás de mí. Con el pelo revuelto y los ojos hinchados. Acababa de despertarse.

—¿Adónde vas?

—Al hospital, tengo mi revisión —respondí.

—¿Es hoy? —Asentí y él parpadeó para espabilarse—. Dame cinco minutos y te acompaño.

—No es necesario.

—No tengo nada mejor que hacer y quiero ir contigo.

—Vale.

—¿Me preparas un café mientras me visto?

—Claro.

Se inclinó y me dio un beso en la sien.

—Te quiero, eres la mejor.

El hospital se encontraba a unos cincuenta minutos en transporte público.

Llegamos a la estación con el tiempo justo y logramos subir al tren cuando las puertas estaban a punto de cerrarse.

Tristan me cedió el asiento junto a la ventana y no tardó en quedarse dormido, con la cabeza apoyada en mi hombro. Abrí mi mochila para sacar el libro que estaba leyendo y maldije en silencio al notar que lo había olvidado sobre la mesa. Sin nada mejor que hacer, me dediqué a mirar de soslayo al resto de pasajeros.

Una mujer amamantaba a su bebé, al que había cubierto con un pañuelo para evitar miradas indeseadas. Aun así, algunas personas la observaban con mala cara y susurraban sin disimular que les incomodaba la situación. Por más que lo intentaba, no entendía qué veía de malo esa gente en una madre que daba de comer a su hijo. El verdadero problema estaba en sus mentes sucias y llenas de prejuicios, y en la superioridad de su absurda moralidad. ¡Qué cinismo el suyo!

Aparté la vista disgustada y mis ojos tropezaron con los del señor sentado frente a mí. Me dedicó una pequeña sonrisa de aliento, como si hubiera sabido cuáles eran mis pensamientos y los compartiera, después continuó leyendo. Me fijé en la revista que sostenía, *Icône Magazine*, y pensé de inmediato en Julien.

Lo hacía a menudo. Más ahora que vivía en la misma ciudad que él y existía la posibilidad de coincidir al cruzar una calle o doblar una esquina. A veces imaginaba cómo sería ir caminando y verlo a lo lejos, acercarnos poco a poco y que nuestros ojos se encontraran. Su reacción. Su expresión. Qué diría él. Qué diría yo.

Fantaseaba despierta y lo soñaba dormida.

No obstante, una gran parte de mí sabía que lo mejor era que nuestros caminos no se cruzaran de nuevo. Había pasado más de un año desde que nos separamos y nada había cambiado. Lo echaba de menos y lo seguía queriendo, pero esos sentimientos, por suerte, ya no dolían tanto. Había logrado envolverlos bajo una capa de conformidad y resignación. Puse límites a mi curiosidad y me negué a saber. Nunca lo busqué, en ningún sentido. Me daba miedo lo que podía encontrar si lo hacía, y no me refería solo a él. También a ella.

Me recosté de lado y el cuerpo de Tristan me siguió. Emitió un pequeño suspiro, parpadeó y volvió a quedarse frito. Cerré los ojos y traté de relajarme. Sin embargo, mi atención regresaba una y otra vez a la revista, en la que nuestro primer ministro sonreía de oreja a oreja junto a su esposa en la portada. Una sensación rara apareció por una rendija. Intentaba ignorarla, pero no era capaz. La sentía como un regusto ácido subiendo por mi garganta.

Comencé a tirar de un hilo de mi fular de forma distraída y, antes de ser consciente de lo que hacía, tenía mi teléfono en la mano. Escribí su nombre en la barra del buscador: Julien Leconte. Me sorprendió que apenas hubiera enlaces y fotos, solo breves notas de prensa sin ninguna imagen, que no aportaban ningún dato personal sobre él o su familia.

Que Julien fuese tan celoso de su intimidad no era solo una apreciación mía, y allí estaba la prueba.

Volví a escribir su nombre, pero esta vez añadí el de Chloé. Le di a buscar y el corazón se me subió a la garganta. No había nada sobre ninguno de los dos. Entonces, cuando estaba a punto de rendirme, un enlace llamó mi atención. Pinché en él y me condujo directamente a la esquela publicada en una agencia de servicios funerarios, en la que figuraban el día, la hora y el lugar del entierro.

Contuve el aliento. Era ella, no tenía ninguna duda.

En ese momento, anunciaron nuestra parada. Desperté a Tristan y bajamos del tren.

Salí de la consulta con el mismo resultado que en la cita anterior: todo estaba bien y mi salud era fuerte como un roble. Para celebrarlo, fuimos a almorzar a un restaurante español que Tristan había descubierto cerca del lugar donde ensayaban. Pedimos ensalada César, tortilla y croquetas de trufa.

Cuando terminamos de comer, mi hermano me propuso que lo acompañara a la discográfica a recoger algunas cosas. Le aseguré que estaba cansada y que prefería volver a casa. Nos despedimos en la puerta y tomamos caminos opuestos. Mientras me dirigía al metro, no dejaba de pensar en la esquela. En ella.

Una idea se coló en mi mente como un intruso furtivo.

Me dije que era una locura, que al final me arrepentiría. Enumeré todas las razones por las que era un disparate. No sirvió de nada, porque así soy yo cuando algo se me mete en la cabeza.

Localicé un plano con las líneas del metro y busqué la parada más cercana.

Una hora más tarde, me adentraba en el cementerio con un pequeño mapa dibujado a lápiz en un papel por un hombre muy amable que me había atendido en la oficina al llegar. Me perdí un par de veces, pero acabé dando con el sendero correcto. Me crucé con una mujer, que descansaba en un banco. Sostenía un ramo de flores frescas en una de sus manos y en la otra un pañuelo, con el que se secaba el sudor de la frente. Parecía agitada.

Me acerqué a ella preocupada.

—¿Se encuentra bien? —le pregunté.

Me miró y sus ojos claros me sonrieron al mismo tiempo que sus labios.

—Sí, querida. Son mis rodillas las que se quejan, el frío no les sienta bien.

—Mi madre suele usar sacos calientes de semillas cuando le molesta la espalda, dice que alivian bastante.

Su sonrisa se hizo más amplia y dejó escapar un suspiro.

—Creo que lo probaré. Gracias.

—De nada. Si quiere, puedo acompañarla adonde se dirige. —Me encogí de hombros—. Tengo tiempo, no me importa.

Ella sacudió la cabeza.

—Te lo agradezco mucho, pero voy a quedarme aquí sentada un ratito.

—De acuerdo, tenga cuidado. Adiós.

—Adiós, querida.

Le devolví la sonrisa y continué caminando con las hojas crujiendo bajo mis zapatillas. Según el improvisado mapa, estaba a solo unos metros. Aminoré el paso y me fui fijando en los nombres grabados en las lápidas.

El corazón me dio un vuelco cuando la localicé. Mis pies se movieron solos hasta detenerse frente a la tumba. Contemplé la pequeña foto enmarcada, un poco borrosa por la humedad que se había colado bajo el cristal, y las fechas. Ahora tendría treinta y un años. Me agaché y coloqué mi mano sobre la piedra fría. Luego rocé las letras, las repasé con los dedos, mientras un sinfín de emociones tintineaban dentro de mi pecho.

Pensaba que el miedo me dominaría. Sin embargo, ahora que estaba allí, lo que sentía no era más que una profunda e inmensa gratitud. Ella me había dado la oportunidad de vivir.

No había llevado nada, ni una pequeña flor. Palpé el pin prendido en la solapa de mi abrigo, una luciérnaga que había encontrado en un mercadillo de artesanía. Me lo quité y lo coloqué sobre la lápida. Luego me puse en pie.

Le dediqué una sonrisa.

—Gracias. De verdad, gracias —susurré.

Después di media vuelta y regresé sobre mis pasos.

Me crucé con la mujer del banco, le sonreí al pasar por su

lado y seguí caminando. Ella se me quedó mirando, incluso se giró.

—¡Perdona!

Me detuve al escucharla.

—¿Sí?

Vi que tomaba aire.

—Esto va a sonarte raro, pero... ¿puedo darte un abrazo?

Parpadeé sorprendida. ¿Un abrazo?

Sí era un poco raro, viniendo de una desconocida. Sin embargo, no tuve que pensarlo dos veces.

—Claro.

Me acerqué a ella y la estreché con mis brazos. Sentí sus manos temblorosas aferrándose a mi espalda con fuerza. Su respiración en mi pelo. El pequeño sollozo que se le escapó. Supuse que habría perdido a alguien recientemente y de ahí su necesidad de consuelo. Le froté la espalda y la solté sin dejar de sonreírle.

—Gracias —dijo en voz baja.

—Cuídese mucho, y no olvide los sacos de semillas —le recordé.

Logré arrancarle una pequeña risita y me despidió con la mano.

Regresé a casa con el viento otoñal acariciando mi rostro y una sensación cálida en el estómago. No estaba segura de si había hecho lo correcto al ir al cementerio, si había cruzado alguna línea que no debía o si ese pequeño e íntimo acto podría acarrear consecuencias, pero no sentía ningún arrepentimiento. Al contrario, tenía la inexplicable sensación de que estaba completando espacios vacíos. Cerraba un círculo. Puede que suene absurdo, pero en mi corazón tenía sentido.

Me quité el abrigo, preparé té y abrí mi ordenador.

Llevaba un rato escribiendo cuando mi teléfono se iluminó con un mensaje. Sonreí al ver que era de Inès.

Inès: Acaban de invitarme a un evento en París el mes que viene. Sería genial que pudiéramos vernos.

Céline: ¿Vernos? Te quedas en mi casa. Haremos algo divertido.

Inès: ¡Estoy deseando que llegue! Bs.

Céline: ¡Y yo! Bs.

45
Julien

—Lo digo en serio, Julien. Si lo despiertas, te mato —me amenazó mi hermana en un susurro.

Le guiñé un ojo desde el otro lado de la cuna y sonreí. Contemplé de nuevo a mi sobrino, que dormía como un angelito, moreno y regordete. Podía pasar horas así, mirando cómo respiraba. Era hipnotizador ver su pecho diminuto llenarse con cada inspiración y luego relajarse. Los gestos con los que se contraía su carita y los pucheros que se transformaban en sonrisas adorables.

Solo habían pasado cuatro meses desde que nació, y ya no concebía un mundo en el que no estuviera. Lo quise nada más verlo y ese sentimiento no dejaba de crecer y crecer.

—No lo haré, solo quiero verlo un ratito.

Marion sacudió la cabeza y se anudó el lazo de la bata. Se le escapó un bostezo. Se notaba a la legua que estaba cansada y necesitaba una larga ducha caliente.

—¿Por qué no vas y descansas un rato? Yo cuidaré de él.

—Pero si has dicho que solo estabas de paso.

—Porque no quiero molestar.

Alargó la mano y me tocó la mejilla.

—Tú nunca molestas, Julien.

Sonreí como un idiota. Mi relación con ella se había vuelto muy cercana y me alegraba tanto que así fuera. Por primera vez sentía que tenía una familia con la que conectar y en la que confiar. Me hacía sentir más seguro y menos solo.

—Entonces, ve y date una ducha. El pelo te apesta a vómito y caca de bebé.

Abrió los ojos con espanto y se llevó un mechón a la nariz. Lo olisqueó y dio un repullo.

—Oh, no, tienes razón, apesto. —Me lanzó una mirada suplicante—. De acuerdo, cuida de él, pero llámame de inmediato si se pone a llorar.

—Si se pone a llorar, soy muy capaz de calmarlo. Así que ve y descansa.

Asintió con una pequeña sonrisa.

—Gracias, eres el mejor hermano del mundo.

—Lo sé.

Marion salió de la habitación sin hacer ruido y poco después oí el agua de la ducha caer. Me senté en la mecedora y observé los dibujos que decoraban las paredes. Mi mirada se detuvo en el cuadro que colgaba con su nombre: Julien.

Aún no podía creer que mi hermana le hubiera puesto mi nombre a su hijo.

Al cabo de unos minutos, unos ruiditos me estrujaron el corazón. Me levanté y me asomé a la cuna. Julien se frotaba los ojos con movimientos torpes. Me miró y sus labios se curvaron en una sonrisa desdentada.

—Hola, chiquitín.

Su pequeño cuerpo se agitó para que lo cogiera. Lo tomé en brazos y lo sostuve contra mi pecho. Ya no me daba miedo que se me cayese o apretarlo demasiado. Acerqué la nariz a su cabecita. Me encantaba cómo olía, a algo muy dulce y cálido. Lo besé en la frente.

Mientras lo acunaba, me dirigí al salón. Me detuve junto

a la ventana y eché un vistazo fuera. Un manto de nubes grises había cubierto el cielo y podía notar la temperatura gélida a través del cristal. De pronto, vi caer un copo de nieve, y luego otro. Se convirtieron en cientos, en miles, y todo comenzó a cubrirse de blanco.

—Mira, Julien, eso de ahí es nieve —le dije a mi sobrino mientras le sostenía la cabeza—. Dentro de un tiempo, cuando seas más mayor, te llevaré a esquiar. Es divertido. Y te enseñaré a hacer un fuerte con bloques de hielo.

Empezó a balbucear y a hacer ruiditos.

Lo acuné y juntos contemplamos cómo caía la nieve. En silencio, con el crepitar del fuego en la estufa de fondo y nuestras respiraciones sincronizadas. Y pensé que nunca había sentido tanta paz como en aquel momento.

Nunca me había sentido tan en paz conmigo mismo.

46
Céline

«Fin».

Nunca una sola palabra había significado tanto para mí.

Me quedé mirando el cursor, que parpadeaba en la pantalla del ordenador.

Se acabó. Había terminado. Mi primera novela era una realidad.

El estómago se me llenó de mariposas. De burbujas que explotaban una tras otra. De emociones que no podía identificar, pero que me hacían reír y llorar al mismo tiempo. Lo había logrado. Pese a todos mis miedos, fui valiente y seguí adelante. No me rendí cuando pensé en tirar la toalla. Cuando mis inseguridades me gritaban que no estaba hecha para escribir y mi talento era nulo. Cuando el cuerpo me pedía que me detuviera y fingía no escucharlo, porque avanzar es la única forma de sanar.

De eso iba mi novela. De mirar al frente y reconstruirse por dentro. De enfrentar fantasmas y bajar el volumen a los miedos. De aprender a amar nuestros defectos y lo que nos hace perfectos. De ser feliz con las cosas simples.

De amor.

De vivir la vida como nos dé la gana.

Sin rendir cuentas.

Sin arrepentirse.

«Fin».

Me puse en pie y me cubrí las mejillas con las manos.

No podía dejar de llorar.

Ni de reír.

Me había vuelto loca.

Tristan entró corriendo en el salón.

—Céline, ¿qué te ocurre? ¿Qué ha pasado? —me preguntó asustado.

—¡La he terminado! —chillé.

—¿Qué?

—He terminado la novela. He podido, Tristan. He sido capaz.

Él sacudió la cabeza y me sonrió con ternura. Después me abrazó tan fuerte que mi rostro quedó enterrado en su pecho.

—¿Y te sorprende? Yo nunca lo dudé.

Sus palabras me hicieron sollozar más fuerte. Lo golpeé, porque no me dejaba respirar.

Sorbí por la nariz y me froté los ojos. Entonces la vi, de pie detrás de Tristan, con una maleta a su lado.

—¡Inès!

—¡Hola!

—¿Qué haces aquí? Pensaba que llegabas mañana.

—Tristan acaba de recogerme en el aeropuerto. Quería darte una sorpresa, pero la sorpresa me la has dado tú a mí. Dios mío, has terminado tu novela. ¡Felicidades!

—Gracias —hipé.

—¿Puedo darte un abrazo?

—Necesito que lo hagas —le dije mientras iba a su encuentro—. Estrújame muy fuerte.

Abrió los brazos y nuestros cuerpos chocaron. Rompimos a reír sin soltarnos, completamente fundidas. Pese a todos nuestros problemas la seguía necesitando, y compartir con ella algo tan importante para mí me hacía inmensamente feliz.

—Joder, ¡está nevando! —exclamó Tristan.

—¡¿Qué?!

—Mirad, nieva.

Corrimos a la ventana y gritamos al comprobar que era cierto.

El día no dejaba de mejorar.

Ayudé a Inès a instalarse en mi habitación. Luego nos sentamos en el salón con una taza de chocolate caliente y canela, que Tristan nos preparó después de rogarle mucho. Hablamos de todo un poco. Me contó cómo les iban las cosas a nuestros amigos y que se había mudado a un piso más pequeño. También que solía pasarse a menudo por la librería, para ver a mi madre y asegurarse de que todos estaban bien en casa. Se lo agradecí.

A última hora de la tarde, Tristan propuso que saliéramos a cenar. Llamó a sus amigos del grupo y nos reunimos todos en un restaurante en Montmartre, propiedad de su mánager. Nos sentamos en una zona reservada y un camarero se acercó para tomar nota de nuestras bebidas.

Pedimos aperitivos y un montón de platos deliciosos, que comimos sin prisa mientras comentábamos entre risas lo diferente que era la vida en París comparada con la que teníamos en Aix. Cuando llegaron los postres, la conversación giraba en torno al grupo y la gira de conciertos que se estaba planeando. Inès y yo cruzamos una mirada significativa, con la que acordamos que había llegado el momento de continuar la noche por nuestra cuenta.

Nos marchamos pese a las protestas de mi hermano.

Seguía nevando mucho y hacía frío, pero no nos importó.

Era bonito ver las calles cubiertas de blanco, borrosas tras una cortina helada que caía cada vez más gruesa. Inès, a mi lado, miraba el cielo. Copos de nieve se le derretían en la cara y se le pegaban a las pestañas. Sacó la lengua y yo la imité. Nos reímos sin esfuerzo.

—Entonces, ¿entre ese chico y tú no hubo nada? —le pregunté.

Unas semanas antes, se había extendido un rumor en redes sociales que hablaba de una relación secreta entre ella y un modelo bastante conocido.

—Nada de nada. Esas fotos solo eran promocionales, pero la gente las sacó de contexto e inventaron el resto —respondió.

—¿Y no te molesta?

—Estoy acostumbrada, es parte de este trabajo. Una vez que te expones públicamente, todo el mundo se cree con derecho a opinar sobre ti. Hay personas que lo hacen desde el cariño y la admiración. Otras buscan de forma consciente causarte daño.

—No entiendo qué lleva a una persona a ser cruel con otra a la que no conoce de nada y sin ningún motivo, solo porque es famosa. No sé, pero deben de tener un corazón muy podrido.

—Solo hacen daño si les prestas atención —repuso sin dejar de sonreír.

La miré de reojo y le di un golpecito con el codo en el brazo.

—Pues hacíais una bonita pareja.

—No es mi tipo.

Asentí y noté un cosquilleo en la tripa. Por lo que sabía, Inès no había salido con nadie en todo este tiempo. Solo se centraba en su trabajo como *influencer* y en la firma de accesorios que estaba creando y que lanzaría a principios de año.

Tragué saliva. Me daba miedo cruzar los límites que mantenían nuestra relación bajo control, pero había pasado mucho tiempo desde que nuestra amistad se quebró. Desde que comenzamos a reconstruirla, sellando poco a poco sus fisuras. Sin contar que mi capacidad para recuperarme de las heridas era bastante rápida.

—¿Aún lo quieres?

Inès se tensó, aunque intentó disimularlo.

—¿Qué?

—No te lo pregunto con ninguna intención, puedes decírmelo.

—Céline, no creo que...

Le corté el paso y la obligué a detenerse. La miré a los ojos. Ella me sostuvo la mirada, nerviosa. Podía ver el miedo en su rostro y me sentí mal. Yo lo había superado todo, pero era evidente que Inès no y se limitaba a vivir con ello. Fingía continuamente y se mentía a sí misma como única opción. ¿Cuánto tiempo puede aguantar una persona sobreviviendo de ese modo sin acabar destrozada? No quería que Inès lo averiguara. Quería que fuese feliz y, si tenía que ser con Mathis, pues adelante.

—Si él también te quiere, deberíais estar juntos.

—Casi no nos vemos.

—Eso puede solucionarse.

—¿Estás poniéndome a prueba? —me preguntó con la voz temblorosa y lágrimas en los ojos.

Sacudí la cabeza y tomé su mano entre las mías.

—¡No, te lo juro! —le aseguré—. Escucha, tú lo has querido desde siempre y lo sigues haciendo, yo no. Eso te da derecho a intentarlo y que yo te apoye. Y lo hago, Inès, te apoyo; y si Mathis y tú acabáis juntos, me alegraré por vosotros.

Su expresión se suavizó y algo parecido a la esperanza asomó a sus ojos. Tragó saliva con fuerza.

—¿Lo dices en serio?

Alcé la mano con un gesto de promesa.

—Te doy mi palabra.

—Nos hemos distanciado mucho y también nos hemos culpado el uno al otro, no creo que funcione.

—O sí. No lo sabrás si no lo intentas.

Tiré de su mano y la insté a seguir caminando. Avanzamos sobre la nieve que se acumulaba en la acera y que ya alcanzaba varios centímetros. Lo hicimos en silencio, disfrutando de una noche que parecía sacada de un cuento, de nuestra compañía.

—Y ahora que has acabado la novela, ¿cuál es el siguiente paso? —me preguntó.

—Corregirla y pulirla muy bien. Tendré que buscar a alguien que me eche una mano.

—¿Y después de pulirla?

—Intentar que una editorial la publique, pero es muy difícil —respondí cabizbaja.

Inès me observó con atención.

—Vas a intentarlo, ¿no?

—Claro, pero no tengo ni idea de por dónde empezar. He curioseado en algunos foros de escritores y todos los comentarios son idénticos. Es casi imposible lograr que tu manuscrito llegue a un editor sin un poco de ayuda. Sobre todo, si nadie sabe que existes.

—¿A qué te refieres con ayuda?

—A una recomendación, un agente literario... Pero conseguir un buen agente es incluso más difícil que el hecho de que un editor se fije en tu propuesta editorial, entre los cientos y cientos que debe de recibir cada mes.

—No puedes rendirte antes de empezar.

Sonreí sin mucho ánimo y me froté las manos antes de meterlas en los bolsillos de mi abrigo. No pretendía ser negativa, iba en contra de mi propio carácter. Sin embargo, en este tema en particular sabía a lo que me enfrentaba.

—No voy a rendirme, solo soy realista para no hacerme ilusiones innecesarias.

—¿Y no conoces a nadie que pueda darte un pequeño empujón? No sé, quizá tu padre tenga algunos contactos.

—En realidad, ya tengo un contacto —le confesé—. El problema es que siento que me estaría aprovechando de forma injusta.

—¿Aprovechando? No te sigo.

—¿Sabes quién es Donald Berger?

—No.

—El mejor agente literario del país, y yo tengo su tarjeta, pero fue Julien quien me la dio hace mucho tiempo. Así que...

Dejé la frase sin acabar. No era necesario, estaba implícito en mis hombros caídos y mi expresión triste. Inès se paró en medio de la acera y comenzó a negar de forma vehemente.

—Lo siento, pero creo que te equivocas —me soltó—. Que Julien y tú ya no estéis juntos no cambia nada. Él te la dio por alguna razón y sí, después rompisteis, pero esa no es excusa para que sacrifiques una oportunidad tan importante. Es más, me atrevería a asegurar que a Julien no le molestaría si lo supiera.

—Es una cuestión moral.

—Usar esa tarjeta no te hace mala persona.

—Pero...

—Sin peros, Céline. No importa cuántas vueltas le des a este asunto, esa tarjeta solo es una puerta abierta y en este mundo nadie regala nada porque sí. Si finalmente lo consigues, será porque tu novela lo merece, nada más.

—¿Y cómo podría estar segura?

—Por esa misma regla, el grupo de tu hermano se hizo conocido gracias al artículo que Julien escribió, fue su tarjeta.

Sin embargo, ¿crees que habrían logrado un contrato y todo lo demás, si no fuesen buenos?

Encogí un hombro. En parte tenía razón, pero yo era tan cabezota.

—Me cuesta verlo como tú.

—Porque piensas en los demás antes que en ti misma, y ¿sabes qué? Creo que ha llegado la hora de que te pongas a ti primero. Deja de perder el tiempo con debates mentales sobre lo que está bien y lo que no, y lucha por tus sueños con todo. Y si a alguien le molesta, que se aguante.

Lo dijo con tanto ímpetu y confianza que hasta sus mejillas se acaloraron a pesar del frío. Me hizo sonreír. Una sonrisa agradecida porque, en cierto modo, sus palabras habían calado en mí. Un acto de fe de mi mejor amiga para que confiara en que merecía esa oportunidad, sin tener en cuenta de dónde había salido.

Me tragué el nudo atravesado en mi garganta y asentí.

—Tienes razón.

—Lo sé.

Nos reímos sin dejar de mirarnos y continuamos caminando.

—Esto es muy romántico y bonito, pero me estoy congelando —dijo ella.

—Hace rato que dejé de sentir la nariz.

—¿Buscamos un taxi?

Lancé un gritito.

—¡Mira, por allí viene uno!

Echamos a correr, con la felicidad de volver a estar juntas escapándosenos en el vaho de nuestro aliento.

47
Julien

Nada más entrar en casa, subí la temperatura del termostato y me dirigí al dormitorio para ponerme algo más cómodo. Saqué del armario un pantalón de algodón y una sudadera vieja. Después de vestirme, fui a la cocina y me preparé una bebida caliente.

Luego agarré el primer libro de la pila de lecturas pendientes que tenía sobre una mesita y me senté en el sillón junto a la ventana. Miré hacia fuera. La nieve caía con más fuerza y cubría por completo la calle y los tejados con una gruesa capa. Me gustaba la nieve y la sensación de calma y silencio que me provocaba.

Abrí el libro y me sumergí en su lectura. No sé cuánto tiempo estuve leyendo, pero cuando logré apartar la vista de las páginas, fuera era completamente de noche. Eché un vistazo al reloj y me sorprendió que ya fuesen más de las diez. No parecía tan tarde.

Aunque el hambre que sentía debería haberme dado una pista.

Me puse en pie y estiré los brazos por encima de la cabeza. Se me escapó un bostezo, que me hizo apretar los párpados con fuerza. Miré por la ventana. Continuaba nevando y no tenía pinta de parar. Guiándome por la acera y los portales del edificio de enfrente, traté de calcular el grosor de la capa blanca que se había acumulado. En algunas zonas debía de sobrepasar los quince centímetros.

De repente, me sonó el teléfono. Era Félix.

—¡Hola! —respondí.

—Tienes que hacerme un favor.

—Tú dirás.

—Necesito que vengas a mi casa y traigas la llave que te di para emergencias.

—¿Qué ha pasado?

—Es una larga historia, pero el resumen es que el dogo de mi vecino acaba de quedarse encerrado dentro de mi piso y no llevo mis llaves encima. Elodie está de guardia en el hospital y ese condenado perro me está destrozando la casa en este momento.

—Lo siento mucho, juro que pagaré todos los desperfectos —dijo otra voz.

—Como haya tocado mi colección de *Tintín,* lo mato —masculló Félix.

Rompí a reír con ganas.

—Voy para allá.

Me cambié de ropa y llamé a un taxi. No tardó en aparecer. Subí y me froté las manos mientras le daba la dirección. Hacía un frío horrible. Me hundí en el asiento, con el cuello del abrigo subido hasta las orejas, y apoyé la cabeza en la ventanilla. Nos detuvimos en un paso de cebra; frente al coche cruzaron dos mujeres sin mucha prisa. El taxista refunfuñó algo que no llegué a entender. Me hizo gracia.

—Algunos peatones creen que la calle es suya y luego pasa lo que pasa —me dijo a través del espejo.

Las seguí con la mirada, mientras el taxi volvía a ponerse en marcha.

De repente, una de ellas giró la cabeza y el tiempo se detuvo. No podía ser. ¿Céline? ¿En París? El corazón me subió disparado a la garganta. Era ella, estaba seguro, porque la reconocería en cualquier parte aunque solo hubiera podido verla durante un segundo.

—Pare el coche.

—¿Disculpe?

—Pare, por favor —insistí.

El taxista puso el intermitente y se apartó a un lado. En cuanto se detuvo, abrí la puerta y salí disparado tras ella. La distinguí a lo lejos, entre la nieve que no dejaba de caer. Aceleré el paso. Entonces, como si de una pesadilla a cámara lenta se tratara, echó a correr junto a la persona que la acompañaba y dieron el alto a otro taxi.

Subieron.

Mientras pensaba qué hacer, el vehículo aceleró y pasó por mi lado.

Su rostro sonriente tras la ventanilla quedó grabado en mi retina.

Solté el aire que estaba conteniendo.

No me había equivocado, era ella, y nunca la había visto tan radiante.

Me sentí mareado por todas las emociones que me invadieron de golpe.

Si el puñetero perro no se hubiera colado en la casa de mi amigo.

Si él no me hubiera llamado.

Si en ese instante no hubiera subido a ese taxi en el minuto exacto que lo hice, no la habría visto y mi vida continuaría exactamente igual que hasta ahora. Una casualidad tras otra, hasta confluir en un único momento.

No importaba cómo lo mirara, la única palabra que me venía a la cabeza era magia.

Y, por primera vez, empezaba a comprender por qué Céline creía en ella.

48
Céline

Estaba harta de pedir deseos en silencio. De esperar a que sucedieran las cosas. De avanzar paso a paso. De no arriesgarme en el momento y torturarme luego con mil «debería». Cansada de pensar primero en los demás y no ser yo nunca mi prioridad. De querer hacerlo todo tan bien, de forma tan honesta, que al final nunca hacía nada para no equivocarme. Agotada de ser un ancla, cuando yo quería navegar con el viento a mi espalda y el sol en la cara. Aún más, ¡quería volar!

Agencia Literaria Donald Berger

Ese era el lugar, no había error posible.

Con la tarjeta en una mano y mi manuscrito perfectamente impreso y encuadernado dentro de una bolsa, llamé al timbre. Segundos después, una mujer de sonrisa amable abrió la puerta y me invitó a pasar.

Miré a mi alrededor con curiosidad mientras la seguía al interior de una sala muy amplia y luminosa repleta de estanterías con libros, dividida en una zona de espera con dos sillones y un sofá, y otra zona que me recordaba a la recepción de un hotel.

—Buenos días. ¿En qué puedo ayudarla?

—Buenos días, ¿podría ver al señor Donald Berger, por favor?

—¿Tiene usted cita?

—No, la verdad es que no —respondí.

—Entonces, siento mucho decirle que no es posible.

Me desinflé un poco ante su negativa, pero no perdí la sonrisa.

—Pues... ¿podría darme una cita?

Ella asintió con un leve gesto.

—Por supuesto, dígame su nombre y el motivo por el que desea ver al señor Berger y le programaré una lo antes posible.

—Me llamo Céline Montplaisir y he terminado recientemente mi primera novela. Tengo esta tarjeta que...

Se puso seria de inmediato y, durante un instante, sus labios se convirtieron en una línea muy fina y tensa.

—Discúlpeme, señora Montplaisir...

—Señorita —la corregí.

—Señorita Montplaisir, en este momento la recepción de manuscritos está cerrada y la agencia solo acepta los solicitados por nuestros agentes.

—Pero tengo esta tarjeta que...

No me dejó continuar.

—Le recomiendo que nos llame por teléfono dentro de unos meses y le informaré con mucho gusto si hemos vuelto a abrir la recepción.

—Si me deja hablar un segundo...

—Si me permite, la acompañaré a la puerta.

Un calor sofocante comenzó a subirme por el cuello hasta las mejillas. Esa mujer se estaba deshaciendo de mí sin darme la menor oportunidad de explicarle nada. Me enfadé de inmediato, porque no eran formas de tratar a nadie.

—Disculpe, pero estoy aquí porque una persona que conoce al señor Berger me dio esta...

—No quiero ser grosera con usted, así que le pido amablemente que...

En ese momento se abrió la puerta y entró un señor de unos sesenta años, con el pelo canoso y un traje naranja de lo más llamativo. No sé qué me llevó a actuar con la seguridad que lo hice, si el enfado, el orgullo herido o las alas que de repente notaba a mi espalda.

Ni siquiera estaba segura de si era él, pero me lancé de cabeza.

—Señor Berger, soy Céline Montplaisir, ¿podría hablar con usted un minuto?

—Donald, le decía a esta señorita...

—Julien Leconte me sugirió que viniera a verle —dije con voz firme.

Él se fijó en mí y vi cómo en sus ojos despertaba el interés. Le dediqué una sonrisa, como si no estuviera a punto de morirme por un ataque de ansiedad.

—¿Te envía Julien?

—Sí —respondí—. Me dijo que le diera esto.

Le entregué la tarjeta. Él la tomó y leyó lo que había escrito. Alzó las cejas con curiosidad y una sonrisa tiró de sus labios.

—¿Y de qué se supone que no voy a arrepentirme? —preguntó.

Di un respingo. Se me olvidaba lo más importante.

—De leer mi novela, por supuesto —repliqué en un alarde de confianza que no sentía.

Mi respuesta le hizo reír y yo aproveché para sacar el manuscrito de la bolsa y ofrecérselo. El señor Berger lo contempló con los ojos muy abiertos, parecía estar divirtiéndose con la situación.

—¡Y la has traído en papel! Incluso has puesto todos tus datos en la primera página.

—Puedo darle un archivo, si lo prefiere.

El señor Berger me miró con una expresión cálida.

—No es necesario, así está bien.

—¿Eso quiere decir que va a leerla? —le pregunté con el corazón desbocado.

—Por supuesto, y empezaré hoy mismo.

Durante un instante, no supe reaccionar y me quedé inmóvil como un pasmarote con la boca abierta. Lentamente mis labios dibujaron una sonrisa enorme. Una que me nacía en lo más profundo del corazón. Tuve que hacer un gran esfuerzo para no empezar a gritar y dar saltitos.

—Le agradezco muchísimo la oportunidad, señor Berger.

—Es un placer.

—Entonces, quedo a la espera de sus noticias. ¡Buenos días!

—¡Buenos días! —se rio.

Emprendí el camino de vuelta a casa flotando como si colgara de una nube. Solo había conseguido una oportunidad para que ese hombre leyera mi manuscrito, lo que no me garantizaba absolutamente nada. Sin embargo, me sentía como si hubiera alcanzado la cima del Everest, orgullosa de mí misma y de mi esfuerzo. No me rendí en ningún momento y sí me antepuse a todo lo demás, y no por ello el mundo se iba a acabar, ni nadie me señalaría con el dedo.

En cuanto a Julien... Bueno, si algún día descubría que había usado su tarjeta en mi beneficio después de tanto tiempo, esperaba que lo entendiera.

Me detuve un instante y cerré los ojos al notar un pellizco de nostalgia. Siempre que pensaba en él, sentía ese vacío que había dejado en mí y que no conseguía llenar con nada. Probablemente nunca lo haría y esa certeza me hacía verme muy tonta, por seguir queriendo tanto a alguien que nunca sintió lo mismo por mí.

En fin, no todas las historias acaban bien.

Pero eso no las convierte en malas historias.

Yo no me arrepentía de nada de lo que había vivido con Julien.

Aunque los recuerdos y su ausencia dolieran como el demonio.

No pasaba nada, algún día dejarían de lastimarme.

Así funciona el tiempo, pasa.

Y todo esto pasaría.

49
Julien

La reunión con el departamento de publicidad se había alargado más de lo esperado y ya llegaba tarde. Lo que era un problema, porque a Donald no le gustaba que lo hicieran esperar.

Afortunadamente, sentía cierta debilidad por mí, de la que no me importaba aprovecharme. Había sido así desde que nací y mi padre le pidió que fuese mi padrino.

Bajé del taxi a toda prisa y entré en el restaurante donde me había citado para almorzar.

Me esperaba en la misma mesa de siempre.

Sonrió nada más verme y alzó las manos como diciendo «por fin».

—Siento el retraso —me disculpé mientras me quitaba el abrigo y lo dejaba en la silla. A continuación, me aflojé la corbata hasta poder quitármela—. ¿Ya has pedido?

—¿Pensabas que iba a esperarte? Cuando tengo hambre, me pongo de mal humor.

Me mordí la sonrisa y me senté a la mesa. Ese día se había vestido con un traje de raya diplomática verde lima, a juego con la montura de sus gafas. Que le encantaba llamar la atención era un hecho. Su ego, también. Sin embargo, cuando lo conocías y te dabas cuenta de la persona amable y genuina que realmente era, sus peculiaridades perdían importancia.

—Bueno, ¿para qué querías verme? —le pregunté.

Él tomó la botella de vino que había sobre la mesa y llenó mi copa. Después, compensó en la suya el que se había bebido esperando.

—Ya conoces mi regla, solo se habla de negocios cuando han servido el postre. Así, si las cosas no van bien...

—Solo tienes que pedir la cuenta y largarte con elegancia —terminé de decir.

Se echó a reír.

—Un día serás tan grande como yo.

—Por algo soy tu ahijado.

Me sonrió con afecto y nos quedamos en silencio mientras nos servían una ensalada y el primer plato. Luego nos pusimos a conversar sobre infinidad de temas, que me ayudaron a distraerme del cansancio y el estrés del trabajo. No sabía cuánto necesitaba algo así hasta que me descubrí llorando de la risa, gracias a ese humor ácido e inteligente que se gastaba Donald. Me encantaba pasar tiempo con él y aprender todo aquello que estuviera dispuesto a enseñarme.

De postre pedimos tarta tatín, que devoramos casi sin hablar.

El camarero retiró los platos y nos sirvió un licor, cortesía de la casa. En ese instante, fue cuando me atreví a preguntar de nuevo por el motivo por el que me había citado. Abrió su maletín y sacó lo que parecía un manuscrito encuadernado con gusanillo y portada plastificada. Lo colocó en la mesa, lo giró y después lo empujó hacia mí.

Le eché un vistazo y casi me atraganto con el licor al ver el nombre de Céline en la primera página, junto a la tarjeta que le había dado hacía ya demasiado tiempo. Lo entendí de inmediato y el impacto hizo que me quedara sin aire en los pulmones. Aturdido, dejé el vaso y cogí el manuscrito con ambas manos.

Sonreí al leer el título, *Más que una casualidad*.

—Hay algo que necesito saber —dijo Donald. Lo animé con un gesto a que preguntara—. ¿Por qué me la enviaste a mí, cuando podrías publicarlo tú mismo?

—No lo he leído, es la primera vez que lo veo —le confesé. Me encogí de hombros y lo miré a los ojos—. Y no solo eso, cuando le di tu tarjeta ni siquiera había empezado a escribirlo.

Donald alzó una ceja, confundido.

—¿Cuándo fue eso?

—Hará un año y medio, el mismo tiempo que llevo sin saber nada de Céline. —Sacudí la cabeza y dejé el manuscrito sobre la mesa con el pecho henchido de orgullo—. ¡Joder, sabía que lo haría! ¡Lo sabía!

—Julien, no entiendo absolutamente nada. ¿Le diste mi tarjeta sin más?

Me reí, era consciente de cómo sonaba.

—Cuando conocí a Céline, supe de inmediato que tenía talento. Era evidente, tenía ese algo especial a la hora de expresarse, sus pensamientos brillaban, poseía una sensibilidad que podía palparse... Tú sabes a lo que me refiero.

—Sé lo que se siente cuando descubres a alguien así.

Una sonrisa tiró de mis labios. Rocé el manuscrito con las puntas de los dedos, no podía dejar de tocarlo. Lo abrí y reparé en algunas correcciones. Donald solo se tomaba esas molestias cuando tenía verdadero interés.

—Y por lo que puedo ver, no me equivocaba con ella.

Bebió un sorbito de licor y chasqueó la lengua.

—Debo confesarte que estuve a punto de abandonarlo en el cuarto capítulo. El comienzo es muy lento y tosco, se nota la falta de experiencia. Pero decidí continuar y me alegro, la historia es realmente buena.

—¿Vas a representarla? —pregunté esperanzado.

—¡Por supuesto! —Me miró con más atención, como si me estuviera evaluando—. ¿Quieres leerlo y presentar una oferta para publicarlo? Te lo daré, si lo quieres.

Rechacé su propuesta sin titubear.

—Búscale un buen editor. Si yo me involucro, pensará que no se lo ha ganado y perderá la confianza. Mejor que no sepa nada de mí.

Donald arrugó la frente.

—¿Qué pasó entre vosotros?

—Es una larga historia —dije mientras me ponía en pie y cogía mi abrigo.

—Que no vas a contarme.

Le guiñé un ojo con un gesto travieso.

—Hoy no, pero invítame a comer otro día.

Se echó a reír y me despidió con la mano.

Abandoné el restaurante y me encaminé a la editorial a pie. Necesitaba moverme y respirar. Cogí aire y me esforcé por comportarme como si todo estuviera bien y nada hubiera sucedido. Como si nada hubiera cambiado y no supiera que Céline ahora vivía en la misma ciudad que yo y lo fácil que sería encontrarnos por una simple casualidad.

No pude.

Solo me engañaba a mí mismo.

Desde que la vi subirse a ese taxi, pasaba los días volando de un extremo a otro de una balanza emocional que me estaba volviendo loco. Lo que acababa de descubrir complicaba mi situación aún más. Cómo iba a hacer ahora para mantenerme lejos de ella. No tenía ningún derecho a traer el pasado de vuelta. Y mucho menos a pensar en un futuro que yo mismo sembré de dudas y llené de destrozos.

Ahora Céline parecía estar mejor que nunca, construyendo la vida que tanto merecía y que siempre deseé para ella. Era muy egoísta por mi parte alterarla. Aunque en ese instante estuviera más seguro que nunca de que cruzaría continentes enteros solo por ella. De que lo abandonaría absolutamente todo si me lo pidiera.

De que era el amor de mi vida.

Por esa razón, prefería desaparecer a correr el riesgo de hacerle daño de nuevo.

Añorarla a borrarle la sonrisa.

Lo prefería.

Lástima que no fuese capaz, porque la echaba de menos a morir y empezaba a darme igual todo lo demás.

50
Céline

Tomé un ejemplar del montón que había sobre la mesa y tragué saliva para aflojar el nudo de emoción que me cerraba la garganta. La composición floral de la cubierta era preciosa y mi nombre destacaba en la parte superior con un bonito relieve y un borde sombreado. Lo repasé con las puntas de los dedos y sentí que me erizaba de pies a cabeza.

Ni en mil años habría podido describir lo que sentía al tener mi primera novela en las manos. El cúmulo de sentimientos contrapuestos. La sensación de irrealidad, como si todo fuese un sueño. Los momentos de lucidez que me decían que estaba pasando, que lo había conseguido y ese era solo el principio.

Me sentía feliz, pero también estaba muerta de miedo. Quizá porque todo el proceso había sido muy rápido y apenas tuve tiempo de digerirlo. La publicación del libro se había planificado para finales de año, pero un contratiempo con otro autor obligó a la editorial a preparar su lanzamiento en apenas cuatro meses.

Todo se hizo a marchas forzadas y con plazos muy ajustados. Fue una completa locura, pero lo logramos y la novela llegó a todas las librerías del país el mismo día que comenzaba el verano. Ese día también tuvo lugar mi primera presentación, y estaba tan nerviosa y asustada que casi no recuerdo nada de lo que pasó.

Aprovechando el buen tiempo, la editorial organizó el evento en los jardines de un precioso hotel escondido en el corazón de Montmartre. El espacio se decoró con motivos relacionados con la historia e incluso contrataron a figurantes para los personajes principales. Invitaron a distintos medios de comunicación y prensa e *influencers* literarios.

Primero tuvo lugar una corta presentación de la novela y a continuación un tiempo de preguntas para la prensa. Luego comenzó una charla con los *influencers*, esa fue mi parte preferida. Una vez que todos superamos los nervios iniciales, el momento acabó transformándose en algo muy parecido a una reunión de amigos, despreocupada y divertida.

—¿Tiene un final feliz? —preguntó una chica con unos ojos enormes.

—Es un final coherente pero no te preocupes, creo que te gustará.

—¿No vas a decirnos si encontraremos escenas calientes? —quiso saber otra.

Hubo un coro de risitas y murmullos.

Sonreí con las mejillas encendidas y negué con la cabeza.

—Tendrás que leer la novela para descubrirlo.

Una mujer alzó la mano en la última fila.

—¿Qué ha sido lo más difícil para ti a la hora de escribir este libro?

Inspiré hondo, mientras me tomaba un segundo para pensar en ello y miraba la nada. Sin embargo, en esa «nada» había alguien que acaparó de golpe toda mi atención.

Julien.

En la garganta se me formó un nudo al descubrirlo entre la gente, estaba igual que la última vez que lo vi. Incluso vestía de la misma forma. Había imaginado mil situaciones en las que volvíamos a encontrarnos, pero ninguna se acercaba a cómo sucedió. Donald se encontraba con él y conversaban ajenos a cuanto sucedía a su alrededor. Ajeno a mí. Durante unos segundos no pude apartar la vista de su rostro. Al final lo logré y traté de centrarme en la pregunta que me habían hecho.

Miré a la chica y le sonreí un poco aturdida.

—¿Lo más difícil? Superar mi propia inseguridad y el miedo al fracaso.

Una vez que terminó la charla, se sirvieron bebidas y aperitivos para todos los asistentes, aunque yo apenas pude probar nada. Tanto Donald como Anne, mi editora, reclamaban mi atención constantemente para presentarme a algunas personas relevantes que debía conocer.

Puse todo mi empeño en estar a la altura y causar una buena impresión. No obstante, mis ojos me traicionaban buscando a Julien entre todas aquellas caras. Lo divisé de forma fugaz un par de veces, pero desapareció con la misma celeridad. Luego ya no volví a verlo más.

—¿Te parece bien que pasemos ya a la firma? Después habremos terminado y podrás irte a casa —me preguntó mi editora.

—Claro.

Por fin firmé el último libro y el evento finalizó. Donald se ofreció a llevarme a casa, pero yo prefería volver por mi cuenta. Necesitaba estar un rato a solas y despejar mi mente de todo el ruido que la embotaba. Aún no me había recuperado del impacto que había sido para mí ver a Julien después de tanto tiempo, aunque solo hubiera sido de lejos. De la decepción de haberlo tenido tan cerca y ni siquiera habernos saludado como viejos amigos.

Me despedí de las últimas personas que quedaban y salí

del hotel. Llené mis pulmones con una profunda inspiración y alcé la vista al cielo, repleto de estrellas. Olía a césped húmedo y a hierbas aromáticas.

—¿Ya te marchas?

Noté una punzada en el corazón.

El mundo explotando.

Me di la vuelta y allí estaba, a solo un par de pasos. Julien. Con los rizos alborotados, las mejillas rojas y sus ojos brillantes sobre mí. Sus labios se curvaron en una sonrisa, mientras levantaba la mano con la que sostenía mi libro.

—A mí no me lo has firmado.

Me temblaron las rodillas.

—Deberías haberte puesto en la cola.

—No quería arruinar el momento.

Sonreí y di un paso adelante que nos acercó.

—No lo habrías hecho, al contrario.

Sus ojos recorrieron mi rostro con una mezcla de sorpresa e ilusión. Se deslizaron por mis mejillas y se detuvieron en mis labios. Tragó saliva y noté un tirón en el pecho.

—¿Adónde vas? —preguntó.

Me encogí de hombros y le sonreí.

—A comer algo, ¿por qué? ¿Acaso quieres venir?

Dio un pasito e inclinó la cabeza.

—Sí, siempre y cuando no estés pensando en crepes —respondió con una mueca.

Me reí, porque estábamos jugando como si el tiempo no hubiera pasado y no nos hubiera alejado. Mi corazón comenzó a latir muy deprisa.

—Crepes rellenas de queso, en realidad.

—¿En serio?

—Me encantan.

Julien me miró con el ceño fruncido. Luego alzó los hombros con un gesto de resignación.

—De acuerdo, pero yo elijo el sitio.

Le sonreí, contenta.

—La verdad es que no tengo hambre, solo te tomaba el pelo —le confesé.

—Lo sé —susurró en tono travieso—. Pero aún podemos dar un paseo, si quieres.

—Sí, por qué no.

Echamos a andar calle abajo, el uno al lado del otro. Tan cerca que su brazo rozaba el mío a cada paso que dábamos. No podía dejar de mirarlo, porque tenía la sensación de que, si lo hacía, se esfumaría como un sueño.

—¿Qué tal estás? —le pregunté.

—Ahora tengo más responsabilidades en el trabajo, me cambié de casa y mi hermana me ha convertido en tío.

—¿De verdad?

—Se llama Julien y ya tiene diez meses.

—Seguro que es adorable.

—¡Se llama Julien!

Me reí con ganas y temblé. Temblé porque su cercanía me estaba mareando, porque su presencia allí podía significar muchas cosas y no podía evitar sentir nervios y anticipación. Porque lo seguía queriendo igual que siempre y nada podría cambiarlo.

—Pero lo que quiero saber es cómo estás tú —le dije en un susurro.

Giró la cabeza y compartimos una mirada cargada de significado. Luego alzó la barbilla y observó el cielo, sumido en uno de esos silencios tan suyos. Conmigo o sin mí, solo deseaba que fuese feliz.

—No soy la misma persona que conociste, Céline, y eso es bueno. Porque el hombre que tú conociste estaba roto y herido, demasiado confundido, y escogió el peor momento posible para cruzarse contigo. Te hice daño y lo lamento.

—Nunca te he culpado.

—Y eso me hace sentir fatal —admitió con un suspiro de derrota.

Le di un empujoncito con el hombro y me mordí el labio para no echarme a reír.

—Pues sufre un poco más, porque solo quiero que estés bien y seas feliz.

Me miró y tragó saliva. Su pecho se infló con una inspiración.

—Estoy bien y soy todo lo feliz que puedo ser en este momento.

Asentí con un gesto, satisfecha con su respuesta. Él me miró con una expresión cálida y sonriente.

—¿Y a ti cómo te va? —se interesó.

Señalé el libro que llevaba en la mano.

—Ya lo has visto.

—No me refiero a tu carrera literaria, señorita «bestseller». —Me devolvió el empujoncito sin quitarme la vista de encima—. ¿Sales con alguien?

—¡No! —exclamé sorprendida—. Tengo otras prioridades, como seguir escribiendo.

—¡Dios, te has vuelto una adicta al trabajo!

Puse los ojos en blanco y le devolví la pregunta.

—¿Y tú sales con alguien?

Miró al frente y lo oí respirar de forma lenta y profunda. Una vez. Dos. Exhaló un suspiro.

—No puedo, sigo atascado en esa parte desde que te conocí.

—Siento mucho que aún no hayas podido superarla, debió de ser una persona increíble.

—No lo has entendido, es a ti a quien no consigo superar. No puedo salir con nadie más que contigo.

Me quedé inmóvil y cerré los ojos un segundo.

—¿Qué?

Julien dejó el libro en el suelo y se acercó. Me sujetó por las mejillas y me perdí en sus ojos. Ya no veía en ellos reservas ni dudas. Solo luz. Ilusión. Temblé aturdida y sentí que mi corazón se dilataba con una emoción muy viva e intensa.

—Estoy enamorado de ti. Lo estaba cuando me marché, pero no era capaz de asumirlo.

—¿Y todo este tiempo?

—Nudo a nudo, me he ido desenredando hasta llegar aquí. Ahora estoy en paz con todo lo que pasó y conmigo mismo.

No quería llorar, pero su rostro se desdibujaba frente a mis ojos. Tomé aire y sonreí.

—Me alegro de que lo hayas conseguido.

—Yo también, porque empezaba a costarme vivir sin ti.

Sonreí con ganas. Todo lo malo que habíamos vivido se desvanecía bajo la sombra de lo que podíamos crear. Nuestras historias pasadas nos unieron, pero ahora podíamos escribir una juntos. La nuestra.

—No voy a dejarte marchar nunca más.

Apoyó su frente en la mía y susurró contra mis labios.

—No quiero ir a ninguna parte donde no estés tú. —Su aliento se mezcló con el mío y nuestros labios se acariciaron—. Quién iba a pensar que acabaría loco por ti, casi parece cosa de...

—¿Magia? —dije por él.

Me rodeó con sus brazos y me estrechó con fuerza. Rozó mi nariz con la suya y sentí su sonrisa. Arrollándome. Tentándome. Rindiéndose.

Dios, cómo lo quería.

—Sí. De magia.

Suspiré. Cerré los ojos y lo besé.

Era nuestro momento. Podía sentirlo en cada latido. En

cada respiración. En cada célula de mi cuerpo. No todas las historias de amor las teje el destino y tienen comienzos felices. Algunas nacen de tragedias, y deben cargar con ese peso, pero son igual de hermosas.

Nos separamos sin aliento y Julien hundió la cara en mi cuello. Acuné su cabeza con mi mano y él se estremeció.

—Aún no me has dedicado el libro.

Su aliento al hablar me hizo cosquillas en la piel.

—En realidad, sí lo he hecho.

Se apartó para mirarme.

—No es verdad.

—Mira los agradecimientos. La última frase.

Tomó el libro del suelo. Sonrió y me miró de nuevo con expresión seria.

Lo abrió por el final y pasó las hojas hasta encontrar la que buscaba. Sus ojos se deslizaron por la página y se detuvieron. Se mordió el labio, pero no pudo retener un suspiro entrecortado. Alzó la cabeza y me miró con lágrimas en los ojos. Vi en ellos amor. Promesas. Y una felicidad que no podía disimular.

—Y gracias a Julien, porque aún te quiero y siempre lo haré.

—Y siempre lo haré —repetí.

Epílogo
Julien

Un año más tarde

Aún no logro entender ninguna de las casualidades que se tuvieron que dar para que Céline apareciese en mi vida. Desde las más tristes a las más imposibles. Sin embargo, ya no necesito comprenderlo. En la vida pasan cosas. Unas malas y otras buenas, y no siempre hay una razón.

Céline entró en mi vida y sigue en ella, es lo único que me importa.

Lo hizo de forma súbita y lo puso todo patas arriba. Primero me desarmó por completo y luego cogió cada una de mis piezas y las colocó en su lugar. No sé qué demonios vio en mí, pero me alegro de que estuviera tan ciega como para enamorarse del desastre que era y no se haya arrepentido desde entonces. Porque me ayudó a ser mejor persona y a convertirme en la que ahora soy. Me dio estabilidad. Me enseñó a asumir riesgos para cumplir mis sueños. Sin fecha de caducidad.

Céline apareció para iluminarlo todo con su luz. Me atrapó en su universo y me enseñó que todo es posible mientras estemos juntos. Me salvó justo a tiempo.

Nos costó llegar a ser la constante del otro. Un largo camino de decisiones, dudas, instantes, lágrimas, risas, tristezas y alegrías. No me arrepiento de nada. Volvería a hacerlo todo del mismo modo si el resultado es estar con ella, porque quererla es una de las mejores cosas que me han pasado. Es todo lo que sueño, lo que quiero, lo que deseo.

Poco a poco, esta casa que compré para mí se ha ido transformando en una casa para los dos. En un planeta mágico que hemos llenado de deseo y emociones, de amor. En el que nos vivimos y convertimos lo ordinario en extraordinario.

Me encanta ver sus cosas por todas partes, que su olor y el mío se fundan en cada habitación, creando un aroma único, solo nuestro. Es maravilloso despertar y encontrarla al otro lado de la cama. Abrazarla medio dormido y oírla refunfuñar porque tiene calor, aunque nunca se aleja ni me suelta. Se acurruca y vuelve a dormirse sobre mi pecho.

Me fascina verla desarrollarse y descubrir nuevas inquietudes y retos, y que sienta esa necesidad irrefrenable de compartirlos conmigo. Que me entregue su cuerpo sin miedo y se adueñe del mío, mientras susurra en mi oído «ahí, justo ahí».

Ahora creo en la magia y los imposibles. Porque, si no existen, Céline los crea.

Y mi estómago sigue haciéndose un nudo cada vez que la miro.

Es la chispa que enciende mis días grises.

El amor de mi vida.

Me tumbo de lado en silencio y la observo dormir. Sueña en paz, con una tímida sonrisa en el rostro. Alargo la mano y le aparto con suavidad un mechón de la mejilla. Sus ojos parpadean y me pierdo en el momento en que los abre, en ese instante en el que su mirada me reconoce. Y me sonríe, feliz de despertar y de encontrarme ahí. Su sonrisa se vuelve cómplice, inclina la cabeza hacia mí y me pide que la bese.

Eso hago.

La beso, mientras acaricio su espalda desnuda.

Porque la vida es demasiado corta y dura un suspiro.

Es demasiado bonita. Incluso cuando no nos lo parece, porque también hay días amargos, y estos son los que nos hacen darnos cuenta de lo efímera que es.

La beso, porque no sé qué nos deparará el mañana. Pero ahora estamos aquí, respirando, viviendo. Desnudos bajo las sábanas.

El universo se contrae y nos acerca.

Nos entrelaza.

Somos tiempo.

Somos energía.

Somos magia.

Agradecimientos

Si algo me ha enseñado esta novela es lo que realmente significa ser resiliente.

También me ha recordado por qué empecé a escribir y por qué lo sigo haciendo, qué es importante y qué no.

Gracias a mi familia. En mi lista de prioridades, sois el único punto. Os quiero muchísimo.

Gracias al equipo de Crossbooks por todo el apoyo que me han dado estos meses.

A Irene y Laura, mis editoras, por transmitirme la paz que necesito para ir más allá cuando parece imposible. A Eva, por confiar en mí. A Miriam y Andrea, por hacerlo todo tan fácil. A Javier, por su infinita paciencia cuando no llego a tiempo.

A todos mis lectores, porque sin ellos nada de esto tendría sentido. Mi corazón es vuestro.

A Federico Massaro. No sabía cómo sería Julien hasta que te descubrí en una foto. Gracias por ayudarme a darle vida, aun sin saberlo.

A Silvia y Andrea, apoyo e inspiración.

Y a P., por remar conmigo en la misma dirección. Ahora sé que podemos con todo.